# ENSINAR E APRENDER NO SÉCULO XXI

## METAS, POLÍTICAS EDUCACIONAIS E CURRÍCULOS DE SEIS NAÇÕES

ORGANIZAÇÃO
Fernando M. Reimers
Connie K. Chung

Tradução CLÁUDIO FIGUEIREDO

Título original em inglês *Teaching and Learning in the Twenty-First Century: Educational Goals, Policies, and Curricula from Six Nations*
Fernando M. Reimers e Connie K. Chung (Org.)

© Presidente e membros da Faculdade de Harvard

Publicado por acordo com Harvard Education Publishing Group
8 Story Street, First Floor, Cambridge, Massachusetts 02138, Estados Unidos

*Coordenação editorial* Graziela Ribeiro dos Santos
*Assistência editorial* Olívia Lima
*Preparação* Angélica Lau P. Soares
*Revisão técnica* Maria de Salete Lacerda Almeida e Silva
*Revisão* Marcia Menin e Carla Mello Moreira

*Edição de arte* Rita M. da Costa Aguiar
*Diagramação* Estúdio Dito e Feito

*Produção industrial* Alexander Maeda
*Impressão* Cromosete

Dados Internacionais de Catalogação na Publicação (CIP)
(Câmara Brasileira do Livro, SP, Brasil)

Ensinar e aprender no Século XXI : metas, políticas educacionais e currículos de seis nações / Fernando M. Reimers, Connie K. Chung (orgs.) ; tradução Cláudio Figueiredo. – São Paulo : Edições SM, 2016.

Título original: Teaching and learning for the twenty-first century : educational goals, policies, and curricula from six nations.
Vários colaboradores.
Bibliografia

ISBN 978-85-418-1635-9

1. Educação 2. Educação e Estado 3. Educação – Currículos 4. Pedagogia 5. Política e educação 6. Política educacional 7. Prática de ensino I. Reimers, Fernando M.. II. Chung., Connie K..

16-07199                                                          CDD-379

Índices para catálogo sistemático:
1. Currículos : Política educacional 379

*Grafia conforme o novo Acordo Ortográfico da Língua Portuguesa*

1ª edição novembro de 2016

Todos os direitos reservados a
EDIÇÕES SM
Rua Tenente Lycurgo Lopes da Cruz 55
Água Branca 05036-120 São Paulo/SP Brasil
Tel. (11) 2111-7400
www.edicoessm.com.br

*Dedicamos este livro à memória de Soraya Salti (1970-2015) e aos educadores de todo o planeta que, como ela, personificam a promessa da educação no século XXI. É por meio dela que professores e estudantes poderão criar o futuro que desejam para si mesmos, seus países e o mundo.*

# SUMÁRIO

INTRODUÇÃO    **Um estudo comparativo dos objetivos**    7
**da educação no século XXI**
*Fernando M. Reimers e Connie K. Chung*

CAPÍTULO UM    **Abordagem sistêmica de Cingapura**    33
**em relação ao ensino e ao aprendizado**
**das competências do século XXI**
*Oon-Seng Tang e Ee-Ling Low*

CAPÍTULO DOIS    **Grandes ideias, pequenas ações: lições extraídas**    83
**da reforma do currículo do século XXI na China**
*Yan Wang*

CAPÍTULO TRÊS    **Conteúdos fortes, ferramentas frágeis:**    109
**competências do século XXI na**
**reforma educacional chilena**
*Cristián Bellei e Liliana Morawietz*

CAPÍTULO QUATRO    **Reforma curricular e habilidades do**    145
**século XXI no México: existe compatibilidade**
**entre os parâmetros e o material**
**de capacitação dos professores?**
*Sergio Cárdenas*

CAPÍTULO CINCO    **Competências do século XXI,**    175
**estrutura do currículo nacional indiano**
**e história da educação na Índia**
*Aditya Natraj, Monal Jayaram,*
*Jahnavi Contractor e Payal Agrawal*

| | | |
|---|---|---:|
| CAPÍTULO SEIS | **Mapeando o cenário do ensino e da aprendizagem para o século XXI em Massachusetts no contexto da reforma educacional nos Estados Unidos** *Fernando M. Reimers e Connie K. Chung* | 213 |
| CONCLUSÃO | **Teorizando a educação do século XXI** *Fernando M. Reimers e Connie K. Chung* | 255 |
| POSFÁCIO | **A educação para o século XXI e a Base Nacional Comum Curricular no Brasil** *Anna Penido* | 279 |

| | |
|---|---:|
| NOTAS | 299 |
| PRINCIPAIS ACRÔNIMOS E SIGLAS EM LÍNGUA ESTRANGEIRA | 339 |
| AGRADECIMENTOS | 341 |
| SOBRE OS ORGANIZADORES | 345 |
| SOBRE OS COLABORADORES | 347 |

INTRODUÇÃO

# Um estudo comparativo dos objetivos da educação no século XXI

Fernando M. Reimers e Connie K. Chung

Como apontaram recentemente muitos estudiosos e observadores, vivemos "um momento de grande turbulência – independentemente se falamos de tecnologia, política global, viagens aéreas, mercados financeiros mundiais, mudanças climáticas... Para qualquer lado que nos voltemos, acabamos sempre por nos defrontar com VUCA[1] – volatilidade, incerteza, complexidade e ambiguidade".[2] O campo da educação não tem se mostrado imune a essa turbulência, com rápidas mudanças ocorrendo tanto dentro como fora dos sistemas educacionais tradicionais: o advento do ensino on-line customizado no plano mundial, por exemplo, parece tornar permeáveis os limites das instalações escolares e até mesmo dos estados nacionais; a ideia de uma certificação de competência na educação introduz novas possibilidades num sistema movido, em grande medida, por promoções acadêmicas automáticas com base na idade; e tanto a necessidade de "aprender a aprender" como a demanda por uma educação relevante para a vida estudantil são mais prementes do que nunca em face das rápidas mudanças que vêm ocorrendo no mundo.

Cada vez mais, a educação é percebida pelo público como um tema importante. Uma recente sondagem global de opinião sobre atitudes, realizada em 44 países, identificou o quesito "ter uma boa educação" como o fator mais importante para progredir na vida, em igual medida com "esforço e determinação", e como sendo significativamente mais importante que "conhecer as pessoas certas", "ter sorte" ou "pertencer a uma família próspera". Além disso, ter uma boa educação para progredir na vida é considerado muito importante por uma porcentagem maior da população de países com economias em desenvolvimento ou emergentes que a de países de economias mais avançadas. O percentual da população que considerou muito importante ter uma boa educação para progredir na vida é de 62% nos Estados Unidos, 85% no Chile, 67% no México, 60% na Índia e 27% na China.[3]

Paradoxalmente, ainda que a percepção da importância da qualidade da educação esteja crescendo, a confiança nas escolas vem diminuindo. Nos Estados Unidos, por exemplo, sondagens de opinião por amostragens representativas de setores da população registram um declínio percentual daqueles que expressam "bastante" confiança nas escolas públicas, caindo de 30%, em 1973, para 12%, em 2015. Existe hoje uma confiança muito maior em relação aos militares (42%), às empresas (34%), à polícia (25%) ou à religião organizada (25%) do que em relação às escolas.[4]

É um desafio adaptativo assegurar que a educação seja relevante para as demandas que os alunos enfrentarão ao longo da vida; aspirar a uma vida longa e saudável; dar uma contribuição positiva como integrantes ativos de suas comunidades; participar econômica e politicamente de instituições locais e globais; relacionar-se com o meio ambiente de modos sustentáveis. Essa tarefa exige que reconciliemos múltiplos pontos de vista ao definir as metas da educação diante de diferentes percepções de quais problemas e oportunidades merecem a atenção das escolas, que são, afinal, uma invenção institucional relativamente recente, em particular no que diz respeito à aspiração de educar todas as crianças. Essa tarefa é algo diferente do desafio técnico de buscar meios para aprimorar o funcionamento das escolas de modo a ajudá-las a atingir mais facilmente os objetivos visados, uma vez alcançado certo consenso sobre quais eles sejam. O desafio adaptativo é aquele que os educadores e as sociedades enfrentam de tempos em tempos, de modo mais esporádico que os desafios técnicos da busca de aperfeiçoamento contínuo no que diz respeito à eficiência escolar. Clayton Christensen e seus colegas da Harvard Business School caracterizaram a tensão existente entre os desafios técnicos e os adaptativos como a que existe entre as inovações contínuas e as disruptivas.[5]

Estabelecer metas que se reflitam em narrativas capazes de fornecer orientação e de estimular esforço individual e colaborativo é algo vital em qualquer empreendimento humano organizado. A ambição de atingir essas metas é – pelo menos em parte – a razão de ser das organizações. O mesmo vale para as instituições educacionais, seja em relação a escolas isoladas, distritos escolares ou jurisdições educacionais locais, seja ainda em relação a sistemas estaduais e nacionais. Na educação, a definição de metas é algo que, em geral, diz respeito à definição de quem deve aprender o quê.

Ao fim da Segunda Guerra Mundial, por exemplo, as nações se esforçaram para criar uma série de instituições globais visando garantir paz e estabilidade, incluindo o direito à educação como um dos elementos necessários a essa estratégia. A inclusão do direito à educação na Declaração Universal dos Direitos Humanos, redigida após a guerra com o intuito de proporcionar segurança mundial, desencadeou um movimento global em prol da educação de todas as crianças. Isso produziu uma transformação notável nas oportunidades educacionais, fazendo com que o mundo deixasse de ser aquele no qual a maioria das crianças nunca teve oportunidade de pôr o pé numa escola, como ocorria em 1945, para se tornar um mundo em que a maior parte delas está matriculada e tem acesso, no mínimo, ao ensino primário, com a maioria fazendo a transição para o ensino secundário.[6]

Esse movimento global buscou proporcionar a *todos* os alunos a oportunidade de ter uma educação básica. Como era de esperar, o que deveria ser incluído na educação fundamental foi, e continua a ser, tema de intenso debate, principalmente sobre qual ênfase deve ser dada à aquisição de conhecimento relativa ao desenvolvimento sociopessoal. Esse debate também inclui questões referentes ao nível de conhecimento e certas habilidades desenvolvidas. O letramento, por exemplo, habilidade fundamental e uma das metas da educação básica em termos globais, pode ser desenvolvido em níveis diferentes. Da mesma forma, o letramento matemático pode abranger vários níveis de conteúdo. Numa contribuição seminal ao debate sobre como essas metas seriam formuladas, Benjamin Bloom concebeu uma taxonomia de objetivos de aprendizagem, segundo uma hierarquia de complexidade cognitiva que envolve os domínios cognitivos, afetivos e psicomotores. Cada um deles, por sua vez, é organizado hierarquicamente. O domínio cognitivo, por exemplo, se estende desde a capacidade de conhecer fatos, no extremo mais baixo da complexidade cognitiva, passando pela capacidade de analisá-los ou avaliá-los, até chegar, finalmente, ao seu uso de formas criativas.[7]

É no âmbito do currículo que se define como esses objetivos de aprendizagem serão ensinados e cumpridos. Como instrumentos para organizar e atingir esses objetivos, os currículos variam bastante. Em termos globais, há diferenças quanto aos níveis de interferência que os governos têm sobre eles e em que grau de especificidade essas influências são exercidas. Nos Estados Unidos, por exemplo, estados, distritos, professores e escolas nas quais eles trabalham dispõem tradicionalmente de autonomia para estabelecer metas educacionais, incluindo a possibilidade de definir abrangências, sequências e planos de aula específicos que traduzam essas metas em atividades efetivas na sala de aula, capazes de criar oportunidades de aprendizado. Nas últimas décadas, alguns governos nacionais vêm assumindo um papel de maior destaque na definição de metas, especificando um conjunto mínimo de parâmetros de ensino e oferecendo orientação geral sobre o nível mínimo no qual devem ser ensinados. Nos Estados Unidos, eles são chamados de parâmetros educacionais, e o que se espera é que os currículos específicos continuem a ser desenvolvidos por professores, ou por grupos deles, de forma a estarem alinhados com esses parâmetros. Ao contrário, há países, como o México, em que o currículo nacional dispõe de um nível maior de especificidade, chegando muitas vezes a determinar lições específicas. Em geral, nesses casos, livros didáticos de âmbito nacional e guias para professores são os instrumentos que traduzem esse currículo em termos das práticas educacionais almejadas.

Esses parâmetros relativos aos vários níveis de participação dos órgãos públicos de educação na formulação dos currículos podem variar ao longo do tempo. A Colômbia, por exemplo, abandonou um currículo nacional rigidamente determinado depois de uma série de reformas empreendidas nos anos 1990, substituindo-o por orientações mais gerais, como as adotadas nos Estados Unidos. Os norte-americanos, por sua vez, têm feito um movimento contrário, adotando parâmetros nacionais para determinadas disciplinas. No momento em que realizávamos as pesquisas para este livro, descobrimos que os seis países por nós estudados – Cingapura, China, Chile, México, Índia e Estados Unidos – variavam quanto ao nível em que os governos prescrevem metas educacionais e de currículo. Assim, na nossa discussão empregaremos o termo "estruturas curriculares" ou "parâmetros" para nos referirmos aos objetivos e às metas de aprendizagem e o termo "currículo" para nos referirmos à abrangência e a sequências específicas.

## EDUCAÇÃO NO SÉCULO XXI

A iminência da chegada do ano 2000 levou vários governos, organizações voltadas para o desenvolvimento e outros grupos a examinar a relevância da educação em face das mudanças esperadas no século XXI nos campos social, econômico e político. Análises do mercado de trabalho norte-americano, por exemplo, mostram que ao longo dos últimos cinquenta anos a quantidade de empregos que requerem habilidades manuais e mesmo cognitivas rotineiras diminuiu drasticamente, enquanto o número de empregos que exigem a execução de tarefas analíticas e interpessoais não rotineiras cresceu.[8]

Ao longo das duas últimas décadas foi realizado um significativo trabalho conceitual, assim como ações de *advocacy*, em prol da ampliação das metas de educação com o objetivo de preparar os alunos para as exigências do atual milênio. A Unesco, por exemplo, organizada por ocasião da criação da ONU, em 1947, para defender o direito à educação com o propósito de contribuir para a paz, publicou em 1972 um documento que se tornou um marco. O Relatório Faure, também conhecido como *Aprender a ser*, pregava a necessidade de uma educação que se estendesse a vida inteira, tendo em vista o desenvolvimento de capacidades próprias para o funcionamento efetivo e participação social, assim como uma sociedade comprometida com a educação ao longo da vida. Na última década do século XX, a Unesco pediu a Jacques Delors, ex-presidente da Comissão Europeia, que liderasse a preparação de um relatório delineando as bases da educação no século XXI. O Relatório Delors, intitulado *Educação: um tesouro a descobrir*, resultou de ampla consulta global, realizada ao longo de vários anos na década de 1990, e defendia que os quatro pilares da educação deveriam ser: aprender a conhecer, aprender a fazer, aprender a conviver e aprender a ser.[9]

No início do século XXI, a Organização para a Cooperação e o Desenvolvimento Econômico (OCDE) empreendeu duas iniciativas afins. A primeira delas foi uma consulta a especialistas sobre as principais competências necessárias ao funcionamento dos estados membros da OCDE – o programa de Definição e Seleção de Competências (DeSeCo).[10] A segunda foi um exercício periódico para avaliação do conhecimento e das habilidades de alunos de 15 anos nas áreas de alfabetização, matemática e ciências – o Programa Internacional de Avaliação de Alunos (Pisa).

Outros esforços supranacionais para redefinir as competências que as escolas deveriam desenvolver no século XXI incluem a Avaliação e Ensino de Habilidades do Século XXI (ATC21S), patrocinada por grandes companhias da área de tecnologia, como Cisco, Intel e Microsoft, iniciativa focada no desenvolvimento de novos sistemas de avaliação em sintonia com as habilidades requeridas pelo século XXI, e o enGauge, quadro estrutural para a alfabetização na era digital publicado em 2003 pelo North Central Regional Education Laboratory e pelo Metiri Group, grupo de consultoria na área de educação. O Relatório enGauge descreve de que modo a tecnologia vem transformando o trabalho e defende que ela deveria também transformar a educação, proporcionando oportunidades aos alunos de desenvolver a alfabetização tecnológica. O relatório aponta quatro grandes competências para o século XXI, cada uma delas abrangendo vários domínios específicos:[11]

Alfabetização digital
    Alfabetização básica, científica, econômica e tecnológica
    Alfabetização visual e informacional
    Alfabetização multicultural e consciência global

Pensamento inventivo
    Adaptabilidade, administração de complexidade e autogestão
    Curiosidade, criatividade e disposição para assumir riscos
    Pensamento sofisticado e ponderação

Comunicação efetiva
    Trabalho em equipe, colaboração e habilidades interpessoais
    Responsabilidade pessoal, social e cívica
    Comunicação interativa

Alta produtividade
    Priorização, planejamento e gerenciamento de resultados
    Uso eficaz de ferramentas do mundo real
    Capacidade de produzir produtos relevantes, de alta qualidade

Mais recentemente, uma unidade do Fórum Econômico Mundial produziu um relatório examinando lacunas em termos de habilidades em vários países. Eles as sintetizaram com base em vários estudos sobre o assunto no século XXI da seguinte maneira:[12]

Alfabetizações básicas
    Letramento
    Letramento matemático
    Alfabetização científica
    Alfabetização em TICs (tecnologias de informação e comunicação)
    Alfabetização financeira
    Alfabetização cultural e cívica

Competências
    Pensamento crítico, resolução de problemas
    Criatividade
    Comunicação
    Colaboração

Qualidades de caráter
  Curiosidade
  Iniciativa
  Persistência
  Adaptabilidade
  Liderança
  Consciência social e cultural

Em muitos desses documentos, as competências incluídas na lista das "habilidades do século XXI" foram em parte determinadas pelo modo como os analistas percebiam o "século XXI" e os grandes desafios e as oportunidades que julgavam a ele associados. Por exemplo, a abordagem do enGauge incluía os seguintes exemplos extraídos da "vida real", cuja realização eles anteviam no futuro:

- *Ambiente de trabalho*: Fazendeiros avaliam a umidade do solo por meio de computadores portáteis e operários de fábrica operam robôs.
- *Educação*: Professores assumem o papel de facilitadores, explorando com seus alunos o vasto mundo das ideias e das informações.
- *Cuidados de saúde*: Sistemas mais eficientes conectam instalações municipais, estaduais e federais, acelerando o estudo, o diagnóstico e o tratamento de doenças por meio de redes e bancos de dados médicos.
- *Segurança pública*: Funcionários obtêm acesso instantâneo a informações em situações de emergência e à interação simultânea de equipamentos, independentemente da jurisdição envolvida.
- *Governo*: O acesso livre e universal vem aumentando para todos os cidadãos, cujas opiniões abalizadas estão, por sua vez, moldando políticas e promovendo maior democracia global.
- *Ética*: Questões éticas não dizem mais respeito apenas ao que é certo ou errado, mas também a escolhas embasadas em informações entre dois direitos, tais como fazer tudo o que pudermos para salvar vidas e permitir que pessoas morram com dignidade.[13]

Essas "metas para o século XXI" também estão ligadas pela ênfase particular a elas concedida pelas organizações que as promovem, assim como pelos objetivos destas. Por exemplo, o recente relatório do Fórum Econômico Mundial identificou competências com base nas expectativas de que o trabalho viesse a satisfazer as demandas da indústria. O Pisa, desenvolvido pela OCDE, também recorreu a critérios normativos extraídos de uma análise de demandas em relação à vida e ao trabalho para definir competências. A alfabetização, segundo o Pisa, por exemplo, é compreendida como o nível de alfabetização necessário "para funcionar numa economia baseada no conhecimento e numa sociedade democrática". Critérios normativos como esses são úteis como parâmetros em relação aos quais as metas visadas em sistemas educacionais nacionais podem ser examinadas. Por exemplo, a distribuição de níveis de desempenho na avaliação de alunos com base num currículo nacional é tipicamente bem diferente da distribuição desses níveis nos estudos do Pisa. Uma interpretação dessa diferença aponta para o fato de que os currículos nacionais têm "ambições" diversas daquelas refletidas no Pisa. A avaliação de competências associadas à resolução de problemas no Pisa é, em parte, uma reação ao clamor de que o instrumento de aferição precisa ser mais profundo.

Contudo, à medida que líderes educacionais se concentram no desenvolvimento de metas de aprendizado mais complexas – com maior ênfase na complexidade cognitiva e na multidimensionalidade, a qual inclui também a complexidade social e emocional –, seria de esperar que o desenvolvimento do currículo levasse em conta não apenas a identificação de demandas do trabalho e da vida, mas também a compreensão de base científica de como os indivíduos se desenvolvem ao longo do tempo nessas diferentes dimensões, assim como da natureza da inter-relação no desenvolvimento dessas várias dimensões. A grande contribuição do educador suíço Henry Pestalozzi nos anos 1800 foi precisamente a de afirmar que as crianças não são pequenos adultos, que o desenvolvimento se dá em "estágios" e que o ensino poderia ser mais eficaz se fosse adaptado ao estágio específico daquele que aprende, sendo essa a razão pela qual as crianças deveriam ser ensinadas de modo diferente dos adultos.[14]

Esse insight foi aperfeiçoado pelo psicólogo suíço Jean Piaget, cuja teoria do desenvolvimento cognitivo foi baseada no esforço de documentar as características do tipo de processamento cognitivo que marcavam os diferentes estágios e a natureza da progressão de um para o outro. A teoria de Piaget levou a uma grande mudança de paradigma na psicologia, desencadeando a revolução cognitiva. Os desdobramentos dela, em especial os ocorridos nas últimas três décadas, tiveram consequências importantes na elaboração dos currículos. Howard Gardner, por exemplo, autor de relevante contribuição à psicologia cognitiva, ao conceber uma teoria unificada da inteligência com visão multidimensional do desenvolvimento humano, desencadeou uma série de desdobramentos no âmbito educacional rumo a uma maior personalização e diferenciação do ensino que ajudaram a desenvolver diferentes formas de inteligência, e não apenas uma.[15]

A despeito da necessidade óbvia de um embasamento teórico para a formulação de currículos, a maioria das conversas em torno da "educação do século XXI" até hoje não conseguiu estabelecer uma conexão entre as competências do século XXI propostas e quaisquer teorias psicológicas de como essas competências vêm a ser desenvolvidas, em especial em suas relações umas com as outras, como um processo de desenvolvimento unificado. Um esforço recente no sentido de preencher essa lacuna vem de um relatório do Conselho Nacional de Pesquisa (NRC), organização criada nos Estados Unidos pelo presidente Abraham Lincoln para ajudar a oferecer informações científicas sobre temas de interesse público. O NRC convocou um grupo de especialistas, liderado por Margaret Hilton e James Pellegrino, para produzir um relatório sobre habilidades do século XXI. Intitulado *Educação para a vida e para o trabalho: desenvolvendo conhecimentos e habilidades transferíveis no século XXI*, esse relatório sintetizou evidências extraídas de pesquisas nas áreas de psicologia e ciências sociais a respeito de habilidades que demonstraram ter consequências de curto ou longo prazo para os indivíduos.[16] O relatório recorre a outros estudos para identificar essas competências e então sintetizar evidências psicológicas relativas ao que se sabe sobre como se desenvolvem e suas consequências nas pessoas, resumindo essas habilidades no seguinte quadro:

1. **Competências cognitivas**

    1.1 *Processos e estratégias cognitivas*
    Pensamento crítico; resolução de problemas; análise; raciocínio e argumentação; interpretação; tomada de decisões; aprendizagem adaptativa; função executiva.

    1.2 *Conhecimento*
    Informação e comunicação, alfabetização tecnológica, incluindo pesquisas com uso de evidências e reconhecimento de preconceitos nas fontes; alfabetização em tecnologias de informação e comunicação; comunicação oral e escrita; escuta ativa.

    1.3 *Criatividade*
    Criatividade e inovação.

2. **Competências intrapessoais**

    2.1 *Abertura intelectual*
    Flexibilidade; adaptabilidade; valorização da arte e da cultura; responsabilidade pessoal e social; consciência e competência culturais; valorização da diversidade; adaptabilidade; aprendizado contínuo; interesse e curiosidade intelectuais.

    2.2 *Ética de trabalho/Responsabilidade*
    Iniciativa; autogestão; responsabilidade; perseverança; garra; produtividade; tipo 1 de autorregulação (habilidades metacognitivas, incluindo capacidade de prever, desempenho e autorreflexão); profissionalismo/ética; integridade; cidadania; orientação para a carreira.

    2.3 *Autoavaliação essencial positiva*
    Tipo 2 de autorregulação (automonitoramento, autoavaliação, autorreforço); saúde física e psicológica.

## 3. Competências interpessoais

### 3.1 Trabalho em equipe e colaboração
Comunicação; colaboração; trabalho em equipe; cooperação; coordenação; habilidades interpessoais; empatia e reconhecimento de outros pontos de vista; confiança; orientação para servir; resolução de conflitos; negociação.

### 3.2 Liderança
Liderança; responsabilidade; comunicação assertiva; autoapresentação; influência social sobre os outros.

Por se tratar do mais sistemático e abrangente balanço de pesquisas com base científica sobre habilidades do século XXI, recorremos neste livro à taxonomia do Conselho Nacional de Pesquisa (NRC) e empregamos essa categorização para examinar as estruturas curriculares nacionais nos vários países por nós estudados. De certa maneira, essas competências identificadas como necessárias no século XXI – por exemplo, análise crítica, inovação, criatividade, pensamento científico, autoconhecimento, autogestão e habilidades interpessoais, sociais e de empatia com os pontos de vista alheios, características do trabalho em equipe – não são novas e talvez fossem necessárias já na época em que nossos antepassados primitivos conceberam pela primeira vez maneiras de viver e trabalhar juntos. No entanto, o que se identificou como sendo único de nosso tempo foi o fato de essas habilidades serem necessárias não apenas a uma elite formada por poucos, e sim a todos. Efetivamente, essas competências têm se revelado cada vez mais importantes não apenas para o bem-estar econômico nos planos individual e nacional, mas também para promover esferas cívicas vibrantes, resolver questões prementes e fomentar organizações efetivas em seu objetivo de estimular a colaboração – todas necessárias nos tempos turbulentos do novo século.

Uma razão para nos empenharmos num exame sistemático das metas almejadas no campo da educação reside no fato de, nas últimas décadas, muitas nações terem adotado estratégias educacionais que incluem a avaliação dos conhecimentos e das habilidades dos alunos. Estas abrangem a avaliação do conhecimento com base em currículos nacionais, assim como a participação nos estudos comparativos de avaliação. É de grande valia a mensuração do que os alunos sabem e do que aprendem, porém, a menos que aquilo que está sendo medido seja interpretado no contexto das metas que as escolas estão procurando atingir, a aferição pode distorcer essas metas. Esse efeito prejudicial involuntário se reflete na expressão "aquilo que é medido é efetivamente ensinado". Como o peso dado à avaliação de resultados nas discussões nacionais a respeito da educação aumentou, é especialmente importante que as conversas se desenrolem tendo em vista as metas educacionais pelas quais as escolas se mobilizam. Resultados de testes não deveriam apontá-las, nem substituí-las.

Oportunidades educacionais são criadas quando alunos e professores se engajam em atividades voltadas claramente para a aprendizagem e que ajudem os primeiros a se desenvolver em diferentes aspectos. Isso requer metas claras, habilidades para traduzi-las numa pedagogia e num currículo adequados e a liderança de professores e gestores escolares que foquem o trabalho no apoio à criação dessas oportunidades. Em síntese, oportunidades educacionais exigem um sistema eficaz de suporte à aprendizagem, incluindo organizações de apoio, recursos e políticas apropriadas.

## A INICIATIVA GLOBAL PELA INOVAÇÃO NA EDUCAÇÃO E O APRENDIZADO NO SÉCULO XXI

Nesse contexto, percebemos duas importantes defasagens no modo como os sistemas educacionais criam oportunidades aos alunos de aprender aquilo de que precisam para se tornar autônomos no século XXI. A primeira reside no fato de que, em muitos países de economia desenvolvida ou emergente, os programas de formação de professores e de preparação de lideranças na área de educação não são apenas baseados em teorias antigas, como também administrados de forma ultrapassada, sendo um exemplo disso as práticas rotineiras sobre trabalho em sala de aula. A segunda se deve ao fato de que não dispomos de uma teoria unificada de como as várias competências do século XXI se relacionam umas com as outras, de modo a servir de base na formulação de currículos e na adoção de uma pedagogia que promova o desenvolvimento delas.

Lançamos a convocação para a Iniciativa Global pela Inovação na Educação na Harvard Graduate School of Education, com parceiros de várias partes do mundo, por termos convicção de que a capacidade das lideranças de apoiar o desenvolvimento de competências do século XXI é uma das principais alavancas no aprimoramento da aprendizagem. Nós nos comprometemos com esse esforço por acreditarmos que, em relação à inovação, é drástica a defasagem existente na preparação das lideranças na área de educação e que uma lacuna em termos de conhecimento prejudica as práticas e as políticas educacionais mundiais, na medida em que não existem fontes confiáveis sobre quais abordagens em termos de liderança são as mais eficazes. Acreditamos que corremos grande risco de perder a oportunidade de construir lideranças para os sistemas educacionais que atendam a maioria das crianças ao redor do mundo se não lançarmos mão dos recursos à nossa disposição para pesquisar e pôr em prática uma educação eficaz e apropriada aos desafios e às oportunidades deste século. Buscamos especialmente respostas à questão do que é necessário para levar escolas e sistemas educacionais rumo a um sólido aprimoramento, capaz de ajudar os alunos a desenvolver as competências de que precisarão na segunda metade do século XXI.

A discussão sobre como prepará-los para a cidadania e a participação na economia no novo século precisa contemplar a necessidade de aquisição de competências fundamentais e o desenvolvimento de habilidades que vão além daquelas básicas, incluindo as competências digital, cívica, de autoconhecimento e interpessoais. Ainda que discussões sobre prioridades educacionais e políticas não sejam novidade, pouco se tem pesquisado a respeito dos mecanismos pelos quais esses objetivos são nelas concretizados, como forma de desenvolver e apoiar competências relevantes nos alunos; sabemos ainda menos sobre como esses processos e habilidades podem ser influenciados pelos contextos social e político, entre outros.

Neste livro, nós nos propomos examinar de que forma prioridades de ensino e aprendizagem estão representadas nas estruturas curriculares nacionais e como elas refletem as competências nas quais os alunos precisam deslanchar no século XXI, como identificadas nas pesquisas. Nos capítulos seguintes, pesquisadores e profissionais envolvidos com a prática – em Cingapura, China, Chile, México, Índia e Estados Unidos – discutem essas questões e apresentam suas conclusões com base em seus respectivos estudos nessa área. Este livro procura preencher a lacuna em termos de conhecimento anteriormente descrita, acrescentando ao debate um corpo de pesquisas comparativas internacionais sobre políticas educacionais e o estudo de currículos.

A escolha dos países se deu em parte porque quatro deles (China, Índia, México e Estados Unidos) dispõem de grandes sistemas educacionais, que abrangem ampla população de alunos. Tomados em conjunto, os sistemas educacionais nesses quatro países incluem cerca de 40% do total da população mundial de alunos. Além deles, selecionamos Chile e Cingapura porque fizeram da educação uma importante prioridade em seu desenvolvimento ao longo de um período extenso. Ao selecionarmos os países dessa forma, pensamos que seríamos capazes não somente de aprender de que maneira nações que identificaram a educação como prioridade social estruturam suas metas educacionais, mas também de identificar o que fazem para ajudar os educadores a traduzir essas metas em oportunidades reais de aprendizado. Foram incluídos países em diferentes estágios de desenvolvimento econômico, de diversas regiões do mundo, com tradições educacionais distintas. Por necessidade, incluímos aqueles nos quais identificamos instituições interessadas em aderir ao grupo de pesquisa que compõe a Iniciativa Global pela Inovação na Educação. Como as seleções de países encontradas em qualquer estudo transnacional, esta também reflete intencionalidade, praticidade, concepção e oportunidade. Nem todos os que esperávamos incluir acabaram integrando o estudo; também não foi nosso objetivo compor um grupo representativo do mundo.

A Tabela I.1 resume alguns poucos indicadores selecionados para os países incluídos. Eles variam claramente em termos de número de alunos atendidos, mas se assemelham quanto aos níveis relativamente altos de acesso aos ensinos primário e secundário. Além disso, há óbvias diferenças em relação ao nível de desenvolvimento econômico, na forma como esse aspecto se reflete na renda per capita.

**TABELA I.1** Taxas de escolarização* no Chile, na China, na Índia, no México, em Cingapura e nos Estados Unidos, comparadas às do resto do mundo

| | TAXAS DE ESCOLARIZAÇÃO | | TOTAL DE MATRICULADOS | | | | | |
|---|---|---|---|---|---|---|---|---|
| | | | Escolarização Líquida | | Escolarização Bruta** | | | PIB per capita (PPC), em US$ |
| | Primário | Secundário | Primário | Secundário | Primário | Secundário | | |
| Chile | 1.472.348 | 1.571.374 | 92% | 87% | 100% | 99% | | 21.942 |
| China | 98.870.818 | 94.324.415 | n.a. | n.a. | 126% | 92% | | 11.907 |
| Índia | 139.869.904 | 119.148.200 | 93% | n.a. | 114% | 71% | | 3.813 |
| México | 14.837.204 | 12.467.278 | 96% | 68% | 105% | 88% | | 16.370 |
| Cingapura | 294.602 | 232.003 | n.a. | n.a. | n.a. | n.a. | | 78.763 |
| Estados Unidos | 24.417.653 | 24.095.459 | 91% | 87% | 98% | 94% | | 53.042 |
| Soma | 279.762.529 | 251.838.729 | | | | | | |
| Mundo | 712.994.323 | 567.831.226 | | | | | | |
| Porcentagem | 39% | 44% | | | | | | |

* Dados de 2013 ou do ano mais próximo.

** A taxa de escolarização bruta considera alunos de todas as idades, incluindo aqueles cuja idade excede a idade oficial do grupo. Assim, se há matrículas tardias, matrículas antecipadas ou repetições, o total de matrículas pode exceder a população do grupo de idade que oficialmente corresponde ao nível da educação, ocasionando proporções maiores do que 100%. Cf.: <ww1.worldbank.org>. Acesso em: 18 ago. 2016.

Fonte: World Bank Open Data. Disponível em: <http://data.worldbank.org>. Acesso em: 18 ago. 2016.

A Tabela I.1 mostra que existem importantes diferenças entre os países comparados que devem ser levadas em conta ao analisarmos as conclusões do estudo.[17] Uma diferença evidente diz respeito ao tamanho do sistema educacional. O sistema relativamente pequeno de Cingapura, por exemplo, com níveis muito altos de renda per capita, representa um contexto muito diferente daquele observado no sistema significativamente maior da Índia, com níveis de renda per capita menores. Outras diferenças entre esses países, que não serão objeto de análise neste livro, concernem às expectativas alimentadas pelos adultos em relação às suas crianças, às escolas e às maneiras pelas quais esses adultos apoiam a aprendizagem escolar e a educação de maneira geral.

Usando dados da Pesquisa Mundial sobre Valores 2015, estudo conduzido em vários países, a Tabela I.2 mostra de que forma variam as expectativas das pessoas quanto à educação infantil. Pediu-se a adultos que identificassem qualidades importantes que deveriam ser cultivadas nas crianças, e a Tabela I.2 mostra a porcentagem de adultos que mencionaram cada uma das qualidades listadas. Na China e em Cingapura, por exemplo, uma porcentagem muito maior da população valoriza a independência, seguida pela Índia e pelos Estados Unidos. Essa porcentagem é menor no Chile e no México. A capacidade de determinação e esforço das crianças é altamente valorizada na China, na Índia, em Cingapura e nos Estados Unidos, mas em medida menor no Chile e no México. Tolerância e respeito pelos outros são valorizados pela maior parte das pessoas, mas um pouco menos na China, na Índia e em Cingapura. A capacidade de autoexpressão é pouco valorizada pela maioria das pessoas, mas isso acontece mais na Índia e significativamente menos na China, em Cingapura, no México e nos Estados Unidos.

**TABELA I.2** Crianças e adolescentes — Qualidades importantes
(porcentagem dos que mencionaram cada qualidade)

| | Chile | China | Índia | México | Cingapura | Estados Unidos |
|---|---|---|---|---|---|---|
| Independência | 49 | 70 | 63 | 39 | 72 | 54 |
| Esforço e determinação | 31 | 75 | 63 | 38 | 61 | 66 |
| Senso de responsabilidade | 77 | 66 | 66 | 75 | 70 | 65 |
| Imaginação | 22 | 17 | 51 | 24 | 19 | 31 |
| Tolerância e respeito pelos outros | 82 | 52 | 62 | 78 | 54 | 72 |
| Parcimônia, economia de dinheiro e de coisas | 36 | 51 | 58 | 35 | 47 | 32 |
| Perseverança | 54 | 26 | 65 | 27 | 44 | 36 |
| Fé religiosa | 28 | 1 | 61 | 35 | 26 | 43 |
| Altruísmo | 43 | 29 | 55 | 43 | 26 | 33 |
| Obediência | 46 | 8 | 57 | 55 | 38 | 28 |
| Autoexpressão | 36 | 11 | 40 | 19 | 14 | 18 |

Porcentagens calculadas com base em dados da Pesquisa Mundial sobre Valores (2010-2014).

As qualidades que os adultos consideram importantes nas crianças se refletem nas opiniões que pais, assim como professores e gestores escolares têm a respeito do que deveria ser ensinado nas escolas. Nos Estados Unidos, uma recente sondagem de opinião com os pais sobre as qualidades consideradas mais importantes para ensinar às crianças enfatiza a responsabilidade, a determinação e o esforço, mas atribui importância relativamente menor a curiosidade, obediência, tolerância, persistência, empatia e criatividade.[18] Demonstrando coerência em relação a esses resultados, ao serem perguntados sobre quais habilidades seriam mais importantes para as crianças progredirem no mundo de hoje, os norte-americanos enfatizaram a comunicação (90%), a leitura (86%), a matemática (79%), o trabalho em equipe (77%), a escrita (75%) e a lógica (74%), enquanto deram menor ênfase às ciências (58%). Um número significativamente menor de pessoas enfatizou o esporte (25%), a música (24%) ou as artes (23%).[19]

Essas diferenças quanto às expectativas dos pais provavelmente influenciam o modo como as famílias interagem com as escolas, o seu grau de satisfação com elas e o apoio concedido ao seu trabalho, assim como às atividades adicionais que as escolas propiciam às crianças com o intuito de desenvolver as qualidades que os pais consideram importantes. Uma pesquisa conduzida em 21 países que examina a pressão exercida pelos pais sobre os filhos mostra diferenças significativas. Os norte-americanos são os mais propensos a dizer que os pais não pressionam suficientemente seus filhos (64%), enquanto os chineses são os que mais tendem a dizer que os pais os pressionam demais (68%). No México, 42% dos consultados pensam que os pais não pressionam suficientemente os filhos e 20% afirmam que eles os pressionam demais, ao passo que, na Índia, os números são de 24% e 44%, respectivamente.[20] Essas diferenças culturais, no que tange às expectativas dos pais, tendem a influenciar as prioridades dos currículos em vários países.

## MÉTODOS DE PESQUISA: A VANTAGEM DE APRENDER POR COMPARAÇÕES

É muito antiga a ideia de que podemos adquirir conhecimentos valiosos comparando sistemas educacionais. Antes que os sistemas educacionais públicos existissem, viajantes costumavam levar de um país para outro histórias sobre como as pessoas eram educadas. A aspiração moderna de educar todas as crianças criou uma premência para esse tipo de troca de ideias. No período que se seguiu à Revolução Francesa, Marc-Antoine Jullien, depois de dedicar tempo considerável ao estudo do modelo educacional desenvolvido por Pestalozzi na Suíça, propôs o estudo sistemático de práticas educacionais comparativas. Ciente de que outros educadores tinham concebido metodologias educacionais alternativas, ele coordenou a troca de informações e a discussão de todas essas práticas. Propôs também um levantamento sistemático de como a educação era organizada em vários lugares, identificando quem estava sendo educado, em que tipo de instituição, quem se encarregava de ensinar e o que estava sendo ensinado. A esperança de Jullien era a de que o exame dessas evidências comparativas viesse a ser útil àqueles que tivessem o poder de decidir como expandir a educação.

Muitos sistemas educacionais públicos foram auxiliados em sua criação por esse tipo de conhecimento acumulado em bases comparativas. John Quincy Adams, o sexto presidente dos Estados Unidos, na época em que era embaixador na Prússia, por exemplo, dedicou parte de seu tempo ao estudo das instituições educacionais daquela região, assunto que discutiu em *Letters on Silesia*, livro de viagens escrito para seus contemporâneos no novo país. Mais tarde, Horace Mann, que defendeu a educação pública em Massachusetts, também dedicou parte de seu tempo ao estudo do sistema educacional público na Prússia e na França, como forma de dar maior consistência ao debate norte-americano sobre como construir um sistema educacional universal.

Na América do Sul, Simón Bolívar, um dos líderes do movimento pela independência, visitou Joseph Lancaster em Londres para aprender a abordagem que este desenvolvera para educar grandes grupos de crianças a baixo custo, com um número limitado de professores altamente capacitados e auxiliados por alunos monitores. Bolívar persuadiu Lancaster a viajar até Caracas nos primeiros anos após a independência, onde este ajudou a criar a primeira escola de formação de professores. A Sociedade para a Promoção do Sistema Lancasteriano de Educação para os Pobres se empenhou ativamente na divulgação do conhecimento sobre como organizar esse método de ensino em diversos países.

O campo da educação comparativa foi formalmente estabelecido nos Estados Unidos com a fundação do Teacher College na Universidade de Colúmbia, no início do século XX. Lá foi criado o International Institute (agora conhecido como The International and Comparative Education Program) – o primeiro centro voltado para estudos comparativos na área da educação – com a esperança de que o conhecimento desenvolvido ali ajudasse a descobrir a melhor forma de preparar professores numa época em que a expansão educacional proporcionava oportunidades a crianças de estratos sociais às quais a educação havia sido negada até então. John Dewey foi um dos mais conhecidos educadores associados a esse centro. Por meio de suas viagens, assim como por sua atividade como professor, ele se empenhou ativamente na disseminação das ideias sobre objetivos e práticas educacionais em vários países. O trabalho dele é particularmente importante para este livro por causa de sua ideia de que aquilo que ensinamos é o modo como ensinamos. Além disso, seus escritos sobre a natureza da educação para a vida democrática destacam a importância central dos propósitos da educação e de que forma esses propósitos estão inter-relacionados com práticas pedagógicas e currículos.

Nos últimos anos, a maior parte do debate público baseado em comparações internacionais lançou mão dos resultados de estudos internacionais sobre desempenho educacional, entre eles os realizados pela Associação Internacional para a Avaliação do Desempenho Educacional (IEA), como o Progresso no Estudo Internacional de Alfabetização e Leitura (PIRLS) ou o Tendências Internacionais no Estudo da Matemática e das Ciências (TIMSS), ou mais recentemente os estudos do Pisa conduzidos pela OCDE. Esses estudos utilizaram ampla variedade de resultados e práticas educacionais, extraindo lições do mundo todo, como se este fosse um laboratório. Eles representam uma extensão, em nível transnacional, dos estudos sobre eficiência nas escolas que examinam resultados obtidos pelos alunos – normalmente nos campos da alfabetização, matemática e ciências, com alguns poucos estudos focando o aspecto da educação cívica –, relacionando então esses resultados com práticas de ensino, características de professores e de instituições escolares, e características estruturais de sistemas educacionais, como o grau de autonomia das escolas. O conhecimento gerado por esses trabalhos, assim como o alcançado por pesquisas sobre eficiência das escolas de forma geral, é de grande utilidade para nos ajudar a compreender quais fatores estão associados às variações nos resultados de aprendizagem.

Esses trabalhos, porém, omitem a discussão sobre os objetivos das políticas educacionais; não são estudos sobre a eficácia da implementação de um currículo em particular, nem análises sobre o que se pretende com ele. Como a educação é um empreendimento dotado de um propósito, muito temos a ganhar com uma investigação explícita sobre seus objetivos, inclusive sobre o que um currículo está tentando ensinar aos alunos e como a aprendizagem pretendida pode ser alcançada. Além disso, compreender o processo educacional como o resultado de tentativas explícitas de modificar as metas da educação – em outras palavras, as reações das instituições educacionais à liderança adaptativa – deveria complementar o vasto conhecimento existente sobre as maneiras de aprimorar a eficiência das escolas, a exemplo dos processos de inovação contínua ou de aprimoramento tecnológico. Lidar com essas questões é a meta da Iniciativa Global pela Inovação na Educação, e também a deste livro.

Neste estudo, nos empenhamos em examinar estruturas políticas e curriculares, assim como em entrevistar importantes formuladores de políticas, com o objetivo de identificar de que forma diferentes sistemas educacionais descreveram as habilidades que os sistemas públicos deveriam ajudar os alunos a adquirir no século XXI. Focamos este estudo em países que contam com um número substancial de alunos, bem como naqueles em que a educação é uma clara prioridade para os governos nacionais, partindo da suposição de que esses dois fatores criariam condições para uma atenção mais deliberada sobre o trabalho das instituições educacionais. Em países nos quais ampla porcentagem da população se encontra na escola, é evidente que o que é feito no contexto escolar pode, em grande medida, exercer um impacto imediato na formação do caráter da sociedade, de um modo que não acontece com as escolas em países com uma porcentagem menor de alunos. Além disso, o alto número de alunos está associado a um alto número de professores e de instituições, tornando as escolas uma face bastante visível e importante do Estado – sendo elas, muitas vezes, o maior empregador do país e, não raro, a instituição estatal à qual a maior parte da população tem acesso. Chile e Cingapura não preenchem necessariamente esse critério em termos de número de alunos na escola, mas, no caso do primeiro país, temos um cenário no qual uma transição democrática colocou a educação no centro do programa de reformas de políticas públicas e, no caso do segundo, um quadro em que a prioridade à educação é concedida desde a fundação da nação.

Em termos de dados, os principais recursos aos quais este livro recorre incluem: análise de documentos (sobre políticas, estruturas curriculares, artigos técnicos e relatórios oficiais governamentais); resenhas literárias sobre artigos e livros relevantes; e entrevistas com formuladores de políticas, atores nacionais e locais na área da educação, assim como especialistas.

## PLANO DO LIVRO

O Capítulo Um, "Abordagem sistêmica de Cingapura em relação ao ensino e ao aprendizado das competências do século XXI", examina os esforços sistêmicos realizados por Cingapura visando preparar os alunos para as realidades do século XXI no plano do trabalho e da sociedade globais. Foca especificamente políticas-chave, iniciativas e estratégias implementadas em setores importantes do sistema educacional, com o intuito de desenvolver nos alunos as competências do século XXI. Também destaca a estreita colaboração entre formuladores de políticas, escolas e o Instituto Nacional de Educação, que contribuiu para que essas iniciativas e metas fossem alcançadas. O capítulo termina com a discussão dos futuros desafios a serem enfrentados por Cingapura.

O Capítulo Dois, "Grandes ideias, pequenas ações: lições extraídas da reforma do currículo do século XXI na China", explora as políticas e estratégias adotadas para fazer a educação contemporânea chinesa avançar, incluindo experiências e inovações contínuas destinadas a mudar tanto o conteúdo como os modos de educar. O currículo da China para o ensino das competências do século XXI, já concebido e implementado, está condicionado a um contexto histórico e a reformas políticas concretizadas num âmbito mais amplo. Daí a perspectiva dual – histórica e sistêmica – adotada no capítulo. Em primeiro lugar, rediscute contextos históricos que exerceram impacto na conformação da educação chinesa para o século XXI; em segundo lugar, examina de que maneira o conceito de educação para o presente século se configurou nas reformas das políticas e no plano do currículo como resultado delas – especificamente, mudanças na estratégia, no conteúdo e nas maneiras de proporcionar a educação. O capítulo se encerra com cinco lições para a reforma do currículo do século XXI, que podem vir a ser replicadas. São elas: maior abertura à participação na formulação de políticas com base em evidências e resultados; apoio profissional ao trabalho dos professores; disposição para aprender com as experiências mundiais; experimentação; equilíbrio entre centralização e descentralização, com ênfase na unidade e na diversidade.

O Capítulo Três, "Conteúdos fortes, ferramentas frágeis: competências do século XXI na reforma educacional chilena", discute o lugar que a abordagem voltada para as competências do século XXI ocupa na educação primária e secundária no Chile desde que essas habilidades foram incorporadas ao currículo nacional, no contexto de uma reforma educacional mais abrangente, empreendida a partir de meados da década de 1990. O capítulo analisa a interação entre a relevância atribuída a essas novas competências e as metas e ênfases das políticas e dos programas educacionais voltados para sua implementação no sistema educacional existente. O estudo contribui para o debate crítico das prioridades estabelecidas pelas políticas educacionais chilenas nas duas últimas décadas. Ao expandir o conceito de qualidade da educação, ele também abre caminho para futuros trabalhos sobre a relevância das competências do século XXI tanto em pesquisas sobre políticas educacionais como sobre eficiência das escolas.

O Capítulo Quatro, "Reforma curricular e habilidades do século XXI no México: existe compatibilidade entre os parâmetros e o material de capacitação dos professores?", analisa de que forma as habilidades do século XXI foram definidas e conceitualizadas no novo currículo mexicano e discute em que medida os padrões, as metas educacionais e o material de capacitação de professores estão harmonizados entre si. Seguindo uma tendência comum em outros países, o México introduziu recentemente em seu currículo nacional uma definição de habilidades do século XXI. Contudo, permanece em aberto o debate sobre a definição dessas habilidades e de que forma essa inclusão poderá resultar em mudanças nas práticas de ensino e no aprendizado dos alunos.

O Capítulo Cinco, "Competências do século XXI, estrutura do currículo nacional indiano e história da educação na Índia", aborda a evolução das políticas educacionais no cenário de constante transformação dos últimos anos, incluindo um sumário estudo de caso de uma organização não governamental que deu início a práticas que influenciaram as atuais metas curriculares. O capítulo faz um resumo da história da educação na Índia e dos enormes progressos realizados, examinando também os vínculos entre as competências do século XXI e as aspirações curriculares existentes, mostrando de que forma essas habilidades figuram ou não na estrutura em vigor.

O Capítulo Seis, "Mapeando o cenário do ensino e do aprendizado para o século XXI em Massachusetts no contexto da reforma educacional nos Estados Unidos", examina as principais políticas e estratégias implementadas para desenvolver nos alunos as competências do século XXI, incluindo uma análise da forma como os *Parâmetros Básicos Comuns Nacionais*[21] foram adotados em Massachusetts, em comparação com o relatório encomendado pelo Conselho Nacional de Pesquisa sobre as competências do século XXI. O capítulo termina com uma discussão dos atuais e futuros desafios e oportunidades.

Finalmente, a conclusão, "Teorizando a educação do século XXI", faz uma síntese de como as estruturas curriculares mudaram nos países examinados neste estudo e de como essas mudanças incorporaram as competências cognitivas, sociais e intrapessoais. Também aborda o paradoxo representado pelo fato de que, enquanto as metas educacionais vêm se expandindo, o apoio às escolas e aos educadores vem diminuindo. E propõe que no cerne desse paradoxo está o fracasso das estratégias adotadas em encontrar uma base teórica adequada para a implementação da educação do século XXI.

Em síntese, com este livro queremos fazer com que os que desempenham um papel na área de educação participem de um debate global sobre os propósitos da educação no século atual, os quais, na nossa visão, incluem a preparação de alunos com as competências, a capacidade de ação e o desejo de lidar com as questões importantes com que todos nós hoje nos defrontamos.

A necessidade de uma educação como essa recentemente encontrou eco em um relatório de uma comissão da Secretaria de Educação dos Estados Unidos:

> Uma educação de qualidade não consiste apenas no domínio de um conjunto de habilidades básicas, mas no exercício do pensamento

crítico e na capacidade de resolução de problemas, como também na familiaridade com questões características do século XXI (consciência global e alfabetização financeira, por exemplo). Esse alto nível de educação é fundamental para a autossuficiência e a segurança econômica num mundo em que a educação mais do que nunca desempenha um papel importante no sucesso tanto das sociedades como dos indivíduos.

Mas as escolas norte-americanas precisam fazer mais do que garantir nossa futura prosperidade econômica; precisam fomentar a cultura cívica da nação e o sentido de um propósito comum, criando a nação unificada que o lema *e pluribus unum* celebra. Isso depende, em grande medida, da realização dessa missão: os ideais compartilhados que permitem que nosso sistema de governo mantenha sua coesão mesmo diante de desavenças políticas entre facções; a força de nossa diversidade; a tranquilidade interna que nossa Constituição promete; e a capacidade de manter a influência – como exemplo e poder – que a América há muito projeta para o mundo. Ao negligenciarmos essas expectativas, estaríamos correndo um grande risco.[22]

Compreender a forma como os líderes dos sistemas educacionais em todo o mundo concebem as metas da educação no século XXI representa um passo essencial para compreender se a meta global, relativamente recente, de educar todas as crianças pode efetivamente proporcionar aos alunos as competências necessárias para dar forma ao seu futuro.

CAPÍTULO UM

# Abordagem sistêmica de Cingapura em relação ao ensino e ao aprendizado das competências do século XXI

Oon-Seng Tang e Ee-Ling Low
*Instituto Nacional de Educação, Universidade Tecnológica de Nanyang, Cingapura*

O século XXI trouxe consigo a globalização e rápidos avanços tecnológicos. Com a celeridade dessas mudanças, os governos precisam se perguntar como as escolas podem preparar seus alunos para o futuro e pensar sobre que tipo de habilidades e competências fundamentais eles necessitam para atuar de forma competitiva ao ingressarem na força de trabalho. Ainda que a qualificação acadêmica permaneça sendo importante, ela por si só não garante que os trabalhadores serão capazes de se adaptar às demandas em constante mudança colocadas pelo mercado de trabalho global. Por isso, os educadores vêm sendo cada vez mais pressionados a incorporar, em seu sistema educacional, as competências exigidas neste século.

Não é diferente o foco adotado em Cingapura quanto à preparação dos alunos para as competências do século XXI.[1] Existe uma clara tentativa de articular uma resposta coerente e sistêmica aos desafios e às oportunidades educacionais de hoje, que originou um mapeamento dos resultados educacionais relativos a habilidades e competências do século XXI na força de trabalho, mapeamento esse realizado por meio de uma revisão holística do sistema educacional. No plano internacional, foram criados diversos conselhos e associações para catalogar as competências essenciais para o novo século, incluindo o Conselho Nacional de Pesquisa (NRC) e o projeto Avaliação e Ensino das Habilidades do Século XXI (ATC21S). O ATC21S desenvolveu uma matriz na qual analisava cada uma das dez importantes habilidades do século XXI usando o quadro de Conhecimento, Habilidades, Atitudes, Valores e Ética (KSAVE), construído com a da incorporação de estudos de várias organizações e países.[2] O NRC trabalhou com três domínios – competências cognitivas, intrapessoais e interpessoais – exigidos para ter sucesso no século atual, ainda que tomando como referência o mercado norte-americano.[3] Essa revisão educacional teve por base varreduras ambientais e análise de futuras tendências e contribuições de outros participantes da área educacional, como órgãos governamentais, escolas, universidades, pais, organizações beneficentes e sindicatos,[4] juntamente com fontes adicionais de documentos da União Europeia, da OCDE e de países como Estados Unidos, Japão, Austrália, Escócia e outros como referências.[5] O resultado dessa revisão abrangente, que averiguou as necessidades no âmbito das habilidades do século XXI, foi o desenvolvimento da estrutura do quadro das competências do século XXI (21CC), que articula um conjunto de resultados a serem alcançados por um estudante do século XXI. Os resultados obtidos têm por base valores fundamentais, assim como habilidades sociais e emocionais relacionadas ao processo de aprender. Por meio do quadro articulado das 21CC, as escolas são orientadas a promover mudanças em seus currículos e em suas propostas pedagógicas e avaliações, como será descrito em detalhe a seguir.

Este capítulo procura atingir três objetivos. Primeiro, realizar um estudo descritivo e uma meta-análise de políticas e iniciativas introduzidas no sistema educacional de Cingapura voltadas para as competências do século XXI. As fontes mais importantes de dados incluem extensa revisão da literatura de temas relevantes, a estrutura desenvolvida pelo

Ministério da Educação (MOE) para os resultados desejados junto aos alunos quanto às competências do século XXI, o Modelo de Educação para o Século XXI para professores, desenvolvido pelo Instituto Nacional de Educação (NIE), relatórios governamentais oficiais e outros com base na internet. Segundo, discutir fatores que tornam bem-sucedidas essas políticas. Finalmente, discutir os desafios encontrados no dia a dia por personagens atuantes no sistema educacional durante o processo de implementação e oferecer uma perspectiva crítica para os futuros desafios à frente. Os dados em que essa perspectiva se baseia foram coletados por meio de discussões em grupos focais, além de entrevistas pessoais ou por e-mail com personagens atuantes no campo da educação.

## CONTEXTO HISTÓRICO DE CINGAPURA E SEU SISTEMA EDUCACIONAL

Cingapura é uma cidade-estado insular situada ao sudeste da Malásia, a apenas 137 quilômetros ao norte da linha do equador, com uma área territorial de não mais do que 650 quilômetros quadrados. Ela se encontra estrategicamente localizada no entroncamento entre o Extremo Oriente e o Ocidente, o que a torna um dos mais movimentados pontos de conexão de transporte aéreo e marítimo do mundo – um conveniente porto de ligação e uma localização propícia que favorecem a passagem de viajantes que vão do hemisfério Sul para o hemisfério Norte e do Extremo Oriente para a Europa e a América do Norte.

Cingapura foi fundada pelos britânicos em 1819, tendo conquistado a independência em 1965. De acordo com o mais recente *Population in Brief*, de 2014, divulgado pela National Population and Talent Division em junho de 2014, a população de Cingapura somava 5,47 milhões, abrangendo 3,87 milhões de residentes (dos quais 3,34 milhões são cingapurenses e 0,53 milhão detêm o direito de residência permanente) e 1,60 milhão de não residentes. Em termos de composição étnica do conjunto dos cidadãos, os chineses formam a maioria da população (76,2%), seguidos pelos malaios (15%), indianos (7,4%) e outros, em sua maioria eurasianos (1,4%). Devido à diversidade na composição de sua população, o principal objetivo da educação é o de forjar um Estado nacional, esforço que deve ser compreendido no contexto de uma comunidade multiétnica, multilíngue e multicultural.

Cingapura é economicamente próspera, com um PIB per capita de US$ 56.319, um dos mais altos da Ásia.[6] Dá grande ênfase à educação, tendo gasto com escolas, em 2014, cerca de 3% de seu PIB ou cerca de 11,7 bilhões de dólares de Cingapura (aproximadamente US$ 8,86 bilhões). O índice de alfabetização entre os maiores de 15 anos, segundo o Censo da População de 2010, é de 95,9%, com 79,9% sendo letrados em inglês; o índice dos que o são em duas ou mais línguas chega a 70,5%.

Como nação, Cingapura é relativamente pequena, tanto em termos de extensão de território como de tamanho da população. Existem 360 escolas no país e aproximadamente 33 mil funcionários na área de educação. Seu tamanho reduzido certamente ajuda na capacidade do sistema de reagir rapidamente a mudanças e iniciativas nas políticas globais, colocando-as em prática e de maneira coerente em todas as suas instâncias.

Em anos recentes, o sistema educacional de Cingapura tem atraído a atenção mundial devido ao contínuo alto desempenho em exames que aferem o desempenho dos alunos. Nos resultados mais recentes divulgados pelos estudos Tendências Internacionais no Estudo da Matemática e das Ciências (TIMSS) e Progresso Internacional no Estudo quanto à Compreenssão da Leitura (PIRSL) – realizados em 2011 e conduzidos conjuntamente pela Associação Internacional para a Avaliação do Desempenho Educacional (IEA) e pelos centros TIMSS e PIRSL na Lynch School of Education do Boston College –, Cingapura se destacou em primeiro lugar na quarta série, tanto em matemática como em ciências, enquanto, na oitava série, ficou com o primeiro lugar em ciências e o segundo em matemática. Nos resultados do Pisa de 2012, entre os 65 sistemas educacionais participantes da avaliação com base em exames escritos tendo o papel como suporte, Cingapura se colocou entre os cinco melhores do ranking em habilidades envolvendo matemática, leitura e ciências.

Sem dúvida, o foco mantido na importância do desempenho escolar nos primeiros anos de construção do país contribuiu muito para essa performance. Contudo, contrariamente à crença popular, as iniciativas e metas das políticas para a educação no sistema de Cingapura não foram guiadas pela busca por alcançar uma boa colocação nesses testes internacionais de desempenho dos alunos; em vez disso, o sistema educacional tem se mostrado dinâmico em suas reações às mudanças tanto no contexto nacional como no global, adaptando, ao longo dos anos, seus objetivos às constantes mudanças em termos de oportunidades e desafios que a nação tem enfrentado. A próxima seção documenta alguns dos fatores que geraram mudanças e como estas modelaram a filosofia da educação, a formulação de políticas e a implementação de estratégias para o sistema como um todo.

### Principais fases da educação e suas fundamentações

Ao longo das últimas décadas, o sistema educacional de Cingapura passou por várias mudanças quanto a filosofias e objetivos, que podem ser caracterizadas como quatro fases distintas: a motivada pela sobrevivência, a motivada pela eficiência, a motivada pelas habilidades e a motivada pelos valores. É importante ressaltar que cada uma dessas fases foi determinada por necessidades diferentes enfrentadas por uma nação recém-independente e pelo seu desenvolvimento sociopolítico.[7] Mudanças na política educacional foram, portanto, também originadas pelas mudanças nas necessidades da nação em desenvolvimento, e em cada caso o governo assumiu a liderança ao apresentar novas iniciativas nas políticas.

### Fase motivada pela sobrevivência (1965-1978)

Essa fase foi inspirada pela necessidade de uma nação recém-independente sobreviver economicamente, daí o nome "motivada pela sobrevivência". Depois de alcançar a independência em 1965, Cingapura precisou erguer sua economia do zero, e a educação tornou-se um dos elementos decisivos na garantia de que a economia fosse construída de modo a assegurar sua sustentabilidade no futuro. Havia altos níveis de desemprego entre a população, em sua maioria com baixa formação profissional. Como o país não contava com recursos naturais de qualquer tipo, a educação tornou-se a peça-chave para seu crescimento e desenvolvimento econômico. Consequentemente, o objetivo da educação era a sobrevivência econômica e, de forma geral, a rápida formação educacional da população, de modo a constituir uma expressiva força de trabalho para o país.[8] Na época, o currículo centrava-se nas habilidades básicas associadas ao letramento e à matemática, essenciais para o trabalho, e o principal objetivo era fazer com que parcela razoável da população viesse a concluir o ensino médio. Nas décadas de 1960 e 1970, o número de escolas construídas aumentou rapidamente, o que tornou premente a formação de todo um quadro de professores para as novas escolas. A infraestrutura do campus dedicado à capacitação de professores foi aprimorada, e oportunidades foram oferecidas para que a faculdade elevasse o nível de suas qualificações acadêmicas. Isso sinalizou a importância da preparação e formação dos professores.

Durante essa fase, a educação para todos foi proporcionada no nível primário, porém o modelo de uma educação padronizada, "o mesmo tipo para todos", não levava em consideração os diferentes níveis de habilidades dos alunos, e um número substancial daqueles que não conseguiram passar no Exame de Conclusão da Escola Primária (PSLE)[9] deixou o sistema e não deu prosseguimento aos seus estudos. Para reduzir as altas taxas de evasão escolar, foi criado um comitê de revisão da educação, e suas recomendações levaram à introdução da fase motivada pela eficiência.

### Fase motivada pela eficiência (1979-1996)
Em 1979, uma comissão da área de educação destacou dois principais problemas para o sistema: primeiro, a alta taxa de evasão escolar (os alunos que não atingiam os padrões esperados abandonavam prematuramente o sistema); segundo, os baixos níveis de alfabetização em inglês entre os alunos. A fase motivada pela eficiência foi desencadeada para atacar essas duas preocupações. Em 1980, introduziu-se oficialmente um novo sistema educacional numa tentativa de reduzir o número dos que abandonavam a escola. Três correntes diferenciadas foram implementadas nas escolas primária e secundária para atender alunos de habilidades diversas, em oposição ao formato anterior, no qual um único sistema atendia todos da mesma maneira.

Sendo assim, o foco na oferta de educação para todos se desviou para o aprimoramento da qualidade da educação oferecida. Em outras palavras, a quantidade, em termos de oportunidades educacionais para maior número alunos, deu lugar a maior atenção à qualidade, com a elevação dos padrões para todos os alunos. De forma condizente com esse esforço, avaliações e currículos foram padronizados nas escolas, de modo a reduzir as variações de objetivos relacionados com o desempenho e aumentar a qualidade da educação, buscando produzir a força de trabalho da qual a indústria manufatureira necessitava, uma vez que mais da metade de sua produção era de artigos eletrônicos.[10] Essa fase prosseguiu até o surgimento da necessidade de avançar na direção de uma maximização do potencial de cada indivíduo no sistema, como forma de preparar os habitantes de Cingapura para a realidade do mercado de trabalho e da economia globais.

### Fase motivada pelas habilidades (1997-hoje)
A partir de 1997, Cingapura ingressou na era da educação motivada pelas habilidades, com o objetivo de preparar uma força de trabalho que estivesse pronta para os desafios de um mercado globalizado. Por meio de interações com profissionais da indústria, chegou-se à conclusão de que um conjunto de determinadas competências que estavam além do domínio acadêmico era extremamente necessário para um ambiente de trabalho e uma sociedade cada vez mais interdependentes no século XXI. Como anteriormente mencionado, Cingapura é um país sem recursos naturais, mas que conta com excelente localização geográfica e potencial humano. Dessa forma, sua sobrevivência sempre dependeu de sua utilidade para as grandes potências econômicas e políticas e da capacidade de inovar e de permanecer relevante no mercado global.[11] Portanto, ao longo da fase motivada pela habilidade, o foco educacional era o desenvolvimento de cada criança, de modo a maximizar plenamente seu potencial por meio de um sistema educacional modelado para esse propósito.

Para ajudar a alcançar essa nova meta, foi lançado em 1997 o programa Escolas Pensantes, Nação Aprendente (TSLN). A qualidade das escolas se destacou como fator-chave para assegurar o sucesso dos alunos. As propostas de desenvolvimento educacional foram afinadas para responder às necessidades econômicas e sociais das pessoas, sendo essas necessidades definidas por meio de sondagens de ambientes locais e internacionais, viagens de estudos e discussões em grupos focais. Para proporcionar apoio à visão representada pelo programa TSLN, o Ministério da Educação criou os comitês de Revisão e Implementação da Educação nos níveis primário, secundário e universitário (respectivamente, Peri/Seri/Jeri) para estudar maneiras de aprimorar o sistema educacional ao longo dos diferentes níveis.[12] Suas recomendações para o aprimoramento foram implementadas a partir de 2010 e serão descritas mais detalhadamente ao longo deste capítulo.

### Fase motivada pelos valores, centrada nos alunos (2011-hoje)

A fase motivada pelos valores, centrada nos alunos, foi anunciada pela primeira vez em 2011 como um claro sinal de que uma educação holística dos indivíduos era essencial para sobreviver no ambiente de trabalho e na sociedade do século XXI. Em seu discurso no Seminário de Plano de Trabalho do Ministério da Educação, o Sr. Heng Swee Keat, ministro da Educação, explicou que os valores e o desenvolvimento do caráter precisavam ser colocados no centro do sistema educacional, porque tanto pais como educadores haviam feito um apelo para que as escolas desenvolvessem holisticamente os alunos, em resposta às novas demandas do ambiente de trabalho global.[13] Em especial numa sociedade multicultural e multirracial como Cingapura, o compartilhamento de valores permite aos seus cidadãos valorizar a diversidade e manter a coesão e a harmonia. As metas dessa fase são "cada escola, uma boa escola", "cada aluno, um aluno empenhado em aprender", "cada professor, um educador que se importa com os alunos" e "cada pai, um parceiro que apoia". A fase motivada pelos valores se desenvolve concomitantemente com a motivada pelas habilidades, em que as escolas não apenas ensinam capacidades acadêmicas e da própria vida, como ajudam a incutir valores e a formar o caráter dos alunos. Além disso, essa fase assistiu ao recuo dos rankings escolares, que geravam competitividade entre as escolas, e da obsessão dos pais por resultados em testes de desempenho. As escolas também começaram a se aproximar dos pais e da comunidade, procurando envolvê-los numa parceria voltada para o desenvolvimento holístico de suas crianças e adolescentes. As quatro fases educacionais e o que as desencadeou estão descritas graficamente na Figura 1.1.

**FIGURA 1.1** As quatro fases da educação em Cingapura (1965-hoje)

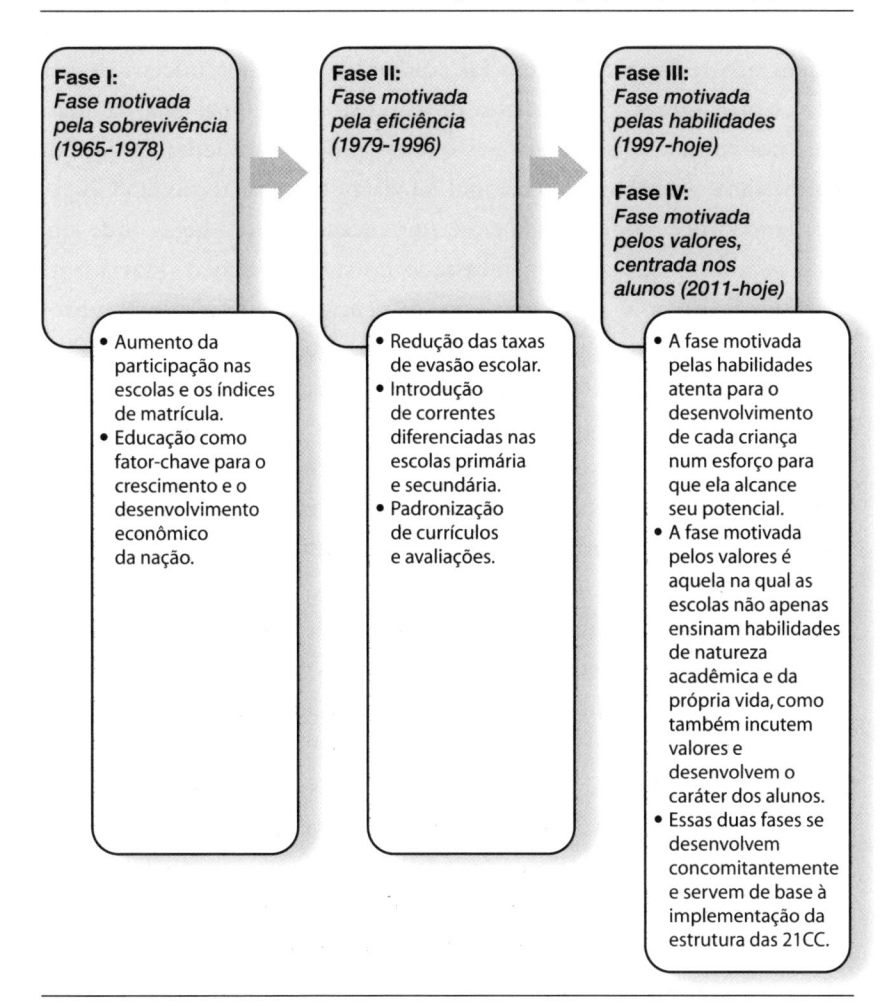

**Fase I:**
*Fase motivada pela sobrevivência (1965-1978)*

- Aumento da participação nas escolas e os índices de matrícula.
- Educação como fator-chave para o crescimento e o desenvolvimento econômico da nação.

**Fase II:**
*Fase motivada pela eficiência (1979-1996)*

- Redução das taxas de evasão escolar.
- Introdução de correntes diferenciadas nas escolas primária e secundária.
- Padronização de currículos e avaliações.

**Fase III:**
*Fase motivada pelas habilidades (1997-hoje)*

**Fase IV:**
*Fase motivada pelos valores, centrada nos alunos (2011-hoje)*

- A fase motivada pelas habilidades atenta para o desenvolvimento de cada criança num esforço para que ela alcance seu potencial.
- A fase motivada pelos valores é aquela na qual as escolas não apenas ensinam habilidades de natureza acadêmica e da própria vida, como também incutem valores e desenvolvem o caráter dos alunos.
- Essas duas fases se desenvolvem concomitantemente e servem de base à implementação da estrutura das 21CC.

Durante a fase motivada pelos valores, centrada nos alunos, as metas e os resultados desejados são claramente definidos. O objetivo da educação em Cingapura é o de formar cada criança, independentemente da capacidade ou do nível de desempenho dela. O ambiente em que se desenvolve a reforma educacional tem por base uma série de valores compartilhados. O sistema criou mais oportunidades para que alunos se desloquem horizontalmente entre as correntes acadêmicas e o nível secundário[14] e para além deles, de forma a criar maior flexibilidade no sistema e reconhecer aqueles que "florescem tardiamente", que podem não realizar seu potencial acadêmico nos anos iniciais de sua vida escolar. Outra característica do sistema educacional está na atenção e nos recursos que dedica aos que aprendem mais lentamente. Por muitos anos, a educação vocacional foi vista por quase todos em Cingapura como um beco sem saída em termos acadêmicos, o lugar onde iam parar os alunos que tinham fracassado no sistema escolar. Havia uma necessidade urgente de mudar essa percepção e enfatizar o compromisso de que todas as crianças receberiam oportunidades iguais. Para fazer isso, alunos do Instituto Técnico de Educação de Cingapura (ITE) receberam formação, infraestrutura e recursos de nível internacional. Para ensinar a esses alunos, foram construídas instalações de alto nível, dotadas dos mais avançados equipamentos, e uma faculdade profissional altamente qualificada. Uma estreita rede de conexões com as indústrias e as empresas foi montada, de modo que aqueles formados pelo ITE tivessem acesso não apenas a oportunidades de emprego, contatos e estágios, como também a mecanismos que os levassem à educação superior.[15] Hoje os recursos dedicados à formação vocacional e técnica são imensos, e o sistema vocacional e técnico é um elemento significativo da história da educação em Cingapura. Esse foco na "elevação do nível", de modo a possibilitar que os que aprendem mais lentamente tenham uma educação de alta qualidade e formação vocacional que os prepare de forma adequada para o futuro, é um exemplo do compromisso com a filosofia educacional de cuidar de cada criança de maneira a maximizar seu potencial.

De acordo com o que foi exposto nesta seção, na qual as diferentes fases educacionais e as políticas que as acompanharam foram detalhadas, é possível observar que o sistema educacional de Cingapura se caracteriza pela agilidade em corrigir potenciais problemas no interior do sistema, garantindo que os objetivos educacionais mudem, acompanhando o cenário educacional local e global. Os desafios enfrentados pelo sistema serão discutidos na seção final deste capítulo.

## COERÊNCIA SISTÊMICA ENTRE OS PRINCIPAIS ATORES NA EDUCAÇÃO

A coerência sistêmica e a compatibilidade de metas entre os principais atores também ficam claras ao observarmos o sistema educacional de Cingapura. Com a direção geral estabelecida pelo Ministério da Educação, o alinhamento coerente de políticas e práticas entre as iniciativas educacionais nacionais, o Instituto Nacional de Educação (NIE) e os grupos de diretores de escolas e professores formam o conjunto necessário à implementação e à manutenção de esforços contínuos no sentido de aprimorar e ensinar as 21CC nas escolas. Uma bem equilibrada estrutura de "autonomia versus padronização" guia os principais atores da educação em suas práticas. Cada um deles desempenha um papel distinto, porém harmonizado, na busca dos resultados desejados na área da educação. Uma vez reconhecido que a qualidade dos professores determina a qualidade da educação, uma forte parceria estratégica se faz necessária entre os principais atores envolvidos.[16] A colaboração coletiva estabelece uma cooperação contínua e de longo prazo. Essa parceria visa proporcionar a necessária estrutura colaborativa de objetivos e valores compartilhados, alinhados com um resultado unificado. Ela fornece o apoio para os professores iniciantes fazerem a transição do campus às escolas, ao mesmo tempo que reforçam os caminhos de aprendizado contínuo e de desenvolvimento profissional à disposição da força de trabalho composta pelos professores.

No NIE, o planejamento e o desenvolvimento do currículo são feitos no âmbito de uma colaboração entre os principais atores ao longo do sistema educacional, desde os formuladores de políticas até as escolas. Esse modelo de parceria para a formação dos professores de Cingapura é conhecido como modelo PPP (Políticas-Práticas-Capacitação), como mostrado na Figura 1.2.

**FIGURA 1.2** O modelo PPP de parceria para a formação dos professores de Cingapura

```
                    Ministério (Políticas)


                    Objetivos buscados
                       pela educação



   Escolas                                Instituições de formação
  (Práticas)                              de professores (Capacitação)
```

Fonte: Lee; Low. *Balancing between Theory and Practice* (2014).

Esse modelo é explicado com clareza numa entrevista concedida por e-mail pelo professor Sing Kong Lee, que antecedeu no cargo o atual diretor do Instituto Nacional de Educação:

> O cerne do sucesso do programa educacional de Cingapura reside numa forte parceria tripartite, por mim chamada de modelo Políticas-Práticas-Formação, entre o Ministério da Educação, o NIE e as escolas. O Ministério da Educação, como principal órgão da área de educação, desempenha o papel de liderança na articulação de políticas para o estabelecimento dos objetivos da educação. As escolas ajudam a traduzir as políticas em práticas adequadas, de modo a fazer com que os alunos educados de acordo com o currículo nacional atinjam essas metas. O NIE, na condição de instituto dedicado à formação dos professores do país, ajuda a traduzir as políticas em programas relevantes de capacitação de professores, de maneira que tanto os gestores das escolas como os professores estejam equipados para alcançar as metas nas escolas.[17]

As próximas seções buscam documentar de que forma a coerência sistêmica ocorre na prática, apresentando amplos esclarecimentos sobre as articulações recentes da estrutura e das competências 21CC, sua subsequente aplicação nas escolas e como o desenvolvimento e o crescimento profissionais dos professores (tanto na formação inicial como na continuada) têm avançado para atender à necessidade de levar as competências do século XXI ao sistema como um todo.

## Articulação e interpretação do quadro das competências do século XXI (21CC) no conjunto do sistema

Em 2009, o programa de metas educacionais do país estava focado no desenvolvimento das competências do século XXI nos alunos, de modo a atender às demandas do ambiente de trabalho e da sociedade do século XXI, como já descrito neste capítulo. Discussões e interações foram empreendidas com os principais atores e mudanças foram introduzidas ao longo do sistema, começando no nível da escola primária, seguindo as recomendações do comitê de Revisão e Implementação da Educação Primária (Peri), sendo o processo, então, estendido aos níveis secundário e pós-secundário.[18] A iniciativa Currículo 2015 (C2015) também foi desencadeada em vista da necessidade de enfatizar o desenvolvimento holístico. O C2015 tem como referência a visão que Cingapura tem de si mesma como "nação inteligente" (iN2015) e totalmente conectada, na medida em que o mundo se torna mais e mais permeado por vínculos de todo tipo. O C2015 apresenta uma visão que enfatiza as capacidades e mentalidades do século XXI, ou seja, o conhecimento dos temas e problemas atuais do mundo; a alfabetização em termos numéricos, linguísticos, culturais, científicos e tecnológicos; as habilidades de aprendizagem ao longo de toda a vida; e, por último, a capacidade de administrar novas situações e de comunicar novas ideias. Em síntese, mudanças serão implementadas no currículo, na pedagogia e nas avaliações de modo que os alunos atinjam os resultados desejados pelo C2015.

Com esse impulso no sentido de adotar e ensinar as competências do século XXI, o ministério também articulou seus resultados desejados para a educação (DOE).[19] O DOE define os objetivos da educação holística e explicita os valores, habilidades e atitudes que os alunos de Cingapura devem adquirir nos diferentes estágios de sua jornada educacional. O DOE afirma que uma pessoa escolarizada no sistema educacional de Cingapura deve ter bom senso de autoconsciência, orientação moral consistente e habilidades e conhecimentos necessários para enfrentar os desafios do futuro.[20] Ela é responsável em relação à família, à comunidade e à nação, valoriza a beleza do mundo à sua volta, dispõe de mente e corpo saudáveis e aprecia a vida. Em suma, para citar o documento do DOE, o educando que emerge do sistema educacional de Cingapura deve ser:

- uma pessoa confiante, com forte senso do que é certo e errado; adaptável e flexível; conhecedora de si mesma; ponderada em seus julgamentos; com capacidade de pensar de forma crítica e independente e de se comunicar de maneira efetiva;
- um aluno responsável por seu aprendizado, que questiona, reflete e persevera em sua ânsia por aprender;
- um colaborador ativo, capaz de trabalhar em equipe de modo eficaz, tomar iniciativa, assumir riscos calculados, inovar e buscar a excelência;
- um cidadão consciente, com suas raízes em Cingapura, dotado de forte sentimento cívico, bem informado, que desempenha um papel ativo na melhoria da vida dos outros à sua volta.[21]

Em sintonia com esses novos direcionamentos, uma reavaliação da educação primária, concluída em 2009, mapeou as orientações estratégicas para a educação pelos dez anos seguintes.[22] De forma geral, as duas recomendações consistem em:

- equilibrar a aquisição de conhecimento com o desenvolvimento de habilidades e valores por meio do uso cada vez maior de métodos de ensino mais atraentes e eficazes, de uma avaliação mais holística e de uma forte ênfase em aspectos não acadêmicos no interior do currículo;

- investir mais recursos nas escolas nas áreas de recursos humanos, financiamento e infraestrutura.[23]

Com base nessa visão em constante evolução sobre os objetivos das escolas nessa fase mais recente da educação em Cingapura, foi desenvolvido um quadro conceitual para servir de guia a professores e gestores escolares na construção das competências entre os alunos ao longo da sua trajetória educacional. A Figura 1.3 ilustra os resultados desejados para os alunos e as competências do século XXI (21CC).

O quadro das 21CC foi usado como um documento de referência com o objetivo fundamental de formar alunos que sejam pessoas confiantes, aprendizes autogeridos, cidadãos conscientes e colaboradores ativos, qualidades tidas como vitais para a sobrevivência no século XXI. Competências sociais e emocionais, como a gestão de relacionamentos e a consciência social, também foram incluídas nesse quadro.

No centro do quadro das 21CC estão os valores fundamentais para a formação do indivíduo. As competências consideradas necessárias para a sobrevivência no século XXI são: alfabetização cívica, consciência global e habilidades transculturais; pensamento crítico e inovador; comunicação, colaboração e habilidades informacionais.[24] Muitas dessas competências já vinham sendo ensinadas nas escolas antes que o quadro das 21CC fosse implementado; contudo, ele foi instituído com o objetivo de levar as escolas a atingir maior equilíbrio entre o ensino associado ao conteúdo e a aquisição de competências e valores necessários para conviver efetivamente no ambiente característico do século XXI. As três seções seguintes descrevem sinteticamente os componentes desse quadro.

**FIGURA 1.3** Resultados desejados para os alunos e as competências do século XXI

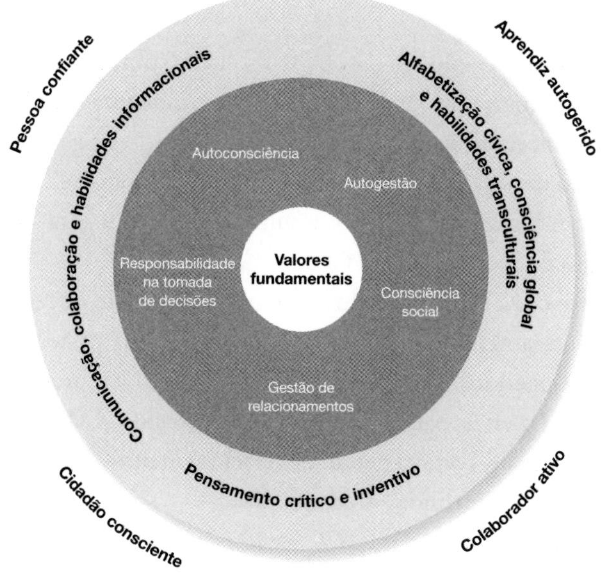

[Diagrama circular com os seguintes elementos:

Anel externo: Pessoa confiante; Alfabetização cívica, consciência global e habilidades transculturais; Aprendiz autogerido; Colaborador ativo; Pensamento crítico e inventivo; Cidadão consciente; Comunicação, colaboração e habilidades informacionais.

Anel intermediário: Autoconsciência; Autogestão; Consciência social; Gestão de relacionamentos; Responsabilidade na tomada de decisões.

Centro: Valores fundamentais.]

Fonte: Ministério da Educação de Cingapura.

## Valores fundamentais

Os valores são vistos como de importância-chave na definição do caráter de uma pessoa. Eles dão forma a suas convicções, atitudes e ações, sendo, portanto, selecionados para integrar o cerne do quadro das 21CC.[25] Derivam dos valores compartilhados de Cingapura, dos valores da família, da Visão Cingapura 21 e das mensagens da Educação Nacional.[26] Esses valores são apresentados aos principais atores como mostrado no Quadro 1.1.

## Competências sociais e emocionais

O anel intermediário do quadro das 21CC, mostrado na Figura 1.3, representa as competências sociais e emocionais, que vêm a ser habilidades necessárias para que os alunos reconheçam e administrem suas emoções, desenvolvam a noção de cuidado e preocupação em relação aos outros, tomem decisões de forma responsável, estabeleçam relacionamentos positivos e lidem de maneira eficaz com situações desafiadoras. Elas são explicadas no Quadro 1.2.

QUADRO 1.1  Valores fundamentais no quadro das 21CC

| Respeito | Responsabilidade | Integridade | Solicitude | Resiliência | Harmonia |
|---|---|---|---|---|---|
| A criança e o adolescente demonstram respeito quando acreditam no próprio valor e no valor intrínseco de todas as pessoas. | A criança e o adolescente são responsáveis se reconhecem que têm dever em relação a si mesmos, sua família, sua comunidade, sua nação e seu mundo, e cumprem as próprias responsabilidades com comprometimento e amor. | A criança e o adolescente são íntegros se mantêm princípios éticos e têm a coragem moral de defender o que é correto. | A criança e o adolescente são solícitos se agem com gentileza e compaixão e contribuem para a melhoria da comunidade e do mundo. | A criança e o adolescente mostram ser resilientes se dispõem de força emocional e perseveram diante de desafios. Demonstram ter coragem, otimismo, adaptabilidade e desenvoltura. | A criança e o adolescente valorizam a harmonia se buscam a felicidade interior e promovem a coesão social. Valorizam a unidade e diversidade de uma sociedade multicultural. |

Fonte: Cingapura. Ministério da Educação. *Nurturing Our Young for the Future*: Competencies for the 21st Century. Cingapura, 2010.

**QUADRO 1.2** Competências sociais e emocionais no quadro das 21CC

| Autoconsciência | Autogestão | Consciência social | Gestão de relacionamentos | Responsabilidade na tomada de decisões |
|---|---|---|---|---|
| A criança e o adolescente dispõem de autoconsciência se compreendem as próprias emoções, forças, inclinações e fraquezas. | A criança e o adolescente são capazes de se gerir de forma efetiva se dispõem da capacidade de administrar as próprias emoções. Devem se mostrar automotivados, ser capazes de exercer disciplina e demonstrar capacidade de fixar metas e habilidades organizacionais. | A criança e o adolescente dispõem de consciência social se têm a capacidade de distinguir diferentes pontos de vista, de reconhecer e valorizar a diversidade e de estabelecer empatia em relação aos outros, respeitando-os. | A criança e o adolescente são capazes de gerenciar relacionamentos de forma eficaz se têm a habilidade de estabelecer e manter relações saudáveis e recompensadoras por meio de comunicação efetiva e se são capazes de trabalhar com outros para resolver questões e oferecer ajuda. | A criança e o adolescente podem tomar decisões de forma responsável se têm a capacidade de identificar e analisar a situação de forma competente. Devem ser capazes de refletir sobre as implicações das decisões tomadas, com base em considerações pessoais, morais e éticas. |

Fonte: Cingapura. Ministério da Educação. *Nurturing Our Young for the Future:* Competencies for the 21st Century. Cingapura, 2010.

## Competências emergentes do século XXI

O anel exterior do quadro representa as competências emergentes do século XXI, necessárias para o mundo globalizado de hoje. Em linhas gerais, elas estão delineadas no Quadro 1.3.

## Comparação entre o quadro das 21CC e o de competências proposto pelo Conselho Nacional de Pesquisa

Foi feita uma comparação entre o quadro das 21CC de Cingapura e o de competências proposto por Hilton e Pellegrino, do Conselho Nacional de Pesquisa (NRC).[27] O modelo de Hilton e Pellegrino relaciona as várias competências identificadas em três domínios: o cognitivo, o intrapessoal e o

**QUADRO 1.3** Competências emergentes do século 21 no quadro das 21CC

| Alfabetização cívica, consciência global e habilidades transculturais | Pensamento crítico e inventivo | Comunicação, colaboração e habilidades informacionais |
|---|---|---|
| A sociedade vem se tornando cada vez mais cosmopolita e um número cada vez maior de cingapurenses vive e trabalha no exterior. Os jovens, portanto, precisam de uma visão de mundo mais ampla e maior capacidade de trabalhar com pessoas de diversas origens culturais, com diferentes ideias e pontos de vista. Ao mesmo tempo, devem estar informados sobre as questões nacionais, mantendo o orgulho de serem cidadãos de Cingapura, e contribuir para a comunidade. Por meio dessas habilidades, espera-se que os jovens participem ativamente da vida comunitária, dispondo de forte identidade nacional e cultural, desenvolvendo um sentido de consciência global, assim como de sensibilidade sociocultural. | Para estarem prontos para o futuro, os jovens precisam ser capazes de pensar criticamente, avaliar opções e tomar decisões ponderadas. Devem ter o desejo de aprender e explorar, estando preparados para pensar além do óbvio. Não devem ter medo de cometer erros e de encarar desafios que a princípio podem intimidá-los. Devem aprender a desenvolver habilidades de argumentação e tomada de decisões, a ser curiosos e criativos, a pensar de forma reflexiva e lidar com a complexidade e ambiguidade. | Com a revolução proporcionada pela internet, a informação muitas vezes está a um clique de distância. É importante que os alunos saibam que perguntas fazer e como filtrar informações, de modo a extrair aquelas que sejam relevantes e úteis. Ao mesmo tempo, precisam saber discernir para se proteger do que for prejudicial, adotando práticas éticas no ambiente virtual. É importante que sejam capazes de comunicar suas ideias de forma clara e efetiva. Habilidades a serem trabalhadas nos alunos incluem postura aberta, capacidade de gerenciar informações e usá-las de forma responsável, assim como potencial para se comunicar de forma eficaz. |

Fonte: CINGAPURA. Ministério da Educação. *Nurturing Our Young for the Future:* Competencies for the 21st Century. Cingapura, 2010.

interpessoal. A habilidade cognitiva leva em conta fatores como inteligência fluida (raciocínio, indução), inteligência cristalizada (compreensão verbal, comunicação) e capacidade de recuperação (criatividade, habilidade de gerar ideias). Competências intrapessoais incluem abertura, capacidade de mostrar-se consciencioso e estabilidade emocional, enquanto as competências interpessoais exploram os principais fatores de extroversão e afabilidade. Comparando os dois quadros, todas as competências no quadro das 21CC de Cingapura podem ser categorizadas nos domínios cognitivo, intrapessoal e interpessoal, como mostrado no Quadro 1.4.

**QUADRO 1.4** Competências no quadro das 21CC de Cingapura categorizadas nos domínios cognitivo, intrapessoal e interpessoal

| Cognitivo | Intrapessoal | Interpessoal |
|---|---|---|
| • Responsabilidade na tomada de decisões<br>• Pensamento crítico e inventivo<br>• Habilidades informacionais | • Autoconsciência<br>• Autogestão<br>• Consciência social, alfabetização cívica, consciência global e habilidades transculturais<br>• Valores fundamentais | • Gestão de relacionamentos<br>• Comunicação e colaboração |

Três das competências sociais e emocionais representadas no anel intermediário do quadro das 21CC de Cingapura – autoconsciência, autogestão e consciência social – estão alinhadas com as competências intrapessoais do quadro estabelecido por Hilton e Pellegrino,[28] enquanto gestão de relacionamentos se encaixa harmoniosamente no domínio interpessoal. As competências de alfabetização cívica, consciência global e habilidades transculturais do quadro das 21CC de Cingapura também se encaixam no domínio intrapessoal e podem ser associadas às noções de abertura, consciência cultural e valorização da diversidade defendidas por Hilton e Pellegrino. No quadro das 21CC de Cingapura, as competências de responsabilidade na tomada de decisões, pensamento crítico e inventivo e habilidades informacionais são claramente compreendidas pelo domínio das competências cognitivas de Hilton e Pellegrino, da mesma forma que mostram afinidade com os processos e estratégias, conhecimento e criatividade da área cognitiva. Comunicação e colaboração, que aparecem no quadro das 21CC de Cingapura, são outras competências que se encaixam no domínio das competências interpessoais de Hilton e Pellegrino, que aborda áreas de comunicação e colaboração.

Em síntese, as competências alinhadas no quadro das 21CC de Cingapura se encaixam facilmente nos três domínios das habilidades cognitivas, intrapessoais e interpessoais de Hilton e Pellegrino. Por outro lado, no modelo de Cingapura há uma ênfase menor nas áreas de autoavaliação e de liderança, comparadas ao destaque a elas concedido no modelo proposto por Hilton e Pellegrino. A seção seguinte oferece uma breve descrição de algumas das observações feitas com base em comparações gerais entre os dois quadros.

### Padrões e referências para as 21CC

Em seguida à adoção do quadro das competências do século XXI e dos resultados dos alunos em 2010, e como parte do processo sistêmico de orientação de suas políticas rumo ao desenvolvimento das 21CC, o Ministério da Educação deu início a uma jornada educacional com cinco escolas secundárias entre 2011 e 2013 para, em parceria, desenvolver e experimentar novas abordagens escolares holísticas em relação ao desenvolvimento das 21CC. Durante esse processo, o Ministério da Educação conduziu sondagens internas e externas em busca de literatura relevante, local e internacional, a respeito de práticas nessa área, empenhando-se em consultorias com estudiosos locais e do exterior.[29] Para oferecer maior apoio aos esforços das escolas nessa área, também desenvolveu um conjunto de parâmetros e referências a serem usados como pontos comuns pelo próprio ministério e pelas escolas ao planejarem o desenvolvimento das 21CC. Os parâmetros são os das competências do século XXI – o anel externo do diagrama mostrado na Figura 1.3 –, enquanto as referências tornam os parâmetros mais claros e específicos, indicando metas adequadas para cada estágio: Primário 3 (Ano 3) e Primário 6 (Ano 6), Secundário 2 (Ano 8) e Secundário 4/5 (Anos 10/11) e Junior College[30] 2/Pré-Universidade 3 (Anos 11 e 12). As referências estão vinculadas a níveis passíveis de serem atingidos pela maioria dos alunos ao fim de cada estágio. Elas não impõem um teto aos alunos com capacidade de progredir até a superação da referência visada, mas indicam as competências mínimas que os alunos devem adquirir nos respectivos estágios.

Os parâmetros e as referências definem aquilo que os alunos devem saber fazer em cada estágio escolar, proporcionando um ponto comum para que todos os professores planejem e criem experiências de aprendizagem, bem como reúnam evidências de aprendizado relacionadas às competências do século XXI.[31]

## INICIATIVAS IMPLEMENTADAS EM ESCOLAS

Uma vez adotado o quadro das 21CC, as escolas precisam prover os alunos com o conhecimento, as habilidades e os valores necessários ao novo século. Para incorporar as competências do século XXI ao currículo acadêmico, as escolas aprimoraram suas propostas pedagógicas e suas avaliações. Por exemplo, muitas das competências e valores descritos no quadro das 21CC (alfabetização cívica, pensamento crítico, habilidades transculturais e de comunicação) são agora explicitamente ensinadas. Para tornar os alunos capazes de monitorar o próprio progresso, as escolas receberam apoio para desenvolver ferramentas de avaliação e feedback em termos holísticos. Além disso, foi reforçada a qualidade da educação física, arte e educação musical. Escolas também recorreram a atividades complementares ao currículo, como um meio de desenvolver competências do século XXI entre os alunos.[32] Essas iniciativas são descritas em detalhe nas seções seguintes.

### Currículo e avaliação

Para intensificar os esforços no sentido de oferecer uma educação holística, o currículo[33] e as avaliações foram aprimorados de modo a tornar explícitos o ensino e a aprendizagem das competências do século XXI por meio dos temas de conteúdo acadêmico. As 21CC foram abordadas para serem transmitidas de maneira mais integrada por intermédio de pedagogias e conteúdos apropriados. Existem 21CC naturalmente inerentes aos resultados do ensino dos programas associados a certos temas (como alfabetização cívica e consciência global, em estudos sociais), enquanto outras são naturalmente inerentes às pedagogias vinculadas a outros assuntos (por exemplo, o processo de dedução científica alimentando o pensamento crítico).

Também foi reforçada a qualidade das aulas de educação física, artes e educação musical, já que esses temas foram considerados parte integrante do objetivo de oferecer uma educação holística aos alunos. Dos que estão cursando, por exemplo, os últimos anos do ensino secundário, espera-se que sejam capazes de demonstrar familiaridade com as tendências artísticas internacionais ao apresentarem seus trabalhos de arte.[34] A difusão de valores e competências do século XXI possibilita aos alunos desenvolver uma compleição física mais robusta, melhorar sua capacidade criativa e de expressão e dar forma à sua identidade pessoal, cultural e social. Valores e competências são ensinados explicitamente durante as aulas de Educação do Caráter e Cidadania (CCE). A CCE foi introduzida formalmente como tema em todos os níveis das escolas primárias e secundárias em

2014,[35] de modo que as escolas tivessem de abrir no currículo um espaço de horas-aula para ela.[36] Antes disso, educação moral era ensinada nas escolas, mas não obrigatoriamente.

Para criar espaço para o pensamento crítico em sala de aula, o conteúdo de todas as disciplinas foi reduzido em 30%. Testes e avaliações também foram repensados para abrangê-lo.[37] A redução de conteúdos teve como objetivo abrir espaço no currículo das escolas não apenas para o pensamento crítico, mas também para o aprendizado autogerido, já que ambos são reconhecidos como importantes habilidades para a economia globalizada.[38]

Os exames foram revistos de modo a dar maior ênfase às competências do século XXI. Habilidades associadas à reflexão, por exemplo, foram incorporadas às avaliações, que passaram a aferir a capacidade dos alunos de interpretar, sintetizar, tomar decisões e resolver problemas. O trabalho com projetos foi implementado em todas as escolas, uma vez que ele propicia o desenvolvimento de qualidades, como curiosidade, criatividade, desenvoltura e trabalho em equipe, que são necessárias e altamente valorizadas no mundo global de hoje.[39] Trabalhos com projetos são definidos como "uma experiência de aprendizagem que procura proporcionar aos alunos a oportunidade de sintetizar conhecimentos de várias áreas do ensino, aplicando-os de forma crítica e criativa a situações da vida real. Esse processo de preencher os componentes do trabalho com projetos reforça os conhecimentos dos alunos, permitindo que adquiram habilidades, como colaboração, comunicação e aprendizado independente, preparando-os para uma vida de aprendizagem contínua e para os desafios que têm pela frente."[40]

### Programa para Aprendizagem Ativa

O Programa para Aprendizagem Ativa (PAL) foi introduzido nas escolas primárias para aumentar a ênfase nos programas de atividades complementares, com o objetivo de proporcionar aos alunos uma educação primária mais equilibrada e holística. Os objetivos do PAL se desdobram em três propósitos: permitir que os alunos sejam expostos a ampla gama de experiências por meio de diversão e atividades em esportes e jogos, assim como em artes dramáticas e visuais; facilitar o pleno desenvolvimento deles; e abrir caminhos variados para que desenvolvam suas competências sociais e emocionais. Os módulos do PAL são concebidos de modo a se concretizarem por meio de experiências, incorporando a aprendizagem de forma criativa, divertida e prazerosa. Foi providenciado para as escolas um reforço adicional em termos de recursos humanos, visando auxiliar o planejamento, a concepção e a implementação do programa, bem como foi concedido apoio financeiro ao recrutamento de capacitadores para os módulos e à construção de áreas adequadas ao aprendizado. Espera-se que os alunos que tenham vivenciado o programa demonstrem confiança no que fazem, consigam se expressar de maneira eficaz, exibam curiosidade e atitude positiva em relação ao aprendizado e apreciem experiências de grupo e o trabalho em equipe.

### Educação Nacional

A Educação Nacional continua a ser um importante componente no currículo escolar, sendo mais um meio para implementar o quadro das 21CC. O objetivo original da introdução da Educação Nacional foi o de fomentar a coesão nacional, incutir a determinação de sobrevivência e estimular nos alunos um sentido de identidade, orgulho e autoestima de que desfrutam na condição de cidadãos de Cingapura.[41] Também se pretendia reforçar nos alunos o desejo de contribuir para uma sociedade e um mundo que fosse maior do que eles mesmos.[42]

### Atividades complementares ao currículo

As escolas também vêm desenvolvendo competências do século XXI nos alunos por meio de amplo espectro de atividades complementares ao currículo (CCA), na medida em que estas servem de base natural para o desenvolvimento de habilidades e valores. Atividades complementares sempre existiram nas escolas e são autênticas ferramentas para o desenvolvimento de competências do século XXI, pois proporcionam os contextos perfeitos para aprender e vivenciar valores morais, para a aquisição e prática das chamadas *soft skills*,[43] oferecendo também meios para a integração das crianças de diferentes origens e grupos étnicos. Anteriormente, as CCA serviam para o ensino de competências adicionais nos campos do esporte e das artes, sem nenhum foco nas 21CC. A fim de usar as CCA como base para o ensino das competências do século XXI e para incutir com sucesso essas competências nas CCA, foi adotada uma abordagem baseada em três vetores.[44] Em primeiro lugar, havia a necessidade de criação de uma cultura apropriada, capaz de apoiar alunos e professores em suas reflexões e encorajar a excelência pessoal. Em segundo lugar, os gestores das escolas foram fundamentais para estimular a construção de uma visão compartilhada das CCA nas suas escolas; a estrutura de apoio para cada CCA tinha de ser reforçada, sendo necessário providenciar o desenvolvimento profissional e uma preparação mais focada para os professores que estavam à frente das CCA. Em terceiro lugar, foi necessário identificar oportunidades para incutir as competências do século XXI nas CCA, desenvolver processos no nível do programa das CCA para desenvolver competências do século XXI e oferecer às escolas uma orientação sobre a aprendizagem das competências por meio de experiências que servissem de exemplo.

### Infraestrutura e TICs

Foi preciso introduzir iniciativas no âmbito da educação nacional a fim de criar a infraestrutura necessária para a mudança nas escolas.[45] Uma dessas iniciativas foi a integração abrangente das tecnologias de informação e comunicação (TICs) no currículo e na prática pedagógica das escolas.[46] O primeiro Plano Diretor das TICs na Educação foi lançado em 1997 e esboçava uma estratégia abrangente para criar em cada escola um ambiente de ensino e aprendizagem que fosse baseado na tecnologia de informação (TI), de modo que todos os alunos estivessem familiarizados com ela ao concluírem sua formação.[47] Recursos financeiros para infraestrutura física e capacitação de professores tiveram de ser previstos no orçamento nacional.[48]

O segundo Plano Diretor das TICs na Educação foi lançado em 2003. Dando continuidade ao que havia sido realizado desde o primeiro plano diretor, o segundo plano procurou fortalecer a integração das TICs no currículo e estabelecer as bases para o uso dessas tecnologias de maneira inovadora nas escolas. Todas as escolas deveriam atingir certo nível básico no uso das TICs, e o MOE deu seu apoio por meio da garantia de recursos e infraestrutura. Também foi concedida às escolas autonomia para assumir o controle da implementação de seus programas de TI.

O terceiro Plano Diretor das TICs na Educação foi lançado em 2009, e a aquisição das 21CC foi explicitamente definida como parte de seus objetivos. A meta desse terceiro plano era garantir que os alunos fossem capazes de um aprendizado autogerido e colaborativo por meio do uso efetivo das TICs. A expectativa era, para mencionar algumas entre muitas das competências do século XXI integradas ao plano diretor,[49] a de que os alunos aprendessem a explorar alternativas e tomassem decisões fundamentadas, formulassem perguntas e gerassem as próprias investigações, planejassem e administrassem o tempo e a carga de trabalho de modo efetivo e eficiente e refletissem sobre a própria aprendizagem. Por meio desse plano diretor, os gestores escolares deveriam criar em suas escolas condições para que as TICs aprimorassem o ensino e a aprendizagem. Os professores, por sua vez, deveriam dispor da capacidade de planejar e oferecer experiências de aprendizagem aos alunos que fossem enriquecidas pelo uso das TICs, assim como estimulá-los a se tornar usuários responsáveis das TICs.

Paralelamente aos três planos diretores das TICs, a iniciativa Inovação e Empreendedorismo (I&E) teve início em 2004. Seu objetivo era desenvolver o espírito de inovação e empreendedorismo por meio de uma abordagem que envolvesse todo o sistema.[50] Por intermédio da I&E, as escolas foram encorajadas a experimentar com seus alunos novas maneiras de aprender e de tomar decisões por si mesmos, em vez de se apegarem a modelos prontos e padronizados.[51]

Uma das principais iniciativas do plano diretor de TI foi a instituição de seis escolas conhecidas como FutureSchools@Singapore. Essas escolas foram identificadas com o propósito de oferecer referências para a integração das TICs no currículo, com a visão de que essa contínua e permanente integração das TICs poderia ser disseminada para outras escolas de todo o sistema. Exemplos de práticas a serem disseminadas são a modelagem digital e o uso de jogos durante as aulas de matemática e de ciências, o ensino de conceitos abstratos por meio do uso de mundos virtuais 3-D e a utilização de produtos multimídia de alta qualidade para desenvolver maior apreciação dos valores estéticos.

A Figura 1.4 nos dá uma visão geral das iniciativas implementadas nas escolas como parte do quadro das competências do século XXI. O estudo de caso a seguir mostra como essas mudanças ocorreram numa escola em particular, a Escola Secundária Kranji, e como ela prosseguiu na implementação das iniciativas articuladas no quadro das 21CC.

**FIGURA 1.4** Iniciativas das escolas em apoio ao quadro das 21CC

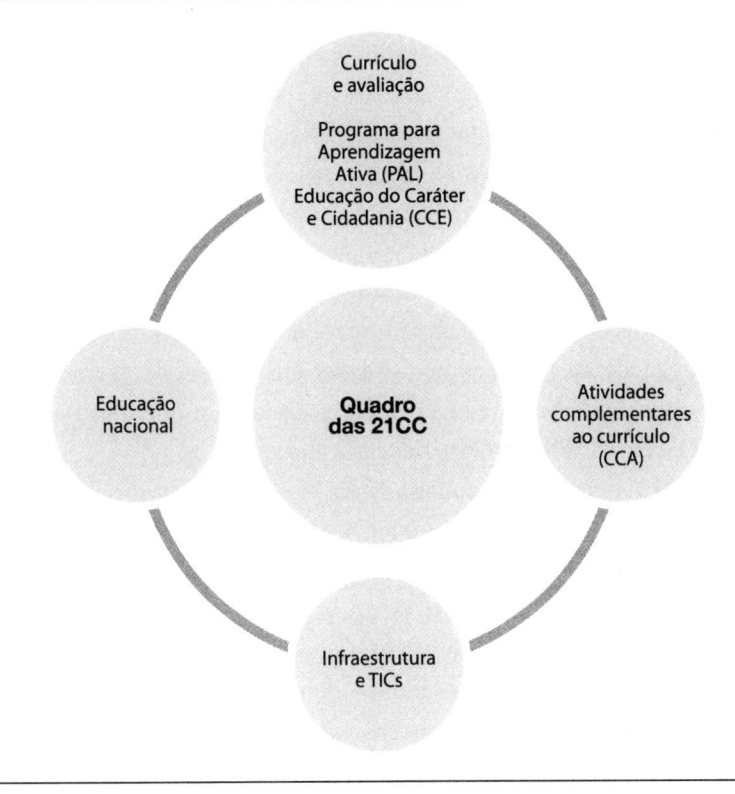

```
                    Currículo
                   e avaliação
                  Programa para
                   Aprendizagem
                    Ativa (PAL)
                 Educação do Caráter
                  e Cidadania (CCE)

    Educação          Quadro         Atividades
    nacional         das 21CC       complementares
                                     ao currículo
                                        (CCA)

                   Infraestrutura
                      e TICs
```

## Estudo de caso: a Escola Secundária Kranji

A Escola Secundária Kranji foi fundada em 1995 e é atualmente uma das cinco melhores da região ocidental de Cingapura. O total de alunos nela matriculados é de 1.332, e sua equipe é formada por 86 professores, 7 educadores auxiliares e 15 funcionários. A escola deu início à sua jornada pelas 21CC em 2011 e adotou uma abordagem gradual, em fases, para desenvolver em seu currículo as competências do século XXI, começando pelas turmas do Secundário 1 e expandindo-as um nível a cada ano. Uma abordagem semelhante foi usada com as atividades complementares ao currículo (CCA) por meio das quais as 21CC foram introduzidas, na fase 1, em todos os grupos uniformizados,[52] em um esporte básico, um grupo de arte performática e um clube. A escola fez isso tirando partido das afinidades naturais existentes no conjunto do currículo e aproveitando iniciativas e programas já existentes, tanto acadêmicos como não acadêmicos, assim como focando a aprendizagem em serviço e a liderança dos alunos no âmbito das CCA.

Para implementar com sucesso as 21CC, a escola também concentrou seu esforço no desenvolvimento profissional de seus professores, aprofundando sua familiaridade com o quadro das 21CC, seus padrões e referências, desenvolvendo uma compreensão coletiva das 21CC e enfatizando a competência dos professores no desenvolvimento das 21CC no planejamento do currículo. Uma equipe central foi nomeada e assumiu a liderança na realização de análises das necessidades em termos de aprendizagem, criando oportunidades para os professores discutirem questões associadas às 21CC e compartilhando experiências e boas práticas.

Em 2013, a Escola Secundária Kranji foi uma das poucas escolas de Cingapura a introduzir o *Thinking Curriculum*.[53] No âmbito dessa iniciativa, alunos são expostos às *Thinking Routines*, procedimentos simples para explorar ideias e tornar visível o pensamento dos alunos – para eles mesmos e para os outros – de modo que possam aprimorá-lo. Elas são, por exemplo, introduzidas no trabalho de projeto para os alunos do Secundário 2, que se empenham numa tarefa interdisciplinar que requer planejamento, trabalho em equipe, pesquisa e pensamento crítico. Outro exemplo é levar os alunos do Secundário 3 a considerar os desafios de viver numa sociedade multiétnica, usando as *Thinking Routines* para identificar e focar questões e problemas relacionados a esse tema. Ao entrar no seu quarto ano de implementação das 21CC, a escola continuará a aprimorar seu *Thinking Curriculum* ao criar um vínculo mais forte entre o ensino e a prática das *Thinking Routines*, usando suas aplicações da vida real nas áreas de ciências e de ciências humanas, expandindo o uso das *Thinking Routines* para todos os alunos do secundário e introduzindo-as no *Service Learning*.[54]

Uma entrevista concedida por e-mail pela Sra. Tan Hwee Pin, diretora da Escola Secundária de Kranji, revelou que a instituição enfrenta alguns desafios na implementação das 21CC. Em primeiro lugar, a escola precisa ponderar sobre como melhorar a avaliação dos resultados obtidos pelos alunos em termos de processos associados ao pensamento crítico. Para superar isso, a escola planeja identificar um grupo central, que será responsável pelo desenvolvimento de uma série de avaliações, tanto formativas como somativas, para aferir a aprendizagem dos alunos. Isso será feito com a colaboração de outras instituições educacionais, de modo a proporcionar um autêntico contexto de aprendizagem para que os alunos ponham em prática o que aprenderam, criando assim uma ferramenta para avaliar sua capacidade de pensamento para ajudar os professores a planejar aulas que façam com que os resultados obtidos pelos alunos, uma vez melhorados, transpareçam em suas habilidades relacionadas ao pensamento crítico e à comunicação.

Em segundo lugar, é um desafio desenvolver e multiplicar as competências de professores de modo que possam planejar aulas com um foco mais concentrado nas habilidades do século XXI. A escola começou a capacitar um núcleo de professores de forma a torná-los especialistas na implementação das *Thinking Routines* e na orientação de outros docentes no uso de um quadro de avaliação do desempenho dos alunos em relação às 21CC, com o objetivo de identificar e compreender as oportunidades que as atividades de aprendizagem propiciam para fortalecer neles as habilidades do século XXI. Esse núcleo básico de professores terá o papel de estimular e guiar o desenvolvimento profissional dos colegas nessa área, incluindo a condução de workshops para toda a escola, e o de desempenhar o papel de mentores de professores menos experientes. Eles elaborarão estudos usando ferramentas como *lesson study*[55] e pesquisa-ação[56] para testar pedagogias emergentes, de modo a aperfeiçoar continuamente o *Thinking Curriculum*. Com mais recursos disponíveis, o uso das *Thinking Routines* se tornará cada vez mais disseminado, fazendo com que esse método no ensino e na aprendizagem seja empregado em sintonia com o conceito de educação integral.

## APOIAR O DESENVOLVIMENTO PROFISSIONAL E O CRESCIMENTO DOS PROFESSORES PARA UMA EDUCAÇÃO DO SÉCULO XXI

Com a articulação pelo Ministério da Educação do quadro das 21CC, o instituto dos professores do país empreendeu uma completa revisão de seus programas de formação de professores utilizando esse quadro como um guia e trabalhando em parceria com o ministério e as escolas.[57] Isso levou à elaboração das Competências do Professor Graduando (GTC), que delineiam os padrões profissionais, referências e metas para os graduandos dos programas de capacitação de professores do instituto. As GTC são desenvolvidas com base no sistema de avaliação anual de professores, conhecido como Sistema Aprimorado de Gestão de Desempenho (EPMS), o qual explicita os resultados desejados quanto ao desempenho do corpo docente em termos de prática profissional, liderança e gestão, além de eficiência pessoal. As GTC indicam as competências que os professores iniciantes, recém-saídos dos programas de formação, devem dominar, chamadas de capacidades construídas (CB). Como exemplos dessas competências poderíamos mencionar: preparação adequada para desempenhar os papéis fundamentais de educar a criança e o adolescente e lhes proporcionar uma aprendizagem de alta qualidade; sólido domínio do tema a ser ensinado e das competências relacionadas ao ensino e aprendizagem da disciplina específica associada ao tema; capacidade de trabalhar com os outros e respeitá-los; e qualidades relacionadas à eficiência pessoal.

No entanto, no limitado tempo disponível para a formação dos professores, não é de esperar que programas de formação inicial venham a desenvolver neles todas as competências desejadas para um profissional da educação. Por isso, é mais apropriado considerar sua jornada de desenvolvimento um continuum.[58] Competências adicionais podem ser construídas e desenvolvidas por meio de programas de formação continuada, enquanto o professor ou professora avança ao longo da carreira. O resultado da revisão do programa de formação de professores é a elaboração do Modelo de Formação do Professor para o Século XXI, resumido pela sigla TE21, que concentra seu foco em três qualidades básicas do profissional do ensino no século XXI: valores, habilidades e conhecimento.[59] O TE21 apresenta recomendações destinadas a enfatizar os elementos vitais da formação dos professores. Em linhas gerais, houve um acordo em torno dos princípios básicos necessários à formação inicial e continuada na área das competências do século XXI. As recomendações do modelo TE21 dirigem o projeto e a implementação dos programas no NIE e serão explicadas mais detalhadamente nas seções seguintes.

### TE21: uma filosofia motivada por valores
O modelo TE21 está firmemente ancorado em valores. Um conjunto deles, divididos em três vertentes – centralidade no aluno; forte senso de identidade do professor; contribuição à comunidade docente –, constitui a filosofia centrada em valores que se encontra na base do projeto e da implementação dos programas de formação inicial em Cingapura.

### Centralidade no aluno: convicção de que todos os alunos podem aprender
A primeira vertente do conjunto de valores coloca o sujeito que aprende no foco do trabalho do professor. Nos cursos básicos de psicologia educacional, professores em formação são apresentados aos conceitos teóricos fundamentais sobre os sujeitos que aprendem e o ato de aprender, sendo solicitados a refletir sobre como esses conceitos podem ajudá-los a facilitar e maximizar a aprendizagem dos alunos em diferentes salas de aula. Reflexões como essas podem ajudar os professores em formação a fortalecer suas crenças de que todos podem aprender, a despeito da diversidade dos perfis que apresentam.[60]

### Desenvolver forte senso de identidade do professor
O segundo paradigma do conjunto de valores é possibilitar que os professores desenvolvam forte senso de identidade profissional, já que evidências obtidas por meio de pesquisas mostram que aqueles que o possuem fortemente têm maior probabilidade de prosseguir por mais tempo na profissão.[61] Essa identidade pode se manifestar pelo fato de os professores conservarem o profissionalismo, a integridade e os valores da comunidade

docente. Um constante lembrete a respeito da ética da profissão está documentado no Juramento e Crenças do Professor, que explicitam a missão fundamental de cada um deles como a de ser capaz de fazer aflorar o melhor de seus alunos.

### Contribuição à profissão e à comunidade

O terceiro valor paradigmático é focado no profissionalismo. O professor deve retribuir o que recebeu, dando sua contribuição tanto à comunidade docente quanto à comunidade como um todo. Isso é encorajado por meio da ênfase em projetos de grupo e na aprendizagem colaborativa nos cursos de formação inicial, de modo que as sementes da aprendizagem profissional e do compartilhamento em comunidades possam ser semeadas nesse período e trazidas às escolas quando os graduandos lá ingressarem na qualidade de professores iniciantes.[62]

Mudanças vitais no currículo, pedagogias, avaliações, infraestrutura, assim como o acréscimo de experiências de aprendizagem no mundo real, têm ajudado o NIE a implementar o modelo TE21, como descreveremos nas seções seguintes.

### Mudanças no currículo

*Mapeamento consistente de cursos dos programas de formação inicial.* É fato reconhecido na literatura[63] que, embora os componentes essenciais à capacitação de um excelente professor possam estar presentes em um programa, o alicerce que garante o sucesso dos programas de formação inicial de professores é a coerência e a clareza dos vínculos construídos entre os componentes do programa. Por esse motivo, uma das primeiras estratégias de implementação foi a de planejar uma jornada educacional a ser percorrida pelo professor em formação e um mapa conceitual detalhando exatamente quais componentes dos programas de capacitação resultam em dada Competência do Professor Graduando ou num valor, habilidade ou domínio de conhecimento específicos apresentados no modelo TE21.

*Programas fundamentais obrigatórios com foco no desenvolvimento de valores.* No século XXI, além de contar com boa disposição para um aprendizado ao longo da vida, professores precisam de habilidades e estratégias mais reflexivas, críticas e típicas de uma mente aberta.[64] Se desejam ser mais eficientes na sala de aula, devem participar dos processos e refletir sobre os valores e sobre sua disposição de se tornar professor ou professora.[65] Uma maneira de desenvolver esses valores num programa de formação inicial de professores é reforçar paradigmas voltados para valores como parte do programa.

A visão sobre valores sustentada pelo instituto de educação dos professores é a de que eles podem ser tanto absorvidos vivencialmente quanto ensinados. Valores podem ser ensinados por meio do currículo formal e ser apreendidos em processos de aprendizagem baseados em experiências, como a aprendizagem em serviço. Para garantir, por exemplo, que os valores estejam no foco dos programas de formação inicial, os professores são levados a participar de dois programas básicos obrigatórios: Grupo com Iniciativas para Aprendizagem em Serviço (GESL), projeto de aprendizagem experiencial com envolvimento da comunidade, e Projeto Meranti, desenvolvimento profissional e pessoal em workshops com dois dias de duração.

Todos os professores em formação participam de projetos comunitários de sua escolha, em grupos de vinte. Planejam e implementam o projeto com a ajuda de um facilitador da equipe. Nesse processo, eles se tornam mais sensíveis a questões enfrentadas pela comunidade e emergem dessa experiência mais confiantes em sua capacidade de facilitar projetos que envolvam a comunidade quando, no futuro, se tornarem professores qualificados.

O Projeto Meranti (que teve seu nome tomado de uma árvore tropical de madeira dura, simbolizando a resiliência) ajuda os professores em formação inicial a refletir sobre as razões de terem escolhido essa carreira e os expõe a um vislumbre do futuro papel que exercerão, por meio de sessões de diálogo com colegas veteranos, compartilhando com eles suas experiências de vida. Eles também ouvem alunos considerados em situação "de risco" falando sobre os problemas que enfrentam na aprendizagem e nas escolas do século XXI.

## Mudanças nas pedagogias e na avaliação

A meta final da formação inicial é capacitar professores reflexivos, para que sejam ao mesmo tempo educadores eficazes e facilitadores da aprendizagem, assim como bons mediadores e planejadores de ambientes propícios à aquisição de conhecimentos. Essas são metas essenciais para qualquer um que deseje atuar no cenário do ensino no século XXI, no qual as mudanças são constantes e a transferência de informação se dá num ritmo avassalador. Algumas das grandes mudanças pedagógicas a serem alcançadas são destacadas a seguir:

*Aprendizagem autogerida e aplicada à vida real.* A principal mudança pedagógica introduzida está relacionada ao fato de a propriedade sobre a aprendizagem ser transferida do professor (ou seja, dos professores educadores) para aquele que aprende (ou seja, os professores em formação). Eis três exemplos de práticas empregadas para forjar uma disposição de aprender, de modo autogerido, ao longo da vida:

- *Aprendizagem baseada na solução de problemas.* Nos cursos de psicologia educacional, situações reais vivenciadas nas escolas são usadas como questões focais de discussão. Nesse contexto, aqueles que aprendem agem como "solucionadores ativos de problemas", enquanto os professores agem na condição de orientadores mediadores.
- *Contexto social da educação.* Professores em formação dispõem de uma plataforma para organizar aulas conduzidas por alunos, nas quais políticas educacionais se tornam objeto de discussão e reflexão.
- *Aplicação no mundo real.* Cursos de ciências nos *junior colleges* são ministrados de forma presencial, de modo a encorajar os alunos a aplicar o que aprenderam às aulas nas escolas.

*Criação de modelos para aproveitar o poder transformador da tecnologia.* Professores do século XXI precisam de novos paradigmas e competências que os preparem para ser mediadores e formuladores de ambientes de aprendizagem capazes de atrair os alunos já familiarizados com o mundo digital. A esse respeito, o instituto de educação dedicado à formação inicial dos professores desenvolveu recentemente os próprios aplicativos Apple para estimular a aprendizagem contínua e em movimento, a qualquer hora e em qualquer lugar. Um exemplo disso é o NIE mVideo, que permite aos alunos assistir aos vídeos na hora e no ritmo que quiserem, testando sua compreensão dos principais conceitos e tomando parte de discussões on-line. Esse aplicativo foi projetado tendo em mente a inversão de papéis de uma sala de aula: o acesso ao conteúdo é feito fora da sala, enquanto as tarefas de casa são feitas na escola.

A Estrutura de Avaliação de Competências para o ensino e aprendizagem do século XXI apresenta um conjunto de avaliações de resultados de alfabetização, a ser apropriado pelos professores desde a formação inicial até o estágio de atuação profissional. Processos-chave que tornarão tanto educadores do NIE como professores capazes de adotar práticas inovadoras em termos de avaliação *enquanto, da* e *para a* aprendizagem são identificados e disseminados ao longo dos programas (como críticas de planos de aula feitas pelos pares).

### Transformação da infraestrutura física

De forma concomitante às inovações pedagógicas, a infraestrutura física para o ensino e a aprendizagem deve ser transformada para proporcionar o apoio necessário a essas inovações e aquisições de habilidades. As salas de aula têm de ser reconfiguradas visando transferir o domínio de aprendizagem para os alunos. Por esse motivo, o NIE as modificou, reforçando-as com tecnologias, de modo a facilitar uma aprendizagem colaborativa e interativa dos grupos de alunos.[66]

Para implementar as competências do século XXI, os professores precisarão criar um ambiente educacional que seja "cada vez mais flexível, customizado, colaborativo e fundamentado em sólidos valores morais e sociais".[67] Também deverão ser capazes de responder aos alunos mais propensos a questionar, a aprender mais por meio da autodescoberta e da troca de ideias com seus pares, assim como com seus professores na condição de facilitadores de sua aprendizagem. A vice-diretora-geral de educação (desenvolvimento profissional) e diretora-executiva da Academia de Professores de Cingapura, Sra. Chua-Lim Yen Ching, compartilhou conosco suas opiniões:

> O Ministério da Educação trabalha em estreita colaboração com o Instituto Nacional de Educação (NIE) no esforço de formular programas de desenvolvimento profissional que ajudem nossos professores a se desenvolver e a crescer em suas jornadas profissionais. O NIE também disponibiliza pesquisas baseadas em evidências com o intuito de disseminar inovações na prática. O forte vínculo entre os envolvidos na prática e os que trabalham em pesquisas é importante para assegurar que as descobertas obtidas com as pesquisas possam ser traduzidas de modo a aprimorar a prática e nos ajudar a melhorar os resultados de aprendizado dos alunos.

Aumentar a eficiência e a equidade no funcionamento das escolas depende de garantirmos que os professores sejam altamente capacitados, suficientemente munidos de recursos e plenamente motivados para darem o melhor de si em seu desempenho. Elevar a qualidade da performance do professor talvez seja a diretiva política que leve aos melhores resultados em termos de aprendizagem dos alunos.[68] A formação dos professores em Cingapura procura articular a educação com seus múltiplos desafios, por meio de uma matriz de conectividade e compatibilização, permitindo um equilíbrio entre autonomia e monitoramento, assim como a garantia de recursos à disposição de seus professores. Está fundamentada na visão nacional de Cingapura de se tornar um país de cidadãos pensantes e comprometidos, capazes de contribuir para o contínuo crescimento e prosperidade, tornando-se pensadores criativos, propensos a aprender ao longo da vida e liderando processos de mudança.

As iniciativas educacionais se desdobram por toda a estrutura, alcançando os gestores das escolas e os professores, garantindo que todos os educadores compartilhem das mesmas visão e missão. Uma Filosofia de Liderança Educacional para os gestores escolares, uma Ética da Profissão de Educador relacionada à prática profissional e os resultados desejados para a educação (DOE) – todos esses elementos em conjunto levam à articulação de um propósito comum para os educadores.[69]

Como muitas reformas educacionais requerem reflexão, pensamento e criatividade dos professores, as escolas também devem se tornar organizações aprendentes. Por esse motivo, tem sido feito um esforço de profissionalização de gestores de escolas e professores, de modo a aumentar seu envolvimento como integrantes de comunidades de aprendizagem.[70] Para atingir esse objetivo, foram elaborados programas formais de capacitação, como o Programa de Gestores em Educação (LEP), projetado para formar gestores com as competências e habilidades necessárias para administrar escolas como organizações aprendentes.[71] Para os professores, forjar sua capacidade de adquirir as competências do século XXI foi algo crucial, e essa meta poderá ser alcançada por meio de exemplos pedagógicos, capacitação e compartilhamento de experiências profissionais.[72]

**Academia de Professores de Cingapura**

Em sintonia com a necessidade de formação, o Ministério da Educação criou a Academia de Professores de Cingapura (AST) para liderar o desenvolvimento profissional da categoria no país. A instituição foi criada para se tornar a casa do profissional educador e um recurso para ajudar a catalisar sua aquisição de capacidades. Sua missão é construir "uma cultura liderada pelo professor, voltada para a excelência profissional e centrada no desenvolvimento holístico da criança".[73]

Para concretizar essa visão, foram criadas várias estratégias abrangendo o conjunto do sistema. Em primeiro lugar, para ajudar gestores escolares e professores no esforço de promover sua aprendizagem profissional, foram criadas plataformas constituídas por módulos temáticos, redes profissionais, grupos focais e comunidades profissionais de aprendizagem. Em segundo lugar, foram desenvolvidas fortes estruturas organizacionais com o objetivo de melhorar a aprendizagem profissional, entre elas: o direito à capacitação; o financiamento de cursos organizados pelo Ministério da Educação; o agendamento e a garantia formal de um tempo para planejamento de aulas, reflexão e desenvolvimento de atividades profissionais; e um portal on-line para acesso fácil e direto de toda a equipe do Ministério da Educação à aprendizagem, colaboração e recursos. Em terceiro lugar, com o objetivo de criar um conjunto de princípios éticos profissionais, foi instituído o Centro do Patrimônio do Ministério da Educação, de modo que uma parte do passado pudesse ser exibida para provocar lembranças e inspiração aos professores, ao mesmo tempo que a distribuição de prêmios e outras manifestações de reconhecimento foram promovidas para recompensar os que são referência na área da educação.

A Academia dos Professores de Educação Física e Esportes (Pesta) e a Academia de Arte dos Professores de Cingapura (Star) foram ambas criadas em 2011. No mesmo ano, foi fundado o Instituto de Língua Inglesa de Cingapura (Elis), com o propósito de zelar pelo desenvolvimento profissional dos professores de inglês, assim como outros centros foram organizados para atender ao desenvolvimento profissional de professores de chinês, malaio e tâmil.

### O Modelo de Desenvolvimento do Professor

Para apoiar o planejamento do desenvolvimento profissional, foi formulado o Modelo de Desenvolvimento do Professor (TGM) como uma estrutura de aprendizagem baseada nos resultados desejados para os docentes (veja Figura 1.5). O Continuum de Aprendizagem TGM é organizado em torno de cinco resultados para o professor: O educador ético, O profissional competente, O aprendiz colaborativo, O líder transformador e O construtor de comunidades. Sob cada um deles estão as habilidades e competências necessárias para o crescimento e desenvolvimento profissionais, de modo que os professores possam atingir os cinco resultados. A aprendizagem e o desenvolvimento se dão de várias maneiras: por meio de cursos, auxílio de mentores, aprendizagem virtual, jornadas educativas, práticas acompanhadas de reflexão e baseadas em pesquisa. Além disso, cursos de desenvolvimento profissional recebem temas de acordo com cada tipo de resultado esperado, de modo que os professores possam escolher a área na qual mais gostariam de se desenvolver, inscrevendo-se nos respectivos cursos, como os de competência profissional para aprimorar seu domínio sobre determinado tema.

**FIGURA 1.5** Resultados desejados dos alunos e as 21CC

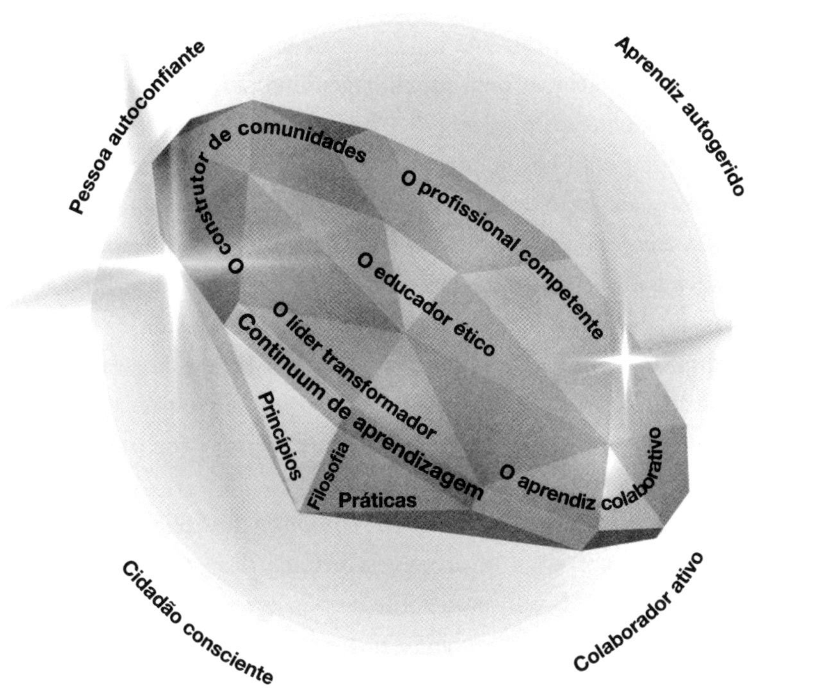

*Pessoa autoconfiante*
*Aprendiz autogerido*
*O construtor de comunidades*
*O profissional competente*
*O educador ético*
*O líder transformador*
*Continuum de aprendizagem*
*O aprendiz colaborativo*
*Princípios*
*Filosofia*
*Práticas*
*Cidadão consciente*
*Colaborador ativo*

## PROPORCIONAR APOIO E RECURSOS SISTÊMICOS

Para dar suporte a essas reformas educacionais, o ministério se comprometeu a oferecer substancial apoio de estrutura e recursos. Além de permitir às escolas maior flexibilidade no currículo por meio da redução de conteúdo, também liberou "uma média de duas horas por semana a cada professor para planejamento e colaboração profissionais" e "a reserva de uma hora semanal para refletirem, discutirem e planejarem suas aulas".[74]

Um exemplo de recurso oferecido pelo Ministério da Educação é a iniciativa da Infraestrutura Flexível da Escola (FlexSI), pela qual cerca de US$ 40 milhões foram reservados às escolas a fim de que tornassem suas infraestruturas suficientemente flexíveis para suportar as abordagens de ensino que mais aproximam os alunos da aprendizagem. Seguem alguns exemplos: salas de aula modulares, passíveis de serem abertas para conferências de grande porte ou divididas em áreas menores para discussões em pequenos grupos; implantação de uma eco-rua para o ensino de ciências; construção de um anfiteatro ao ar livre para artes cênicas.[75] As mudanças na infraestrutura devem se dar no sentido de proporcionar uma aprendizagem interativa, experimental, independente e de natureza prática.

Em um grau cada vez maior, as escolas primárias também vêm recebendo recursos, ao serem dotadas de infraestruturas de nova geração, projetadas para oferecer apoio a iniciativas associadas a uma educação holística. Novas características incluem "salas redesenhadas, espaços de ensino ao ar livre e salas especializadas para receber grupos musicais, estúdios de dança ou apresentações de arte dramática, além de pistas de corrida ao ar livre".[76] Também foram construídos espaços para a prática de esportes em lugares fechados, assim como campos com grama sintética, no esforço de aprimorar a infraestrutura do futuro.

Avançando ainda mais, tanto o NIE como o Ministério da Educação aprofundarão sua colaboração no desenvolvimento de recursos, fazendo com que a faculdade de educação forneça consultores para as equipes do Ministério da Educação, estimulando os professores em formação a produzir recursos para uso em sala de aula e explorando aqueles oferecidos em programas de referência. Além disso, o NIE também será um parceiro importante no desenvolvimento profissional dos professores, oferecendo cursos de formação inicial e continuada, programas de pós-graduação em campos mais especializados e explorando as maneiras pelas quais o *e-learning* pode ser aproveitado em sala de aula, de modo a aumentar o nível de envolvimento dos alunos, melhorando dessa forma seus resultados de aprendizagem.

## LIÇÕES A SEREM EXTRAÍDAS DO ESTUDO DE CASO DE CINGAPURA

O empenho para a inclusão das competências do século XXI no sistema educacional de Cingapura implica novos desafios e oportunidades para as escolas. Visando preparar os alunos para uma sociedade e um ambiente de trabalho mais globalizados, por meio da construção de um sistema educacional e um currículo nacional, a experiência de Cingapura redundou em várias lições, sendo algumas delas destacadas a seguir. Esses desafios também foram explicitados anteriormente num documento do Ministério da Educação.[77]

Em primeiro lugar, o projeto de reformas de políticas educacionais precisa ser articulado com clareza, com planos de implementação consistentes e capacidade de concretizá-los. O ponto forte de Cingapura em relação à reforma educacional reside não apenas na sua capacidade de comunicar os objetivos e intenções de sua política, como também na sua adesão a um plano claro de implementação que garanta que as iniciativas sejam fielmente realizadas. Há um constante esforço no sentido de buscar opiniões da base e um feedback a respeito de aspectos da política em implementação, de forma que as respostas possam servir como ponto de partida para um próximo nível de aperfeiçoamentos dessa política. Outra lição oferecida com clareza pelo estudo de caso de Cingapura é a necessidade de priorizar os recursos e investimentos adicionais nas áreas da educação, de modo que a implementação possa ser disseminada de maneira sistêmica e as boas práticas possam vir a ser compartilhadas no sistema como um todo.

Outro ponto relevante é a importância da coerência na comunicação e nas mensagens a respeito das iniciativas, especialmente devido ao fato de que algumas delas podem exigir mais tempo para serem implementadas, podendo se estender ao longo de administrações de diferentes governos. Uma boa maneira de incluir mais habilidades do século XXI nas escolas é conseguir a adesão dos alunos, o que foi feito retrospectivamente no caso de Cingapura. Melhorar a comunicação e elevar o grau de consultas a eles lhes permite compartilhar e abraçar essa visão de mudança. Fóruns e diálogos entre funcionários do governo e alunos são uma boa maneira de interagir com eles – ouvindo e lidando com suas preocupações de forma a garantir maior sucesso na implantação de novas políticas e mudanças.[78]

Em segundo lugar, sistemas educacionais bem-sucedidos tendem a ser abertos a novas ideias e maneiras de inovar, além de demonstrarem agilidade de se adaptar às transformações no cenário da educação. No caso de Cingapura, muito frequentemente ideias novas são obtidas por meio de consulta a profissionais e administradores experientes, tanto de dentro como de fora do setor de educação. Ao considerarmos a questão olhando para além de Cingapura, também é importante acompanhar atentamente os outros sistemas educacionais no plano internacional, tanto para aprender com boas práticas como para adaptar ideias ao contexto local. Cingapura adota constantemente esse procedimento ao organizar viagens de estudo a outras jurisdições educacionais ou participar de plataformas internacionais que produzem estudos de caso comparativos. Exemplo disso foi a Iniciativa Inovadora Educacional Global (GEII), promovida pela Universidade de Harvard, pelo International Teacher Policy Study (ITPS), dirigido pela Universidade de Stanford, assim como a iniciativa da Asia Society, conhecida como Global Cities in Education Network (GCEN) – todas elas contando com Cingapura entre seus integrantes.

Em terceiro lugar, o estudo de caso de Cingapura enfatiza a necessidade de conceder maior poder aos professores e aos gestores escolares. Contar com recursos da área de ensino altamente qualificados é imprescindível para o sucesso de qualquer sistema educacional. No caso de Cingapura, os papéis desempenhados pelos professores também mudaram ao longo das diferentes fases do desenvolvimento educacional. Durante a fase motivada pela eficiência, por exemplo, o principal papel do professor era definido em grande medida por sua habilidade em levar aos alunos conhecimentos e valores por meio de um currículo altamente centralizado. Ainda que o conceito básico dessa missão não tenha mudado, ficou claro que eles contam agora com uma autonomia muito maior para projetar o próprio currículo, contanto que o façam seguindo a orientação dos resultados desejados para a educação (DOE).

Em quarto lugar, o estudo de caso de Cingapura também mostra que as estruturas sistêmicas instaladas garantem que as iniciativas associadas a essa política possam ser compartilhadas por todos os componentes do sistema. Isso é garantido por meio dos sistemas escolares, organizados por zonas e grupos de escolas, nos quais equipes de gestores das escolas estão constantemente se reunindo para compartilhar boas práticas e ideias sobre a implementação das mais recentes iniciativas educacionais.

## IMPLEMENTAÇÃO DAS 21CC EM CINGAPURA: QUESTÕES E IMPLICAÇÕES

Como ocorre com qualquer implementação a ser efetivada em um sistema, existem desafios e questões concretos a serem considerados. A seguir, relacionaremos alguns deles, mencionados por educadores e profissionais em Cingapura, tanto por e-mail e em entrevistas presenciais como durante um simpósio público realizado em 2014.[79]

### Competências para o futuro

Em primeiro lugar, os educadores de Cingapura mostraram-se coerentes quanto à sua expectativa em relação a um século XXI complexo e marcado pela incerteza. Quando questionados sobre outras habilidades que possivelmente poderiam ser incluídas no quadro das 21CC, por serem essenciais para o século em curso, os consultados mencionaram as seguintes: capacidade de lidar com a ambiguidade e com a incerteza; conhecimento em múltiplas disciplinas em vez de restrito a um único domínio; senso de justiça social; e saber como aprender. O grupo de educadores também se mostrou sintonizado com a necessidade de construir nos alunos uma consciência a respeito dos acontecimentos, culturas e diversidade presentes no mundo, encarando os conteúdos das 21CC de uma perspectiva menos individualista e mais global. As escolas podem considerar alguns desses conteúdos como parte da capacitação dos seus alunos para as habilidades do século XXI, tendo em mente a importância de dar espaço suficiente aos jovens para explorar ideias, deixando-as fluir. Num cenário em constante mudança, a estrutura das 21CC do Ministério da Educação não pode permanecer estática; ela precisa evoluir de acordo com o tempo e as necessidades, que se modificam o tempo todo. As escolas têm de estar preparadas para recorrer à adaptação, à revisão e à improvisação.

### Disponibilidade dos professores

Em segundo lugar, o que as escolas deveriam fazer para assegurar que seus professores estejam prontos para ensinar as competências do século XXI e se encontrem munidos do conhecimento e das competências para serem referências para os alunos? Os educadores presentes no simpósio mostraram-se preocupados por não saberem se os professores estavam suficientemente preparados para exercer esse tipo de intervenção na sala de aula, perguntando-se se as escolas deveriam fazer mais para aperfeiçoar as competências docentes em outro nível.

Dimmock e Goh descobriram que a prática pedagógica nas salas de aula de Cingapura ainda se encontrava focada principalmente no ensino organizado e estruturado em conhecimentos de um currículo apoiado em temas, moldado em grande medida por uma avaliação nacional com índices de desempenho muito elevados.[80] Alguns educadores do simpósio observaram que os professores que dependem de mentores e de modelos de referências poderão ser dominados por um sentimento de incerteza, por não verem de que forma as competências do século XXI podem ser ensinadas. No momento, não existe uma pedagogia consistente no conjunto de escolas para ensinar as novas, complexas e mais sofisticadas competências do século XXI.[81] Além disso, os professores há muito tempo educados numa pedagogia centrada no papel do docente podem não dispor das habilidades necessárias para fazer face aos desafios que enfrentarão no futuro. Serão vitais o desenvolvimento profissional e a capacitação contínua. Há também o fato de que é preciso que seja concedido a eles algum espaço para cometer erros ou fracassar, sem que cada passo em falso venha a afetar a avaliação de seu trabalho. As mesmas competências do século XXI relativas a inovação e criatividade deveriam ser aplicadas aos professores no seu trabalho. Eles precisam ser gestores e se apropriar da sua prática.

### Envolvimento dos pais e da comunidade

Em terceiro lugar, qual é o papel da comunidade no ensino das habilidades do século XXI no âmbito escolar? De que forma as escolas podem trabalhar conjuntamente com atores tão importantes como os pais, a indústria e outras instituições de capacitação? Essa é uma questão ainda a ser plenamente assumida pelas escolas de Cingapura: como atrair os pais para a comunidade escolar, de modo que venham a exercer um papel positivo. Uma educação baseada em valores precisa ter seu ponto de partida na família e não na escola. Contudo, com o esforço feito na direção das 21CC, estarão as escolas invadindo o espaço que os pais ocupam como educadores? Estarão extrapolando seu papel de modo a tirar dos pais seus deveres de cuidar e criar? Existem características associadas ao caráter ou a certos valores que deveriam permanecer na alçada familiar e outras que deveriam ficar no âmbito da atuação escolar, e, se for esse o caso, quem determinaria essa divisão? Qual é o limite entre a escola e os pais? Essas são questões que precisam ser abordadas pelo Ministério da Educação à medida que expressões como "educação voltada para o caráter e os valores" e "21CC" vão cada vez mais se transformando em chavões no sistema educacional de Cingapura. É importante ter em mente que a relação tripartite entre pais, escola e comunidade é vital na formação da criança e do adolescente; não pode simplesmente ser vista como esforço da escola, nem esta deve embarcar sozinha na jornada das 21CC. No entanto, o compromisso e o envolvimento da família não são tarefa fácil. Pais nutrem expectativas diversas, e é difícil administrá-las, bem como fazer com que eles se mostrem afinados com a escola, aderindo plenamente às iniciativas das 21CC a serem implementadas.

### Mudanças nas atitudes mentais

No simpósio público, houve um consenso em torno da ideia de que a mentalidade dos pais precisa ser mudada. Cingapura é um país no qual a meritocracia é norma e parte integrante dos seus sistemas político e educacional.[82] Os alicerces do conjunto do sistema educacional consistem na crença de que a educação é o caminho para o progresso e que o esforço compensa – o que vale para todos os alunos, independentemente de sua origem ou capacidade.[83] Uma sociedade desse tipo inclui a estratificação social, com indivíduos sendo recompensados com posições no mundo do trabalho que lhes proporcionam variados graus de influência, de compensação e status. Os cidadãos da Cingapura foram persuadidos a acreditar que aqueles que ocupam posições de liderança ou são bem-sucedidos ou se esforçaram muito e aprimoraram sua qualificação devido às próprias realizações. Uma sólida meritocracia como essa deposita a maior ênfase possível na capacidade, no esforço e na realização.[84] Aqueles que alcançaram mérito graças aos próprios esforços são recompensados com status, privilégios e respeito social. O sucesso, segundo essa definição, é em grande parte a aspiração universal dos cingapurenses desde quando ingressam na escola. Em vista disso, os educadores no simpósio observaram que, a despeito da guinada na direção das 21CC, as notas altas como referência de desempenho nos exames e as avaliações nacionais seguem merecendo grande parte da atenção tanto dos pais como dos alunos. Em última instância, a performance acadêmica continua a ser o foco. O sistema educacional de Cingapura tem sido tradicionalmente obcecado por notas, e a grande e florescente indústria das aulas particulares oferece uma prova da expectativa dos pais de que seus filhos venham a se destacar academicamente.[85] Portanto, a mentalidade voltada para os exames representa um desafio para escolas que desejam inovar, já que seus diretores continuam a ser, em última análise, os responsáveis pelo desempenho de seus alunos nos exames nacionais.[86]

Foi sugerido que as competências do século XXI só poderiam ser finalmente incutidas nos alunos de todos os níveis e idades se fosse realizada uma alteração sistêmica no foco, saindo das preocupações acadêmicas para uma ênfase nas habilidades associadas à vida real, bem como uma mudança na mentalidade das escolas, dos pais e da comunidade. Trata-se de uma jornada muito longa, já que mudanças que afetam todo o sistema terão de ser implementadas para que os pais aceitem o desvio do foco, afastando-se do critério das notas. O desafio está em saber se as iniciativas do século XXI estarão suficientemente enraizadas para mudar a filosofia e a abordagem básicas em relação à educação.[87]

### Reação dos alunos

Num estudo de autoria de Ng, alguns alunos expressaram a insatisfação com a abordagem voltada para a mudança.[88] Enquanto a mensagem transmitida pelo governo defendia uma guinada que se afastasse da ênfase nos resultados dos exames e encorajasse a criatividade, na prática, gestores de escolas e professores ainda conservavam a obsessão pelos resultados. Sendo assim, os alunos sentiam que não havia coerência entre a mensagem e o que viviam. Presos na armadilha do sistema, eles não tinham outra escolha a não ser manter o foco nos resultados e nas notas, já que o sistema continuava funcionando tendo como paradigma essa referência. A promoção para o subsequente ano escolar continua sendo por meio de notas. Esse conflito não resolvido entre as habilidades mais flexíveis do século XXI e a necessidade de ter um bom desempenho acadêmico tem mantido os alunos num estado de instabilidade constante, fazendo-os pensar que são incapazes de abandonar a busca estressante por notas para aderir à inovação e à criatividade.

### O perigo do aumento da desigualdade

Ainda que as escolas tenham começado a reforçar a educação física, as artes e a educação musical, colocando ênfase maior nas atividades complementares como meios para construir nos alunos as competências do século XXI, se essa iniciativa não contar com acompanhamentos e revisões, poderá reforçar ainda mais a desigualdade, levando em última análise ao aumento da distância entre o alto e o baixo desempenhos.[89] Apesar de a ideia por trás da exposição dos alunos à vasta área dos esportes e das artes seja a de dar a eles a oportunidade de descobrir e aprimorar suas habilidades numa série de esforços não acadêmicos, não está claro que todos possam ter sucesso nessas áreas em igualdade de posição. Mesmo que o Ministério da Educação dê a todas as escolas o mesmo apoio financeiro para esses programas não acadêmicos, há grande chance de os pais cingapurenses das classes média e alta inscreverem seus filhos em atividades como colônias de férias esportivas de caráter exclusivo, aulas de tênis e de dança que mobilizem professores caros e excepcionalmente qualificados, de modo a garantir um desempenho de alto nível nessas áreas, o que poderá lhes garantir vagas em escolas de elite ou aumentar suas chances de conquistar bolsas em instituições de prestígio. Desse modo, ironicamente, o acesso de todos a maior gama de atividades, pelas quais o mérito também é medido, pode levar a maior monopolização do sucesso por grupos mais privilegiados.[90]

### Desafios a serem enfrentados

Existem também claros desafios na implementação das competências do século XXI que precisarão ser superados para que o quadro das 21CC seja considerado um sucesso. Em primeiro lugar, para que se tenha sucesso na implementação fiel de cada reforma ou iniciativa educacional, é preciso que exista forte respeito mútuo entre os profissionais de educação e as forças políticas que governam o país. Tanto as forças profissionais como as políticas precisam estar comprometidas com metas de longo prazo para a educação tendo em vista sua sustentabilidade. Essa visão deve ir além do caráter transitório da liderança política. No caso de Cingapura, a estabilidade política teve papel fundamental na garantia de continuidade da política educacional. O mesmo partido tem estado no poder desde a independência, ainda que partidos de oposição, minoritários, venham nos últimos anos conquistando postos no governo.

Em segundo lugar, é preciso que exista comprometimento com uma visão coletiva. No caso de Cingapura, os objetivos desejados em relação à educação, articulados com clareza, servem de guia, mas o alinhamento em relação a eles certamente implica algum tipo de concessão dos ideais individuais em prol de uma visão coletiva. Considerando, porém, o contexto cultural vigente em Cingapura, a concretização de uma visão coletiva é plausível e possível.

Finalmente, para que exista coerência sistêmica, é necessário que tempo e esforços sejam investidos na condução de conversas em profundidade com atores-chave em todos os níveis da educação. É de vital importância que o Ministério da Educação leve em consideração não só as opiniões especializadas vindas de profissionais e pesquisadores da área ou dos que futuramente darão empregos aos egressos do sistema educacional do país, como também as vozes dos pais, da comunidade e dos próprios alunos. Isso requer muito tempo e esforço dedicados a discussões com grupos focais, de modo que não haja apenas adesão às políticas de educação já formuladas, mas que novas iniciativas possam também ser apresentadas e disseminadas.

Em última análise, a ascensão meteórica da economia cingapurense, em poucas décadas, foi possível devido ao bem-sucedido plano educacional, que ajudou a forjar os recursos humanos dos quais a economia necessitava. Esse sucesso resulta do planejamento cuidadoso de uma política, da formulação de cada passo, assim como da fidelidade da implementação de cada uma dessas iniciativas. Essa implementação foi possível pela existência de coerência sistêmica e pelo alinhamento de objetivos, alcançados graças ao excelente contexto cultural e político de Cingapura. Este estudo de caso destacou os desafios já encarados e suas implicações no futuro. Eles ressaltam a mensagem de que o sucesso contínuo do plano educacional e econômico só pode ser sustentado se Cingapura continuar a aprender não só com a própria jornada, mas com os outros sistemas educacionais ao redor do mundo.

## AGRADECIMENTOS

Gostaríamos de agradecer o apoio e a contribuição da Sra. Chua-Lim Yen Ching, vice-diretora-geral de educação (desenvolvimento profissional) e diretora-executiva da Academia de Professores de Cingapura; do professor Lee Sing Kong, vice-presidente (estratégias de educação) da Nanyang Technological University; da Sra. Eugenia Tan, vice-diretora da Agência de Política de Currículos, do Ministério da Educação, assim como de sua equipe; da Sra. Tan Hwee Pin, diretora da Escola Secundária Kranji e de sua equipe de professores; e dos participantes do grupo focal no Simpósio Global de Cingapura sobre Iniciativas de Inovação na Educação, promovido no Instituto Nacional de Educação em março de 2014. Também gostaríamos de agradecer à nossa equipe de pesquisa – Dr. Lee Ling, Sra. Avila Ava Patricia Cabiguin e Sra. Janey Ng Wee Leng –, que nos auxiliaram nesta e nas versões anteriores deste artigo.

CAPÍTULO DOIS

# Grandes ideias, pequenas ações: lições extraídas da reforma do currículo do século XXI na China

Yan Wang
*Instituto Nacional de Ciências da Educação, China*

Este capítulo explica como as reformas educacionais na China têm procurado preparar os alunos para o século XXI, incluindo uma discussão do contexto em que elas se dão, dos esforços para promover um debate nacional sobre as competências do século XXI, das mudanças delas resultantes, que acabaram por alterar a situação dos currículos, e das estratégias e desafios implícitos no progresso rumo a essas competências. A parte final discute as recentes reformas destinadas a enfrentar os desafios e mostra como a abordagem sintetizada pelo lema "grandes ideias, pequenas ações" capta as lições da atual reforma educacional chinesa.

## INTRODUÇÃO

A China é o maior país em desenvolvimento do mundo. Localizada na parte oriental do continente asiático, na orla ocidental do Pacífico, abrange uma área de 9,6 milhões de quilômetros quadrados,[1] com uma população total de 1,36 bilhão.[2] A China vem se desenvolvendo economicamente; seu PIB per capita alcançou US$ 6.807,43 USD em 2013, coroando um rápido processo de crescimento econômico mantido por três décadas – um desempenho impressionante. As grandes dimensões territoriais e populacionais do país, quando comparadas ao nível de seu desenvolvimento econômico, transformam em um formidável desafio a tarefa de oferecer amplo acesso a uma educação de qualidade.

Na China há 23 províncias, cinco regiões autônomas, quatro municipalidades diretamente submetidas ao governo central e duas regiões administrativas especiais. Além disso, 56 grupos étnicos vivem no interior de suas fronteiras: o povo Han soma quase 90% do total da população, e os 55 grupos restantes são classificados como "minorias étnicas". Cada província, região, município e grupo étnico se distingue de alguma forma pela sua tradição cultural e seu desenvolvimento econômico. Tamanha variedade e diversidade contribuíram ainda mais para aumentar a complexidade do esforço em levar adiante a reforma educacional rumo a um acesso mais amplo, com mais qualidade e maior equidade.

A China é também um dos países que vivenciaram a mais rápida mudança em grande escala no campo da educação. Em pouco mais de cinquenta anos, criou seu sistema educacional praticamente do zero, alcançou o acesso universal a uma educação básica de nove anos de extensão e erradicou quase totalmente o analfabetismo entre jovens e adultos, atingindo um índice de 30% de escolarização bruta no âmbito da educação universitária.[3] Em consequência, hoje ostenta o maior sistema educacional do mundo. Segundo estatísticas de 2013, existem 255.400 escolas primárias, com 98,6 milhões de alunos matriculados, e 81.662 escolas secundárias, com cerca de 94,2 milhões de alunos inscritos. O número de instituições de ensino superior chega a 2.442, abrangendo aproximadamente 25,6 milhões de estudantes.[4] Contudo, a exemplo de muitos países, restam ainda vários desafios a enfrentar: enquanto em muitas áreas, especialmente em regiões rurais marcadas pela pobreza, os mesmos professores são obrigados a dar aulas para turmas de vários níveis, em instalações inadequadas e com um número insuficiente de colegas, outras, em particular as urbanas, em regiões mais desenvolvidas, contam com escolas dotadas de instalações e equipes de professores de qualidade comparável àquela encontrada em nações desenvolvidas com alto desempenho na área.

Observando as três últimas décadas, a China tem impressionado o mundo não apenas pela expansão do acesso à educação para um número muito maior de estudantes, como também pelo aprimoramento da qualidade dessa educação, como atestado pela posição de Xangai no topo do ranking dos resultados do Pisa 2009. Esse progresso é atribuído em grande medida aos contínuos esforços para reformar seu sistema educacional de modo que este esteja em condições de responder às necessidades dos desenvolvimentos político, econômico e social. Esses esforços têm prosseguido no século XXI, caracterizado por experiências e inovações com o objetivo de mudar a estratégia, o conteúdo e as maneiras de ofertar educação. Entre outras iniciativas em termos de política educacional, a reforma do currículo (que teve início na virada do século) mudou os propósitos, o conteúdo e as abordagens em relação ao ensino e à aprendizagem nas escolas chinesas. Novas reformas vieram a seguir, especialmente no que diz respeito ao desenvolvimento profissional dos professores e à criação de escolas de referência.

## O CONTEXTO DA REFORMA EDUCACIONAL E AS COMPETÊNCIAS DO SÉCULO XXI

O sistema educacional na China – que tomou forma ao longo de milhares de anos de história, tendo sido influenciado também por reformas contemporâneas nos planos político e econômico – funciona de modo diferente do que ocorre em outros países. É necessário, portanto, discutir o contexto em que se deram as atuais reformas educacionais e os objetivos da escolarização no país antes de nos aprofundarmos numa discussão mais explícita sobre a educação para o século XXI.

### A herança de uma cultura da educação
Na condição de uma das mais antigas civilizações do mundo, a China vem sendo objeto de uma história documentada há quase 4 mil anos. A percepção da educação pelo povo chinês, o valor atribuído a ela e o modo como é concebida e concretizada vêm sendo em grande medida influenciados por uma forte e bem consolidada cultura de educação, enraizada em sua rica e longa história.

Ao longo de 1.300 anos, a educação chinesa foi essencialmente a busca automotivada por conhecimento, como preparação para o exame promovido pela corte real (o *keju*), organizado em torno de um conjunto de obras clássicas, como os "Quatro Livros" e os "Cinco Clássicos", com o propósito – baseado na meritocracia – de fazer uma triagem e seleção de talentos para a administração pública.[5] As afirmações de Confúcio, como a de que "a excelência na educação leva ao funcionalismo", ilustram o valor histórico ostentado pela educação na cultura da China. As pessoas comuns, principalmente as de posição socioeconômica inferior, tinham poucos canais de acesso à mobilidade social além da educação. Por meio do sucesso nos exames promovidos pela corte, contudo, elas poderiam se tornar funcionários que desfrutavam de um alto status, mudando não apenas seu destino, como também o de toda sua família. Fundamentada na meritocracia, essa tradição de selecionar e cultivar talentos influenciou, em grande medida, a ênfase dada ao sistema de avaliação educacional adotado nos dias de hoje. Ainda que reformas recentes tenham possibilitado o acesso dos estudantes à universidade por caminhos alternativos, o exame para o ingresso universitário, na sua forma vigente, com exigência de notas altas, é o fator determinante para o acesso da maioria deles às faculdades e, mais além, para determinar as perspectivas futuras quanto ao trabalho e à vida.[6]

### Mudanças nos objetivos da escolarização

Sem conhecimento prévio das alterações históricas nos objetivos da escolarização ocorridas na China, seria difícil compreender a mais recente reforma educacional, orientada para o século XXI. Todo um espectro de objetivos educacionais foi observado no processo de desenvolvimento da educação chinesa, abrangendo objetivos políticos, econômicos e sociais, ainda que, historicamente, cada fase apresentasse prioridades diferenciadas na agenda de desenvolvimento da educação.

### Orientação ideológica (1949-1976)

Por ocasião da criação da República Popular da China, a principal missão da educação era "elevar o nível intelectual do povo e estimular talentos para a construção nacional; eliminar a ideologia feudal, colonialista e fascista; e desenvolver a ideologia voltada para servir ao povo", pontos explicitados no Programa Comum Fundamental, o qual priorizava a orientação ideológica com o propósito de construir o país. As linhas mestras da educação, foi dito então, seriam no sentido de "servir aos trabalhadores e aos camponeses e servir à produção e à construção".[7] A prioridade da orientação ideológica foi ilustrada no argumento exposto por Mao Tsé-tung em 1957: "A educação deve servir à política do proletariado e ser combinada com o trabalho produtivo, de modo que os que estão sendo educados se desenvolvam moral, intelectual e fisicamente, tornando-se trabalhadores dotados de consciência socialista e de cultura".[8] O "desenvolvimento moral, intelectual e físico" tornou-se então o tema dominante na orientação da educação socialista. Com o desenvolvimento moral colocado no topo da lista, não apenas as escolas ofereciam cursos de ética e moral, como os estudantes também eram encorajados a tomar parte em campanhas políticas e atividades comunitárias, até mesmo em detrimento do desenvolvimento intelectual e físico. A identidade política se tornou um critério na seleção de talentos.[9] Essa orientação foi levada ao extremo no anti-intelectualismo e na degeneração da vida acadêmica que marcaram a devastadora Revolução Cultural.

### Adequação dos recursos humanos (1977-1998)

Depois do hiato de dez anos no desenvolvimento nacional acarretado pela Revolução Cultural, a China aspirava a alcançar o resto do mundo. A nação teve seu rumo corrigido, trocando a luta política pela reconstrução econômica por meio de uma reforma na economia, desencadeada em 1978 sob a liderança do falecido Deng Xiaoping. A educação passou a ser vista como um recurso crucial de sustentação do progresso social e econômico, como Xiaoping afirmou num discurso em 1985: "Nossa nação, a força de nossa nação e o potencial de desenvolvimento econômico dependem cada vez mais da qualidade dos trabalhadores e da quantidade e qualidade dos intelectuais". Essa lógica foi enfatizada na iniciativa pioneira representada pela Decisão sobre a Reforma Estrutural Educacional, emitida em 1984, documento complementar produzido para apoiar a política de reforma econômica: "A educação deve servir à construção socialista, a qual, por sua vez, deve se apoiar na educação. Nosso programa de maciça modernização socialista exige não apenas que abramos todo espaço às pessoas já qualificadas hoje disponíveis e que no futuro aprimoremos ainda mais a formação delas, como também que capacitemos, em larga escala, pessoas com novos tipos de habilidades, que se dediquem à causa socialista e ao progresso social rumo à década de 1990 e aos primeiros dias do próximo século". A diretriz de Xiaoping, de "formar talentos e capacitar centenas de milhões de integrantes da força de trabalho, de modo a qualificá-los para a construção da modernização, e milhões de talentos especializados em todos os aspectos da vida",[10] ilustra a prioridade concedida ao uso da educação para desenvolver os recursos humanos da China à época.

Nesse período foi reinstituído o exame de ingresso nas faculdades como parte do processo de recrutamento e seleção de talentos para a educação superior. A iniciativa despertou o entusiasmo das pessoas em relação à educação, tornando possível que todos competissem, por meio do seu desempenho no exame, pela oportunidade de entrar nas universidades (em vez de serem selecionados pela identidade política e por recomendação de outras pessoas). Ainda que oficialmente as competências esperadas da nova geração tivessem sido definidas como *The Four Have's* – ou seja, os cidadãos deveriam ter ideais elevados, integridade, conhecimento e forte senso de disciplina[11] –, apenas o conhecimento era passível de ser aferido no exame de ingresso na universidade, daí ter se mantido como o item dominante durante muito tempo no âmbito do ensino e da aprendizagem.

### Desenvolvimento holístico (1999-hoje)

A partir dos anos 1990, quando o crescimento econômico ainda ocupava lugar de destaque no programa de ação do governo, a harmonia social tornou-se outra prioridade em um contexto de diversificação cultural, como resultado da reforma econômica e da abertura para o mundo. No cenário da educação, a busca de coesão social foi traduzida em termos do cultivo da ética e dos valores, assim como das habilidades soft ("aprender a ser" e "aprender a aprender"). O Estado, portanto, se desviou de uma concepção de educação rígida, politicamente orientada e restrita ao critério do potencial da força de trabalho, para uma perspectiva mais ampla, que enfatiza o desenvolvimento holístico dos cidadãos chineses. Nessa mesma visão, o foco do currículo e o da pedagogia mudaram dos "dois básicos" – conhecimentos básicos e habilidades básicas – para uma meta tridimensional abrangendo: conhecimentos e habilidades; processo e método; e emoção, atitude e valores. Na realidade, essa mudança introduziu a mais exaustiva lista de competências do século XXI no sistema educacional chinês.

### Reforma educacional para o acesso e a equidade

A iniciativa das competências do século XXI foi construída tendo como fundamento o acesso universal à educação básica. Desde o início dos anos 1980, o governo chinês dedica esforços substanciais à expansão do acesso à educação. Em 1986, tornou a educação legalmente compulsória, obrigando os pais a enviar os filhos na idade apropriada às escolas para receber educação básica de nove anos de duração – seis anos no primário e três no período inicial de educação secundária. Enquanto isso, as responsabilidades relacionadas com a oferta da educação – em especial a gestão e o financiamento escolar – foram descentralizadas para governos locais (distritos e municípios). Quando a capacidade financeira local não era compatível com as necessidades de suas escolas, recursos da comunidade eram mobilizados, incluindo a cobrança de aulas extras e de taxas variadas, de modo a zerar o orçamento. Essa abordagem concedeu às escolas de áreas economicamente mais desenvolvidas uma base financeira bem mais sólida. De modo semelhante, escolas que historicamente gozavam de maior prestígio atraíam mais alunos e cobravam mais taxas, adquirindo assim uma base de recursos mais confortável para promover a experimentação e a inovação. Em vista disso, o acesso à escolarização foi expandido, ainda que o desempenho em várias regiões, áreas e até mesmo escolas fosse desigual.

Vinte anos mais tarde, quando as reservas financeiras do país tornaram-se bem maiores, o governo se comprometeu a financiar a educação compulsória com orçamentos públicos. Fruto dessa iniciativa, a Emenda à Lei da Educação Compulsória de 2006 tornou obrigatória a educação básica de nove anos de extensão. Estabeleceu que ela fosse gratuita e isenta de quaisquer taxas e que as responsabilidades pelo financiamento da educação primária e dos primeiros anos da secundária fossem compartilhadas entre os governos local, provincial e central, os quais teriam de fixar seus gastos por aluno num nível abaixo do valor-limite (mínimo) daquele definido pelo governo central. Às administrações de nível municipal coube a responsabilidade de arcar com os custos, enquanto os governos provinciais deviam alocar recursos para as áreas de menor desempenho. Desse modo, a educação primária e os anos iniciais da secundária foram garantidos a todas as crianças em idade escolar, livres de quaisquer mensalidades ou taxas, contando também com a distribuição gratuita de livros didáticos e subsídios para estudantes menos favorecidos, tendo esses recursos origem em fundos reservados do governo central. Dessa maneira, foi alcançado o acesso universal aos nove anos de educação básica. Nesse período, as áreas desenvolvidas em termos de educação lideraram as reformas educacionais por meio de experiências e inovações de caráter pioneiro, incluindo as reformas curricular e pedagógica relacionadas às competências do século XXI.

## MUDANÇA DE POLÍTICA PARA FAZER AVANÇAR AS COMPETÊNCIAS DO SÉCULO XXI

A guinada na direção das competências do século XXI na China não aconteceu da noite para o dia. O país começou a se mover na direção de uma reforma de seu sistema educacional para atender às demandas do século atual quando adotou o conjunto de princípios "Orientação para a Modernização, o Mundo e o Futuro", articulado por Xiaoping no início dos anos 1980. O país entrou então num período de três décadas de reflexões e debates sobre uma educação voltada para a qualidade (em oposição à orientada para os exames) – processo que culminou na inovadora Reforma do Currículo da Educação Básica.

### Educação orientada para a modernização, o mundo e o futuro

A primeira noção associada à educação para o século XXI remonta ao fim da década de 1970. Na época, chegou-se à conclusão de que o sistema educacional da China, que em grande medida tinha sido copiado do da União Soviética, não atendia às demandas das quatro modernizações,[12] nem era condizente com uma sociedade que, terminada a Revolução Cultural, desejava se abrir. A reforma educacional chegou a um impasse. Em 1983, Xiaoping, na inscrição que mandou gravar na Escola Jingshan, em Pequim, observou que a educação deveria ser orientada para a modernização, para o mundo e para o futuro. Sua declaração era sustentada por três suposições: em primeiro lugar, a de que a educação era considerada um instrumento vital para a geração de talentos ou habilidades para o desenvolvimento econômico; em segundo lugar, a de que o sistema deveria ser aberto e renovado com base em lições extraídas de experiências de outros países; e, em terceiro lugar, a de que os educadores deveriam adotar uma perspectiva ousada para transformar a maneira de ensinar e de aprender, de modo a cultivar o tipo de conhecimento e de competências que pudessem atender às futuras necessidades da nação. O texto da inscrição estimulou os educadores a repensar as abordagens e estratégias para reformar e desenvolver a educação. A Sociedade Educacional da China, num encontro nacional sobre o tema das "três orientações", sugeriu que as seguintes correlações deveriam ser enfatizadas:

- entre a aprendizagem do conhecimento e o desenvolvimento intelectual, incluindo o incentivo à criatividade;
- entre ensinar bem e aprender bem;
- entre a educação e a produção e o trabalho;
- entre o ensino coletivo e a orientação individual, adaptando o ensino às aptidões do aluno;
- entre a esfera curricular e a extracurricular, na escola e fora dela.

Dois anos depois de a inscrição ter sido feita, as "três orientações" foram incluídas no documento que formalizava uma política abrangente, *Decisão sobre a reforma estrutural da educação*, tornando-se a linha mestra do desenvolvimento e da reforma da educação e sendo reiteradas em importantes documentos sobre essa política nas duas décadas que se seguiram. A Sociedade Educacional da China organizou outros cinco encontros, o último deles em 1998, para discutir como implementar as "três orientações", levando adiante o desenvolvimento da educação na direção do século XXI, o que exerceu um efeito profundo e duradouro sobre o setor.[13]

## Educação de qualidade versus educação com foco nos exames

Com a volta dos exames de ingresso nas universidades após o fim da Revolução Cultural, em 1978, as salas de aula passaram a ser dominadas pelo ensino para a obtenção de notas altas nos exames escritos. A educação na década de 1980 foi caracterizada pelo ensino voltado para os exames e apoiado na memorização. Veio à tona então o conceito de educação de qualidade, como uma medida corretiva para lidar com a educação "orientada para os exames". Na língua chinesa, "qualidade" é um termo bem próximo de "competência". Daí a educação de qualidade ter sido definida como mais focada em cultivar competências (uma forma anterior às competências do século XXI) do que simplesmente na transmissão de conhecimento em si. O conceito teve sua origem num editorial da publicação *Shangai Education*, de 1988, sob o título "A educação de qualidade é a nova meta para a educação do início do nível secundário". E, em 1990, "levar a educação de qualidade para as escolas primárias" tornou-se uma política local empreendida na província de Jiangsu, exercendo assim um papel pioneiro na reforma educacional da China. A educação de qualidade foi instituída como política nacional no documento *Linhas gerais da reforma e desenvolvimento da educação na China*, de 1993, o qual não apenas reiterou as "três orientações" para acelerar a reforma e o desenvolvimento educacionais e aprimorar ainda mais a qualidade da força de trabalho, como também enfatizou a mudança de uma "educação orientada para os exames" para uma "educação orientada para a qualidade", capaz de "abranger o desenvolvimento moral, intelectual, físico e ideológico de todos os alunos, incluindo o cultivo das habilidades associadas à capacidade de leitura e às ciências".[14] Entre outras coisas, as linhas gerais destacavam as habilidades práticas dos alunos e sua capacidade de inovação. Uma série de conferências nacionais foi organizada para deliberar como levar adiante a implantação da "educação de qualidade".[15] Em 1999, a Decisão sobre o Aprofundamento da Reforma Educacional e Pleno Avanço da Educação de Qualidade do Partido Comunista Chinês e do Conselho de Estado foi promulgada na terceira Conferência Nacional de Educação. No texto da decisão, a educação de qualidade foi redefinida como um amplo espectro de competências, tais como "espírito empreendedor e habilidade prática, pensamento independente, consciência voltada para a inovação, espírito científico e mentalidade inovadora".[16]

## Plano de Ação para Revigorar a Educação Voltada para o Século XXI
No sentido mais formal, o diálogo sobre a educação do século XXI começou com uma sondagem realizada pelo governo chinês no fim dos anos 1990. Consciente dos desafios suscitados pela economia do conhecimento no século que estava prestes a começar, o governo reconheceu a educação como um meio para que a nação aumentasse sua capacidade de inovar e ampliasse a competitividade. Percebeu a urgência de uma atualização do sistema educacional e deu início à reforma, reavaliando a estratégia e as prioridades do desenvolvimento da educação. A sondagem envolveu cerca de cem especialistas de vários setores, assim como de órgãos do governo ligados ao tema e autoridades locais do setor de educação. Fruto desse esforço, um plano oficial para uma reforma na educação intitulado Plano de Ação para Revigorar a Educação Voltada para o Século XXI (*mianxiang 21 shiji jiaoyu zhenxing xingdong jihua*) foi promulgado pelo Ministério da Educação, depois de avaliado pelo Conselho de Estado. O plano de ação mapeava os objetivos e programas de desenvolvimento para que, já na virada do século, fossem alcançadas metas em doze áreas. No topo da lista de programas estava o que propunha "educação de qualidade rumo ao novo século".[17] O programa destacava o objetivo de "fazer avançar a educação de qualidade por todo o sistema e elevar a qualidade dos cidadãos e a capacidade da nação de inovar" e, mais importante, procurar implantar "currículos e livros didáticos para a educação básica afinados com o século XXI", movimento que se tornou o prelúdio da Reforma do Currículo da Educação Básica.[18]

## Reforma do Currículo da Educação Básica
No campo da educação básica, o plano de ação foi traduzido na forma de uma política intitulada Decisão do Conselho de Estado sobre a Reforma da Educação Básica. A reforma teve início com um levantamento para avaliar o currículo das séries 1 a 12, implementado entre 1996 e 1997, e para verificar a relevância do conteúdo, da pedagogia, dos deveres de casa, dos exames e das avaliações. A sondagem revelou uma ênfase exagerada no esforço de incutir conhecimento, com estudantes aprendendo em grande medida por meio da memorização e de procedimentos mecânicos. Foi constatada

também falta de coerência entre várias disciplinas, desequilíbrio na distribuição dos cursos e currículo centralizado, no qual a administração central não conseguia encaixar as realidades locais. Para enfrentar essas questões, foi formulada e adotada a Proposta de Reforma do Currículo da Educação Básica.

A exemplo do ocorrido com muitas outras políticas, a formulação da proposta seguiu cinco passos: realização de pesquisas; elaboração; consultas; experimentação; e implementação e expansão.[19] O processo começou com sondagens feitas com importantes atores – professores, pais, pesquisadores, autoridades locais e comunidades –, seguidas da elaboração do documento por uma equipe de pesquisadores, profissionais da área e administradores. Passou então por consultas com escolas, professores e governos locais, cujas opiniões foram solicitadas a respeito da relevância e viabilidade daquela política. A experiência inicial de implantação foi monitorada em quatro províncias, tendo sido corrigida com base nas respostas e nos resultados obtidos. A política em sua forma final foi implementada em todo o país.

A Proposta de Reforma do Currículo da Educação Básica é um típico exemplo do processo de implantação de uma política com base em cinco passos. A sondagem inicial envolveu 16 mil estudantes e cerca de 2 mil professores de nove províncias (regiões) em escolas primárias e do secundário inicial, assim como 14 mil estudantes e 2 mil professores em onze províncias nas escolas do secundário final. Os currículos, tanto para as séries 1-9 como para as 10-12, foram monitorados antes de serem estendidos para todo o país. As Tabelas 2.1 e 2.2 mostram como eles foram desdobrados, estágio por estágio.

O projeto de 2001 mapeou uma gama de orientações para os currículos, para a pedagogia e para as avaliações das séries 1-12. No mesmo ano, foi divulgada a estrutura curricular da educação básica, assim como os parâmetros para 22 disciplinas, seguidos de normas para compilar, reavaliar e selecionar livros didáticos.[20] Pouco depois, em 2003, publicou-se a Estrutura Curricular da Educação Secundária Final e se desenvolveram parâmetros para dezessete disciplinas (incluindo filosofia e política, divulgados em 2004). A reforma mudou profundamente a filosofia, o conteúdo e a pedagogia da educação das séries 1-12.

**TABELA 2.1** Implantação do currículo na educação compulsória por estágios

| Ano | % de estudantes aprendendo pelo novo currículo |
|---|---|
| 2001 | 0,5-1 |
| 2002 | 18-20 |
| 2003 | 40-50 |
| 2004 | 70-80 |

Fonte: Zhu Muju, 2007.

**TABELA 2.2** Implantação do currículo no secundário final por estágios

| Ano | Nº de províncias (regiões) participantes |
|---|---|
| 2005 | 2 |
| 2006 | 7 |
| 2007 | 12 |
| 2012 | Todo o país |

Fonte: Zhu Muju, 2007.

## Iniciativa das competências fundamentais

A primeira década deste século foi marcada pelo rápido desenvolvimento econômico, acompanhado por uma busca excessiva de bens materiais, pela degradação da cultura tradicional e pela diversificação ideológica. Para lidar com essas questões, os valores socialistas fundamentais foram destacados por ocasião do 18º Congresso do Partido Comunista, realizado em 2012. Eles compreendem uma série de princípios morais, incluindo prosperidade, democracia, civilidade, harmonia, liberdade, igualdade, justiça, o império da lei, patriotismo, dedicação, integridade e amizade. Dentro do mesmo espírito, a missão final da educação é definida como a de "cultivar a moral e cuidar das pessoas, estimular construtores do socialismo e desenvolver os estudantes moral, intelectual, física e esteticamente".

Nesse período, a China se empenhou em dialogar e interagir de forma mais intensa com o mundo, começando a aprender mais com os outros países e a coletar informações para a elaboração de uma política no campo da educação. Inspirada pela tendência internacional de enfatizar as competências fundamentais, a nova ideologia foi traduzida em termos da iniciativa das competências fundamentais, com início em 2014. Com ela, procurava-se resolver a defasagem entre os objetivos educacionais e os curriculares e aumentar o estímulo à construção de competências de modo geral, assim como à ética e à moral demandadas pelo século XXI, conforme ilustrado nos objetivos a seguir:

1. Coordenar a educação nos níveis primário, secundário inicial, secundário final, universitário e de pós-graduação, tornando mais claras as metas educacionais de cada estágio, bem como reforçando a coerência entre o aprendizado das disciplinas em cada um deles.
2. Coordenar disciplinas, como educação moral, língua chinesa (leitura, escrita e literatura), história, educação física, artes etc., reforçando a complementaridade entre elas e ampliando as habilidades dos alunos para aplicar os conhecimentos de forma abrangente, tendo em vista a solução de problemas no mundo real.
3. Coordenar parâmetros curriculares, livros didáticos, ensino, avaliações e exames, priorizando o papel abrangente dos parâmetros curriculares, para levar adiante de forma coordenada a reforma da compilação dos materiais didáticos, do ensino, da avaliação e dos exames.
4. Coordenar os esforços de professores, gestores, pesquisadores pedagógicos, especialistas, estudiosos e comunidades, tirando partido de suas vantagens e criando sinergias quanto ao ensino, ao serviço, à orientação pedagógica, à pesquisa e ao monitoramento.
5. Coordenar salas de aula, campus, organizações sociais, família e sociedade; reforçar vínculos entre o ensino na sala de aula, a construção de uma cultura do campus e as atividades sociais; usar

amplamente recursos sociais, projetos e atividades curriculares e extracurriculares para estabelecer um ambiente favorável à educação.

As competências fundamentais incorporam basicamente três dimensões – participação social, autodesenvolvimento e competências culturais – e até o momento dez indicadores foram desenvolvidos. O conteúdo das competências fundamentais ainda não foi divulgado, mas é possível afirmar que a iniciativa reorientará a educação escolar rumo aos desafios do novo século e desencadeará uma nova onda de mudanças no conteúdo e nos processos de ensino e de aprendizagem nas escolas.

## MUDANÇA NO CENÁRIO CURRICULAR

No contexto chinês, o termo "currículo" se refere ao conteúdo da aprendizagem a ser realizada na escola e à pedagogia a ela relacionada, materializada em grande medida nos livros didáticos. O cenário do currículo passou por uma mudança drástica desde a adoção da Reforma do Currículo da Educação Básica, em 2001. Como mencionado anteriormente, o objetivo se deslocou da aprendizagem dos dois básicos (conhecimentos e habilidades) para um amplo espectro de "conhecimentos e habilidades, processo e método, e emoção, atitude e valores", expostos nos parâmetros curriculares de todas as disciplinas e mais próximos das competências cognitivas, intrapessoais e interpessoais. A seção a seguir ilustra essas mudanças nos parâmetros curriculares por disciplina.

### As competências do século XXI nos parâmetros curriculares
Parâmetros curriculares para matemática

De modo geral, a meta educacional para matemática é a aprendizagem de conhecimentos e habilidades, pensamento matemático, resolução de problemas, emoções e atitudes. No mesmo espírito, os parâmetros de aprendizagem estão estruturados em torno de quatro aspectos: os dois primeiros associados a competências cognitivas; os dois últimos, a competências interpessoais e intrapessoais, como ilustrado no Quadro 2.1.

**QUADRO 2.1    Metas gerais para as séries 1 a 10 em matemática**

| | |
|---|---|
| **Conhecimentos e habilidades** | • Vivenciar os processos de letramento matemático e álgebra, cálculo e modelagem; compreender os conhecimentos fundamentais e as habilidades básicas referentes a letramento matemático e álgebra.<br>• Vivenciar os processos de coleta e processamento de informações, análise de questões com dados e obtenção de informação; compreender os conhecimentos fundamentais e as habilidades básicas de estatística e probabilidade.<br>• Tomar parte em atividades práticas integradas; acumular experiências em atividades matemáticas com a resolução de questões simples, aplicando conhecimentos, habilidades e métodos matemáticos. |
| **Pensamento matemático** | • Desenvolver sensibilidade matemática, consciência dos símbolos e concepção de espaço; desenvolver habilidade de percepção e cálculo geométricos; desenvolver pensamento imaginativo e abstrato.<br>• Aprender a pensar de forma independente, assimilando a filosofia fundamental e a maneira de pensar da matemática. |
| **Resolução de problemas** | • Aprender a identificar questões e a formulá-las de uma perspectiva matemática; resolver questões simples e realistas aplicando conhecimentos matemáticos, aumentando a consciência dessa aplicação e elevando sua habilidade prática.<br>• Aprender a colaborar e se comunicar com outros.<br>• Desenvolver consciência de avaliação e reflexão. |
| **Emoções e atitudes** | • Tomar parte em atividades matemáticas de forma ativa; demonstrar curiosidade e disposição para aprender.<br>• Vivenciar o prazer do sucesso no processo de aprendizagem; ter a perseverança para superar as dificuldades e aumentar a confiança.<br>• Desenvolver hábitos em relação à aprendizagem, como cuidado e dedicação, pensamento independente, colaboração e disposição para compartilhar, reflexão e questionamento.<br>• Adotar atitudes científicas como adesão à verdade, correção de erros, rigor e senso prático. |

Fonte: CHINA. Ministério da Educação. *Compulsory Education Mathematics Curriculum Standards.* Pequim: Beijing Normal University Publishing Group, 2011.

## Parâmetros curriculares para leitura, escrita e literatura

De modo similar, os parâmetros curriculares para leitura, escrita e literatura (língua chinesa) estão estruturados em torno de conhecimentos e habilidades, processo e método, e emoções, atitudes e valores. Os objetivos de aprendizagem para cada série estão organizados em cinco níveis. São eles: alfabetização, que envolve reconhecer caracteres chineses e escrevê-los; leitura; escrita; comunicação oral; e ensino integrado para quatro estágios – primeiro (séries 1 e 2);

segundo (séries 3 e 4); terceiro (séries 5 e 6); quarto (séries 7 a 9). Enquanto os três primeiros níveis referem-se basicamente a competências cognitivas, com aplicação de ferramentas de forma interativa, os dois últimos estão associados em maior medida a competências interpessoais e intrapessoais.

Quanto mais alta a série, mais sofisticados são os parâmetros de aprendizagem. Por exemplo, os parâmetros para o nível da escrita no terceiro estágio incluem:

- Compreender a escrita como meio de autoexpressão e de comunicação com os outros.
- Desenvolver hábitos de observação de coisas no próprio ambiente, enriquecendo assim, de forma consciente, o próprio conhecimento, valorizando sentimentos individuais específicos e acumulando material sobre o que escrever.

Já os parâmetros para comunicação oral nesse mesmo estágio são especificados da seguinte forma:

- Respeitar e compreender os outros ao se comunicar.
- Participar de discussões e não ter medo de expressar a própria opinião.
- Ouvir com seriedade e paciência, captar os pontos fundamentais e transmitir a mensagem.
- Expressar-se com clareza e de modo apropriado.
- Depois da devida preparação, fazer uma apresentação simples apropriada ao público e à ocasião específica.
- Ter consciência da beleza da linguagem, evitando a linguagem não apropriada.[21]

### Parâmetros curriculares para ciências

Na fase inicial do nível secundário, o ensino da disciplina de ciências tem como objetivo "manter a curiosidade dos alunos e o anseio por aprender sobre fenômenos naturais, fomentando a atitude de estar em harmonia com a natureza", assim como "estimular o pensamento científico, tendo consciência dos problemas individuais e sociais, resolvendo-os com conhecimento, abordagem e atitude", entre outras coisas.[22] As metas de aprendizagem incorporam quatro dimensões: exploração da ciência; conhecimentos e habilidades científicos; atitude, emoção e valor da ciência; ciência, tecnologia, sociedade e meio ambiente. No âmbito da dimensão "exploração da ciência", existem objetivos de aprendizado integrados, como "expressão e comunicação" ou, mais especificamente, "ser bom em termos de colaboração com os pares, ter capacidade de escutar e respeitar diferentes pontos de vista e comentários, trocando opiniões com os outros".[23]

### Integração e disseminação

O novo currículo tem o objetivo de tornar os alunos capazes de se empenhar em um aprendizado ativo, de aprender a aprender e de se apropriar da ética, dos conhecimentos e das competências exigidos pela nova era. Apresenta maior integração entre assuntos para a aprendizagem interdisciplinar, como maneira de desenvolver a "habilidade de aplicação abrangente" dos conhecimentos. Com essa finalidade, um novo curso chamado Atividade Prática Integrada (IHA), que integra conhecimentos e habilidades de várias disciplinas, foi incorporado à estrutura curricular (ver Quadro 2.2). O IHA foi projetado como parte do currículo obrigatório na etapa de educação compulsória (primário e secundário inicial). O tempo total de ensino para os nove anos, do primário até o secundário inicial, é de 9.522 horas-aula, com o IHA perfazendo de 16% a 20% desse tempo, incluindo trabalho e tecnologia. (A Tabela 2.3 mostra a distribuição do tempo de ensino por disciplina para o período de educação compulsória.) Durante esse período, um sistema de pontos por créditos é aplicado no secundário final. Exige-se que o aluno atinja um mínimo de 144 pontos em créditos antes que se forme; o número máximo de pontos que pode alcançar nessa segunda parte do nível secundário é de 170 em créditos, dos quais as atividades práticas integradas respondem por 23 pontos.

## QUADRO 2.2

### Disciplinas adicionais depois da Reforma do Currículo da Educação Básica

**Séries 1-9 Etapa de educação compulsória**
- Ciências
- Atividade Prática Integrada (IAH)/Curso (tecnologia da informação, aprendizagem baseada em pesquisa, serviços comunitários, práticas sociais)
- Artes

**Séries 10-12 Etapa do secundário final**
- Atividade Prática Integrada (IAH)/Curso (aprendizagem baseada em pesquisa, serviços comunitários, práticas sociais)
- Tecnologia (tecnologia geral, tecnologia da informação)
- Artes
- Cursos eletivos

Fonte: CHINA. Ministério da Educação, 2001.

**TABELA 2.3** Distribuição do tempo por tema nas séries 1-9

| Tema | Séries | % do total de tempo de ensino |
|---|---|---|
| Ética e moral | 1 em diante | 7-9 |
| História e geografia | 6-9 | 3-4 |
| Ciências | 3 em diante | 7-9 |
| Leitura, escrita e literatura | 1-9 | 20-22 |
| Matemática | 1-9 | 13-15 |
| Línguas estrangeiras | 2 em diante | 6-8 |
| Educação física | 1-9 | 10-11 |
| Artes | 1-9 | 9-11 |
| IHA, currículo local e currículo da escola | 1-9 | 16-20 |

Obs.: ciências para as séries 3 em diante inclui física, química e biologia.

Fonte: CHINA. Ministério da Educação, 2001.

Por outro lado, o conteúdo foi construído em módulos para facilitar o ensino, adaptado a alunos com diferentes interesses e habilidades. Por exemplo, a matemática do secundário do final é composta de cinco módulos obrigatórios e quatro módulos eletivos, mais um módulo para 2 pontos que ocupam até 36 horas-aula. Os módulos eletivos 1 e 2 (nível mais alto) são projetados para alunos que pretendem seguir o estudo no campo de ciência e tecnologia, enquanto os módulos eletivos 3 e 4 (nível mais baixo) foram concebidos para aqueles que pretendem estudar na área de ciências humanas e ciências sociais. Os quatro módulos eletivos são basicamente parte do currículo da escola, ou seja, cabe à escola decidir quais temas e conteúdos ensinar nesses módulos (ver Quadro 2.3).

**QUADRO 2.3** Estrutura do currículo de matemática para o secundário final

| Tipo | Conteúdo |
|---|---|
| **Módulos obrigatórios** | • Módulo 1: Conjuntos, conceito de função e função básica I<br>• Módulo 2: Noções preliminares de geometria espacial e noções preliminares de geometria analítica plana<br>• Módulo 3: Noções preliminares de algoritmos, estatística e probabilidade<br>• Módulo 4: Função básica II, vetores em um plano, transformações e identidades trigonométricas<br>• Módulo 5: Solução de triângulos, sequência e desigualdade |
| **Cursos eletivos** | • Módulos 1-2: Orientados para tecnologia, economia etc.<br>• Módulos 3-4: Orientados para ciências humanas, ciências sociais etc. |

Fonte: CHINA. Ministério da Educação, 2001.

## IMPLEMENTAÇÃO DAS COMPETÊNCIAS DO SÉCULO XXI

Sem dúvida alguma, a aplicação de uma proposta curricular como essa representa um desafio. O impacto de sua implementação é reforçado em alguns aspectos por mecanismos específicos do sistema educacional, sendo ao mesmo tempo prejudicado em outros aspectos.

### Centralização e descentralização

A grade curricular tem como base uma estrutura de gestão apoiada no equilíbrio entre centralização e descentralização. O Ministério da Educação é responsável pelo desenvolvimento da estrutura curricular nacional, tomando decisões sobre áreas de ensino e categorias disciplinares, formulando parâmetros curriculares nacionais e planejando a implementação do currículo. No âmbito das províncias (regiões autônomas ou municípios), as autoridades traçam os próprios planos para a implementação do currículo nacional e formulam o currículo local, tendo como base o nacional à luz das circunstâncias e dos contextos locais. Ao implementar os currículos nacional e local nas salas de aula, cada escola é responsável por desenvolver e selecionar o próprio currículo, levando em conta as condições locais, tanto sociais como econômicas, as próprias forças e tradições, os interesses e necessidades de seus alunos.

A estrutura curricular em três níveis abrange, então, currículos definidos nos níveis nacional, local e escolar, sob o princípio da "base comum, opções diversificadas", com o currículo nacional respondendo por 80% do que os alunos aprendem e o local e o escolar, por 20%. Os governos provinciais têm autorização para produzir os livros didáticos (elaboração e impressão), sendo a escolha deles delegada às administrações locais (distritos ou condados).[24] A escolha dos cursos eletivos a serem oferecidos fica a cargo das escolas. Uma estrutura como essa deixa em aberto um espaço significativo no plano local para o desenvolvimento das competências do século XXI.

### Currículo e avaliação

Ainda que o currículo pretendido enfatize as competências do século XXI, no currículo implementado as habilidades cognitivas recebem maior ênfase, devido à influência exercida pelo exame para ingresso na universidade, ponto culminante de todo o processo. Na China, o currículo é, em grande medida, implementado por meio de livros didáticos; por conseguinte, eles desempenham um papel mais central na aprendizagem do aluno do que ocorre em muitos países ocidentais. Além disso, nos níveis educacionais mais elevados, os professores também recorrem a especificações nos exames, que podem diferir do conteúdo dos livros didáticos.

Já na fase final do ciclo de educação K-12,[25] as especificações para os exames desempenham um papel cada vez mais importante na sala de aula, a ponto de, na prática, elas efetivamente se tornarem o currículo. O fato é que, durante mais de três décadas, os exames, incluindo os finais para ingresso na universidade, continuaram, em sua maior parte, a ser testes em papel e caneta, elaborados sobre um número fixo de disciplinas, sendo bastante complicado aferir competências interpessoais e intrapessoais por meio desse tipo de exame. Daí o fato de as competências incluídas nos parâmetros curriculares ficarem muitas vezes diluídas na prática diária do ensino, depois de terem sido traduzidas em materiais didáticos e exames. Ao longo das últimas três décadas, tem sido enfatizado que os exames para ingresso na universidade deveriam estar mais voltados para medir habilidades do que conhecimentos (e, efetivamente, mais itens associados a habilidades e competências foram incorporados a esses testes); contudo, de modo geral, as provas convencionais implicam uma aferição mínima de competências interpessoais e intrapessoais.

### Experimentação e inovação

Nessas circunstâncias, o grau em que as competências cognitivas, interpessoais e intrapessoais (especialmente as duas últimas) serão ensinadas depende basicamente de uma decisão das autoridades educacionais locais e mesmo de cada escola. A eficácia do ensino e da aprendizagem depende, em grande medida, não somente da disponibilidade das autoridades locais e da escola para fazer isso, mas também de sua capacidade de trabalhar com as competências. Isso ajudou a fomentar inovações e experimentos a partir da base, de baixo para cima. A reforma dos exames para ingresso na universidade também criou mais oportunidades que favorecem instituições como a Escola Shiyi, recentemente designada como escola piloto da reforma (ver Quadro 2.4).

No entanto, a diversificação do ensino e da aprendizagem se dá paralelamente à disparidade entre as várias regiões. Como mencionado anteriormente, as áreas que dispõem de mais recursos atraem equipes docentes mais sólidas e mais abertas às experiências internacionais. Também tendem a se destacar no cumprimento e mesmo na superação das metas educacionais almejadas, enquanto as escolas desfavorecidas precisam de mais tempo para substituir o ensino e a aprendizagem marcados pela memorização em prol daqueles baseados na competência.

**QUADRO 2.4**

### A reforma experimental da Escola Shiyi

A Escola Shiyi, escola-guia da Reforma Estrutural da Educação, é um exemplo típico de experimentação e inovação vindas da base. Fundada como escola pública em 1952, adquiriu autonomia administrativa e tornou-se, em 1992, uma escola de propriedade do Estado, mas com gestão privada. Passou, então, a se engajar em contínuas reformas para transformar seu currículo, sua pedagogia e sua gestão. No decorrer de duas décadas, a escola se afastou inteiramente das formas tradicionais de ensinar e aprender. Dispõe de um currículo mais flexível, utiliza um sistema de créditos por pontos e envolve alunos e pais na gestão da escola. Em vez de organizar a aprendizagem em torno de aulas fixas sobre dezenas de assuntos, disponibiliza a cada aluno um programa de estudos próprio, personalizado. De modo geral, oferece aproximadamente mil cursos entre os quais 4.600 alunos podem fazer sua escolha, incluindo alguns formatados para atender a demandas especiais deles. Os alunos formam turmas, clubes e comunidades voltados para a aprendizagem, com base nos seus interesses e habilidades. Muitos dos cursos e atividades na escola estão relacionados a novas questões colocadas pela realidade do século XXI. Os alunos conquistaram prêmios em várias competições, tanto nacionais como internacionais, e têm se destacado pelo desempenho nos exames para admissão em universidades, com alto índice de admitidos em universidades de fora do país. Em 2011, a Shiyi foi designada pelo governo chinês como escola piloto nacional para a Reforma Estrutural da Educação devido a seu sucesso na reforma da gestão escolar. Hoje é um modelo na China, desencadeando um debate nacional sobre como educar e gerir escolas.

## Pesquisas e ensino

A implementação do novo currículo e as já mencionadas experimentação e inovação contam com o apoio do Sistema de Pesquisa sobre o Ensino, que proporciona suporte permanente ao trabalho do professor na sala de aula. O sistema consiste em institutos de pesquisa sobre técnicas de ensino (em sua maioria em colaboração com faculdades locais de educação) nos níveis provincial, municipal e nacional. Os pesquisadores, em sua maior parte selecionados entre os melhores docentes, oferecem apoio aos professores por meio da coordenação de projetos de pesquisa com base na escola, visitas às instituições escolares, interpretação dos parâmetros curriculares, análise do ensino em sala de aula, criação de materiais de ensino, administração de testes em busca de diagnósticos e seleção das melhores práticas para disseminação (por meio de aulas demonstrativas).

Em termos práticos, as instituições de estudos pedagógicos desempenham o papel de departamento de operações do sistema de educação básica na China. Tomando Pequim como exemplo, semanalmente os professores costumam dedicar metade de um dia para atividades de pesquisa pedagógica no plano municipal e a outra metade para atividades pedagógicas no plano da escola. As instituições de pesquisas pedagógicas organizam capacitação para todos os professores oito vezes por ano, e oito vezes por ano adicionais para aqueles que já são tutores. Além disso, essas instituições desenvolvem e administram testes formatados para módulos e conclusão de ciclos. Em geral, uma disciplina como leitura, escrita e literatura é composta de doze módulos. Contudo, a eficácia dessas atividades de pesquisa pedagógica varia muito: podem ser um estímulo para o ensino e a aprendizagem quando funcionam bem ou um fardo adicional para alunos e professores quando a atividade se mostra incompatível com as metas visadas nos currículos.

## CONCLUSÃO

É difícil generalizar a respeito das lições proporcionadas pelo desenvolvimento da educação, levando em conta a inerente complexidade trazida pelo tamanho e diversidade de um país como a China. Efetivamente, a reforma curricular alcançou o potencial da reforma educacional e deflagrou um significativo processo de inovação, tanto em termos de conteúdo de ensino como de método. Uma expressão usada pelos chineses – "Manter em mente uma perspectiva global (quadro geral) e começar por (pequenas) ações concretas" – seria a melhor maneira de resumir as lições a respeito da definição da política educacional chinesa para o século XXI. A educação pode fazer e fará diferença na aprendizagem e no bem-estar social dos estudantes, quando são consideradas as enormes mudanças que estão por vir no século XXI e forem empreendidas ações que, passo a passo, estejam à altura desses desafios e oportunidades.

Entretanto, continua a ser uma tarefa desafiadora atingir as metas tridimensionais das competências do século XXI (cognitivas, interpessoais e intrapessoais) de maneira equitativa. Num sistema movido em grande medida pelos exames de admissão nas faculdades, nos quais a exigência é de notas altas – que dificilmente medem as competências interpessoais e intrapessoais –, o ensino e a aprendizagem das competências do século XXI não se concretizarão de forma efetiva até que os próprios exames se transformem. Para lidar com essas questões, a recente reforma (do final de 2014) determinou que um tipo de avaliação abrangente deveria ser incorporado às provas para ingresso na universidade. A avaliação vem a ser, em sua essência, uma apreciação de caráter formativo a respeito de valores morais,[26] cidadania, habilidades de aprender, comunicar e colaborar, esportes e saúde, estética e comportamento, somada à avaliação das habilidades e dos conhecimentos tradicionais associados a disciplinas específicas. Essa compatibilização entre currículo, ensino e aprendizagem, assim como avaliações, deverá – espera-se – fazer a diferença na implementação das competências do século XXI na China futuramente.

Mesmo assim, é de prever que, pela frente, ainda existam muitos desafios no que diz respeito ao ensino e à aprendizagem. Em primeiro lugar, a qualidade do sistema educacional nunca pode ficar acima da qualidade dos professores. Na China, a qualificação mínima exigida dos professores de pré-escola é uma educação secundária especializada; quanto aos professores de escolas primárias, uma formação de nível universitário de dois ou três anos, e aquela para lecionar no nível superior é a de uma graduação universitária plena. A menos que essa qualificação seja aperfeiçoada de modo substancial, as competências do século XXI evocadas no currículo não poderão ser concretizadas. Em segundo lugar, é um grande desafio projetar um sistema de avaliação compatível com o novo currículo. O exame para ingresso na universidade, na condição de linha mestra do ensino e da aprendizagem, acaba determinando que tipo de currículo é posto em prática na escola. As competências do século XXI requerem atividades que constituam uma avaliação genuína e complexa, que venha a substituir os testes baseados no conhecimento. Essas atividades poderiam supostamente maximizar a objetividade e assegurar uma avaliação justa. Entretanto, é difícil alcançar o equilíbrio entre justiça e eficiência da reforma.[27] Em terceiro lugar, o desafio está em diminuir a defasagem entre as áreas desenvolvidas e as menos desenvolvidas. Devido à falta de recursos, a estratégia pedagógica tridimensional (conhecimentos e habilidades; processo e método; emoção, atitude e valores) foi muito menos aplicada nas áreas rurais do que nas economicamente desenvolvidas. A distância que separa o mundo rural do urbano torna ainda mais difícil alcançar a meta de equidade na educação.

As conclusões óbvias são que a qualidade dos professores precisa ser incrementada, incluindo aqui a elevação do nível de qualificação exigido deles e o aprimoramento de seu desenvolvimento profissional; que as avaliações educacionais devem ser compatibilizadas com a atual versão dos currículos; e que devem ser feitas mais intervenções no sentido de diminuir o hiato entre as áreas rurais e urbanas e entre as áreas desenvolvidas e subdesenvolvidas. Em vista do ritmo da reforma educacional em geral, no contexto de rápidas mudanças sociais e econômicas, espera-se que novas estratégias e abordagens continuem a surgir na China.

## AGRADECIMENTOS

Gostaria de agradecer a ajuda e a contribuição da Sra. Li Ming, diretora da divisão de currículo e pedagogia do Departamento de Educação Básica II, do Ministério da Educação. Agradeço também aos que colaboraram com informações por meio de entrevistas, incluindo o Sr. Jiang Jiwei, vice-diretor-geral da Comissão de Educação do Distrito de Chao Yang, de Pequim, e o Sr. Zang Tiejun, diretor-geral do Instituto de Exames Educacionais de Pequim, por suas contribuições, e à Sra. Guo Xiaoying, que proporcionou apoio administrativo durante o processo de redação do capítulo. Também gostaria de agradecer a meu marido, Cai Shiming, e ao meu filho, Cai Shuchen; sem abrir mão de muitos fins de semana e de tarefas em casa, momentos em que eu estaria com eles, não teria conseguido concluir este capítulo.

CAPÍTULO TRÊS

# Conteúdos fortes, ferramentas frágeis: competências do século XXI na reforma educacional chilena

Cristián Bellei e Liliana Morawietz
*Centro de Estudos Avançados em Educação, Universidade do Chile*

Neste capítulo investigamos de que forma as competências do século XXI (21CC) foram incorporadas aos ensinos básico e médio desde meados dos anos 1990, quando essas habilidades foram introduzidas no currículo nacional no contexto de uma reforma educacional mais ampla.[1] Além disso, analisamos a interação entre a relevância atribuída a essas novas competências e as metas das políticas e dos programas educacionais projetados para implementá-las na realidade do sistema educacional.

A perspectiva que adotamos para tratar das competências do século XXI teve como base a literatura internacional sobre o assunto.[2] O estudo recorre a três tipos de fontes (para mais detalhes, ver o anexo ao fim do capítulo): uma reavaliação detalhada do currículo nacional para o ensino médio, usando técnicas de análise de conteúdo; entrevistas com quatro importantes formuladores de políticas e especialistas acadêmicos; e uma análise de documentos oficiais (como leis, textos com diretivas do Ministério da Educação e discursos de ministros), assim como da literatura especializada sobre reforma educacional chilena.

A política de introdução da abordagem das 21CC na educação chilena tem enfrentado duas dificuldades principais. Em primeiro lugar, as reformas de currículo têm de superar diversos obstáculos para transformar as experiências vividas pelos alunos no plano das escolas; esses desafios vão desde a obtenção de um consenso entre os formuladores de políticas até a adoção de capacitação adequada dos professores e de material didático apropriado para a implementação das novas ideias. Em segundo lugar, o sistema educacional chileno, orientado para o mercado, impõe dificuldades adicionais, já que as autoridades da área de educação dispõem de vínculos institucionais frágeis com a gestão das escolas.[3]

Nossas principais descobertas indicam que, em termos de conteúdo, a introdução das 21CC no currículo chileno se deu de modo coerente com as orientações internacionais: abrange o sistema como um todo, considera as 21CC tanto como princípios quanto como conteúdo, permanece aberta a redefinições de temas de disciplinas e áreas do conhecimento e combina pensamento de natureza mais complexa com habilidades interpessoais e intrapessoais. Contudo, a efetiva adoção das 21CC pelas escolas chilenas tem se dado de modo inconsistente. Ainda que os aspectos mais concretos, como a alfabetização digital e as TICs, estejam bem estabelecidos, o mesmo não acontece, por exemplo, em relação ao desenvolvimento de habilidades de uma ordem cognitiva mais elevada ou à educação para a cidadania. Isso parece estar relacionado à fragilidade dos instrumentos para sua implementação (material didático, capacitação de professores, programas de melhoria das escolas, avaliação dos alunos), instrumentos esses concebidos para incorporar as 21CC em experiências de aprendizagem no âmbito das escolas e das salas de aula. Essa fragilidade também está associada à crescente relevância dada a políticas de acompanhamento e responsabilização baseadas em resultados de testes, como resposta ao baixo desempenho nos testes padronizados, tanto nacionais como internacionais. O resultado dessa tendência tem sido um foco mais concentrado na aquisição de conhecimentos básicos ligados a leitura, escrita e habilidades matemáticas.

A falta de alinhamento entre os propósitos e a implementação das 21CC nos ensinos básico e médio explica seu perceptível baixo impacto e seu adiamento como prioridade para a educação chilena. Ao mesmo tempo, a crescente ênfase na aquisição de habilidades básicas, impulsionada por reformas baseadas em padrões, torna cada vez mais difícil priorizar as competências do século XXI, tanto no plano da política educacional como no plano das escolas.

O capítulo inicia-se com uma explanação sobre o contexto básico da educação chilena e uma curta descrição da evolução das políticas educacionais no país. Identifica as principais fontes da reforma do currículo e examina elementos relevantes da estrutura das habilidades do século XXI, discutindo em detalhe como essas ideias foram integradas ao currículo das escolas de ensino médio. A seção seguinte analisa a educação para a cidadania como elemento-chave da reforma chilena em relação à discussão sobre as competências do século XXI no contexto da volta à democracia. Depois, discutem-se temas relacionados à implementação da reforma do currículo, incluindo a relação com as cada vez mais poderosas políticas de avaliação de desempenho. Uma seção final sintetiza nossas principais conclusões e oferece nossas interpretações a esse respeito.

## CONTEXTO E EVOLUÇÃO DAS POLÍTICAS EDUCACIONAIS CHILENAS

A educação no Chile está estruturada em um nível básico (oito séries) e um nível médio (quatro séries); o ensino médio está dividido em regular e profissionalizante, sendo as duas modalidades geralmente oferecidas em escolas separadas. Existem três tipos de escolas: as públicas (municipais), onde estudam principalmente alunos de baixo e médio status socioeconômico (SSE); as privadas subsidiadas, que educam principalmente alunos de médio SSE; e as privadas não subsidiadas, destinadas apenas a alunos de alto SSE. Existe um currículo nacional oficial compulsório para todas as escolas, ainda que elas contem com certa autonomia para implementá-lo, na medida em que têm a capacidade de construir os próprios planos de estudo no âmbito da estrutura curricular oficial.

No início dos anos 1980, no contexto de uma ditadura militar, as autoridades implementaram uma ampla reforma educacional, orientada para o mercado.[4] Com isso, escolas privadas, incluindo as organizações com fins lucrativos, passaram a ter acesso aos mesmos recursos do Estado que as públicas; todas as escolas, tanto as públicas como as privadas subsidiadas, têm de competir pelas verbas públicas, que são distribuídas por meio de um tipo de bolsa – escolas particulares subsidiadas também podem cobrar taxas das famílias sem que percam o acesso às bolsas fornecidas pelo Estado. Para encorajar a competição, a administração das escolas públicas foi transferida para os governos locais, sendo estimulada a criação de escolas particulares, com a fixação de requisitos mínimos para a obtenção das bolsas. Dessa forma, as famílias podem escolher, sem qualquer restrição, a escola para onde querem enviar seus filhos. Visando estimular uma "escolha racional" com base no desempenho escolar, foi criado um sistema nacional padronizado de avaliação, o Simce, pelo qual o desempenho acadêmico dos alunos em linguagem e matemática é avaliado anualmente na quarta série (em alguns anos, também nas segunda, sexta, oitava e décima séries). Os resultados obtidos por escola são então distribuídos em todos os estabelecimentos escolares e publicados na internet e em jornais locais.

Desde a introdução dessas reformas neoliberais, as escolas particulares quadruplicaram sua cobertura, aumentando de 15% para 60% o total de matrículas no plano nacional entre 1981 e 2013; inversamente, o alcance da educação pública se viu reduzido à metade no mesmo período, caindo de 85% para 40% das matrículas em termos nacionais. Assim, as características pró-mercado do sistema têm sido associadas ao alto nível de segregação socioeconômica das escolas chilenas.[5]

Com o fim do regime militar em 1990, o governo democrático começou a promover um conjunto de políticas educacionais, mais tarde consolidadas pela reforma educacional iniciada em 1996,[6] que se estenderam por cerca de uma década. A abordagem básica dessa reforma direcionava-se a complementar a "dinâmica do mercado" vigente na educação chilena com "políticas de Estado" voltadas para a equidade e o aperfeiçoamento das escolas.[7] Ela incluía quatro componentes: uma reforma do currículo do ensino básico e do ensino médio; uma série de programas compensatórios e de melhorias nas escolas; um aumento significativo do tempo que os alunos nelas permanecem (passando de meio período para período integral); e um extenso programa de capacitação de professores, de forma a dar apoio à adoção do novo currículo. Como parte dessa reforma iniciada em meados dos anos 1990, as autoridades chilenas incluíram a aquisição de habilidades e competências para o século XXI.

Finalmente, em 2006, a educação passou a ser abalada por um vigoroso e contínuo movimento estudantil, marcado pela maior mobilização social no país desde o retorno do regime democrático.[8] Seu principal objetivo era pôr fim aos mecanismos de mercado que dominavam a educação chilena. Em resposta a esse movimento, as autoridades instituíram um sistema de avaliação escolar, classificando as escolas de acordo com seu desempenho e penalizando aquelas cuja performance deixava a desejar (incluindo a possibilidade de fechamento),[9] e declararam um aumento no valor dos vales para os alunos de baixo SSE (o vale preferencial ou SEP). Contudo, os alunos consideraram essas políticas insuficientes e intensificaram seus protestos em 2011.

Todas essas dinâmicas afetaram a implementação da reforma curricular. Um desafio especialmente importante tem sido a extrema descentralização do sistema educacional: por um lado, milhares de instituições privadas são autônomas em sua gestão; por outro, centenas de governos locais não dispõem de um vínculo institucional com o Ministério da Educação, e todos eles operam num quadro orientado para o mercado. O governo tem experimentado cada vez mais novas formas de ação do Estado na área da educação, com o uso de sistemas externos de avaliação, com a criação de parâmetros que orientem a ação dos agentes descentralizados e com incentivos e sanções vinculados à avaliação do nível de desempenho. Isso inclui uma avaliação de performance e um sistema de remuneração dos professores com base no mérito, assim como um sistema de aferição de responsabilidades (*accountability*), por meio de testes, em relação às escolas.[10]

## RAÍZES DA REFORMA CURRICULAR NO CHILE

### A influência da Cepal e da Unesco

No início dos anos 1990, a Comissão Econômica das Nações Unidas para a América Latina e o Caribe (Cepal) e a Unesco publicaram um relatório que exerceu grande influência na América Latina, *Educação e conhecimento: pilares básicos para a mudança dos padrões de produção com equidade social*,[11] que traduzia as novas ideias sobre desenvolvimento econômico com equidade social na forma de propostas para o campo da educação. A elaboração desse documento teve como base o texto *Industrialização na América Latina*, de Fajnzylber,[12] um relatório elaborado para a Cepal e inspirado na experiência dos países do Sudeste Asiático com um histórico recente de crescimento acelerado. A Cepal e a Unesco afirmavam a necessidade de educar a população da América Latina para "lidar com os códigos culturais da modernidade [...] dominar o conhecimento e as habilidades exigidas para participar da vida pública e desenvolver a produtividade numa sociedade moderna".[13] Chamavam a atenção para a necessidade de uma sociedade capaz de refletir sobre si mesma, determinar suas demandas, integrar-se internamente, reagir a um ambiente em transformação e resolver problemas complexos.

Além de atualizar a perspectiva econômica adotada pela Cepal, o relatório incorporava ideias sociológicas a respeito da sociedade do conhecimento e da crescente relevância da tecnologia e da comunicação, juntamente com as referências à literatura sobre novas formas de administração dos negócios e de reestruturação do Estado.[14]

Ainda que o relatório de 1992 da Cepal-Unesco tenha significado um esforço importante no sentido de combinar pressões econômicas com as necessidades da vida social e da cidadania, adaptando-as ao desenvolvimento educacional da América Latina, as ideias, evidências e propostas por ele oferecidas eram claramente influenciadas pela perspectiva econômica, concentrando seu foco nas necessidades da indústria e do setor privado.

### A comissão para a modernização da educação

A preparação da reforma educacional chilena iniciada em meados da década de 1990 foi legitimada por acordos nacionais que reconheciam sua relevância, seu alcance e sua necessidade de financiamento; por isso, durante o segundo governo democrático, o presidente do Chile nomeou uma comissão para a modernização da educação (1994). Liderada pelo ministro da Educação, a comissão era composta de acadêmicos, políticos e empresários, assim como de representantes dos sindicatos de professores, da indústria, da Igreja católica e da maçonaria. De acordo com José Brunner, coordenador técnico da comissão, a presença substancial de representantes da área econômica – com vínculos com o mundo dos negócios –, da inovação tecnológica e do ensino técnico secundário foi fundamental para a adoção de uma visão voltada para o futuro. Habilidades e competências do século XXI produziram um ponto de convergência entre educadores que defendiam uma mudança na educação e personalidades preocupadas com a interseção entre educação e trabalho. O relatório final da comissão, *Os desafios da educação chilena no século XXI* (1994), viria a se tornar a base da reforma educacional.

Jacqueline Gysling, que coordenou a área do currículo de ciências sociais no Ministério da Educação durante a reforma, destaca a ênfase dada pela comissão à proposta de "um currículo orientado para a vida [...] uma abordagem mais prática em relação ao conhecimento [...] O currículo proposto não seria enciclopédico; ele educaria os alunos para produzir conhecimento, não para reproduzi-lo exata ou mecanicamente".[15] Em termos de mudança do currículo (empregando a classificação das habilidades criada por Hilton e Pellegrino em 2002), a comissão propôs o desenvolvimento de competências cognitivas (por exemplo, empregar conhecimentos adquiridos a fim de resolver problemas, assim como utilizar procedimentos apropriados visando obter e organizar informações relevantes, para, então, tomar decisões com base nelas), competências interpessoais (entre elas, adquirir hábitos, ter métodos de trabalho e ser capaz de reagir a mudanças de situação) e competências intrapessoais (por exemplo, desenvolver habilidades colaborativas, atitudes básicas de cooperação, tolerância e respeito).[16]

O relatório da comissão também enfatizava outras competências associadas à realidade do século XXI: a aquisição de conhecimentos básicos considerados educacionalmente relevantes pela Parceria pelas Habilidades do Século XXI,[17] como o ambiente natural e social, matemática e aritmética, artes e uma língua estrangeira, e o que o Centro de Pesquisas para Políticas do Pacífico classificou de educação para a saúde.[18] Porém a competência mais ressaltada pela comissão foi aquela associada à ideia de cidadania,[19] destinada a "familiarizar os alunos com o modo de funcionamento da sociedade no dia a dia, dando-lhes a capacidade de e a disposição para observar seus deveres e exigir seus direitos como membros de uma comunidade".[20] Desenvolver essa competência era considerado fundamental, tendo em vista a recente história política do país.

### Outras fontes e atores que impulsionaram a reforma do currículo

As autoridades e as equipes técnicas do ministério impulsionaram a reforma do currículo. Além disso, a adoção final de alguns dos componentes da agenda do século XXI pode ser vista como o resultado de uma convicção interna das elites políticas e profissionais que lideraram a reforma. Cristián Cox reconhece a relevância da crescente literatura internacional relacionada às demandas da educação suscitadas pelas mudanças ocorridas no mundo do trabalho, do modo que foram articuladas por autores como Reich (1991), Murnane e Levy (1996) e, acima de tudo, as elaboradas pela Comissão Europeia (1996) e OCDE (1994), para adotar essas ideias no campo da educação.[21] Outras fontes para a reforma curricular chilena foram as mudanças contemporâneas ocorridas nos sistemas educacionais da Inglaterra, Nova Zelândia, Espanha, Argentina e alguns estados norte-americanos; a análise de currículos produzida pelo estudo Tendências Internacionais no Estudo da Matemática e das Ciências (TIMSS); e os parâmetros nacionais para o ensino de ciências elaborados pela Academia Nacional de Ciências dos Estados Unidos.[22] Assim, as mudanças no currículo viriam a fazer a conexão entre os conteúdos educacionais chilenos e as tendências internacionais.

A reforma do currículo também foi influenciada pelo Mece-Media, um programa compensatório chileno de aperfeiçoamento das escolas focado no ensino médio e implementado entre 1994 e 2000. Sua ideia-chave era reforçar e expandir um currículo abrangente tanto no ensino médio regular como no profissionalizante, diminuindo o espaço reservado aos aspectos acadêmicos e à capacitação para o trabalho,[23] tornando a experiência educacional dos alunos mais desafiadora, envolvente e relevante para a vida diária.[24]

Finalmente, na última fase da elaboração do novo currículo, foi realizado um processo de consulta no interior do sistema educacional. Durante essa fase, a reforma enfrentou algumas restrições significativas na forma de pressões de natureza conservadora que objetivavam moderar as mudanças no currículo, especialmente aquelas que pudessem resultar na exclusão de disciplinas mais tradicionais ou na eliminação de seus limites. Desse modo, a reforma efetivamente realizada não alterou de maneira significativa a estrutura curricular institucional, como proposto inicialmente, e algumas mudanças relacionadas à introdução das 21CC foram moderadas.

## AS COMPETÊNCIAS DO SÉCULO XXI NO CURRÍCULO CHILENO

No começo do ano acadêmico, em março de 2002, todos os alunos chilenos tinham sua aprendizagem baseada no novo currículo, que viria a ser apenas ligeiramente ajustado em 2009 de modo a adequá-lo ainda mais à nova diretiva. Esta seção aborda a organização do currículo chileno, destacando o modo como as 21CC são incorporadas e ensinadas por meio dele.

### Visão geral do currículo

Uma importante mudança introduzida pela reforma foi a maneira pela qual a aprendizagem passou a ser definida – o conceito a ela aplicado aproximou-a das 21CC, da forma como foram definidas por Hilton e Pellegrino. A noção de educação como "transferência de conhecimento" foi substituída por uma educação que, juntamente com o conhecimento, compreende a aprendizagem como o desenvolvimento de habilidades e atitudes. Nesse esquema, "conhecimento" foi dividido em duas dimensões: "informação e conceitualização" e "compreensão" (ou seja, "informação colocada em relação a alguma coisa ou contextualizada, integrando quadros explicativos e interpretativos mais abrangentes e oferecendo uma base para discernimento e julgamento").[25]

De acordo com Gysling,[26] o abandono do conteúdo como aspecto central nos processos de aprendizagem contribuiu para superar o academicismo no ensino médio; essa mudança enfatizou a importância das habilidades como objetivos de aprendizagem, o que possibilitou o desenvolvimento da capacidade de análise e do pensamento crítico. A abordagem que leva em conta as competências abriria caminho para uma visão mais holística e abrangente na concepção de currículos e nas técnicas de ensino. Na realidade, o Ministério da Educação explicou que o currículo como um todo procurava desenvolver as seguintes capacidades,[27] claramente associadas às 21CC:

- abstração e geração de conhecimento;
- pensamento sistêmico;
- experimentação e aprender a aprender;
- trabalho colaborativo;
- resolução de problemas;
- lidar com incertezas e adaptar-se a mudanças.

Para desenvolver essas competências, o novo currículo chileno instituiu como meta central um quadro de Objetivos Fundamentais (OFs) obrigatórios e de Conteúdos Mínimos (CMs) para cada série e disciplina que fossem comuns a todas as escolas, tanto no ensino básico como no ensino médio. O currículo leva em consideração dois tipos de OFs: OFs para cada área de aprendizagem ou disciplina e OFs Transversais (OFTs). OFs e CMs foram definidos de maneira ampla e concisa, de modo semelhante aos parâmetros sobre conteúdo.[28] As escolas dispõem de liberdade para definir por elas mesmas seus planos de estudo e programas de curso; contudo, o ministério desenvolveu planos e programas de cursos com propostas pedagógicas para cada área de aprendizagem e disciplina, que foram, na prática, adotados pela maioria das escolas públicas e privadas.

Além disso, a maior parte das mudanças específicas ocorridas no currículo também diz respeito a modelos das competências do século XXI. Desse modo, espanhol tornou-se linguagem e comunicação, enfatizando as capacidades de comunicação, enquanto história e geografia tornaram-se ciências sociais, de modo a incorporar novos conteúdos. Ao mesmo tempo, foi criado um subsetor de aprendizagem dedicado a meio ambiente e sociedade. Um curso de educação tecnológica, voltado para o desenvolvimento de projetos individuais e de equipe, foi incorporado ao currículo da primeira à décima série. A aquisição de uma língua estrangeira (inglês) tornou-se obrigatória a partir da quinta série.

Entre as inovações específicas ocorridas nas escolas de ensino médio, encontram-se, por exemplo, a disciplina de matemática, com nova ênfase no raciocínio, e a de história, com o emprego de uma pluralidade de perspectivas em relação a cada marco ou episódio histórico. No cômputo geral, o foco se deslocou da preparação para o ensino universitário para maior concentração no conhecimento e nas habilidades adequados à vida real na sociedade contemporânea.

## Análise do currículo: a presença das 21CC no currículo do ensino médio chileno

Nesta seção, analisaremos o conteúdo do currículo do ensino médio, identificando a presença das 21CC da forma sistematizada por Hilton e Pellegrino.[29] Concentramos nosso foco no currículo do ensino médio porque ele expõe de maneira mais clara uma visão geral da reforma curricular, apresenta os três domínios descritos por Hilton e Pellegrino, incorpora todos os OFTs e permite maior compreensão da forma com que é abordada a educação para a cidadania. É importante observar que, apesar de o currículo chileno não estar estruturado em torno da aquisição de competências, ele efetivamente as considera resultados do processo de aprendizagem. Elas estão, portanto, integradas ao currículo nos OFs e nos CMs, que se tornaram mais claros desde o ajuste feito em 2009. Em cada uma das subseções seguintes, um painel sumário (Quadros 3.1, 3.2 e 3.3) mostra a presença das 21CC nas diferentes disciplinas e OFTs, dando exemplos de como essa integração é alcançada.

Nossa principal conclusão é a de que o currículo chileno está, sim, afinado com a estrutura concebida por Hilton e Pellegrino, ainda que os três domínios de competências se apresentem de forma não equilibrada: habilidades cognitivas são favorecidas, enquanto competências intrapessoais e as interpessoais estão em segundo plano. A educação para a cidadania é um caso especial: devido à forma como está incorporada ao currículo, essa competência não pode ser restringida ao domínio interpessoal (como ocorre em Hilton e Pellegrino), pois diz respeito ao desenvolvimento de competências intrapessoais. Mais adiante, abordaremos com mais detalhe essa questão.

### Habilidades cognitivas

O desenvolvimento de competências cognitivas é abordado de maneira abrangente pelo currículo chileno – todas as matérias o contemplam. A maior parte das disciplinas lida de alguma forma com processos cognitivos, enquanto o desenvolvimento da criatividade fica restrito a linguagem e comunicação, educação artística e educação física, sendo apenas complementado pela educação tecnológica por meio de projetos de inovação.

*Estratégias e processos cognitivos.* Pensamento crítico é uma das habilidades mais presentes nos documentos relativos ao currículo por nós analisados. Em linguagem e comunicação, ele é abordado por meio do desenvolvimento da capacidade dos alunos de ler e analisar criticamente mensagens da mídia e diferentes tipos de textos (literários e não literários), expressando – de forma oral ou escrita – sua visão pessoal a respeito deles. Em história e ciências sociais, os processos históricos são enfatizados em detrimento da memorização de episódios, partindo da premissa de que acontecimentos históricos são complexos e multicausais. Espera-se que os alunos sejam capazes de "desenvolver o próprio pensamento" e de identificar continuidade e mudança. Em biologia, assim como em física e química, o pensamento crítico é estimulado em conteúdos que mostram as dimensões sociais, culturais e éticas de questões ligadas à saúde e a influência social sobre as teorias científicas.

A educação tecnológica aborda a resolução de problemas por meio da criação de um objeto tecnológico na nona série e o planejamento de um processo de prestação de serviço na décima série. Em matemática, essa competência é promovida ao vincular o conteúdo a situações do dia a dia e a outras áreas do conhecimento, como em "Quadros e interpretação de dados estatísticos extraídos de diferentes contextos" ou "Análise de informações de tipo estatístico em meios de comunicação". Também em matemática, o raciocínio matemático é abordado em quatro eixos, em torno dos quais o currículo está estruturado (números, álgebra, geometria e probabilidade).

**QUADRO 3.1** Habilidades cognitivas no currículo nacional chileno

| Grupos de habilidades em Hilton e Pellegrino | Termos usados no currículo chileno | Incorporados ao currículo chileno em... |
|---|---|---|
| Estratégias e processos cognitivos | Pensamento crítico | • Linguagem e comunicação<br>• História<br>• Biologia, física e química |
| | Resolução de problemas | • Educação tecnológica<br>• Matemática<br>• OFT desenvolvimento do pensamento<br>• Biologia, física e química |
| | Análise | • Linguagem e comunicação<br>• História<br>• Biologia, física e química<br>• OFT desenvolvimento do pensamento |
| | Raciocínio | • Matemática |
| | Argumentação | • Linguagem e comunicação<br>• Filosofia |
| Conhecimento | Alfabetização informacional | • OFT TICs |
| | Alfabetização em TICs | • OFT TICs |
| | Comunicação oral e escrita | • Linguagem e comunicação<br>• OFT desenvolvimento do pensamento |
| | Audição ativa | • Linguagem e comunicação |
| Criatividade | Criatividade | • Linguagem e comunicação<br>• Educação tecnológica |
| | Inovação | • Educação artística<br>• Educação física |

Fonte: Elaboração dos autores.

A competência de análise é promovida na maior parte das disciplinas incluídas nos planos de estudo das escolas de ensino médio. Por exemplo, em história, geografia e ciências sociais, há uma área chamada "Habilidades de pesquisa, análise e interpretação", que estimula a capacidade de analisar informações em diferentes formatos (gráficos, mapas, imagens), ligando-as ao desenvolvimento de habilidades de comunicação, com o uso de tecnologia da informação e pensamento crítico.

*Conhecimento.* Alfabetização em TICs é um OFT específico do currículo, abordado na maior parte das disciplinas, com a incorporação dessas tecnologias aos trabalhos de classe e demais tarefas, enquanto, na educação tecnológica, o uso de ferramentas TICs é indicado para diferentes estágios de projetos.

Ainda que muitas disciplinas incluam o desenvolvimento de habilidades de comunicação, a maioria dessas habilidades tem como base linguagem e comunicação, pela qual se espera que os alunos demonstrem competência para se comunicar em diferentes situações. Por exemplo, a educação tecnológica exige a elaboração de uma estratégia de marketing para facilitar a distribuição de produtos ou serviços projetados pelos alunos; já no caso de história, os alunos devem comunicar o resultado de suas pesquisas por meio de ensaios escritos.

*Criatividade.* Criatividade e inovação são estimuladas, sobretudo, nas disciplinas de educação artística (música e artes visuais), nas quais os alunos desenvolvem os próprios projetos. Também são trabalhadas em linguagem e comunicação, por meio da criação de obras de cunho literário e da produção de outros tipos de texto com propósitos diversos. A intenção básica da educação tecnológica, por sua vez, é gerar um serviço ou um produto que responda a determinados problemas ou necessidades detectados e que, espera-se, desenvolva habilidades associadas à inovação.

### Habilidades intrapessoais

Competências intrapessoais são trabalhadas de maneira irregular no currículo chileno. Enquanto a abertura intelectual e a autoavaliação positiva são desenvolvidas por meio de objetivos específicos e de conteúdos abordados em diferentes disciplinas, a ética de trabalho se vê em grande parte limitada aos OFTs (que serão discutidos em outra seção). Para mantermos a coerência em relação à estrutura de Hilton e Pellegrino, incluímos a educação para a cidadania nesta seção; contudo, a maneira como o currículo chileno a aborda está mais próxima de uma competência interpessoal do que intrapessoal.

Uma postura intelectualmente aberta (valorização da diversidade) é desenvolvida em história na forma de duas disposições em termos de atitude: a valorização de diferentes influências na construção de uma identidade nacional e o reconhecimento de diferentes pontos de vista em relação aos fatos históricos. Da mesma forma, em linguagem e comunicação, são enfatizados conceitos como o de valorizar opiniões e pontos de vista que diferem dos nossos. O inglês como língua estrangeira está vinculado à importância de compreender e valorizar a diversidade cultural, e a educação artística encoraja diferentes expressões artísticas regionais e históricas. Em relação à autoavaliação, a educação para a saúde é abordada em biologia durante o estudo do sistema imunológico, o qual inclui uma discussão sobre aids/HIV.

QUADRO 3.2 Habilidades intrapessoais no currículo nacional chileno

| Grupos de habilidades em Hilton e Pellegrino | Termos usados no currículo chileno | Incorporados ao currículo chileno em... |
|---|---|---|
| **Abertura intelectual** | Valorização da diversidade | • História<br>• Linguagem e comunicação<br>• OFT formação ética<br>• Educação artística |
| | Interesse e curiosidade intelectuais | • OFT autodesenvolvimento e assertividade<br>• Educação física<br>• Educação artística |
| **Ética de trabalho/ mostrar-se consciencioso** | Produtividade | • OFT ambiente pessoal, social e natural<br>• Educação física<br>• OFT ambiente pessoal, social e natural |
| | Responsabilidade | • OFT ambiente pessoal, social e natural |
| | Cidadania | • História<br>• Linguagem e comunicação<br>• Filosofia<br>• OFT formação ética<br>• OFT ambiente pessoal, social e natural |
| | Orientação profissional | • Inglês |
| **Autoavaliação** | Saúde física | • Biologia |
| | Saúde física e psicologia | • OFT autodesenvolvimento e assertividade<br>• Educação física |

Fonte: Elaboração dos autores.

### Habilidades interpessoais

Quase não são encontradas menções às competências interpessoais no currículo chileno. Na realidade, elas quase sempre são confinadas a atividades e temas que envolvem trabalho em equipe. Por exemplo, trabalho em equipe e colaboração são promovidos por meio da montagem de projetos em grupo na educação tecnológica. Como já mencionado, no currículo chileno, a educação para a cidadania parece ser a área mais relevante para desenvolver competências interpessoais.

**QUADRO 3.3** Habilidades interpessoais no currículo nacional chileno

| Grupos de habilidades em Hilton e Pellegrino | Termos usados no currículo chileno | Incorporados ao currículo chileno em... |
|---|---|---|
| **Trabalho em equipe e colaboração** | Trabalho em equipe | • Educação tecnológica<br>• OFT ambiente pessoal, social e natural<br>• Educação física |
| **Liderança** | Comunicação assertiva | • Linguagem e comunicação<br>• Educação física<br>• Educação artística |

Fonte: Elaboração dos autores.

### Valores e capacidades como objetivos transversais

De acordo com a definição oficial, os OFTs "devem permear tanto o projeto educacional das escolas como um todo quanto cada setor do currículo".[30] Desse modo, a meta deles é influenciar a totalidade da experiência educacional dos alunos. Como parte dos objetivos transversais, a formação ética e motivada por valores talvez tenha sido o elemento mais enfatizado pelos políticos durante sua implementação.[31] Cox frisa a relevância dos objetivos transversais e sua continuidade, já que permaneceram praticamente sem nenhuma modificação entre 1996 e 2013.[32] Os OFTs têm como meta combinar as dimensões instrumental e moral da educação; eles proporcionam uma base consensual da visão, pela sociedade, do tipo de pessoa que está sendo formada, a qual os professores podem usar como um quadro de referência para seu trabalho. Eles também procuram orientar as escolas sobre a forma de abordar assuntos delicados, como questões ligadas ao meio ambiente, educação sexual e direitos humanos, os quais implicam a expressão de pontos de vista políticos divergentes.

Os OFTs cobrem, em todas as séries, as áreas de autodesenvolvimento e assertividade; formação ética; e ambiente pessoal, social e natural. As áreas de desenvolvimento do pensamento e alfabetização informacional são acrescentadas no ensino médio (da nona à décima segunda série). Quando comparados à estrutura de Hilton e Pellegrino, os objetivos transversais para o ensino básico dizem respeito apenas a habilidades intrapessoais (autodesenvolvimento e assertividade) e interpessoais (ética; ambiente pessoal, social e natural), enquanto as competências cognitivas são acrescentadas no ensino médio na forma dos OFTs (desenvolvimento do pensamento; alfabetização informacional).

Como mostrado nos quadros anteriores, o desenvolvimento dos OFTs está amplamente incorporado ao currículo do ensino médio chileno por meio dos três domínios das 21CC definidos por Hilton e Pellegrino. Por exemplo, conteúdo e atividades de linguagem e comunicação, biologia, física e química devem contribuir para estimular o OFT desenvolvimento do pensamento, enquanto educação física e artes reforçam o autodesenvolvimento e assertividade. Isso também funciona no sentido inverso: o OFT formação ética permeia os conteúdos de história, e aquele em TICs determina os de educação tecnológica.

### Ensino profissionalizante

Ainda que as questões previamente discutidas dissessem respeito a todas as escolas de ensino médio, aquelas voltadas para o ensino profissionalizante passaram por várias mudanças relevantes para uma discussão sobre as 21CC. O ensino profissionalizante foi objeto de uma reforma que resultou em uma estrutura curricular mais flexível, permitindo contínuas atualizações e aumento da qualidade das especializações, tornando-as mais afinadas com as oportunidades do mercado de trabalho. Os alunos são preparados para setores mais amplos, em vez de funções específicas, e adquirem habilidades de ordem geral, que possibilitam a eles se adaptar rapidamente às mudanças tecnológicas.[33]

A reforma introduziu duas mudanças estruturais no ensino profissionalizante: concentrou seu foco nos dois últimos anos de escolarização (décima primeira e décima segunda séries), para favorecer uma educação no sentido mais geral, e formulou planos de estudo e programas de cursos para 46 carreiras (em vez das centenas e C.O. Training pratices que existiam anteriormente), definindo perfis nacionais de graduação para cada uma delas. A redefinição levou em conta a dinâmica de emprego, demandas por desenvolvimento produtivo e competências profissionais. Além disso, práticas de formação dos alunos foram transferidas das salas de aula para empresas e fábricas.[34]

Como seria de esperar, muitos dos desafios enfrentados pelo ensino profissionalizante no Chile dizem respeito às competências do século XXI na área de habilidades ligadas ao trabalho (definidas por Hilton e Pellegrino como competências associadas a "ética de trabalho" e a "trabalho em equipe e colaboração"); entre os exemplos destas podemos mencionar a preparação dos alunos para aprender a aprender e para interagir num amplo espectro de situações e contextos, dispondo de professores que estimulem o aprender a aprender e o espírito de empreendedorismo, promovendo uma educação continuada e aperfeiçoando a qualidade das oportunidades de formação.[35]

## EDUCAÇÃO PARA A CIDADANIA NA REFORMA CURRICULAR

A noção de cidadania aparece com frequência nos quadros conceituais associados às competências do século XXI, destacando a necessidade de formar cidadãos ativos e bem informados, nos planos global e local,[36] e aperfeiçoando as habilidades intrapessoais para trabalhar de maneira ética e responsável.[37] Desse modo, a Unesco enfatizou a relevância da educação para a cidadania no século XXI, concentrando o foco em sua dimensão global.[38]

Entre 1980 e 2002, a disciplina educação cívica foi ensinada na décima primeira série como parte do currículo chileno. Seu conteúdo, definido durante a ditadura (1973-1990), estava centrado no patriotismo e nas instituições,[39] deixando de fora temas como a Declaração Universal dos Direitos Humanos, o papel dos partidos políticos e eleições democráticas.

Durante a transição para a democracia, a educação para a cidadania tornou-se prioridade, em vista da necessidade de educar os alunos para "valorizarem a democracia, lidando com o desafio de restabelecer o vínculo entre sociedade e política",[40] e se tornarem cidadãos socialmente comprometidos.[41] Tendo em mente esse objetivo, a educação para a cidadania tornou-se uma área transversal, a ser trabalhada em várias disciplinas ao longo do ciclo escolar por meio de uma abordagem voltada para a construção de competências.

Assim, o curso de educação cívica foi substituído por uma área de educação para a cidadania que levava em conta habilidades e conhecimentos abordados em quatro disciplinas ao longo dos doze anos de educação: história e ciências sociais, linguagem e comunicação, filosofia e aconselhamento.[42] O novo conteúdo tinha como objetivo construir "conhecimentos sobre a estrutura e o funcionamento do sistema de governo, incluindo habilidades, valores e atitudes fundamentais para a vida numa democracia".[43]

Como detalhado no Quadro 3.4, os OFTs também trazem contribuições específicas à educação para a cidadania.[44] Assim, no currículo chileno, espera-se que o desenvolvimento das competências cognitivas, intrapessoais e interpessoais venha a contribuir como um todo para a educação para a cidadania.

**QUADRO 3.4**

### Objetivos fundamentais transversais e cidadania

**Autodesenvolvimento e assertividade**

Por meio do desenvolvimento da identidade, as crianças reconhecem a si mesmas como parte da sociedade. As habilidades e competências que permitirão a elas participar da construção de uma sociedade igualitária e democrática são: expressar e comunicar opiniões, ideias, sentimentos e convicções; solucionar problemas; ter capacidade de aprender por si mesmas, demonstrando autoconfiança e criatividade; e manter uma atitude positiva.

**Desenvolvimento do pensamento**

Todas as disciplinas oferecem oportunidades de aprimorar a habilidade de selecionar, processar e comunicar informações; de desenvolver o interesse pelo conhecimento da realidade; de descobrir soluções para problemas em prol do bem geral; e de expressar ideias e opiniões de forma clara e eficiente. Cidadãos lidam com problemas sociais e se empenham na busca de soluções.

**Formação ética**

As crianças adquirem valores expressos na Declaração Universal dos Direitos Humanos e têm consciência das responsabilidades individuais e coletivas que acompanham os direitos que lhes cabem.

**Ambiente pessoal, social e natural**

Experiências escolares promovem habilidades e atitudes que favorecem a democracia e aplicam práticas democráticas em situações diárias. As crianças estão comprometidas com o desenvolvimento sustentável.

Fonte: Elaboração dos autores, baseado em: Chile; Ministério da Educação. *Formação ciudadana*: actividades de apoyo para el profesor. Santiago, 2004.

Durante a década de 1990, o Ministério da Educação também lançou alguns programas para estimular a cidadania democrática, nas áreas de democracia e direitos humanos e de estudos ambientais; além disso, o programa Mece estimulou a participação dos jovens nas escolas de ensino médio.[45] O Mece oferecia apoio às entidades democráticas estudantis (proibidas durante o regime militar) e capacitava lideranças, tanto entre alunos como professores, para aprimorar a qualidade dos conselhos estudantis. Mais tarde, em 2005, o Ministério da Educação determinou a incorporação dos presidentes dos conselhos estudantis aos recém-criados conselhos escolares.

Os conhecimentos cívicos dos integrantes da oitava série no Chile foram aferidos por um estudo do IEA Cived de 1999. Os resultados revelaram-se altamente decepcionantes. "Os estudantes chilenos tiveram um desempenho significativamente pior do que seus equivalentes no resto do mundo nos itens sobre direitos humanos, partidos políticos, quem governa em uma democracia, razão de ser de eleições periódicas e o que caracteriza um governo democrático."[46] O estudo também mostrava que eles não confiavam nas instituições nacionais – mas expressavam efetivamente maior grau de confiança em suas escolas que os estudantes em muitos outros países – e demonstravam um nível mais alto de interesse por temas ligados à vida pública e a questões sociais, ainda que não canalizado para a participação política.[47]

Esses resultados, juntamente com o baixo nível de participação da juventude nas eleições e sua manifesta desconfiança em relação aos integrantes do parlamento, às instituições políticas e aos partidos políticos,[48] levaram à criação de uma Comissão da Educação para a Cidadania em 2004, requisitada pelo parlamento chileno. Ainda que, de modo geral, tenha apoiado as principais mudanças introduzidas na educação para a cidadania, a comissão criticou o fato de que o direito ao voto e a responsabilidade nele implícita não fizessem parte do conteúdo aprovado no novo currículo.[49]

A comissão também fez várias recomendações sobre reforçar a educação para a cidadania, algumas das quais foram adotadas numa atualização geral do currículo oficial promovida em 2009. Durante esse processo, a educação para a cidadania foi enfatizada nas séries do ensino médio, apesar de ter permanecido como uma área transversal de aprendizagem.[50] O desenvolvimento da cidadania foi definido como prioridade em história, geografia e ciências sociais. Foram criados mapas para tornar mais clara a sequência progressiva de conteúdos no ensino de temas como "democracia e desenvolvimento" e "sociedade em perspectiva histórica". Finalmente, objetivos e conteúdos relativos à educação para a cidadania foram realocados da nona para a décima segunda série, ficando mais próximos do momento em que os estudantes adquirem o direito do voto nas eleições nacionais.

Uma terceira emenda ao currículo da educação para a cidadania foi introduzida em 2013, em grande parte devido à nova formulação mais abrangente desse tema nas disciplinas de história, geografia e ciências sociais. Dessa forma, atualmente, ela é ensinada com base no currículo de 2013 nessas três disciplinas, da primeira à décima série, e em aconselhamento, da primeira à sexta série, enquanto o currículo de 2009 é usado para atender a esse conteúdo nas décima primeira e décima segunda séries. Finalmente, o currículo de 1998 ainda é usado para abordar o assunto na disciplina de filosofia.[51] Todos esses ajustes resultaram na atenuação do caráter transversal que se pretendia dar à educação para a cidadania em 1998.

Certamente, evidências sugerem que a implementação da educação para a cidadania no nível das escolas tem sido problemática. Egaña e colegas afirmam que esta era a área da reforma do currículo menos compreendida pelos professores.[52] Na realidade, há evidências consistentes de que, entre professores e alunos, a perspectiva política da cidadania prepondera sobre noções complementares, como a cidadania social ou participativa,[53] e de que a visão que os alunos têm da cidadania enfatiza mais o indivíduo que a sociedade.[54] De modo geral, estudos têm registrado uma defasagem significativa entre o currículo oficial e sua efetiva implementação escolar.[55]

Os conhecimentos dos estudantes chilenos em relação à vida cívica foram novamente avaliados pelo ICCS, da IEA, de 2009 – isto é, dos alunos de escolas que usavam o currículo reformado. Quando comparado aos resultados do estudo Cived 1999, o desempenho médio dos estudantes chilenos não mostrou nenhuma melhoria e, como ocorrera na primeira avaliação, a valorização da participação em movimentos locais e sociais ficou acima da média internacional.[56] Essa última descoberta pode estar relacionada aos movimentos estudantis de 2006 e 2011, as maiores manifestações ocorridas no Chile desde a redemocratização em 1990.[57]

## A REFORMA EM AÇÃO: ESTRATÉGIAS DE IMPLEMENTAÇÃO E POLÍTICAS DE AFERIÇÃO DE RESPONSABILIDADES

A implementação da reforma curricular foi parte de um conjunto mais ambicioso de políticas educacionais. Nesta seção, com base em fontes secundárias e entrevistas, discutimos algumas questões vitais quanto à implementação que relacionam a reforma do currículo com essas políticas, especialmente o papel dos testes de aferição de responsabilidades no interior da reforma educacional chilena. Também abordamos a questão do viés político na reforma do currículo, o qual pode ter afetado seu impacto.

### Implementação

Em relação à implementação da reforma curricular, houve um enorme esforço para acompanhá-la de detalhados programas de estudo, materiais, guias, computadores e livros didáticos, como formas de apoio ao ensino em sala de aula. Políticas adicionais reforçaram a reforma.[58] O regime de período integral, por exemplo, proporcionou maior disponibilidade de tempo para desenvolver o novo currículo na escola. Essas horas adicionais foram vistas como um ponto positivo da implementação do currículo, já que "habilidades de ordem mais complexa que estão entre as metas do novo currículo requerem horários mais extensos dedicados à aprendizagem".[59] Em continuidade, intensos programas de capacitação dos professores sobre o novo currículo foram implementados. Finalmente, a mudança de currículo estava relacionada à modificação do exame nacional para o ingresso na universidade, que deixou de concentrar seu foco nas habilidades de ordem geral, passando a dar maior ênfase ao currículo do ensino médio.

Ainda que existam fortes indícios de alto grau de implementação da reforma, tanto no nível básico como no médio,[60] é discutível o impacto efetivo sobre as práticas de ensino, já que para os professores era difícil traduzir de forma condizente a mensagem pedagógica da reforma em atividades diárias em sala de aula.⁶¹

Parece haver um consenso em torno da ideia de que os meios disponíveis para implementar a reforma curricular não eram consistentes.⁶² Gysling afirma que, de maneiras diferentes, todos eles reduziam, simplificavam e aplicavam algum viés tendencioso à mensagem inovadora da reforma do currículo.⁶³ Some-se a isso o fato de que, apesar do grande esforço para produzir e distribuir livros didáticos, de acordo com Eyzaguirre, eles eram de baixa qualidade, pouco práticos, saturados de conteúdo e de informação resumida, de maneira que tornava difícil uma compreensão abrangente; os livros de matemática incluíam poucos exercícios e os de linguagem traziam uma quantidade insuficiente de material para leitura, o que tornava seu uso ineficaz para o ensino; finalmente, os livros de matemática eram elaborados em um nível conceitual elevado demais para alunos e professores de escolas públicas, diminuindo a possibilidade de sua utilização.⁶⁴

De modo semelhante, cursos de capacitação para professores não eram muito eficazes e, ainda que o programa Enlaces tenha sido fundamental para introduzir as TICs,⁶⁵ Eyzaguirre não acredita que mudanças significativas tenham ocorrido na orientação básica adotada no ensino. "Entre os professores chilenos ainda persiste uma cultura fortemente oral: eles não discutem novos programas de estudo, não os leem, não os estudam por conta própria. Não foi dada grande atenção ao currículo."⁶⁶ Gysling também acredita que os novos planos de estudo quase não foram usados pelos professores porque muito pouca coisa lhes havia sido comunicada a respeito deles, sendo vistos, por muitos, como excessivamente normativos quanto ao modo como o conteúdo deveria ser transmitido; além disso, de acordo com Gysling, em vez de usar a versão integral do plano de estudo, muitos professores recorriam a versões resumidas, que enfatizavam o conteúdo acadêmico e não as competências que supostamente deveriam ser desenvolvidas.⁶⁷ Logo no início do processo de implementação da reforma curricular, Egaña e colegas registraram que os professores tendiam a desacreditar em seu caráter inovador (algo que foi identificado como uma resistência a ela), o que os autores atribuíram, em parte, à falta de participação dos professores em sua elaboração e à incapacidade do ministério de transmitir adequadamente informações a respeito da reforma aprovada.[68] Em síntese, devido a uma série de fragilidades na sua implementação, os professores apresentavam um conhecimento limitado e superficial a respeito do novo currículo.

Uma questão relacionada à implementação foi a de que as universidades encarregadas dos cursos de capacitação de professores estavam muito pouco familiarizadas com a reforma do currículo, principalmente pelo fato de que as faculdades de educação não haviam renovado seus cursos de formação de professores e a capacitação oferecida não estava orientada para as necessidades práticas da atividade pedagógica nas escolas.[69] Esse problema de implementação está vinculado à capacitação dos professores chilenos.[70] Apesar de o Chile produzir um currículo para o século XXI e também os meios para implementá-lo, o país não possui um corpo de profissionais de ensino capacitados de maneira que a efetiva implementação do novo currículo em sala de aula se dá de modo bastante limitado e socialmente estratificado.[71] Essas limitações, documentadas, por exemplo, nos TIMSS 1999, 2003, 2011 e TEDS-M 2008, viriam a afetar especialmente as dimensões do currículo relacionadas às competências do século XXI. O problema da falta de capacitação dos professores é tão grave que, de acordo com avaliações nacionais e internacionais, uma proporção significativa dos alunos do ensino básico não chega mesmo a adquirir habilidades básicas de leitura.

O programa de metas relativo à capacitação dos professores é certamente bem complexo. Ele terá de enfrentar limitações importantes em relação à autonomia das instituições empenhadas em programas de capacitação e à falta de alinhamento delas com a reforma do currículo, com as necessidades práticas do ensino nas escolas e com o programa de metas para o século XXI. O Ministério da Educação do Chile não encontrou uma forma eficaz de mudar a situação no âmbito da capacitação de professores.[72] Além disso, vêm se expandindo de modo significativo na última década programas de capacitação com baixo índice de seletividade, que não garantem um grau mínimo de qualidade.[73] Mais recentemente, o Ministério da Educação definiu parâmetros para a formação inicial de professores e aplicou o teste Inicia para a avaliação de professores iniciantes,[74] como uma estratégia indireta para capacitá-los melhor. O teste Inicia foi criticado por enfatizar o conhecimento da disciplina e a avaliação convencional, com testes em papel, deixando de lado as competências pedagógicas e uma visão mais abrangente proposta pela própria reforma.

Afinar o teste Simce com o novo currículo também veio a ser uma estratégia de implementação relevante.[75] Gysling e Eyzaguirre enfatizam o trabalho do Ministério da Educação em alinhar o Simce com a reforma do currículo, e ambas valorizam bastante os esforços feitos, pelo menos na quarta série, para substituir a avaliação mecânica e baseada na memorização por questões que têm seu foco na compreensão de leitura, na resolução de problemas e na investigação científica.[76]

## Testes de aferição de responsabilidades como estímulo à implementação do currículo

Durante as últimas duas décadas, os resultados do Simce desempenharam um papel importante na reorientação da política educacional chilena, e os mecanismos de aferição de responsabilidades por meio de testes também aumentaram sua importância.[77] De acordo com Eyzaguirre, "o Simce é bastante poderoso para enfatizar aspectos como a aferição de responsabilidades com o SEP".[78] Como já foi explicado, em 2008, o SEP – a nova Bolsa Preferencial – determinou um ambicioso conjunto de metas a serem aferidas por meio do Simce (pontuações em linguagem e em matemática), que as escolas têm de atingir ao longo de um plano de quatro anos. Escolas que não as atingirem estarão sujeitas a sanções, incluindo sua reestruturação e fechamento.

Certamente esse novo uso do Simce reforçou a função de aferição de responsabilidades que o exame já exerce. Na visão de Cox, "no caso do Chile, as questões relacionadas à implementação do novo currículo não podem ser separadas do que é feito no Simce a esse respeito e da pressão que este exerce sobre o currículo: você não pode se afastar muito disso, senão vai aparecer nos jornais!".[79] Essa visão foi consolidada como uma reação aos resultados ruins obtidos no Simce de 2009, quando a ideia de "levar a reforma para as salas de aula" foi posta em prática de uma forma na qual os objetivos educacionais se viam cada vez mais reduzidos com base numa lógica da aferição de responsabilidades.[80] Segundo Gysling, essa é "uma visão pragmática voltada para atingir o nível mínimo associado à noção de foco curricular. A ansiedade para atingir o critério de equidade torna tudo rígido".[81] Isso ficou muito claro nos novos programas de aperfeiçoamento implementados no Chile em meados da década de 2000, fortemente focados em medir o desempenho acadêmico da quarta série em matemática e linguagem e baseados em intervenções estruturadas no plano das escolas e das salas de aula.[82]

Essa orientação transformou o Simce em um instrumento de controle, tornando-se uma política nacional, com o programa da Bolsa Preferencial exigindo que todas as escolas atingissem metas de aprendizagem bem delimitadas – por exemplo, medindo a velocidade de leitura dos alunos da segunda série. Para alguns observadores, essa função de responsabilização acabava se sobrepondo a qualquer outro potencial uso formativo do Simce.[83] Essa é uma questão também levantada por Cox: "Dispomos de um instrumento de poder incomparável para construir capacidades e para aprimorar avaliações. [Mas] trata-se de algo que não é percebido no Simce, na forma como é comunicado e usado publicamente, algo que tem que ver apenas com a responsabilização pelos resultados e o controle".[84]

De acordo com esse ponto de vista, a cobrança e a responsabilização por resultados com base em testes acabam por distorcer o objetivo inicial da reforma. Como afirma Gysling, "o problema é como essa cobrança e pressão foram exercidas aqui [...] e como o Simce deixou de ser um instrumento de informação para se tornar um instrumento de controle sobre as escolas".[85] Novos motivos para preocupação surgiram na medida em que os resultados do Simce não mostraram a mesma tendência apontada nos testes Pisa durante a última década, questionando a adequação do novo currículo a ambos os instrumentos.[86] É claro que, nesse processo, as ideias que mais se aproximavam das necessidades do século XXI foram as mais afetadas. Contudo, os formuladores de políticas no Chile não concordam com essa interpretação.

De modo bem objetivo, Eyzaguirre não vê nenhuma contradição ou tensão entre a aprendizagem tradicional e o desenvolvimento das competências do século XXI. Ela observou: "Mais do que nunca, as habilidades escolares tradicionais se tornaram relevantes no século XXI, já que um tipo mais elevado de habilidades ligadas ao pensamento é adquirido por meio da leitura, da matemática e das ciências, que ensinam o pensamento abstrato e hipotético. Os alunos, ao serem levados a aprender coisas que são difíceis e a tolerar a frustração, têm a capacidade de aprender desenvolvida".[87] Portanto, como as habilidades básicas e os conhecimentos fundamentais são indispensáveis para uma aprendizagem mais complexa, e como no Chile uma grande parcela dos alunos – especialmente os de baixa renda – não os adquire, esses objetivos deveriam ser prioritários. Entretanto, Gysling discorda dessa visão da aprendizagem: "O SEP esperava que a velocidade de leitura se tornasse a medida de avaliação da compreensão de leitura, o que é altamente questionável. Não basta compreender o que se está lendo; é necessário refletir sobre aquilo que se lê; não se trata de repetir o que se lê."[88] Questões semelhantes são discutidas em relação à matemática e às ciências naturais e sociais.

Eyzaguirre também afirma que, para atingir melhores pontuações no Simce, as escolas precisam ensinar habilidades de natureza mais complexa, já que o Simce foi ajustado de modo a ser compatível com o novo currículo.[89] Cabe observar que, desse ponto de vista, a cobrança de resultados por meio de testes produz efetivamente um estreitamento do currículo, porém isso pode ser usado como um instrumento para a implementação do currículo por meio da expansão da avaliação e da responsabilização. É isso que os formuladores de políticas no Chile têm feito nos últimos anos. Por exemplo, o número de aplicações do Simce aumentou, assim como o de áreas por ele avaliadas; nos últimos três anos, o Ministério da Educação aplicou quarenta testes Simce nas escolas chilenas, comparado a vinte nos três anos imediatamente anteriores e nove nos primeiros três anos da década de 2000. Outro exemplo é a inclusão de dimensões não acadêmicas e habilidades soft – como motivação, autoestima, participação e comportamento social na escola – num sistema recém-criado de avaliação padronizada externa, como parte do Sistema de Garantia de Qualidade, obrigatório em todas as escolas chilenas.

Brunner, por sua vez, concede menos importância a sistemas de avaliação padronizada do que os políticos e aqueles que os criticam. Mesmo achando que aspectos relevantes da educação não podem ser aferidos por esses testes, ele acredita que o Simce não tem sido um obstáculo ao desenvolvimento de habilidades no sistema escolar chileno. "Se haverá ou não capacidade de desenvolver uma cultura educacional em torno desse novo tipo de habilidades, isso não vai depender do tipo de aferição, e sim do efetivo progresso na capacitação de professores, na mudança das práticas em sala de aula. E nada disso é prejudicado por uma maior concentração nos testes."[90]

### Limitações e preconceitos na reforma do currículo

Por fim, algumas limitações e preconceitos podem ter contribuído para a forma final da reforma do currículo, afetando principalmente o modo como os professores incorporaram objetivos e conteúdos relacionados às 21CC.

De acordo com Brunner, a tradição e a falta de flexibilidade no currículo foram as principais limitações enfrentadas pela reforma, obstruindo novas visões, mais amplas do que as disciplinas já estabelecidas. O conjunto de princípios tradicionais que regem a vida escolar parece ter funcionado como um obstáculo à mudança. A despeito dos critérios definidos pela reforma do currículo, Brunner acredita que ela não atingiu alguns de seus principais objetivos, como o de evitar uma abordagem enciclopédica e uma sobrecarga de conteúdo apresentado de forma fragmentária.[91] Gysling e Brunner[92] concordam que, apesar dos esforços, o novo currículo conservou o viés enciclopédico e acadêmico em relação às habilidades intelectuais, enquanto mantinha numa posição subordinada as habilidades sociais, a autorregulação quanto ao comportamento e à disciplina e a nova cidadania, adiando os objetivos relacionados à criatividade, à arte, ao empreendedorismo e à educação tecnológica. Eram esses últimos objetivos e habilidades não acadêmicas que detinham o potencial de introduzir uma abordagem mais criativa no ensino, recorrendo a métodos como projetos em equipe e resolução de problemas práticos. Desse modo, a promessa inicial de reforma do currículo permaneceu incompleta.

Outra limitação potencial da reforma do currículo foi sua adequação a certos contextos socioeconômicos.[93] Eyzaguirre argumenta que introduzir competências do século XXI (deixando de lado a forma mecânica de aprender e avançando rumo a habilidades de tipo mais complexo) esbarrou em vários obstáculos nas escolas que atendiam alunos de famílias de baixa renda, nas quais os desafios do ensino se dão em um nível muito mais básico. Dessa perspectiva, se os alunos não estão adquirindo noções fundamentais quanto à leitura e à matemática, fica difícil para as escolas concentrarem seu foco nas habilidades do século XXI, seja porque não são pertinentes, seja porque os professores se mostram incapazes de compreender essa mensagem mais complexa. Eyzaguirre observou: "Aspectos mais sofisticados do currículo não chegam até lá".[94]

Egaña e colegas também registraram a "falsa clareza" na adoção do novo currículo: como os OFTs pareciam ecoar os propósitos morais da educação, os professores enfatizaram seus aspectos não cognitivos, deixando de lado sua dimensão cognitiva.[95] Acrescente-se a isso o fato de que as escolas de ensino básico no Chile – especialmente as de áreas pobres – sempre procuraram estimular a socialização básica, transmitindo uma mensagem moral associada à aquisição de normas e hábitos sociais; dessa forma, os OFTs não foram considerados como sendo particularmente uma novidade, de acordo com Eyzaguirre.[96]

Finalmente, o novo currículo pode ter sido vítima de uma armadilha montada pelo "viés econômico", cujo rastro remonta às origens da reforma educacional chilena. Isso teve o potencial de afetar não apenas o equilíbrio entre as várias dimensões do currículo, mas também sua relevância às necessidades do país, já que as economias desenvolvidas, nas quais a reforma tinha sido inspirada, enfrentavam outros desafios e, portanto, exigiam competências que diferiam em aspectos importantes daquelas requeridas pela economia e sociedade chilenas. Consequentemente, o currículo foi acusado de ter um caráter "instrumental para as exigências das empresas contemporâneas".[97]

A reforma do currículo do ensino profissionalizante mostrou claramente essa falta de sincronia. Apesar de a reforma ter sido dirigida para a aquisição de competências mais gerais e fundamentais – mudando a tradição da educação técnica chilena, mais próxima de algo como a formação para uma profissão específica[98] –, educadores alertaram para o fato de que esse novo currículo preparava os alunos para uma economia pouco representada no Chile, sendo, portanto, irrelevante em termos de mercado de trabalho, ainda dominado pela tradição do pequeno negócio e da economia informal.[99] Como já foi discutido, outro exemplo de falta de equilíbrio nas prioridades foi a questão da educação para a cidadania.

## CONCLUSÃO E DISCUSSÃO

A reforma educacional chilena iniciada em meados da década de 1990 foi bem-sucedida em várias dimensões. Um número maior de crianças e jovens estudam mais anos; a jornada diária na escola é agora mais longa; os alunos frequentam escolas mais bem equipadas e com um currículo atualizado. Existem também indícios de que o desempenho acadêmico estudantil (especialmente quanto à leitura) melhorou ao longo da última década, embora continue muito alta a desigualdade em termos de performance educacional. Finalmente, o currículo chileno contém componentes relevantes de uma abordagem do aprendizado que leva em consideração as 21CC, ainda que de modo um tanto desequilibrado, favorecendo as habilidades cognitivas e adiando tanto as competências intrapessoais como as interpessoais. Contudo, não está claro se o objetivo de introduzir as competências do século XXI na prática das experiências diárias dos alunos foi alcançado.

A despeito dos indícios limitados com relação a esse último aspecto, o resultado não parece ser particularmente positivo. Mesmo que os alunos tenham acesso a computadores, não está claro se seu uso é produtivo no sentido de transmitir habilidades úteis ou de integrá-los na sociedade informacional. Os estudantes chilenos não aprimoraram suas competências relacionadas à cidadania durante a última década, de acordo com um estudo Cived; e as avaliações TIMSS e Pisa têm demonstrado de modo consistente que apenas uma pequena parcela deles atinge alto desempenho em leitura, matemática e ciências. Some-se a isso o fato de que as políticas voltadas para essa dimensão parecem ter perdido o impulso inicial, e o esforço para promover a aquisição de habilidades e competências para o século XXI foi adiado ou mesmo abandonado.

Um exemplo-chave das limitações do currículo é a relativamente tardia e distorcida incorporação da educação para a cidadania no Chile, país que acabava de sair de uma longa ditadura, cuja juventude tinha parado, súbita e maciçamente, de participar das eleições políticas e no qual, em comparação com outros países, evidenciavam-se enormes lacunas na educação cívica.[100] Nesse contexto, a relevância da reforma e da ênfase na educação cívica foi muito pequena e chegou muito tarde. O programa de estudo para a educação para a cidadania concebido pela ditadura nos anos 1980 esteve em vigor como programa oficial durante a maior parte da primeira década do regime democrático. Além disso, depois de renovados, os programas não enfatizaram a participação política (por meio do voto em eleições) como algo importante para a democracia. Finalmente, a reforma eliminou a disciplina de educação cívica e, ainda que seus conteúdos e linhas gerais pudessem ser encontrados em diferentes partes do currículo, isso teria diminuído sua relevância no currículo do ensino médio. Para lidar com essas limitações, em 2004 o governo criou uma comissão,[101] cujas recomendações foram aplicadas na introdução de mudanças no currículo e em livros didáticos distribuídos pelo Ministério da Educação.[102] Contudo, a avaliação internacional realizada em 2009 mostrou que o Chile não tinha feito progressos nessa área desde 1999.[103]

Que fatores podem explicar essa falta de efetividade da reforma educacional na introdução das 21CC? Em primeiro lugar, os meios pelos quais a reforma foi comunicada aos professores não se mostraram eficazes. Ainda que o Ministério da Educação tenha feito esforços para ajustá-la aos novos objetivos educacionais, os planos de curso, os livros didáticos, a supervisão de professores e sua capacitação se revelaram incapazes de transmitir uma mensagem que fosse coerente, compreensível e prática para os professores. Isso tornou difícil para eles incorporar os novos conceitos a suas atividades diárias de ensino. Um caso mais ilustrativo foram os programas de capacitação de professores ministrados por acadêmicos da universidade que não tinham muita intimidade com os elementos da reforma educacional e que pareciam não estar familiarizados com as ideias relativas às competências do século XXI. Isso era decisivo, já que o sucesso da reforma educacional dependia da diminuição da defasagem existente entre as capacidades dos professores e as novas exigências que surgiam em relação ao ensino, porém os instrumentos usados para superar essa lacuna eram frágeis em comparação ao desafio a ser enfrentado.

Em segundo lugar, o ambiente institucional em que a reforma foi desenvolvida não facilitava a tarefa de compatibilizar práticas em sala de aula, gestão das escolas e reforma do currículo (juntamente com a reforma educacional em geral). As extremas descentralização e atomização do sistema escolar chileno fizeram com que os que promoviam a reforma tivessem mais dificuldade para garantir sua implementação e coerência. O Ministério da Educação não dispunha de instrumentos suficientes para acompanhar o aprimoramento dos processos no nível das escolas; as escolas estavam sob pressão para se transformar e também submetidas ao ambiente de competição de mercado, operando como unidades geridas de forma isolada; as universidades não estavam conectadas com a rede escolar e defendiam zelosamente sua autonomia em relação ao Ministério da Educação; os diretores de escola não dispunham de tradição de liderança educacional em suas comunidades, nem de supervisão do trabalho docente; e, por último, entre os professores, era escasso um sentido de responsabilização profissional horizontal, na medida em que a tradição predominante era a do trabalho isolado. A "mensagem" da reforma não encontrou canais adequados para que fosse adotada pelos educadores, e a reforma não modificou substancialmente esses canais. Em questões culturais como a educação, no entanto, mensagem e canal se encontram indissociavelmente ligados.

Em terceiro lugar, as ideias relacionadas às competências do século XXI começaram a perder sua força durante a reforma até finalmente se tornarem irrelevantes para a política educacional. Apesar de sua mensagem abrangente sobre mudanças e melhorias nas escolas ter se afirmado no começo, seu sentido se estreitou, tornando-a mais focada nos testes padronizados, que não revelavam nenhuma melhoria significativa em leitura ou matemática. A descoberta de que uma grande porcentagem dos alunos da quarta série não alcançava o nível mínimo de desempenho nessas disciplinas levou as autoridades a concentrar seus esforços em superar essa situação. Para alcançar esse objetivo, os testes foram enfatizados como um meio de cobrar resultados das escolas e dos professores, aumentando sua quantidade e frequência e vinculando os incentivos aos resultados; as escolas que apresentassem baixo desempenho crônico seriam ameaçadas com penalidades caso não melhorassem. Todos esses fatores contribuíram para que se criasse uma atmosfera de "volta ao básico" com relação ao currículo e ao ensino. Dessa forma, a aferição de responsabilidades por meio de testes favoreceu a dinâmica associada à competição de mercado já presente nas escolas: seleção e expulsão de alunos com base em seu efetivo ou potencial desempenho, assim como competição por prestígio e por boa colocação no ranking do mercado. Dessa forma, intensificou-se a relevância do desempenho acadêmico aferido por meio de exames. Nesse ambiente, as competências do século XXI, que em sua maioria não eram passíveis de serem medidas por testes, acabaram sendo inevitavelmente negligenciadas.

Hoje, não há acordo entre os formuladores de políticas do Chile sobre como interpretar essa situação e lidar com ela. De modo bem esquemático, poderíamos dizer que para alguns não há conflito entre cobrança de responsabilidades por meio de testes e a promoção das 21CC, porque acreditam que as habilidades básicas (aferidas pelos testes atuais) precisam ser desenvolvidas antes ou porque pensam que as competências do século XXI e outros objetivos educacionais também podem vir a ser incorporados a mecanismos semelhantes de aferição e cobrança de responsabilidades. Esse ponto de vista vem inspirando políticas educacionais pelo menos desde meados da década passada. Outros percebem a lógica da cobrança e responsabilização como tendo adquirido uma relevância desproporcional nas políticas educacionais, o que pode vir a acarretar um retardamento do processo educacional como um todo e distorcer os processos nas escolas e salas de aula, algo que precisaria, portanto, ser corrigido. Em síntese, isso implicaria alcançar um equilíbrio por meio da criação de programas de capacitação profissional de professores e diretores de escolas que permitissem a eles reagir de modo produtivo e apropriado às crescentes pressões externas. No momento, as atuais autoridades chilenas parecem avalizar, pelo menos em parte, essa última visão, já que recentemente anunciaram várias mudanças destinadas a reverter a nítida orientação para o mercado que caracteriza a educação no país, afirmando também seu interesse em rever os mecanismos de cobrança e responsabilização há pouco concebidos como parte de uma garantia de qualidade para o sistema. Por esses motivos, na educação chilena, um programa reformista que pretenda reinstituir a orientação voltada para as competências do século XXI tem o futuro incerto.

ANEXO

# Metodologia

I. Entrevistados:
   A. José Joaquin Brunner, pesquisador na Universidade Diego Portales e ocupante da cátedra Unesco de Políticas Comparadas para a Educação Universitária, ex-coordenador do comitê consultivo da Comissão para a Modernização da Educação.
   B. Cristián Cox, diretor da Escola de Educação da Universidade Católica e diretor da unidade de currículo e avaliação do Ministério da Educação entre 1998 e 2006.
   C. Jacqueline Gysling, professora do Departamento de Estudos Pedagógicos da Universidade do Chile, coordenadora da área de ciências sociais no Ministério da Educação durante a reforma do currículo do ensino médio (1996-2002) e coordenadora da área de currículo de 2006 a 2010.
   D. Bárbara Eyzaguirre, coordenadora de estudos educacionais e parâmetros do Ministério da Educação de 2010 a 2014.

II. Documentos revisados para análise de currículo (todos do Ministério da Educação):
   A. Currículo fundamental 1998 e 2009
   B. Objetivos fundamentais transversais
   C. Objetivos fundamentais e conteúdos mínimos obrigatórios (OF-CMO) da nona à décima segunda série, tanto na versão de 1998 como na de 2013, dos seguintes setores e subsetores de aprendizado (temas de disciplinas obrigatórias):
      – Linguagem e comunicação

- História, geografia e ciências sociais
- Educação tecnológica (nona e décima séries, de 1998; não houve ajuste em 2009)
- Biologia
- Física
- Química
- Matemática
- Inglês (como segunda língua)
- Filosofia e psicologia (de 1998; não houve ajuste em 2009)
- Educação física
- Educação artística

D. Mapas de progresso de aprendizagem:
- Leitura
- Escrita
- Comunicação oral
- Democracia e desenvolvimento
- Sociedade em perspectiva histórica
- Espaço geográfico

III. Fontes complementares: literatura nacional relevante (ver a relação completa nas notas no final do livro)

**AGRADECIMENTOS**

Gostaríamos de agradecer a Olga Espinoza, por sua colaboração na análise do currículo chileno, a José J. Brunner, que leu uma versão anterior deste capítulo, e a Jacqueline Gysling, por seus comentários e sugestões. Este trabalho contou com o apoio da PIA-Conicyt Financiamentos de Base para Centros de Excelência por meio da bolsa BF0003 e PIA-Conicyt Anillo por meio da bolsa SOC-1104.

CAPÍTULO QUATRO

# Reforma curricular e habilidades do século XXI no México: existe compatibilidade entre os parâmetros e o material de capacitação dos professores?

Sergio Cárdenas
*Centro de Investigação e Docência Econômicas*

A exemplo do que se observa em outros países da América Latina, o desempenho do sistema educacional mexicano tem sido objeto de preocupação nacional ao longo da última década. Líderes de entidades empresariais e de ONGs, políticos, jornalistas e pais têm citado resultados de testes nacionais e internacionais como "prova" da ineficácia do sistema público de educação, considerando, ao mesmo tempo, a influência política do Sindicato Nacional de Trabajadores de la Educación (SNTE) como o principal fator para explicar a não implementação de políticas de aprimoramento da educação.

A insatisfação pública com o desempenho do sistema educacional resultou num clima político favorável à implantação de qualquer reforma voltada para reduzir a influência do sindicato dos professores na seleção e aplicação de políticas educacionais, contribuindo para a demanda de uma completa reformulação na administração do sistema nacional de educação. Em 2013, o Congresso Nacional aprovou uma emenda constitucional com o objetivo de ampliar o controle federal sobre os recursos destinados à educação pública. Essa reforma devolveu ao governo as decisões sobre os salários e as políticas de recrutamento dos professores, a redefinição dos padrões de desempenho deles, assim como a modificação das fórmulas de alocação de verbas públicas. Também concedeu maior autonomia às escolas e criou um sistema nacional de avaliação educacional independente. Essas medidas resultaram numa percepção positiva do público, conquistando aprovação quase unânime.[1] Como observou o ministro da Educação, a aprovação da reforma educacional foi possível porque ela visava "beneficiar professores, estudantes, pais e todo o país".[2]

A popularidade alcançada em seus estágios iniciais levou o governo a expandir suas metas, incluindo como objetivo adicional a definição de um "novo modelo educacional" para o México, considerado ponto de partida para a revisão do currículo da educação básica.[3]

No começo de 2014, teve início uma consulta nacional, a cargo do governo, com o objetivo de definir esse novo modelo de educação.[4] Professores e diretores de escolas, funcionários públicos, acadêmicos e pais participaram de um amplo debate visando chegar a um consenso sobre "os conhecimentos, as competências e os valores" que deveriam ser parte das atividades de ensino no sistema educacional do país.[5] Um debate aberto como esse era praticamente inédito no México, já que a reforma curricular vinha sendo implementada "sem uma reflexão profunda sobre suas implicações", ignorando também "a cultura e as práticas educacionais vigentes" nas escolas.[6]

Organizadores dessa consulta explicaram publicamente que a revisão do currículo nacional era um passo necessário para garantir que cada estudante mexicano tivesse a oportunidade de se tornar "um cidadão ativo e produtivo".[7] Ainda que essa deliberação não tenha suscitado grandes expectativas, ela criou a oportunidade de explorar a inclusão de novas metas de aprendizagem no currículo nacional, especialmente aquelas relacionadas à aquisição das competências do século XXI, ou 21CC.

A inclusão dessas competências – definidas de modo amplo como "o conhecimento que pode ser transferido ou aplicado em novas situações, [incluindo] tanto o conhecimento do conteúdo de determinado campo quanto o conhecimento dos procedimentos, sobre como, por que e quando ele deve ser usado para responder a perguntas e resolver problemas"[8] – é relevante no caso do México, dada sua tradição de enfatizar nas práticas de ensino a "aquisição de conhecimento específico", em vez de uma "compreensão de conceitos complexos, e a capacidade de trabalhá-los com criatividade para gerar novas ideias, novas teorias, novos produtos e conhecimentos".[9] Se o novo modelo de educação nacional propuser a inclusão das 21CC no currículo nacional, isso significará a materialização "do desejo da sociedade de que todos os estudantes atinjam níveis de domínio – por meio das múltiplas áreas de habilidades e conhecimentos – que eram antes [considerados] desnecessários ao sucesso individual na educação e no ambiente de trabalho".[10]

Passar de uma reforma concebida em termos jurídicos, destinada a aumentar o controle sobre recursos humanos e financeiros, para outra com o objetivo de incluir diferentes metas educacionais implicou desafios adicionais para os responsáveis pela tomada de decisões. A reorientação da reforma possibilitou que novas questões fossem debatidas abertamente, diferentes públicos fossem alcançados e convencidos de seus benefícios, transformando, assim, as expectativas em relação aos resultados. Some-se a isso o fato de que os formuladores da política passaram a enfrentar novos obstáculos, já que implementar uma reforma abrangente de currículo não vem a ser uma intervenção popular quando uma grande pressão política em prol de mudanças, pois uma mudança dessa escala pode exigir um tempo considerável e não produzir resultados visíveis e imediatos.[11]

Considerando que todo currículo "especifica quais conhecimentos, habilidades e valores devem ser ensinados aos alunos e [em alguns casos] os modos pelos quais devem ser ensinados",[12] qualquer revisão do currículo nacional passa pela definição do que é uma competência relevante. Uma implementação inadequada desse processo resultará em escolas formando jovens incapazes "de se beneficiarem das novas formas emergentes de socialização e de contribuírem ativamente para o desenvolvimento econômico, em um sistema no qual o principal recurso é o conhecimento".[13]

Infelizmente, o debate em torno do novo modelo de educação não levou a uma reflexão sobre a relevância do currículo nacional para a educação básica. Fato que nada tem de surpreendente, pois, a exemplo do que ocorre em muitos outros países, os debates públicos sobre conteúdos educacionais e práticas de ensino são raros no México e, em geral, encaminham-se para discussões sobre políticas voltadas para outros temas, como os meios para ampliar o acesso à educação[14] ou como aumentar os mecanismos de aferição de responsabilidades (*accountability*) dentro do sistema educacional.

A ausência de debates públicos sobre conteúdos pedagógicos no México pode ser parcialmente explicada pela falta de interesse sobre os efeitos que as reformas anteriores do currículo exerceram sobre o sistema nacional de educação. Some-se a isso o fato de que existem poucas evidências sólidas de como os atores da área de educação definem e incluem novas competências no currículo nacional, inclusive aquelas rotuladas como "do século XXI".

Diante da falta de debate público sobre o conteúdo do currículo nacional, os formuladores de políticas se viram obrigados a compreender de que forma os atores sociais mexicanos conceituam e, em alguns casos, exigem que novas competências sejam incluídas no currículo nacional para a educação básica. Além disso, identificar se o currículo da educação básica em vigor inclui as 21CC torna-se um elemento necessário para a revisão curricular nacional.

Este capítulo se propõe fornecer mais informações tanto sobre a conceituação das 21CC no México como sobre a forma como essas competências estão distribuídas no currículo nacional. Inclui também uma descrição dos fundamentos e lacunas no atual currículo nacional para a educação básica (implementado desde 2011), que pode vir a dar subsídios ao debate sobre como integrar novas competências relevantes.

Inicialmente será apresentado o conceito das 21CC formulado pelo público mexicano, com base em informações extraídas de uma sondagem com pais, professores e diretores de escolas no estado de Guanajuato. Num segundo momento, se discutirão os resultados de uma análise de conteúdo do currículo nacional para a educação básica. Em seguida, se identificará de que forma atividades de ensino relacionadas à promoção das 21CC têm sido definidas no currículo da educação básica e se existem defasagens relativas à inclusão delas nas metas de aprendizagem. Uma seção final descreverá possíveis implicações para os formuladores de políticas.

## COMO SÃO CONCEITUADAS AS COMPETÊNCIAS RELEVANTES NO MÉXICO?

### Competências do século XXI no nível do sistema

O sistema educacional mexicano, com quase 250 mil escolas, está organizado em três níveis de ensino: primário, secundário e médio superior. Estes, por sua vez, são organizados em três tipos – fora da escola, na escola e misto –, com matrícula obrigatória até o secundário. O sistema escolar conta com quase 33,6 milhões de alunos inscritos (25,9 milhões na educação básica) e 1,8 milhão de professores (1,2 milhão na educação básica). Em 2014, por volta de 70% dos alunos que iniciaram o primário em 2001-2002 passaram ao ensino secundário, e o gasto com educação em relação ao PIB era de quase 6%.[15]

A gestão do sistema nacional de educação é formalmente descentralizada, ainda que, há décadas, o governo federal detenha o controle sobre políticas estratégicas, como recrutamento, salários e formação profissional de professores, elaboração de currículos, concepção de materiais didáticos, bem como avaliação dos alunos. Além disso, o governo federal lidera atividades de planejamento e de avaliação dos professores e provê a maior parte dos recursos públicos alocados para a educação no país, o que corresponde a 62% dos gastos governamentais no setor.

O sistema educacional mexicano implementou diferentes reformas curriculares nas últimas décadas. Entretanto, não existem pesquisas consistentes sobre como as competências necessárias à sobrevivência num contexto globalizado são identificadas no país e sobre como essa identificação pode resultar na inclusão de novas metas de aprendizagem no currículo nacional.

Entre os poucos estudos realizados sobre a seleção de competências a serem adquiridas estão os relatórios do Pisa, publicado a cada três anos no México pelo Instituto Nacional para la Evaluación de la Educación (INEE). A disseminação desses relatórios aumentou o debate a respeito das competências que os alunos mexicanos deveriam adquirir tendo em vista uma sociedade globalizada.[16]

Uma segunda categoria de estudos que analisa a identificação de competências relevantes a serem atingidas por alunos mexicanos compreende aqueles voltados para o exame dos mercados locais de trabalho, baseados em grande medida na análise da percepção desse tema pelos empregadores privados, assim como na interpretação de dados de pesquisas nacionais sobre emprego. Entre esses estudos estão *Sondagem sobre competências profissionais: o que as empresas estão procurando e não estão encontrando entre os jovens profissionais*,[17] financiado pela Agência dos Estados Unidos para o Desenvolvimento Internacional (Usaid), e *Estudo sobre o mercado de trabalho de Guanajuato*,[18] ambos exemplos de como competências relevantes são definidas, no México, por empresas e órgãos de estímulo ao desenvolvimento.[19]

O balanço feito em empresas descreve como os empregadores identificam as principais competências que os potenciais empregados deveriam dominar. De um conjunto de nove "competências" (consideradas em sentido amplo) identificadas pelos autores do relatório – cultura geral, ferramentas de comunicação, comunicação com os outros, capacidade de trabalho em equipe, inovação, liderança, imagem pessoal, eficiência pessoal e inteligência emocional –, os empregadores definiram três como as mais relevantes para serem adquiridas pelos formandos: capacidade de trabalho em equipe, comunicação e eficiência pessoal.

No caso do estudo sobre mercado de trabalho, pesquisadores entrevistaram especialistas de um conglomerado regional da indústria automotiva e identificaram uma demanda por um conjunto de competências agrupadas em quatro categorias: liderança, negociação, relações pessoais e potencial individual. A primeira categoria (liderança) incluía competências relacionadas a capacidades individuais para influenciar e interagir com os outros, e a segunda (negociação), competências relacionadas à atividade de gestão, como planejamento, compromisso e busca contínua por aprimoramento. A terceira (relações pessoais) abrangia competências ligadas à comunicação e à negociação, e a quarta (potencial individual), competências como autocontrole, inovação e adaptação à mudança.

Varia bastante o nível de influência exercido por esses estudos sobre o debate público a respeito da definição de metas educacionais e da inclusão de competências específicas no currículo. Enquanto os relatórios contendo opiniões de empregadores têm uma influência mínima, a publicação dos relatórios do PISA alimentou o interesse de organizações não governamentais (ONGs) e de associações empresariais em promover a inclusão de metas educacionais diversas das que figuram atualmente no currículo, em especial as contidas na estrutura conceitual do Pisa.[20]

## Competências do século XXI nas escolas: descobertas com base em uma sondagem local

A despeito do interesse por um conjunto específico de competências expresso pelos empregadores, ainda há pouca informação sobre como as competências são conceituadas e demandadas pelas comunidades escolares no México. Além disso, pouco se tem conhecimento do que sabem pais, professores e diretores de escolas sobre as 21CC.

É vital compreender a percepção das comunidades escolares em relação às competências relevantes, já que as salas de aula são, pela própria natureza, os locais onde os currículos nacionais são concretizados: no final das contas, são as escolas que decidem como implementar os conteúdos e as práticas de ensino que visam promover a aquisição de competências relevantes.

Para saber mais sobre como atores da área da educação (pais, professores e diretores de escolas) entendem as 21CC no México, foi feita uma pesquisa em 29 municípios do estado de Guanajuato, com uma amostragem de 1.257 alunos matriculados em 547 escolas do nível inicial do secundário.[21] Os dados foram coletados por meio de quatro questionários diferentes, submetidos a professores e diretores enquanto trabalhavam nas escolas, assim como a pais e estudantes em visitas às casas.

Os itens incluídos na pesquisa visavam identificar os conhecimentos dos participantes e sua familiaridade com alguns dos conceitos relacionados às competências do século XXI, como também as competências que eles consideravam necessárias à obtenção de emprego daqui a trinta anos. Ainda que os resultados estivessem relacionados a somente um estado do país, os dados coletados ajudariam a compreender se as comunidades escolares apoiariam a inclusão dessas competências no currículo nacional.

Os dados reunidos mostraram que pais, professores e diretores das escolas não estavam familiarizados com o conceito das 21CC: 94% dos pais deixaram registrado que nunca tinham ouvido falar delas, e quase 46% dos professores e aproximadamente 40% dos diretores de escola disseram o mesmo. A principal implicação em termos de política a ser extraída dessa falta de familiaridade ou de clareza sobre o significado desse conceito entre os pais é o de que ela pode resultar em menor demanda das comunidades escolares por esses tipos de competência, como já observado em outros relatórios e estudos.[22] Em outras palavras, nossas conclusões sugerem que a falta de familiaridade dos atores da escola com esse conceito (ou a de conhecimento sobre sua relevância) aumentaria os custos para a promoção da inclusão desse tipo de metas educacionais no currículo nacional.

É importante ressaltar que, embora o conceito de 21CC fosse relativamente desconhecido entre um número significativo de pais, professores e diretores de escolas, havia, no entanto, uma percepção positiva em relação a algumas das competências geralmente agrupadas sob esse rótulo. Por exemplo, a competência identificada como "colaboração/trabalho em equipe" foi avaliada de forma positiva em uma sondagem com esses atores, apesar da falta de familiaridade inicial deles com o termo "competências do século XXI".

Além disso, quando questionados sobre suas opiniões pessoais em relação à implementação das atividades escolares visando o desenvolvimento de competências específicas relativas ao conceito de 21CC, a maioria dos consultados respondeu que isso seria importante. Desse modo, criatividade, inovação, pensamento crítico, alfabetização tecnológica, comunicação assertiva e até metacognição foram amplamente aceitos como competências a serem desenvolvidas entre os alunos, ainda que essa percepção só tenha sido manifestada quando as 21CC específicas foram mencionadas de forma explícita.

A percepção favorável em relação a essas habilidades descreve um contexto positivo para a introdução das 21CC no currículo nacional. Mesmo que a atitude positiva em relação a certas competências também possa provir de um "desejo social" – como nos casos em que conceitos técnicos são erroneamente associados com melhores intervenções educacionais[23] –, uma percepção positiva sobre algumas das "novas" metas educacionais pode resultar num ambiente favorável à inclusão de metas de aprendizagem relacionadas às 21CC no currículo nacional.[24]

Uma descoberta adicional a ser ressaltada é a associação do conceito de competências do século XXI à noção de alfabetização tecnológica entre as comunidades escolares. Quando pais e professores foram questionados sobre as competências que as crianças precisariam ter para conseguir um emprego num futuro próximo, a resposta mais frequente era "familiaridade com a tecnologia". Essa revelação mostra de que modo a identificação de competências relevantes pelas comunidades escolares pode ainda exigir novos debates e orientações que favoreçam uma perspectiva mais equilibrada e variada em relação às competências a serem alcançadas nas escolas mexicanas. Além disso, esses dados indicam a ausência de familiaridade e compreensão entre pais e professores sobre as novas competências, uma situação que pode resultar em falta de apoio das comunidades escolares à inclusão das novas competências no currículo nacional.

As informações coletadas representam apenas um passo inicial no processo de compreender como as 21CC são conceituadas e definidas pelos membros das comunidades escolares no México. Ainda que sejam necessárias mais explicações sobre as tendências observadas, elas retratam algumas das discussões em torno do processo de identificação das competências relevantes a serem incluídas no currículo nacional revisto e sobre como, uma vez incluídas, as escolas poderiam colocar em prática o currículo. Também descrevem o contraste entre a forma como as metas de aprendizado são definidas pelos que formulam o currículo em nível nacional, a demanda dos empregadores por competências específicas e a falta de informação confiável entre atores da educação sobre o tipo de competências que os alunos deveriam obter para sobreviver na sociedade contemporânea.

### Análise do currículo nacional para o ensino primário

As reformas curriculares realizadas no México podem ser, de modo geral, agrupadas em duas categorias, uma baseada em orientação política e outra em objetivos pedagógicos. O primeiro grupo corresponde a reformas como aquelas empreendidas na era pós-revolucionária, numa época em que o currículo nacional era visto como um instrumento para "apoiar projetos políticos",[25] de forma a gerar estabilidade e legitimidade para o novo regime. O segundo grupo data do início dos anos 1990, quando reformas de currículo eram consideradas uma resposta a demandas que emergiam de uma "sociedade globalizada e complexa", principalmente por meio de "inovações educacionais" e da adoção de recomendações feitas por organismos internacionais.[26]

A última reforma do currículo da educação básica foi posta em prática no México em 2011, tendo sido considerada uma resposta à "necessidade de atualizar os currículos e métodos pedagógicos à luz das recentes descobertas de pesquisas educacionais, de modo a desenvolver competências para melhorar a integração dos alunos na sociedade contemporânea".[27]

Com base num projeto "participativo", especialistas, acadêmicos, instituições (nacionais e estrangeiras), estudiosos independentes, governos dos estados, organismos internacionais (como Unesco e Organização dos Estados Ibero-americanos para a Educação, a Ciência e a Cultura – OEI), governos estrangeiros (Austrália e Cuba), associações empresariais e grupos de interesse público tomaram parte em consultas para a elaboração desse novo currículo de educação básica. O Ministério da Educação finalmente determinou e testou o conteúdo, os parâmetros e os materiais, assim como as atividades de ensino, criando uma proposta que foi avaliada por mais de 30 mil professores, organizados em 31 grupos estaduais.[28]

Para verificar se as competências necessárias à sobrevivência em sociedades "contemporâneas" ou "globalizadas" tinham sido levadas em conta nessa reforma, foi efetuada uma revisão de todos os novos materiais de referência para os professores de educação básica (*guías del maestro*). Confirmou-se então que elas tinham sido incluídas neles de forma dispersa. Por exemplo, de acordo com o Ministério da Educação, alunos da educação básica que estudarem sob o novo currículo devem, ao final do curso, ser capazes de:

a) comunicar-se claramente, interagindo em diferentes ambientes culturais, até mesmo em uma língua estrangeira, como o inglês;
b) desenvolver argumentos com base em interpretação das evidências coletadas, incluindo evidências fornecidas por outras pessoas;
c) coletar, analisar, interpretar e usar informações de diferentes fontes;
d) interpretar condições sociais e naturais para tomar melhores decisões;
e) aprender sobre os direitos humanos e como interagir com outros cidadãos e com instituições numa sociedade democrática;

f) valorizar a diversidade social;
g) trabalhar em colaboração com os outros;
h) promover o cuidado com a saúde e o bem-estar;
i) usar a tecnologia para comunicar, coletar informações e criar conhecimento;
j) valorizar as artes.

Ainda que não haja nenhuma referência literal às 21CC no material revisado, com base na classificação proposta por Hilton e Pellegrino,[29] algumas das competências descritas seriam incluídas nos domínios das do século XXI cognitivas (*a, b, c* e *i*), intrapessoais (*d, e, f* e *j*), assim como interpessoais (*g*).

Além disso, outras metas educacionais incluídas no novo currículo mencionam competências consideradas necessárias para o resto da vida no século XXI – caso dos parâmetros para obtenção das "competências digitais" descrita nos planos de estudo das escolas primárias. Ainda que o aspecto fundamental da definição das competências digitais a serem alcançadas com o currículo seja formado pelas atividades ligadas às TICs básicas, materiais para professores enfatizam que o uso da tecnologia em sala de aula é uma oportunidade para desenvolver seis competências específicas: criatividade e inovação; comunicação e colaboração; gerenciamento de informações; pensamento crítico, resolução de problemas e tomada de decisões; cidadania digital; e compreensão das TICs.

Apesar de não ter sido incluída nenhuma descrição de mecanismos ou práticas de ensino para atingir essas metas, é possível confirmar, mais uma vez, um currículo orientado (ainda que não estruturado) para o desenvolvimento da maioria das competências descritas na classificação de Hilton e Pellegrino.[30] Tomando como base essa classificação, pode-se concluir que as competências, criatividade e inovação, gerenciamento de informações, pensamento crítico, resolução de problemas e tomada de decisões, compreensão das TICs, caem no domínio das competências cognitivas, enquanto a competência de comunicação e colaboração poderia ser classificada no domínio interpessoal. A única competência difícil de enquadrar na de Hilton e Pellegrino é "cidadania digital", mesmo sendo inovadora para o currículo.

Encontrar referências às 21CC no currículo nacional, ainda que dispersas, é um sinal positivo com relação à sua orientação. Contudo, resta saber se essas definições e esses objetivos estão indiscutivelmente ligados às metas de aprendizagem e às atividades de ensino.

Para examinar se tais referências foram traduzidas em termos das práticas de ensino pretendidas, realizou-se uma análise buscando identificar de que forma as 21CC foram incluídas nos resultados de aprendizagem esperados (ELO), definidos no currículo do ensino primário.[31] Analisando os materiais de referência para os professores do primário por meio de análise de conteúdo, foi possível gerar informações sistematizadas sobre a definição, a orientação e a frequência das atividades destinadas a estimular a aquisição das 21CC em sala de aula, levando em conta que os materiais de apoio à disposição dos professores mexicanos incluem uma descrição detalhada dos resultados de aprendizagem a serem alcançados em cada disciplina e série.

O exame foi conduzido recorrendo-se à análise de conteúdo, amplamente usada para chegar ao projeto do currículo.[32] Na realidade, por décadas, a análise de conteúdo tem sido considerada a "solução dominante" nas ciências sociais, ao tornar possível a "análise quantitativa de um grande número de textos em termos de quais palavras ou conceitos são efetivamente usados ou estão implícitos nos textos", focando a "frequência com que tais palavras ou conceitos ocorrem em cada texto ou em todos eles".[33] Outros autores observaram que essa abordagem também pode ser usada como uma "ferramenta de análise" para proceder à "avaliação de documentos escritos",[34] assim como para fazer inferências ao "identificar sistemática e objetivamente características específicas no interior do texto".[35]

A fim de reconhecer metas educacionais e práticas de ensino almejadas no currículo da educação básica que incluam as 21CC, foi concebido um esquema codificado para análise dos materiais de referência dirigidos aos professores, com base nos "termos empregados para as competências do século XXI".[36]

Uma vez criada a lista de definições operacionais (ver Quadro 4.1), esse conjunto de unidades de amostra foi usado como guia para uma completa revisão dos livros didáticos e materiais de referência para professores (Secretaria de Educação Pública, SEP, 2011a, 2011b, 2011c, 2011d, 2011e, 2011f),[37] em cada disciplina e série do ensino primário, visando identificar atividades relativas às 21CC, trabalhadas em sala de aula da forma descrita nos resultados de aprendizagem esperados para o primário.[38]

Na análise das unidades de texto, buscou-se identificar não apenas com que frequência os conceitos relacionados às 21CC eram mencionados em quaisquer dos ELO, mas também de que forma eles eram distribuídos ao longo das séries e disciplinas. Nesse processo, foram consideradas quatro categorias: série, disciplinas, domínios e grupos de 21CC no interior dos domínios, como definido por Hilton e Pellegrino.[39]

Os resultados da análise de conteúdo podem ser encontrados nos Quadros 4.2, 4.3, 4.4 e 4.5.[40] No Quadro 4.2, descrevemos informações básicas sobre a frequência dos ELO tidos como associados às competências do século XXI (ELO21) ao longo das séries, disciplinas e domínios no primário. Esse quadro também apresenta a porcentagem de ELO21 comparada ao total de resultados de aprendizagem esperados para o ensino primário.

**QUADRO 4.1** Frases/códigos por categoria

| Domínio | Unidades de amostra/frases usadas no segundo estágio da análise |
|---|---|
| Cognitivo | • Proporciona e apoia argumentos sobre decisões.<br>• Discrimina informação baseada em propósito específico.<br>• Utiliza tecnologias da informação para coletar informações.<br>• Organiza e sintetiza informações relevantes.<br>• Busca soluções para resolver problemas mesmo com limitações pessoais.<br>• Improvisa papéis em jogos de *role-playing*. |
| Intrapessoal | • Identifica e valoriza diferenças culturais e étnicas.<br>• Identifica atividades para aprimorar o desempenho pessoal.<br>• Desenvolve um autoconceito positivo.<br>• Avalia a consequência de decisões.<br>• Avalia opções relacionadas a planos.<br>• Valoriza processos democráticos. |
| Interpessoal | • Respeita as opiniões de outras pessoas.<br>• Acata as normas estabelecidas coletivamente.<br>• Colabora em trabalho em equipe.<br>• Resolve conflitos.<br>• Identifica diferenças em opiniões como fontes de conflito.<br>• Troca ideias e opiniões de maneira respeitosa. |

Um dos principais aspectos a serem observados com base nessa análise é a pequena proporção de ELO21 incluídos no currículo nacional, em comparação com o número total de ELO definidos para o ensino primário. Ainda que não contemos com evidências que sugiram uma distribuição adequada ou um equilíbrio entre os ELO e os ELO21, considerando a existência de uma ampla amostra de 21CC, estas podem ser alcançadas em disciplinas que atualmente não incluem um único ELO21 – caso de artes, matemática, ciências naturais ou mesmo geografia.[41] Isso pode sugerir uma definição muito limitada das 21CC na implementação da reforma do currículo ou uma falta de reflexão sobre como alcançar uma distribuição adequada dos ELO ao longo das séries e disciplinas. A primeira descoberta destaca uma ausência de metas curriculares destinadas a promover a aquisição dessas competências no México.

**QUADRO 4.2** Frequência e proporção de referências às 21CC nos ELO delineados no currículo da educação básica (séries do nível primário)

| Série | Disciplina | Cognitivo | | Intrapessoal | | Interpessoal | | ELO21/ |
|---|---|---|---|---|---|---|---|---|
| | | ELO21 | PD | ELO21 | PD | ELO21 | PD | TELO (em %) |
| 1 | Linguagem | 4 | 100 | 0 | 0 | 0 | 0 | 8,96 |
| | Matemática | 0 | 0 | 0 | 0 | 0 | 0 | 0,00 |
| | Natureza e sociedade | 0 | 0 | 1 | 100 | 0 | 0 | 3,22 |
| | Civismo e ética | 0 | 0 | 4 | 44 | 5 | 56 | 45,00 |
| | Educação física | 0 | 0 | 1 | 25 | 3 | 75 | 26,66 |
| | Artes | 0 | 0 | 0 | 0 | 0 | 0 | 0,00 |
| 2 | Linguagem | 3 | 75 | 1 | 25 | 0 | 0 | 8,69 |
| | Matemática | 0 | 0 | 0 | 0 | 0 | 0 | 0,00 |
| | Natureza e sociedade | 0 | 0 | 2 | 67 | 1 | 33 | 8,80 |
| | Civismo e ética | 0 | 0 | 3 | 43 | 4 | 57 | 35,00 |
| | Educação física | 0 | 0 | 1 | 33 | 2 | 67 | 20,00 |
| | Artes | 1 | 33 | 0 | 0 | 2 | 67 | 15,00 |
| 3 | Linguagem | 2 | 40 | 1 | 20 | 2 | 40 | 9,61 |
| | Matemática | 0 | 0 | 0 | 0 | 0 | 0 | 0,00 |
| | Ciências naturais | 0 | 0 | 1 | 100 | 0 | 0 | 3,50 |
| | Geografia | 0 | 0 | 0 | 0 | 0 | 0 | 0,00 |
| | Civismo e ética | 0 | 0 | 2 | 33 | 4 | 67 | 30,00 |
| | Educação física | 0 | 0 | 2 | 67 | 1 | 33 | 20,00 |
| | Artes | 1 | 100 | 0 | 0 | 0 | 0 | 5,00 |
| 4 | Linguagem | 2 | 50 | 1 | 25 | 1 | 25 | 7,84 |
| | Matemática | 0 | 0 | 0 | 0 | 0 | 0 | 0,00 |
| | Ciências naturais | 0 | 0 | 0 | 0 | 0 | 0 | 0,00 |
| | Geografia | 0 | 0 | 1 | 100 | 0 | 0 | 5,26 |
| | História | 0 | 0 | 1 | 33 | 2 | 67 | 15,00 |
| | Educação física | 0 | 0 | 2 | 50 | 2 | 50 | 26,66 |
| | Artes | 0 | 0 | 0 | 0 | 0 | 0 | 0,00 |
| 5 | Linguagem | 6 | 86 | 1 | 14 | 0 | 0 | 13,20 |
| | Matemática | 0 | 0 | 0 | 0 | 0 | 0 | 0,00 |
| | Ciências naturais | 0 | 0 | 0 | 0 | 0 | 0 | 0,00 |
| | Geografia | 0 | 0 | 1 | 100 | 0 | 0 | 5,26 |
| | História | 0 | 0 | 0 | 0 | 0 | 0 | 0,00 |
| | Civismo e ética | 0 | 0 | 1 | 20 | 4 | 80 | 25,00 |
| | Educação física | 0 | 0 | 2 | 40 | 3 | 60 | 33,33 |
| | Artes | 0 | 0 | 0 | 0 | 0 | 0 | 0,00 |
| 6 | Linguagem | 5 | 100 | 0 | 0 | 0 | 0 | 9,43 |
| | Matemática | 0 | 0 | 0 | 0 | 0 | 0 | 0,00 |
| | Ciências naturais | 0 | 0 | 0 | 0 | 0 | 0 | 0,00 |
| | Geografia | 0 | 0 | 0 | 0 | 0 | 0 | 0,00 |
| | História | 0 | 0 | 0 | 0 | 0 | 0 | 0,00 |
| | Civismo e ética | 1 | 33 | 0 | 0 | 2 | 67 | 15,00 |
| | Educação física | 0 | 0 | 1 | 25 | 3 | 75 | 26,66 |
| | Artes | 0 | 0 | 0 | 0 | 0 | 0 | 0,00 |

21CC: competências do século XXI.
ELO21: resultados de aprendizagem esperados para as competências do século XXI.
PD: porcentagem por domínio de ELO21 incluídos na disciplina e na série.
TELO: total de resultados de aprendizagem esperados correspondentes à disciplina e à série.

Outro aspecto a ser observado é a concentração de ELO21 na disciplina civismo e ética, assim como em educação física. Isso pode ser explicado pelo fato de que a maior parte dos ELO21 finalmente incluídos no currículo nacional corresponde ao domínio das competências intrapessoais, com ênfase nas atividades que promovem a "valorização da diversidade", no caso de civismo e ética, e "da saúde física", no caso de educação física, assim como competências interpessoais, com a inclusão de atividades que fomentam o trabalho em equipe e ensinam a alcançar acordos coletivos.

Também vale a pena chamar a atenção para a variação da distribuição dos ELO21 ao longo das disciplinas, observada nas últimas séries do primário. Depois da terceira série, a maior parte dos ELO21 incluídos no currículo faz parte de atividades de ensino conduzidas nas aulas de educação física, uma das disciplinas com menor carga horária no currículo do ensino primário. Os ELO21 dessa disciplina para as últimas séries correspondem em sua maioria a competências intrapessoais, como autorregulação. A distribuição de ELO21 por séries e disciplinas apresentadas no Quadro 4.2 descreve a concentração de ELO21 numa pequena amostragem de disciplinas. Além disso, se consideramos o número de disciplinas com pelo menos um ELO21 incluído, o domínio intrapessoal é aquele com o mais alto grau de concentração; porém, se considerarmos a porcentagem de ELO21 incluídos em cada disciplina e série por domínio, o interpessoal apresenta uma porcentagem mais alta de ELO21. Ademais, a proporção de ELO21 diminui na última série desse nível educacional.

Em síntese, as descobertas registradas no Quadro 4.2 sugerem que: *(a)* há um número limitado de resultados de aprendizagem esperados relacionados às 21CC no currículo nacional mexicano para o ensino primário; *(b)* os ELO21 estão espalhados ao longo das séries e das disciplinas sem uma meta aparentemente clara referente à sua distribuição; *(c)* as oportunidades de fazer com que os estudantes se engajem na aquisição de competências relevantes explorando diferentes temas não são aproveitadas, como no caso de ciências naturais e matemática, ambas disciplinas sem nenhum ELO21 incluído entre os ELO descritos no currículo nacional.

A proporção dos ELO21 e sua distribuição por séries e disciplinas sugerem falta de planejamento abrangente em relação à inclusão das 21CC no novo currículo nacional e uma defasagem entre a definição formal dos objetivos educacionais e as almejadas práticas de ensino a serem implementadas pelos professores, pelo menos de acordo com a orientação oferecida pelos materiais de referência.

## Distribuição dos ELO21 em grupos de competências nos domínios cognitivo, intrapessoal e interpessoal

Outro aspecto a ser analisado consiste em saber se os ELO21 incluídos no currículo nacional têm como foco grupos de competências específicos no interior dos domínios cognitivo, intrapessoal e interpessoal, como definidos por Hilton e Pellegrino.[42] É relevante aprender sobre essa distribuição, já que a variação de competências observada no interior desses domínios (por exemplo, um domínio como o das competências intrapessoais) pode incluir no mesmo nível termos como curiosidade, tenacidade, metacognição e integridade. Ainda que a classificação sugerida por Hilton e Pellegrino seja extremamente útil, a análise do conteúdo do currículo requer, se possível, compreensão sobre quais das competências prevalecem sobre as atividades rotuladas como ELO21, proporcionando uma melhor perspectiva das possíveis lacunas ao longo das competências, das decisões dos formuladores de currículos e, é claro, das possíveis diferenças nos desafios enfrentados por professores, dadas as variações nos níveis de complexidade resultantes da inclusão de diversas metas de aprendizagem.

O Quadro 4.3 mostra como as metas de aprendizagem e as atividades de ensino associadas ao domínio das competências cognitivas estão concentradas no grupo relativo ao conhecimento, ignorando os referentes ao processo cognitivo e criatividade. Por um lado, a concentração se explica, em grande parte, pela ênfase nos ELO21 relacionados às competências de alfabetização tecnológica/de informação ou de comunicação. Por outro, competências como criatividade ou de processos cognitivos (relacionadas a pensamento crítico ou a resolução de problemas) agrupadas no mesmo domínio são relativamente ignoradas nos ELO21, até mesmo no currículo nacional. De modo semelhante ao ocorrido na análise anterior sobre a distribuição ao longo das séries e disciplinas, existem poucos indícios comprovados sobre como alcançar uma distribuição ideal de competências no interior dos domínios. Contudo, descrever essa distribuição ajuda a visualizar de que maneira os formuladores de currículos determinam a relevância das habilidades, pelo menos quando medidas pela sua inclusão nos ELO.

No caso das competências agrupadas no domínio intrapessoal, o Quadro 4.4 descreve a distribuição dos ELO21 ao longo das séries e disciplinas para os três agrupamentos correspondentes a esse domínio (abertura intelectual, profissionalismo com ética e autoavaliação fundamental positiva). Existe uma concentração de atividades nas primeiras duas séries em torno do grupo da abertura intelectual, o que se explica, em grande parte, pelo interesse em promover a "valorização da diversidade" já nas primeiras séries. Ao contrário, o agrupamento associado à autoavaliação fundamental positiva tem menos menções entre os ELO21, indicando um número reduzido de atividades de ensino voltadas para a promoção do automonitoramento/avaliação e para a saúde psicológica.

**QUADRO 4.3** Distribuição entre grupos no domínio das competências cognitivas

| | | COMPETÊNCIAS COGNITIVAS | | |
|---|---|---|---|---|
| Série | Disciplina | Processo cognitivo | Conhecimento | Criatividade |
| 1 | Linguagem | 100% | | |
| | Matemática | | | |
| | Natureza e sociedade | | | |
| | Civismo e ética | | | |
| | Educação física | | | |
| | Artes | | | |
| 2 | Linguagem | | 100% | |
| | Matemática | | | |
| | Natureza e sociedade | | | |
| | Civismo e ética | | | |
| | Educação física | | | |
| | Artes | | | 100% |
| 3 | Linguagem | | 100% | |
| | Matemática | | | |
| | Ciências naturais | | | |
| | Geografia | | | |
| | Civismo e ética | | | |
| | Educação física | | | |
| | Artes | | | 100% |
| 4 | Linguagem | | 100% | |
| | Matemática | | | |
| | Ciências naturais | | | |
| | Geografia | | | |
| | História | | | |
| | Educação física | | | |
| | Artes | | | |
| 5 | Linguagem | | 100% | |
| | Matemática | | | |
| | Ciências naturais | | | |
| | Geografia | | | |
| | História | | | |
| | Civismo e ética | | | |
| | Educação física | | | |
| | Artes | | | |
| 6 | Linguagem | 26-50% | 100% | |
| | Matemática | | | |
| | Ciências naturais | | | |
| | Geografia | | | |
| | História | | | |
| | Civismo e ética | | 100% | |
| | Educação física | | | |
| | Artes | | | |

% de ELO21 para a série identificada no respectivo grupo de competências

☐ 0%   ☐ 1-25%   ▢ 26-50%   ▣ 51-75%   ▨ 76-99%   ■ 100%

**QUADRO 4.4** Distribuição entre grupos no domínio das competências intrapessoais

| Série | Disciplina | COMPETÊNCIAS INTRAPESSOAIS | | |
|---|---|---|---|---|
| | | Abertura intelectual | Profissionalismo com ética | Autoavaliação fundamental positiva |
| 1 | Linguagem | | | |
| | Matemática | | | |
| | Natureza e sociedade | 100% | | |
| | Civismo e ética | 26-50% | 26-50% | 1-25% |
| | Educação física | 100% | | |
| | Artes | 1-25% | | |
| 2 | Linguagem | 100% | | |
| | Matemática | | | |
| | Natureza e sociedade | 100% | | |
| | Civismo e ética | 26-50% | 26-50% | |
| | Educação física | | 100% | |
| | Artes | | | |
| 3 | Linguagem | 100% | | |
| | Matemática | | | |
| | Ciências naturais | | | |
| | Geografia | | | |
| | Civismo e ética | | 26-50% | 26-50% |
| | Educação física | | | |
| | Artes | | | |
| 4 | Linguagem | 100% | | |
| | Matemática | | | |
| | Ciências naturais | | | |
| | Geografia | 100% | | |
| | História | | 100% | |
| | Educação física | 26-50% | | 26-50% |
| | Artes | | | |
| 5 | Linguagem | | | |
| | Matemática | | | |
| | Ciências naturais | | | |
| | Geografia | | | |
| | História | 100% | | |
| | Civismo e ética | | 100% | |
| | Educação física | | | |
| | Artes | | | |
| 6 | Linguagem | | | |
| | Matemática | | | |
| | Ciências naturais | | | |
| | Geografia | | | |
| | História | | | |
| | Civismo e ética | | | |
| | Educação física | | 100% | |
| | Artes | | | |

% de ELO21 para a série identificada no respectivo grupo de competências

☐ 0%   ☐ 1-25%   ▨ 26-50%   ▨ 51-75%   ■ 76-99%   ■ 100%

Finalmente, com relação ao domínio das competências interpessoais, o Quadro 4.5 descreve a distribuição dos ELO21 entre dois grupos, de trabalho em equipe e colaboração e de liderança. Nesse domínio, a maior parte dos ELO21 pertence ao grupo de trabalho em equipe e colaboração, como resultado da aplicada na realização de atividades em grupo e no estímulo a competências para a negociação entre alunos em duas disciplinas: educação física e civismo e ética. Liderança, ainda que mencionada em alguns dos ELO21, tem visivelmente menos referências entre os ELO21 agrupados nesse domínio no currículo do ensino primário.

Em suma, a distribuição dos ELO21 nos grupos em cada um dos três domínios (Quadros 4.3, 4.4 e 4.5) segue uma tendência semelhante à da distribuição dos ELO21 ao longo dos domínios referentes ao currículo nacional (Quadro 4.2). Existe uma falta de coerência na distribuição ao longo dos grupos, das disciplinas e das séries, sugerindo que a inclusão dos ELO21 não é abrangente, nem se encontra alinhada ao longo das séries e disciplinas. Na realidade, a variação não só na alocação das atividades ao longo dos grupos, mas também na proporção dos ELO21 identificados em cada um deles, implica um planejamento inadequado na definição das metas de aprendizagem associadas às 21CC no currículo nacional.

Os números citados anteriormente são mera representação de como os formuladores do currículo nacional incluíram diferentes conceitos e atividades de aprendizagem relacionadas às 21CC ao longo das séries e disciplinas do ensino primário. Embora, com essa análise, seja possível identificar onde e como as 21CC foram incluídas nas principais disciplinas, não está claro como essas metas de aprendizagem seriam compatibilizadas ao longo das séries e das disciplinas. Além disso, ainda não se sabe como essa distribuição de metas educacionais é interpretada no âmbito escolar e quão efetivos são os outros componentes do currículo para o cumprimento das metas associadas à aquisição das 21CC.

**QUADRO 4.5** Distribuição entre grupos no domínio das competências interpessoais

| Série | Disciplina | Trabalho em equipe e colaboração | Liderança |
|---|---|---|---|
| 1 | Linguagem | 0% | 0% |
| | Matemática | 0% | 0% |
| | Natureza e sociedade | 0% | 0% |
| | Civismo e ética | 76-99% | 26-50% |
| | Educação física | 100% | 0% |
| | Artes | 0% | 0% |
| 2 | Linguagem | 0% | 0% |
| | Matemática | 0% | 0% |
| | Natureza e sociedade | 100% | 0% |
| | Civismo e ética | 0% | 0% |
| | Educação física | 0% | 0% |
| | Artes | 0% | 0% |
| 3 | Linguagem | 0% | 0% |
| | Matemática | 0% | 0% |
| | Ciências naturais | 0% | 0% |
| | Geografia | 0% | 0% |
| | Civismo e ética | 51-75% | 51-75% |
| | Educação física | 100% | 26-50% |
| | Artes | 0% | 0% |
| 4 | Linguagem | 51-75% | 51-75% |
| | Matemática | 0% | 0% |
| | Ciências naturais | 0% | 0% |
| | Geografia | 0% | 0% |
| | História | 51-75% | 51-75% |
| | Educação física | 100% | 0% |
| | Artes | 0% | 0% |
| 5 | Linguagem | 0% | 76-99% |
| | Matemática | 0% | 0% |
| | Ciências naturais | 0% | 0% |
| | Geografia | 0% | 0% |
| | História | 0% | 0% |
| | Civismo e ética | 100% | 26-50% |
| | Educação física | 0% | 0% |
| | Artes | 0% | 0% |
| 6 | Linguagem | 0% | 0% |
| | Matemática | 0% | 0% |
| | Ciências naturais | 0% | 0% |
| | Geografia | 0% | 0% |
| | História | 0% | 0% |
| | Civismo e ética | 26-50% | 26-50% |
| | Educação física | 26-50% | 26-50% |
| | Artes | 0% | 0% |

% de ELO21 para a série identificada no respectivo grupo de competências

☐ 0%   ☐ 1-25%   ▨ 26-50%   ▨ 51-75%   ▨ 76-99%   ■ 100%

É importante lembrar que, a despeito das possíveis restrições metodológicas que uma análise de conteúdo possa enfrentar, os resultados dela obtidos indicam quanto o currículo nacional está despreparado no que tange à inclusão das 21CC na educação básica. Várias explicações podem ser sugeridas, porém outras pesquisas são necessárias para analisar se a inclusão das 21CC no currículo nacional requer novas abordagens para o planejamento do currículo e/ou melhores ou mais específicas definições das competências e também para saber se a tradução dos objetivos gerais das 21CC em metas de aprendizagem e atividades de ensino específicas enfrenta desafios adicionais quando em comparação com as competências "tradicionais".

## O PAPEL DOS ATORES NÃO GOVERNAMENTAIS NA PROMOÇÃO DAS COMPETÊNCIAS DO SÉCULO XXI

A fim de identificar alguns dos fatores contextuais que explicam a inclusão das 21CC no currículo nacional, é necessário mapear as demandas de atores locais por essas competências, incluindo ONGs. A falta de clareza entre os atores nas escolas com relação à identificação das habilidades relevantes enfatiza a importância de envolver outros interessados em influenciar os objetivos da política educacional nacional por meio da definição de novos conteúdos e metas.

Nos últimos anos, houve um aumento da participação de organizações privadas no processo de definição do conteúdo e das metas educacionais do México, incluindo aquelas relacionadas às 21CC, por intermédio de diferentes canais. Por exemplo, a fundação educacional Unión de Empresarios para la Tecnología en la Educación (Unete) assumiu como principal objetivo o desenvolvimento da "alfabetização tecnológica" entre os alunos de escolas públicas. Em decorrência dessa intervenção, estimula-se a aquisição de "competências cognitivas" (resolução de problemas, pensamento crítico, metacognição, criatividade e inovação), assim como o desenvolvimento de "competências não cognitivas" (comunicação, colaboração e competências interpessoais). Essa talvez seja a mais explícita e abrangente intervenção em relação às 21CC de uma ONG no México. A

Confederación Patronal de la República Mexicana (Coparmex), ao contrário, desenvolveu o próprio modelo educacional. Embora ainda não conte com competências específicas a serem incluídas no currículo, ele descreve quatro metas específicas para o sistema educacional do país, para as quais busca reconhecimento: desenvolvimento da inteligência; transmissão de valores e conhecimento; interação social; e capacitação para empregos. Outras organizações, como a Mexicanos Primero, constituem atores importantes nos debates públicos do país a respeito da educação, incluindo a disseminação e análise completa dos resultados do Pisa, avalizando a inclusão de competências relevantes sugeridas por essa avaliação.[43]

Em outras intervenções, ONGs e fundações privadas que trabalham de forma colaborativa com comunidades escolares definiram e/ou ressaltaram competências que os alunos das escolas públicas deveriam alcançar para sobreviver na sociedade contemporânea. Entre elas está o Programa de Jovens Cidadãos, promovido pela ONG Via Education. Ao implementar um modelo de pesquisa sobre participação juvenil,[44] essa organização impulsiona a "participação genuína" dos alunos. Por meio de seu modelo participativo, estudantes de escolas primárias da rede pública debatem problemas da comunidade, identificando soluções e estabelecendo acordos. O conjunto dessas atividades visa desenvolver competências como participação democrática, resolução de problemas e trabalho em equipe.

Chipe-Chape é outra organização que vem fazendo intervenções independentes com o objetivo de desenvolver competências específicas, além das consideradas no currículo nacional, por meio da concepção e promoção de materiais educacionais destinados a estimular a inovação e a criatividade. Os materiais, concebidos como não tradicionais, para atividades a serem realizadas fora da escola, são distribuídos às crianças, juntamente com a implementação de atividades de desenvolvimento profissional para os professores. Outro exemplo de organização mexicana que promove o desenvolvimento das 21CC é o Inoma. Com base no desenvolvimento e na distribuição de jogos educativos, disponíveis pela internet, a ONG promove não apenas a alfabetização tecnológica, como também visa o desenvolvimento de competências específicas (criatividade, por exemplo) e o reforço da aprendizagem "tradicional" ou baseada no currículo.

Levando em conta a limitada inclusão das 21CC no currículo nacional, a falta de debate público sobre as competências relevantes, assim como a insuficiente compreensão de habilidades relevantes entre os atores da escola, é importante compreender de que modo outros atores podem influenciar o conteúdo do currículo.

Dado o contexto atual do modelo educacional mexicano, ONGs podem ser uma fonte de inovações "de baixo para cima" na identificação das competências relevantes a serem incluídas no currículo nacional revisado. A restrição na legislação do país à completa adaptação local do currículo nacional ou ao uso de materiais educacionais diversos daqueles aprovados pelo governo federal pode explicar por que as inovações curriculares voltadas para a promoção da aquisição de novas competências têm sido implementadas de forma tão lenta e, em geral, em escala tão pequena. Contudo, as experiências de ONGs que trabalham no âmbito da construção das 21CC ainda são uma fonte de possíveis intervenções e um laboratório para compreender de que modo competências relevantes podem vir a ser incluídas no currículo nacional das escolas primárias.

## CONCLUSÃO

Compreender de que modo as 21CC estão incluídas no currículo nacional é um passo necessário rumo a uma implementação mais efetiva dos processos de reforma curricular, voltada para o aumento do número de objetivos e atividades de ensino capazes de promover a aquisição de novas habilidades. Mesmo que as pesquisas referentes à implementação desses processos ainda tenham muitas outras questões a serem exploradas, a análise dos resultados das reformas curriculares (medidas pelo número, pelo tipo de metas de aprendizagem e por sua distribuição ao longo das séries e disciplinas) pode lançar alguma luz em aspectos vitais sobre como as sociedades identificam, conceituam e definem competências relevantes e de que forma os gestores educacionais traduzem essa definição em novas atividades de ensino nos currículos.

Em sua primeira seção, este capítulo descreveu como os integrantes das comunidades escolares conceituam as 21CC num estado mexicano, indicando a falta de uma definição clara pelos atores das escolas para esses tipos de competências. Também mostrou que tais comunidades consideram a alfabetização tecnológica a mais importante competência para o futuro próximo, ignorando outras competências que, como sugere a literatura disponível, são necessárias a uma integração bem-sucedida num contexto globalizado. Mesmo que ambos os aspectos possam ser vistos como possíveis barreiras à implementação de reformas do currículo que contemplem as 21CC, existe um ambiente receptivo entre as comunidades escolares e ONGs em relação à possibilidade de inclusão das 21CC nas atividades de ensino.

O ambiente positivo realça a necessidade de iniciar um debate público sobre como adaptar o atual sistema educacional em resposta à mudança na demanda por competências, como consequência do crescente número de redes de informação emergindo dos mais diversos países. Fornecer subsídios a essa discussão é uma medida prioritária à execução das revisões curriculares.

Um segundo aspecto apontado neste capítulo foi a implementação inadequada da mais recente reforma curricular no México, pelo menos se aferida quanto à forma como foram incluídas as 21CC consideradas relevantes na revisão de literatura conduzida por Hilton e Pellegrino.[45] A análise de conteúdo apontou uma falta de alinhamento ao longo de séries, disciplinas e domínios, sugerindo que a inclusão dos ELO21 no currículo nacional não é nem abrangente, nem adequadamente afinada e que a distribuição inadequada de metas de aprendizagem pode resultar numa implementação ineficaz do currículo.

Essa condição aponta que, para pôr em prática reformas de currículo voltadas para as 21CC com sucesso, é necessário realizar novas pesquisas relevantes sobre planejamento de currículos e, provavelmente, identificar modelos de projetos de currículo que tenham sido desenvolvidos para promover a aquisição das novas competências em escolas públicas.

Da mesma forma que as pesquisas disponíveis identificam caminhos ideais para atingir conhecimentos específicos relativos a habilidades cognitivas ou "tradicionais", é preciso ampliar a base de conhecimento empírico sobre como as comunidades escolares deveriam ajudar os alunos a adquirir as 21CC de maneira efetiva. Em relação a esse assunto, estudos comparativos são indispensáveis para validar diferentes estratégias implementadas em outros contextos e aprender com elas.

A ausência de uma compreensão adequada e de uma conceitualização comum a respeito das 21CC sugere que, além dos tradicionais desafios enfrentados pelos sistemas educacionais relativos à identificação das competências a serem exigidas num futuro próximo, ainda é necessário promover um entendimento comum sobre quais delas deveriam ser incluídas no currículo nacional. Por outro lado, ainda que seja possível argumentar que a distribuição inadequada de metas de aprendizado ao longo das disciplinas resulte de um *trade-off* pela inclusão de competências novas e tradicionais, a atual distribuição ainda não corresponde à necessidade expressa pelos empregadores sobre a relevância das 21CC no ambiente de trabalho, com base na informação proporcionada pelos raros estudos disponíveis acerca da demanda por competências específicas no país.

Essa situação resultará na defasagem entre oferta e demanda de competências específicas para o mercado de trabalho[46] e na possível exclusão dos estudantes formados, que podem não ser capazes de adquirir essas habilidades no devido tempo. Além disso, se a falta de alinhamento for ignorada em meio à atual revisão do currículo, é provável que a maior parte das metas de aprendizagem relacionadas às 21CC permaneça apenas como um currículo que se tem a "intenção" de implementar, e não como um currículo efetivamente "praticado" e "aprendido", a exemplo de outras reformas educacionais.[47]

Traduzir parâmetros e metas de aprendizagem associados às 21CC em práticas de ensino efetivas nas escolas parece ser um desafio a mais para os educadores. Tanto para pesquisadores educacionais como para formuladores de políticas da área, é premente responder a questões sobre como potenciais empregadores definem demandas por novas competências, como pais e professores identificam competências relevantes a serem adquiridas nas escolas, como formuladores de currículos devem equilibrar e distribuir tempo de aulas e atividades entre competências cognitivas e não cognitivas, e como identificar práticas de ensino efetivas para as 21CC incluídas nos currículos nacionais. Além disso, ao mesmo tempo que essas questões precisam ser abordadas, diferentes atividades voltadas para o aumento da demanda pública por essas habilidades deveriam ser implementadas.

Existem, contudo, alguns aspectos relevantes a considerar no processo de inclusão das novas competências no currículo nacional mexicano. Em primeiro lugar, atores importantes (pais, professores e diretores de escolas) têm de ser convencidos de que todos os alunos, em todas as escolas, devem adquirir essas novas competências. Em um sistema educacional já desigual e injusto, é preciso tomar muito cuidado ao incluir novas competências, de modo a não aumentar o hiato existente entre diferentes grupos populacionais.

O processo de incluir novas competências no currículo nacional também deveria levar em conta os resultados das estratégias adotadas em reformas curriculares anteriores. Em particular, os seguintes aspectos deveriam ser objetos de ponderação:

- A avaliação adequada da implementação das reformas de currículos leva muito tempo.
- Reformas de currículos não devem ignorar as "práticas educacionais e a cultura em vigor na sociedade".[48]
- A implementação de um processo de planejamento realmente participativo aumenta as chances de incluir novas competências que são valorizadas por atores como empresários e ONGs e que foram ignoradas em reformas anteriores.

Ainda que esses aspectos pareçam óbvios, o encaminhamento da revisão em curso do currículo nacional sugere que ela continua sendo um processo fechado e centralizado em termos de concepção e implementação, de modo similar ao ocorrido em reformas anteriores.

Por fim, na pesquisa disponível sobre os diferentes processos, existe uma lacuna evidente na explicação de como novas competências se tornam parte do currículo e, uma vez incluídas, como os estudantes deveriam desenvolvê-las de maneira eficiente e equitativa. É preciso contar com evidências comparativas mais confiáveis a respeito das demandas que essas novas competências colocam para os professores, em particular sobre como identificar práticas de ensino efetivas e como ajustar um currículo contendo as 21CC às diversas populações atendidas pelo sistema público.

    Está claro que existem mais aspectos a serem considerados a respeito do projeto e da implementação de um novo currículo no México. Novas interrogações sobre como incluir nele as 21CC serão acrescentadas a demais questões pertinentes sobre como aumentar a efetividade das escolas quanto à aquisição de outras habilidades relevantes. É permanente a incerteza sobre quais competências serão exigidas dos alunos formados na educação básica dentro de cinquenta ou cem anos e sobre como os sistemas educacionais responderão a isso. No entanto, a despeito dessa ambiguidade, ignorar a guinada na demanda pelas novas competências observada nas últimas décadas em todo o mundo é uma opção política que nenhum sistema educacional pode se dar ao luxo de fazer.

CAPÍTULO CINCO

# Competências do século XXI, estrutura do currículo nacional indiano e história da educação na Índia

Aditya Natraj, Monal Jayaram,
Jahnavi Contractor e Payal Agrawal
*Fundação Piramal, Índia*

Este capítulo discute a visão adotada pela Índia em relação às competências para o século XXI na forma como estão apresentadas na Estrutura do Currículo Nacional 2005 (NCF2005).[1] A estrutura aponta os objetivos mais amplos e ambiciosos da educação indiana e inclui possíveis pedagogias a serem utilizadas para implementá-los. Esses propósitos foram, mais tarde, desmembrados em objetivos educacionais, materializados em livros didáticos para as diferentes séries.

Argumentamos que, apesar de a Índia contar com uma estrutura curricular robusta para a aprendizagem no século XXI na perspectiva adotada pela NCF2005, o país enfrenta enormes desafios em relação à sua implementação para os alunos. Os objetivos curriculares encaram a educação de uma perspectiva "holística" e equilibram o duplo objetivo de promover transformação social e crescimento econômico no país. Contudo, líderes em vários níveis de implementação parecem encontrar dificuldades para pôr em prática uma transição suave na direção dos princípios de aprendizagem do século XXI na forma apresentada na NCF2005.

Nossa análise indica que existem algumas diferenças significativas e sutis entre as metas delineadas na NCF2005 e as competências listadas na estrutura de Hilton e Pellegrino para a educação para a vida e o trabalho no século XXI.[2] Concluímos que existem diferenças importantes devido à diversidade de contextos e necessidades de um país historicamente complexo como a Índia em relação a outros países desenvolvidos. A articulação em torno da NCF enfatiza de modo significativo uma aprendizagem que é global e, ao mesmo tempo, enraizada nas comunidades locais e na personalidade do aluno. Ao contrário da estrutura de Hilton e Pellegrino, a NCF encara a educação como uma ferramenta capaz de gerar transformação social, proporcionando, assim, um espaço específico para o papel exercido pela racionalidade, pelo raciocínio dedutivo e pela dignidade do trabalho. E, nos pontos em que a estrutura de Hilton e Pellegrino enfatiza o desenvolvimento de competências como trabalho em equipe e colaboração no local de trabalho, a NCF visualiza a criação de um aluno autônomo, capaz de tomar decisões por si mesmo nos âmbitos social e profissional e de levar uma vida socialmente responsável.

A NCF2005 reconhece nas funções do professor e do diretor de escola, nos novos programas e livros didáticos e na tradução e interpretação desses materiais, assim como nos da NCF2005, para as línguas e os contextos estaduais os principais mecanismos para a implementação da estrutura. Também leva em conta os contextos locais ao repensar a educação para o mundo global de amanhã. O país exibe algumas iniciativas exemplares de implementação bem-sucedida de organizações não governamentais locais, em que alunos desenvolveram os resultados de aprendizagem esperados de acordo com as metas indianas para a educação. Contudo, a implementação em larga escala por meio dos sistemas públicos é bem frágil. A hipótese que levantamos é a de que as lideranças em vários níveis de implementação têm dificuldade de demonstrar as habilidades e atitudes necessárias para reconhecer o impacto regressivo do pensamento hierarquizado e as consequências a ele associadas ao tentar promover uma guinada rumo a um sistema educacional mais inclusivo.

Com base na teoria de Michael Fullan sobre a mudança na educação[3] e na análise de entrevistas com funcionários do governo, formuladores de políticas, educadores e líderes em prol da mudança na educação por todo o país, entendemos que líderes em vários níveis de implementação precisam estar equipados com o conhecimento e as habilidades necessários para administrar a transformação social e a mudança. Apresentamos isso como uma possível solução para fazer com que o sistema educacional indiano saia de sua atual situação de baixos resultados de aprendizagem dos alunos e de processos de ensino e de aprendizagem não alinhados, de modo a tornar a NCF2005 realidade.

## METODOLOGIA DE PESQUISA

Ao escrevermos este capítulo, seguimos uma metodologia de pesquisa qualitativa que incluiu a análise de fontes secundárias, assim como entrevistas conduzidas pelos autores.

Dados de fontes secundárias, como as políticas educacionais indianas, foram avaliados, o que implicou análise de conteúdo, revisão e codificação dos seguintes itens: Estrutura do Currículo Nacional 2005 e seus documentos associados; Planos Quinquenais de Desenvolvimento Nacionais (NDP); livros didáticos de linguagem e de matemática para o primário e de ciências sociais da sexta série em diante; a Política Nacional de Educação de 1968 (NPE1968);[4] documentos sobre Avaliação Continuada e Abrangente (CCE); a Lei de Direito à Educação (RTE), de 2009;[5] e a Estrutura Hilton-Pellegrino para competências do século XXI. Outras fontes secundárias, como sites de organizações da sociedade civil (Digantar, Design for Change, Barefoot e Lend-a-Hand India), foram examinadas para analisar seu papel no desencadear da educação do século XXI no país.

Foram realizadas 25 entrevistas, seguidas de análises e sínteses de conteúdo. Entre os entrevistados incluímos: vinte professores selecionados de uma combinação de escolas com poucos recursos e escolas com ensino de inglês com recursos medianos, todas geridas por organizações da sociedade civil;⁶ dois formuladores de políticas que lideraram diferentes comissões;⁷ dois líderes empresariais;⁸ quatro líderes governamentais;⁹ um líder espiritual; e quatro pessoas empenhadas em mudanças no desenvolvimento de lideranças na área da educação.¹⁰ Os nomes dos entrevistados e de suas organizações estão listados ao final deste capítulo.

## O CONTEXTO INDIANO PARA A EDUCAÇÃO DO SÉCULO XXI

*O contexto indiano para a educação do século XXI é marcado por sua necessidade de enfrentar as desigualdades socioeconômicas contemporâneas.*

A visão da Índia para a educação do século XXI está explicada na atual Estrutura do Currículo Nacional, que foi revista em 2005 para lidar com os problemas herdados do passado, com as atuais realidades e com as futuras necessidades de uma Índia em desenvolvimento num mundo globalizado do século XXI.¹¹ As recentes políticas nacionais de educação indianas têm seu foco no direito de todos à educação, especialmente os membros menos favorecidos da sociedade,¹² o que inclui as meninas. O país conta com uma estrutura federal descentralizada,¹³ com políticas nacionais de educação que servem de guia e apoio para as organizações educacionais dos estados. As várias organizações educacionais incluem o Conselho Nacional para a Educação, Pesquisa e Capacitação (NCERT, chamado de SCERT, quando no nível estadual),¹⁴ que desenvolve livros didáticos e programas de capacitação a eles relacionados, e o Conselho Nacional para a Formação de Professores (NCTE), que estabelece os padrões de referência (*benchmarks*) para a formação de professores e as normas para seu recrutamento. Eles apoiam os Institutos Distritais de Capacitação em Educação (DIETs), visando garantir capacitação e monitoramento para a implementação de políticas no nível distrital.

A fim de oferecer uma compreensão contextualizada da visão da educação adotada pela Índia, dividimos a história do país em quatro períodos: a era antiga (pré-1757), o período colonial (1757-1947), o pós-independência (1947-1990) e a era pós-liberalização (1990 em diante).

## A Índia antiga (antes de 1757)

A sociedade da Índia antiga era marcada pela segregação ditada pelas castas,[15] por identidades religiosas variadas, por múltiplos reinos regionais e por diversidades linguísticas. Ainda que os reinos regionais fossem prósperos e contassem com sistemas autossuficientes, existiam desigualdades que faziam com que as pessoas nos níveis inferiores do sistema de castas tivessem menos oportunidades de mobilidade social e econômica.

Nesse contexto, a educação era uma ferramenta que servia para manter o sistema de castas.[16] A maior parte da sabedoria e dos conhecimentos ligados às artes, à ioga e à compreensão espiritual estava disponível apenas às castas superiores. Às inferiores estava reservado o trabalho servil, e sua educação era dada pelo pai, que transmitia ao filho o conhecimento associado a uma profissão subserviente.

Além disso, as práticas da "intocabilidade" e da submissão de gênero foram incorporadas ao sistema social. Com o tempo, esses preconceitos sociais, religiosos e de gênero terminaram profundamente enraizados na mentalidade popular.

## Período colonial (1757-1947)

O período colonial foi complexo. Nessa época, o sistema britânico proporcionava educação formal para alguns poucos selecionados, enquanto a população em geral era cada vez mais atraída para a luta pela liberdade e para os movimentos de consciência social. Os britânicos mantiveram o tradicional sistema de castas intacto. A educação formal era oferecida apenas às castas superiores, que eram então reeducadas segundo o sistema de valores e as maneiras de pensar dos britânicos. O propósito desse sistema educacional era prioritariamente o de criar um grupo de administradores que vissem a si mesmos como britânicos e que servissem a eles e ao seu império.

Entretanto, isso criou uma comoção entre os integrantes das castas superiores reeducadas, que, influenciados pela Revolução Industrial e pela circulação de ideias ocidentais, vivenciaram uma confluência de culturas. Eles começaram a questionar as antigas crenças e os velhos preconceitos sociais. Dessa forma, ainda que o objetivo da educação britânica não fosse o de promover a igualdade ou alguma forma de transformação social, numa perspectiva mais ampla ela acabou por expor os indianos a um novo conjunto de ideias, como liberdade, democracia, igualdade e pensamento crítico.

Nesse contexto, a educação era vista como uma ferramenta para promover a reforma da sociedade e a consciência política. Líderes como Raja Ram Mohan Roy, Rabindranath Tagore, Jyotiba Phule, B. R. Ambedkar, Lala Lajpat Rai e Mahatma Gandhi, que defendiam reformas sociais e a luta pela liberdade, reconheceram na educação um meio de fomentar a consciência coletiva e de mobilizar o povo para uma luta não violenta contra o domínio colonial.

### Pós-independência (1947-1990)

A ideia de criar uma Índia renascida marcou o período pós-independência. A luta pela liberdade inspirou as pessoas a visualizar uma sociedade animada pelos princípios e valores democráticos. A educação continuou a ser vista por muitos como um instrumento para promover reformas sociais e econômicas. O foco se concentrava no desenvolvimento de saberes técnicos e científicos, os quais desafiavam crenças tradicionais, como a subjugação de castas e de gênero. A educação tinha uma perspectiva cívica, incluindo o propósito de unir identidades regionais díspares e criar uma nação democrática socialmente coesa.

A política educacional também visava a celebração do conhecimento tradicional, da diversidade cultural e da pluralidade da Índia. Para atender à necessidade de recursos humanos devido ao crescimento industrial e ao desenvolvimento, os formuladores de políticas concentravam seu foco na oferta de um ensino moderno de ciência e tecnologia. A condição dos intocáveis foi declarada ilegal sob as novas leis constitucionais. Políticas de apoio às castas inferiores por meio de discriminação positiva procuravam desmontar preconceitos de castas e divisões sociais. Houve uma ênfase na educação das meninas, aumentando o acesso delas às escolas e também o número de professoras. O governo concentrou seu foco na reconstrução social e econômica para combater a pobreza, o desemprego, a segregação e um grande afluxo de refugiados.

O modelo econômico misto de desenvolvimento planejado levou a um crescimento lento, porém constante, de indústrias locais e à modernização da agricultura. Contudo, apesar disso, cresceram as disparidades regionais e econômicas. A urbanização levou ao desemprego, à pobreza urbana e a menor desenvolvimento nas áreas rurais. Aumentou o hiato entre áreas rurais e urbanas, e muitos que viviam no campo aspiravam a viver numa cidade. Isso, por sua vez, levou a uma diminuição do interesse pelos meios de sobrevivência tradicionais e locais, especialmente nas áreas rurais. A demanda por uma educação moderna aumentou, sem que fossem criados empregos compatíveis com o novo conjunto de habilidades da população. Por conta disso, um número cada vez maior de indianos educados engrossou as fileiras de desempregados e de subempregados.[17]

Várias comissões dedicadas à educação recomendaram uma ampliação dos investimentos na área educacional e a garantia de um sistema escolar geral, voltado para uma educação equitativa para todos. Porém os investimentos, como porcentagem do PIB, declinaram entre 1947 e 1986. Em 1986, a Política Nacional de Educação (NPE)[18] reverteu essa tendência e enfatizou a necessidade da Universalização da Educação Primária (UEE) e da permanência das crianças nas escolas até a idade de 14 anos.[19] O Sétimo Plano Quinquenal recomendava que o sistema de educação indiano tivesse como objetivos: a implementação da educação primária universal; a erradicação do analfabetismo na faixa etária entre 15 e 35 anos; o desenvolvimento de programas de capacitação profissional e técnica; a atualização e o aumento de rigor dos parâmetros para a educação, de modo a proporcionar vínculos efetivos com o mundo do trabalho, com ênfase especial na ciência, no meio ambiente e na orientação para os valores; a oferta de instalações de alta qualidade na área de educação em cada distrito do país; e a modernização da educação técnica.[20]

### Era pós-liberalização (1990 até hoje)

O desemprego e as desigualdades socioeconômicas marcaram a era pós-liberalização na Índia.[21] Enquanto os setores industrial, manufatureiro e agrícola eram expostos aos efeitos da globalização, os formuladores da política educacional indiana concentraram seu foco no ensino de tecnologia da informação e, por volta de 1990, estimularam políticas que desenvolvessem competências para o século XXI tendo em vista a inovação e o empreendedorismo. Visando reduzir as disparidades entre áreas rurais e urbanas, o Programa de Ação da Política Nacional de Educação 1992 (POA1992) recomendava medidas para promover a diversificação e a distribuição das oportunidades de emprego.[22]

A educação era vista como um direito humano para todas as crianças e jovens, em especial aqueles de comunidades menos favorecidas e mais vulneráveis. Apesar de a condição de intocável e a discriminação de gênero terem sido declaradas ilegais, os efeitos da estratificação histórica mantiveram a desigualdade no acesso à educação. No início do novo século, por exemplo, 28,5% da população de 1,27 bilhão de pessoas da Índia tinha menos de 14 anos, e os formuladores de políticas se deram conta de que, apesar de a população do país contar com a maior porcentagem de jovens no mundo, havia também uma distorção em relação à composição de gênero, tendo, portanto, de garantir educação de qualidade para todos, visando efetivar a justiça e a equidade social e econômica. A NPE1986 e o POA1992 enfatizaram que "a equidade de educação para todos" significava não apenas acesso à educação para todos, como também condições equitativas de sucesso. Os formuladores de políticas acreditavam que a igualdade seria alcançada por meio da criação de uma base curricular comum. O propósito era o de "remover preconceitos e complexos transmitidos por meio do ambiente social e da condição aleatória de nascimento".[23]

A Índia se tornou um ator importante no novo mercado global liberalizado. As indústrias indianas ficaram expostas à competição com empresas internacionais. As contínuas mudanças tecnológicas e a exaustão dos recursos naturais levaram ao desemprego, o que ocasionou rápidas mudanças nas condições de vida e trabalho. Os processos de produção na agricultura e na manufatura se tornaram cada vez mais homogêneos para atender às demandas do mercado global, ignorando diversidades e contextos locais. Dessa forma, as realidades em transformação na Índia em meio à economia globalizada do século XXI exigiam que a educação abrisse espaço a uma aprendizagem inovadora para promover, por exemplo, experimentos de empreendedorismo que fossem adequados às necessidades e aos contextos locais, ao mesmo tempo que bem-sucedidos, competitivos e sustentáveis num mercado global em rápida transformação.

## A estruturação do Currículo Nacional 2005

A NCF2005 foi criada tendo como pano de fundo o novo mundo liberalizado, no qual cada nação luta para tirar partido do processo de globalização em curso. A criação da estrutura levou em consideração dados que demonstravam como, no começo do novo século, a sociedade indiana encarava o duplo desafio de "crescimento econômico sem emprego"[24] e as desigualdades históricas que tinham persistido ao longo do tempo. Com o objetivo de enfrentar essas questões contemporâneas, a NCF2005 recomendava uma série de reformas educacionais no currículo, nos métodos de ensino e nas avaliações. A Lei do Direito das Crianças à Educação Gratuita e Compulsória (RTE), de 2009, instituiu a obrigatoriedade do governo de garantir educação de qualidade a todos.

De acordo com o Sistema de Informação Distrital para a Educação, em 2013-2014 havia 1,52 milhão de escolas espalhadas por 662 distritos em 35 diferentes estados e territórios da União.[25] Devido às diferenças geográficas, pluralidades linguísticas e disparidades culturais, sociais e econômicas ao longo do vasto país, a NCF2005 foi concebida como um documento que servisse de guia flexível, aberto à interpretação de acordo com os diferentes contextos locais. Várias rodadas de discussões com grupos focais incorporaram visões de estudiosos, especialistas em educação, professores, pais e profissionais de ONGs, assim como acadêmicos de várias áreas (ciências, matemática, ciências sociais e arte).[26]

A NCF2005 é, portanto, fruto de múltiplas discussões e deliberações envolvendo mais de 300 pessoas e resultando em 21 documentos de posicionamento (*position papers*). É o produto que incluiu opiniões de grande número de pessoas, e não de um grupo limitado de formuladores de políticas tomando decisões por conta própria. A NCF2005 consolidou as lições extraídas das NCFs de 1975, 1988 e 2000 e levou em conta as recomendações feitas por várias comissões de educação, que tomaram como base seus estudos de políticas educacionais de 1968 e 1986, assim como de planos como a UEE. O currículo, portanto, não está baseado em noções abstratas, mas na conjugação de ampla gama de perspectivas. A seção seguinte descreve em detalhe as várias competências do século XXI e as metas educacionais articuladas pela NCF2005.

## NCF2005: UMA ABORDAGEM ALTERNATIVA DA APRENDIZAGEM DO SÉCULO XXI

*A NCF2005 propõe a aprendizagem do século XXI aos alunos indianos como um meio de desenvolver as capacidades humanas para o empoderamento social e econômico.*

A NCF2005 proporciona uma visão alternativa da educação ao situá-la no contexto das necessidades indianas no mundo globalizado, em vez de meramente reagir ao contexto externo das demandas globais. Ela visa reforçar as capacidades humanas, dando aos alunos a chance de alcançar maior equidade social e econômica. A meta é desenvolver as competências individuais de modo que crianças e jovens possam fazer escolhas capazes de transformar de maneira positiva sua vida e a sociedade. A NCF2005 contém um currículo flexível, que atende a diferentes contextos regionais e que emergiu de numerosas discussões, deliberações e perspectivas sociológicas. Esta seção detalha alguns princípios que servem de guia para o planejamento da NCF2005.

### Educação centrada no trabalho

*A NCF2005 recomenda a educação centrada no trabalho – aplicações práticas para a transição do mundo acadêmico ao mundo do trabalho e para o desenvolvimento do empreendedorismo social.*[27]

A educação centrada no trabalho permite o desenvolvimento de competências ligadas a disciplinas genéricas, a aprendizagem de estratégias para articular teoria e prática e a compreensão de significados por meio da aprendizagem empírica. Ao longo de sua história, a educação indiana enfatizou o conhecimento teórico desvinculado da prática, deixando o aluno despreparado para enfrentar os desafios do mercado de trabalho, levando-o ao desemprego e ao subemprego.[28]

Desse modo, a NCF2005 estimula o empreendedorismo, a resolução de problemas, a observação, a tomada de decisões, os debates em torno de propostas e a avaliação de soluções como competências a serem adquiridas pelo aluno que deseja se adaptar a um ambiente de trabalho em mudança. Essas competências tornam possível a aprendizagem contínua, algo essencial nos empregos ligados à indústria, à agricultura e às corporações. A pedagogia proposta em todas as disciplinas está centrada em projetos colaborativos, como trabalho de campo, pesquisas e administração de fazendas locais, levando a atividades de aprendizagem que estimulem a aplicação de conhecimento às questões práticas.

Uma escola localizada em um dos estados, por exemplo, incluiu pesquisas de campo em suas aulas de estudos sociais. Os alunos pesquisaram a escassez de alimentos, uma questão extremamente relevante para o estado deles naquele ano. Entrevistaram pessoas idosas num vilarejo e registraram situações de fome ocorridas na comunidade. Desenvolveram conhecimentos científicos relacionados a colheitas, fontes de água, flora, fauna e meio ambiente.[29]

### "Cabeça, coração e mãos"

*A NCF2005 recomenda "cabeça, coração e mãos" –*
*educação que adota uma postura de mãos à obra*
*e uso da mente para promover a dignidade do trabalho.*

"Cabeça, coração e mãos" estimula o respeito pela dignidade do trabalho e pelo conhecimento não formal de pessoas como artesãos e fazendeiros. Historicamente, a estratificação em castas existente na Índia era baseada numa aparente superioridade do trabalho "intelectual", gerando menosprezo pelo trabalho "manual" e depreciação dos saberes nativos. A NCF2005 procura justamente mudar essa atitude mental, legitimando uma abordagem local da educação, baseada na experiência.

A NCF2005 concede maior poder ao aluno e também à comunidade, ao trazer artesãos, carpinteiros e fazendeiros para o interior da escola formal na condição de professores, estimulando, de maneira holística, os domínios cognitivo, afetivo e psicomotor. A pedagogia proposta implica observar e aprender com profissionais locais, que demonstram a aplicação prática do conhecimento teórico em matemática, ciências e outras disciplinas. Por exemplo, uma escola municipal rural convidou um carpinteiro para demonstrar aos alunos como ele costuma criar círculos, quadrados e retângulos.[30] As crianças tentaram fazer o mesmo e, ao fim da atividade, 90% delas puderam explicar a diferença entre um quadrado e um retângulo, identificar e desenhar várias figuras geométricas. Os alunos aprenderam fazendo, analisando, sendo receptivos ao conhecimento local.[31] Por conseguinte, o foco da NCF2005 na abordagem "cabeça, coração e mãos" atende à necessidade da Índia de valorizar o trabalho e de reduzir as divisões intelectuais, de classe e de casta.

### Pensamento de natureza complexa
*A NCF2005 recomenda a adoção de pensamento de natureza complexa – desenvolvendo uma forma científica de pensar, juntamente com habilidades matemáticas e linguísticas, as disciplinas em todas as áreas.*

Competências associadas ao pensamento de natureza complexa possibilitam aos alunos conduzir os próprios processos de aprendizagem, indo além do conteúdo do livro didático. Historicamente, o sistema de educação indiano tem como base a aprendizagem mecânica e por repetição. Ele recompensa a habilidade de reproduzir conhecimento textual, de seguir as palavras do professor sem questionar e de aceitar eventos na natureza sem uma análise racional. A NCF2005, ao contrário, busca desenvolver o pensamento crítico e a atitude científica, já que ambos são considerados competências vitais, necessárias no mundo em transformação, com as rápidas transições tecnológicas características do século XXI. Ela dá àqueles que aprendem o poder de pensar de forma independente e de encontrar soluções, em vez de aguardar por respostas vindas de uma autoridade.

A pedagogia proposta implica professores questionadores, que encorajem os alunos a fazer perguntas e a encontrar soluções além do óbvio. Nas aulas de matemática, por exemplo, a NCF2005 recomenda aos professores incentivar os alunos a buscar diferentes maneiras de chegar a uma solução, como perguntando a eles de quantas formas diferentes é possível obter 24 somando dois números. Isso os motiva a explorar diferentes possibilidades, como 20 + 4, 10 + 14, 7 + 17, e assim por diante, desenvolvendo competências de raciocínio crítico.[32] Os livros didáticos sobre meio ambiente para a quarta e quinta séries publicados pelo NCERT[33] incluem um capítulo sobre as fontes de água e propõem questões estimuladoras de pensamento crítico para sensibilizar os alunos sobre temas ligados a castas, classe e gênero. Dos professores, espera-se que instiguem discussões sobre problemas como a desigualdade no abastecimento de água. Os livros didáticos também recomendam que sejam feitas perguntas como: "Quem busca a água do poço? São sempre as mulheres da casa que fazem isso?". Desse modo, a NCF2005 situa o pensamento e o raciocínio críticos como habilidades vitais ao preparo do aluno para o ambiente de trabalho, ao mesmo tempo que reconhece o papel da racionalidade e do raciocínio dedutivo na transformação social.

### Apreciação estética

*A NCF2005 recomenda a apreciação estética –*
*uma educação que exponha aqueles que aprendem às expressões*
*de arte multiculturais e às várias tradições da Índia.*

A Índia herdou um rico legado de artes muito variadas, o qual, durante longo tempo, foi menosprezado devido à influência colonial, fato que contribuiu para o fomento de noções ocidentalizadas de apreciação estética e para a baixa conta em que era tida a arte indiana. A educação artística permite aos alunos desenvolver sensibilidades estéticas e descobrir os próprios talentos e potenciais. Estimula sua sensibilidade para as artes e lhes dá o poder de se expressar, de ampliar suas experiências e de ter maior contato com obras e produções artísticas.

A pedagogia proposta implica a exposição dos alunos a diversas formas de arte, como literatura, artes dramáticas e artes visuais, oriundas de diferentes regiões. Por exemplo, os professores podem integrar a educação artística em todas as disciplinas, organizando visitas a museus ou a patrimônios históricos que exibam a arquitetura e a arte populares, e as escolas podem organizar um Bal Sabha,[34] possibilitando que os alunos demonstrem seus talentos. Ao mesmo tempo que favorece o desenvolvimento da apreciação artística, a NCF2005 também procura valorizar a herança representada pela arte indiana e desenvolver sensibilidades estéticas que ajudarão os alunos a resistir às influências homogeneizantes do mercado no novo mundo globalizado.

### Cidadania democrática

*A NCF2005 recomenda a cidadania democrática – uma educação para formar cidadãos ativos, responsáveis, que respeitem a diversidade de crenças e opiniões e desenvolvam um etos democrático.*

A educação para a democracia permite que os alunos desenvolvam consciência social e se tornem cidadãos democráticos e responsáveis, demonstrando respeito e valorizando diversidades sociais, culturais, religiosas, econômicas e de gênero. Depois da independência, a meta do governo indiano foi a de unir os estados regionais e desenvolver um país democrático e socialmente coeso. Era necessário que a democracia se estabelecesse como um modo de vida, mais do que um sistema de governo. À luz dessa perspectiva, a educação para a democracia confere aos alunos maior predisposição para tomar iniciativas e assumir responsabilidades, desenvolvendo capacidades de liderança.

A pedagogia proposta pela NCF2005 envolve a exposição à cultura democrática, visando dar espaço às crianças e adolescentes para que manifestem suas opiniões, desempenhem o papel de liderança e assumam responsabilidades. Muitas escolas, por exemplo, têm o Bal Sansad,[35] ou parlamento dos alunos, com eleições anuais para formar um conselho estudantil.

As metas da NCF2005 caracterizam a cidadania como uma habilidade sob a rubrica "consciência e ética no trabalho", sendo ela parte do desenvolvimento de competências intrapessoais, com foco na formação de cidadãos para uma sociedade na qual a democracia constitua um modo de vida, e não apenas um sistema de governo.

## Flexibilidade e criatividade

*A NCF2005 recomenda flexibilidade e criatividade –
construindo criatividade, flexibilidade e autonomia
por meio do desenvolvimento do processo de aprendizagem.*

Uma educação que seja flexível e criativa possibilita aos alunos construir colaborativamente o entendimento, desenvolver a criatividade e levar em consideração os vários contextos locais da Índia, de modo que as diversidades do país, como a linguística, sejam encaradas de uma perspectiva inclusiva, e não como desvantagens a serem superadas.[36]

Historicamente, a educação na Índia era rígida, homogeneizada e ditada pelo conteúdo curricular; não abria espaço para as vozes dos alunos, os contextos diversos ou as reflexões independentes sobre diversidade e visões de mundo dos nativos na Índia. A mudança incorporada à NCF2005 possibilita aos alunos ter confiança em si mesmos e liderar os próprios processos de aprendizagem. A pedagogia proposta convida ao pensamento independente, ao conhecimento do contexto local e à compreensão coletiva para a sala de aula. Uma escola,[37] por exemplo, incentivou os alunos a ir além do conteúdo do livro didático sobre ciências ambientais, propondo que identificassem as árvores de sua aldeia, por meio de conversas com os idosos, e criassem um banco de dados de todas as árvores: características específicas, época de floração e assim por diante. A NCF2005 destaca, portanto, a abertura intelectual e o processo de aprendizagem autônomo como essenciais ao ensino e à aprendizagem do século XXI.

## Educação para a paz

*A NCF2005 recomenda a educação para a paz – valorizando
as diferenças, tornando-se promotores da paz e resistindo à adoção de meios
intolerantes e violentos de resolução de problemas.*

A educação para a paz torna os estudantes capazes de construir uma cultura de paz, de desenvolver a habilidade para soluções de conflitos não violentas e de resolver problemas contemporâneos de maneira pacífica.

Do ponto de vista histórico-cultural, a sociedade indiana dispõe de um legado de coexistência pacífica em meio a suas variadas religiões e identidades culturais. A luta pela liberdade foi levada adiante por meio de um movimento não violento. O atual contexto global, contudo, é marcado pela crescente intolerância e pelo terrorismo, tornando a educação para a paz, a um só tempo, importante e pertinente, tendo em conta a série de tensões entre comunidades e a rivalidade política entre a Índia e o Paquistão. O documento que estabelece a posição do NCERT a respeito da educação para a paz defende um currículo que dê aos alunos a possibilidade de aprender a tomar decisões com base em valores, a refletir sobre suas ações e a preferir meios pacíficos à violência, transformando-os assim em "promotores da paz, em vez de meros consumidores da paz".[38]

A pedagogia proposta pela NCF2005 envolve a criação de processos em sala de aula nos quais as atividades de aprendizagem dão oportunidade à coexistência pacífica e às soluções de conflito não violentas.[39] Os professores podem, por exemplo, ajudar os alunos a resolver conflitos interpessoais por meio do diálogo pacífico, assim como convidar escritores e especialistas influentes para falar sobre temas contemporâneos, expondo a turma à diversidade cultural e religiosa da Índia. A estrutura curricular considera, então, a resolução de conflitos uma meta vital da educação e a paz e a não violência atributos-chave a serem assimilados pelos alunos como parte de sua educação.

## Os desafios da implementação da NCF2005

*A NCF2005 é uma estrutura robusta, mas não é implementada de maneira uniforme nos diversos sistemas educacionais da Índia.*[40]

O sistema descentralizado da Índia dá flexibilidade aos diferentes sistemas educacionais e entidades que desenvolvem livros didáticos para interpretar as recomendações da NCF2005 de acordo com seus contextos locais. Na realidade, a NCF2005 é articulada numa série de documentos de posicionamento, que cobrem 21 áreas de diferentes disciplinas, enumerando os objetivos da educação, o conteúdo curricular recomendado para atingi-los, o processo pedagógico adequado e a forma pela qual deveriam ser avaliados. Contudo, ela não apresenta uma lista específica dos resultados de aprendizagem ou das competências que o sistema educacional do país deve desenvolver em todos os cidadãos.[41] Isso muitas vezes dá margem a equívocos na compreensão sobre quais resultados de aprendizagem ou competências dos alunos merecem atenção. Ao contrário do que ocorre em muitos outros países, nos quais as competências costumam ser especificadas no nível nacional, os educadores e aqueles que produzem os livros didáticos na Índia têm a opção de interpretar as orientações gerais de acordo com o próprio entendimento, tornando assim difícil garantir a implementação efetiva e uniforme das linhas mestras da NCF2005 em todo o país.[42]

No entanto, como discutiremos na próxima seção, em organizações nas quais a NCF2005 é acuradamente interpretada e seguida e as lideranças estão alinhadas com a proposta, tem havido uma abordagem abrangente em relação à educação, que pode ser considerada exemplar. Nessas organizações, os resultados de aprendizagem obtidos pelos alunos refletem a visão da NCF2005. Assim, a rearticulação de competências em termos de resultados de aprendizagem ajudaria a alinhar os diversos processos sistêmicos, como conteúdo de livros didáticos, práticas de avaliação dos alunos e formação de professores, no sentido de fazer com que fossem atingidas as metas fixadas pela NCF2005. A seção seguinte descreve alguns estudos de caso que exemplificam essa observação.

## IMPLEMENTADORES BEM-SUCEDIDOS DA APRENDIZAGEM DO SÉCULO XXI NA FORMA PROPOSTA PELA NCF2005

*No país existem modelos que servem de exemplo de como a aprendizagem do século XXI pode refletir os objetivos educacionais na forma proposta pela NCF2005.*

Esta seção registra os esforços de quatro organizações que vêm trabalhando de maneira alinhada com os princípios da NCF e que demonstram como eles foram efetivamente interpretados de modo a beneficiar os alunos.

## Digantar: um modelo para o desenvolvimento de competências para enfrentar a estratificação social

*A Digantar tem contribuído de forma significativa para o discurso sobre as habilidades de pensamento crítico ao trabalhar o objetivo da transformação social assumido pela NCF2005.*

A Digantar é uma organização independente de fins não lucrativos que tem seu foco na educação alternativa. Além de gerir duas escolas, ela desenvolve currículos e estrutura oficinas de capacitação para profissionais da educação. Também realiza pesquisas no campo da educação e publica um periódico especializado, assim como livros didáticos para crianças e materiais de apoio ao currículo para educadores. A organização identificou as persistentes hierarquias de castas, o status econômico e as relações de gênero como fatores importantes da desigualdade no desenvolvimento social e econômico da Índia.[43] Sua abordagem educacional, portanto, privilegia o acesso à educação e à participação nas escolas de meninas e de alunos de castas e religiões desfavorecidas. Ela possibilitou a meninas inscritas em seu programa alcançar o nível universitário. Essas jovens se veem agora em condições de questionar as tradicionais restrições de gênero e reivindicar seus direitos.[44]

A Digantar fez das salas de aula espaços seguros e democráticos onde as crianças e os adolescentes aprendem a tomar as próprias decisões e a refletir sobre tradições e sistemas sociais geralmente tidos como inquestionáveis. Seu trabalho pioneiro levou ao desenvolvimento de um modelo alternativo de formação de professores, dotando-os de instrumentos para lidar com os desafios do ensino, de forma a se tornarem profissionais capazes de refletir e de criar soluções adequadas a cada situação.[45]

Desenvolver um aluno automotivado e independente, com capacidade de pensar criticamente, é o lema central da solução concebida pela Digantar. Ao fortalecer as habilidades associadas ao pensamento crítico, essa organização visa criar uma abordagem alternativa de modo corajosamente democrático, buscando desenvolver cidadãos sensíveis, respeitosos e compassivos.[46]

## Lend-a-Hand India: um modelo para equilibrar as competências de "cabeça, coração e mãos"

*A Lend-a-Hand India estabeleceu uma abordagem voltada para o ensino de habilidades ligadas ao empreendedorismo, integrando os objetivos da NCF2005 relativos à educação para o trabalho.*

Em 2012, 12 mil alunos vindos de cerca de cem vilarejos em Maharashtra, Karnataka e Goa estavam associados a programas da Lend-a-Hand India. Essa organização reconheceu o impacto da não integração no currículo indiano das diversas tradições de trabalho do país.[47] Seu enfoque educacional busca minimizar a alienação das crianças e dos adolescentes decorrente do tratamento discriminatório que recebem, incorporando a rica base de experiências de suas comunidades e dando a elas um valor equivalente ao do trabalho intelectual. A ideia inspiradora por trás dessa iniciativa é integrar na educação a capacitação tecnológica básica, de acordo com os contextos socioeconômicos locais, de modo que as crianças e os adolescentes possam atuar em seu ambiente, alcançando a autossuficiência. Ao desenvolver habilidades associadas ao empreendedorismo, ao capacitar habilidades úteis para a vida e o trabalho, ao testar aptidões, ao promover a orientação vocacional e ao conceder empréstimos a microempresas, Lend-a-Hand India está transformando a educação escolar em algo prático e relevante.[48]

Em suma, o programa criou uma ponte entre a educação escolar e as oportunidades, as habilidades e a exposição a experiências necessárias, de modo a propiciar aos alunos o desenvolvimento pleno de seu potencial, para que possam prover seu sustento, contribuindo imensamente para sua autoconfiança e autoestima. A organização estabeleceu uma solução alternativa para lidar com problemas relacionados ao desemprego da juventude no meio rural e sua migração em números substanciais para as cidades em busca de trabalho. O programa influenciou de forma positiva a motivação das crianças e dos adolescentes em relação à escola e ao ensino, aumentando o número de matrículas, melhorando o desempenho escolar, reduzindo índices de evasão e elevando a quantidade de concluintes do ensino secundário que optam pela formação técnica.[49]

## Barefoot College: um modelo para o desenvolvimento de competências visando a cidadania democrática

*O Barefoot College modificou a forma de pensar as habilidades ligadas à cidadania ao pôr em prática as metas da NCF2005 quanto à participação democrática.*

Todos os anos, cerca de 3 mil crianças elegem seus representantes no parlamento, assim como seu governo e seu primeiro-ministro, no Barefoot College.[50] A abordagem educacional da organização concentra seu foco na institucionalização de parlamentos em suas escolas noturnas, de modo que todos os alunos possam exigir seus direitos, bem como contribuir igualmente para a sociedade e para o sistema político. Essa intervenção tem possibilitado a eles a experiência de ter em suas mãos o poder de tomar decisões e de assumir a responsabilidade pela gestão da escola. O Barefoot College reconheceu quanto é vital educar os alunos para exercer seus direitos e fazer escolhas sensatas.[51]

Pôs em primeiro plano o respeito pelos direitos básicos dos alunos de serem ouvidos no processo de tomada de decisões, criando um espaço no qual eles atuem como membros responsáveis e igualitários de uma sociedade. Ao criar escolas noturnas, estabeleceu também um modelo de educação bem-sucedido e localmente relevante, tendo em vista os alunos que são obrigados a trabalhar durante o dia para sobreviver e são privados de oportunidades para aprender habilidades que lhes garantam um meio de vida sustentável nas comunidades rurais.[52]

Dar a eles a chance de aprender sobre seus direitos e de tomar decisões que os ajudem em decisões importantes para sua vida é o foco principal da abordagem do Barefoot College. Ao empoderar os jovens com habilidades ligadas à cidadania e à tomada de decisões coletivas, os parlamentos estudantis vêm aumentando a participação dos alunos na gestão escolar, assim como na discussão de problemas da comunidade, como o casamento entre crianças e a exploração infantil.[53]

## Design for Change: um modelo para o desenvolvimento de competências ligadas à flexibilidade e à criatividade

*A Design for Change (DFC) exerceu papel pioneiro no trabalho com habilidades para conceber projetos, trabalhando com os objetivos de expressão criativa da NCF2005.*

Mais de 170 mil alunos participaram do desafio promovido pela Design for Change entre 2009 e 2013, exercendo um impacto sobre mais de 22 milhões de pessoas, por meio de 3.279 histórias de mudança impulsionadas por ideias brilhantes do mundo inteiro. Todos os participantes se sentiram fortalecidos para confrontar antigas superstições ainda em vigor em suas comunidades rurais e para ganhar o próprio dinheiro, de modo a financiar a compra de computadores para as escolas, resolvendo assim o problema causado pelas pesadas mochilas. Para a DFC, a insistência no uso de livros didáticos como a principal fonte do currículo leva à perda de oportunidades de aprendizagem. Por isso, o enfoque educacional adotado pela organização vai além da abordagem tradicional, baseada em disciplinas e com um currículo que se organiza em torno de exames. Em vez disso, enfatiza áreas "potencialmente ricas para o desenvolvimento de habilidades, estética, criatividade, iniciativa e trabalho em equipe".[54]

Tendo isso em mente, a Design for Change abriu um espaço no processo de educação para que as crianças e os adolescentes se engajem em ações bem pensadas ao longo da vida, aproveitando oportunidades para que entendam o mundo, estudem suas contradições e aprendam a usar suas competências para avançar em meio aos desafios, estando assim preparados para as rápidas transformações do mundo globalizado. A solução buscada pela DFC partiu do pressuposto de que levar as crianças e os adolescentes a acreditar que eles têm escolhas e podem mudar o mundo os ajudará a enfrentar o mundo real. A DFC desenvolve nos alunos habilidades como empatia, colaboração e alfabetização digital, incentivando-os a propor soluções criativas por meio de uma abordagem estruturada em torno da resolução de problemas. Seu modelo inovador demonstra que a participação estudantil transformadora é possível: os alunos podem criar alternativas que se contraponham à sensação de desamparo em comunidades nas quais se sentem incapazes de resolver as próprias questões.[55]

Esses esforços destacam a relevância e o alcance das possibilidades oferecidas pela NCF2005 no contexto indiano quando seus princípios são postos em prática de maneira fiel. É preciso, contudo, examinar atentamente os fatores que dificultam sua implementação em larga escala e criar uma dinâmica para que pequenas iniciativas como essas sejam integradas ao sistema público escolar.

## O DÉFICIT DE IMPLEMENTAÇÃO DA APRENDIZAGEM DO SÉCULO XXI NA FORMA PROPOSTA PELA NCF2005

*Sistemas situados em diferentes níveis de implementação nem sempre são projetados para se contrapor aos preconceitos socioculturais que obstruem o desenvolvimento da aprendizagem do século XXI na forma proposta pela NCF2005.*

Esta seção destaca grandes defasagens sistêmicas em vários níveis de implementação, que funcionam como obstáculos ao desenvolvimento das competências para o século XXI pelos alunos na forma proposta pela NCF2005 em escala nacional. Apesar de um sistema educacional cuidadosamente descentralizado, há preocupações sistêmicas com relação ao desenvolvimento de conteúdo e à preparação de professores que, se enfrentadas, garantiriam a concretização das recomendações de modo mais adequado.

### Defasagens no âmbito estadual

Uma das lacunas que impedem que as diretivas políticas sejam implementadas fidedignamente é a falta de rigor dos sistemas – estes deveriam garantir que os processos de elaboração de conteúdo e de seleção de pessoal se colocassem acima das desigualdades sociais da Índia. Por exemplo, revisões críticas de livros didáticos conduzidas pelo governo e por ONGs revelaram que estereótipos sobre desigualdades sociais continuam a existir na escolha e na apresentação de conteúdos. Processos de decisão para orientar que tipo de conteúdo local valeria a pena ser incluído nos livros pecaram por falta de tratamento empírico e de dados coletados em pesquisas. As revisões ressaltaram a falta de foco sistêmico na necessidade de aderir estritamente aos objetivos nacionais e de desenvolver o processo, o conhecimento especializado e os sistemas necessários para abordar qualquer objetivo negligenciado. Por exemplo, verificou-se que o livro de ciências sociais do estado de Gujarat perpetuava preconceitos religiosos ou de casta, ao misturar história com mitologia e apresentar incorreções factuais.[56] Da mesma forma, uma revisão de material com foco nas questões de gênero promovida pelo NCERT revelou que os livros didáticos dos estados de Uttar Pradesh e Madhya Pradesh continuavam a perpetuar "estereótipos de gênero".[57]

Essas incoerências são amplificadas pelo fato de que em vários estados a elaboração de programas e de livros didáticos são tarefas assumidas por diferentes organismos, como o SCERT, os conselhos de exames, os conselhos estaduais de livros didáticos e as editoras privadas. Todos os estados dispõem de diversos mecanismos para a elaboração e aprovação de material textual, o que transforma a coerência em um desafio permanente. Além disso, um subcomitê organizado pelo Ministério de Recursos Humanos visando rever os procedimentos para a produção de livros didáticos observou que eles "são criados de maneira mecânica, sem atender realmente às preocupações básicas curriculares definidas na política educacional".[58] Por causa da existência de sistemas diferenciados nos estados no que tange à produção de livros didáticos, a garantia de coerência de conteúdo, estabelecida pelas metas nacionais, fica comprometida. Apesar de a política em vigor ter proposto o uso de múltiplos conteúdos e um espectro variado de métodos de ensino-aprendizagem, o comitê de revisão descobriu que os professores estavam empregando os próprios métodos de ensino para transmitir os conteúdos dos livros. As lideranças estaduais, responsáveis por garantir a compatibilidade do conteúdo curricular com as linhas de orientação nacionais, poderiam se esforçar mais para assegurar padrões mais altos e de maior coerência.

As lideranças estaduais também são responsáveis por assegurar que todas as escolas tenham professores formados de acordo com as linhas mestras traçadas pelo Conselho Nacional para a Formação de Professores,[59] incluindo o que dispõe a Lei do Direito à Educação de 2009 sobre a elaboração e aplicação de testes para admissão de professores (TAPs) para garantir um nível mínimo de qualificação profissional.[60] Relatórios sobre os resultados dessas avaliações, contudo, revelam uma das mais importantes críticas aos TAPs. Em certos estados, equipes sem o devido conhecimento especializado ou formação sobre conteúdo e psicometria receberam a incumbência de realizar os testes. Por exemplo, em alguns deles, uma série de perguntas enfatizava uma concepção mecânica de ensino, com ênfase na memorização. Em alguns casos, os itens testados não tiveram como base sólidos princípios psicométricos, pecando pela ambiguidade; alguns apresentavam várias respostas admissíveis entre as escolhas oferecidas; outros não continham nenhuma resposta adequada às perguntas apresentadas; e em outros, ainda, as perguntas eram irrelevantes, tanto para o ensino como para a aprendizagem.[61]

Além disso, a falta de um número adequado de professores e o fato de nem todos os estados atenderem às necessidades dos TAPs têm se revelado um obstáculo ao recrutamento de professores profissionalmente qualificados no país.

O Conselho Nacional para a Formação de Professores admite os desafios e afirma que os participantes do programa "precisam ser expostos cada vez mais à realidade das escolas e da comunidade. Estágios, práticas de ensino e atividades suplementares devem ser planejados e organizados de modo mais sistemático. O currículo, a pedagogia e a avaliação dos programas de formação de professores precisam se tornar mais objetivos e mais abrangentes". O conselho vai ainda mais além ao afirmar: "Para que os professores deem uma contribuição mais positiva ao alcance dos objetivos constitucionais, devem abandonar, em sua formação, a postura de neutralidade e se comprometer com o cumprimento desses objetivos". O etos cultural indiano e a filosofia da educação precisam estar integrados.[62]

## Defasagens no âmbito distrital
*Falta rigor aos sistemas destinados a fazer com que os professores abandonem uma mentalidade hierárquica.*

Os Institutos Distritais de Capacitação em Educação (DIETs) foram concebidos para serem instituições acadêmicas de ponta, aptas a oferecer orientações a todos os funcionários acadêmicos de um distrito.[63] Os estados procuram levar adiante a implementação dos objetivos educacionais por meio dos sistemas descentralizados dos DIETs. A eles cabe a função de realizar pesquisas para aprimorar e inovar o ensino e desenvolver materiais relevantes para as escolas, levando em conta os contextos locais.

No entanto, a qualidade da formação corre o risco de ficar abaixo do padrão desejado, já que, nesse sistema, os encarregados dessa função são pessoas que, apesar de experientes em capacitação, são inexperientes na prática de ensino e nos processos realizados em salas de aula. Além disso, em vários estados os DIETs aparentemente são dirigidos por burocratas sem experiência pedagógica.[64] Eventos e decisões relativos à capacitação não decorrem de dados coletados em pesquisas empíricas, o que gera uma formação que amplia hiatos culturais em vez de questioná-los. Também falta aos DIETs apoio em termos de infraestrutura, como bibliotecas e laboratórios para diversas disciplinas.[65] Os estados que investiram em infraestrutura pouco usam essas instalações por não saber como usá-las.

Uma pesquisa que relaciona cultura e mudanças nas salas de aula mostra que transformar as atitudes dos professores em relação às desigualdades sociais exige fortes alterações de mentalidade. Essas mudanças requerem dos capacitadores o questionamento das próprias visões de mundo e o desapego aos seus sistemas de crenças, assim como que proporcionem aos professores em formação um ambiente seguro, ponderado, para que possam construir um novo sistema de crenças. A pesquisa também sugere que os sistemas sociais hierárquicos que os professores tradicionalmente trazem consigo "os impedem de chegar ao nível dos alunos". Apesar da habilidade aprimorada para fazer uso de ferramentas e questionar os alunos, os professores recém-formados ainda não conseguem deixá-los produzir conhecimentos por meio de atividades baseadas na experiência e compartilhadas uns com os outros.⁶⁶ Sem a prática reflexiva, o professor continua a ser a figura que encarna a autoridade, em vez de ser um facilitador da aprendizagem dos alunos.

## Defasagens no âmbito das escolas
*Os sistemas existentes para capacitar os gestores escolares, transformando-os de autoridades em líderes educacionais, são inadequados.*

Aos gestores escolares cabem as responsabilidades de contribuir para contextualizar o currículo e de preparar os professores para ensinar. Alguns estados indianos começaram a adotar testes de aptidão para a escolha de diretores, mas não foi feito nenhum tipo de padronização, como testes de admissão docente na seleção dos gestores escolares. Esses gestores continuam a ser promovidos ao cargo de diretor com base mais no tempo de serviço que na capacidade para a função.

Existe o risco de que os gestores escolares estejam abaixo do padrão adequado, já que não foram instituídos sistemas que os capacitem a interpretar adequadamente as políticas, adaptando-as aos seus contextos. A NCF2005 registra o fato de que não foi dada a devida atenção à autonomia e aos conhecimentos especializados deles para escolher conteúdos cultural e geograficamente relevantes.⁶⁷ Por conseguinte, eles não se encontram devidamente capacitados para tomar decisões relativas ao currículo de suas escolas e, assim, continuam acreditando que mudanças políticas não são de fato necessárias. Existe enorme defasagem entre o que é previsto como o papel dos gestores escolares e aquilo que eles efetivamente fazem. Hoje eles são vistos, em grande medida, como autoridades administrativas da escola.

Os diretores são egressos do mesmo quadro de professores que estão às voltas com os preconceitos de casta, gênero e classe; sendo assim, continuam a perpetuar o legado desses preconceitos e hierarquias. O comportamento autoritário deles em relação aos alunos muitas vezes se estende aos professores. Estes se veem diante da expectativa contínua de um bom desempenho, sem que contem com muito apoio ou mesmo sem que tenham sido detectadas suas necessidades em termos de capacitação. Isso limita a capacidade do gestor escolar na identificação de atitudes explícita ou implicitamente discriminatórias em relação a alunos, pais ou professores de determinada origem ou ambiente, já que seu sistema de crenças o mantém em sintonia com esses preconceitos.

Essas defasagens sistêmicas, juntamente com a frágil vontade política do país para uma mudança efetiva, impedem a execução de medidas progressivas que as políticas educacionais buscaram promover para modificar a experiência educacional de crianças e adolescentes. Algumas recomendações, como a de aperfeiçoar os processos de seleção de professores, não são postas em prática porque os sistemas de implementação ainda não estão preparados para iniciar essas mudanças. O mesmo ocorre com o aumento das horas de ensino e de planejamento, recomendação que permanece no papel devido à falta de vontade política.

## POSSÍVEIS SOLUÇÕES PARA IMPLEMENTAR A APRENDIZAGEM DO SÉCULO XXI NA FORMA PROPOSTA PELA NCF2005

*Seria preciso investir na formação específica de líderes em cada nível de implementação para mudar os pontos de vista marcados pela hierarquia, profundamente enraizados na mentalidade indiana.*

Esta seção tem como objetivo propor um investimento nos líderes educacionais, em termos de habilidades e atitudes, como solução para o déficit enfrentado pela Índia quanto à implementação da NCF2005. A hipótese é a de que gestores bem preparados nos vários níveis de implementação podem garantir que o funcionamento das instituições por eles lideradas estejam em consonância com as responsabilidades a elas atribuídas.

Como indicado neste capítulo, a Índia instituiu uma sólida estrutura curricular, que reconhece explicitamente as mudanças exigidas em processos, que vão da seleção de professores ao desenvolvimento de sistemas de avaliação pedagógica e de conteúdo, levando em conta tanto o contexto do país como as necessidades dos alunos em termos de aprendizagem.

Contudo, por causa de estruturas e práticas hierárquicas historicamente herdadas e da cultura administrativa burocrática, não foi dada a devida prioridade à colocação das recomendações políticas em prática e ao aprimoramento da qualidade da aprendizagem escolar. Varghese observa que a "necessidade de desenvolver arranjos organizacionais para facilitar o planejamento educacional numa estrutura descentralizada" e a "ausência de competências de planejamento em vários níveis de implementação vêm a ser um empecilho importante na operacionalização do planejamento descentralizado".[68] Na realidade, a clareza na visão curricular não resultou necessariamente em sua implementação.

Estabelecer uma unidade de planejamento educacional com os DIETs nos anos 1980 foi um dos passos tomados na expectativa de suprir essa lacuna. Outro foi a fundação na década de 1990 dos Institutos Estaduais de Gestão e Capacitação em Educação (SIEMATs), com o objetivo de criar competências profissionais de planejamento no nível estadual, seguindo as recomendações da NPE1986.[69] No entanto, os SIEMATs não conseguiram cumprir as metas esperadas quanto a desenvolver as habilidades e conhecimentos de profissionais da educação e terminaram se transformando, em vez disso, em organizações inoperantes.

A hipótese levantada aqui, então, é a de que o desenvolvimento de habilidades de gestão em funcionários e líderes do sistema educacional poderia desempenhar um papel vital na institucionalização de sistemas e processos pelos quais a visão política de promoção do aprendizado do século XXI seria traduzida em termos práticos. Lideranças capacitadas poderiam construir um ambiente mais aberto, no qual a reflexão sobre crenças socioculturais e atitudes mentais profundamente enraizadas fosse não apenas possível, mas considerada um processo necessário à transformação.

Com base na obra de Michael Fullan, propomos aqui a incorporação de pontos de ação que ele considera cruciais para a transformação sistêmica. Como a implementação se dá em grande escala, parece apropriado recorrer à obra de Fullan para conceber soluções.

## Liderança no âmbito estadual para a aprendizagem do século XXI

*Lideranças estaduais, se preparadas para construir uma visão compartilhada e formular políticas passíveis de adaptação, podem coordenar atores para que eles avancem na direção abraçada pela NCF2005.*

Uma visão e um entendimento compartilhados da transformação que se espera promover são importantes fatores de sucesso quando se lidera uma mudança. "A visão compartilhada e a apropriação dessa visão pelo grupo são mais o resultado de um processo de qualidade que uma precondição. É importante saber isso porque essa compreensão leva as pessoas a agir de forma diferente para criar o sentido de apropriação."[70]

A liderança estadual, que vem a ser o primeiro nível de descentralização para a implementação de uma política, no qual são tomadas decisões relacionadas à contextualização das diretrizes adotadas, traçando um plano mais amplo de implementação, poderia exercer um papel fundamental na criação dessa visão compartilhada. Uma visão como essa determinaria as expectativas de cada nível e o papel esperado de cada ator no processo. Isso também estabeleceria processos de mudança, entre eles consultas baseadas em evidências e práticas de reflexão, como essenciais para serem integrados ao atual padrão de funcionamento.[71]

Numa das entrevistas realizadas para este capítulo, um gestor de mudança na liderança educacional se referiu à compreensão desintegrada da NCF2005, que impediria os implementadores de concentrar seu foco na transformação social. Assim, uma liderança estadual capaz de reunir todos os atores em torno dos valores centrais de uma mudança política poderia garantir que a essência dessa mudança fosse mais bem compreendida e que processos como desenvolvimento de conteúdo e recrutamento de professores integrassem os princípios propostos na NCF2005.

Mudanças de alcance estadual também exigem coerência e compatibilização de vários atores. Lideranças estaduais capacitadas para compreender a necessidade de fomentar esses elementos precisam ser flexíveis para enfrentar os desafios que sistemas de transformação em larga escada costumam oferecer.[72]

## Liderança no âmbito distrital para a aprendizagem do século XXI

*Lideranças distritais, se preparadas para conceber programas de capacitação com foco em resultados e na prática reflexiva, podem preparar profissionais para introduzir profundas mudanças nas práticas de ensino e aprendizagem.*

Um programa destinado a construir capacidades com foco em resultados é crucial para que as mudanças se concretizem. Essa é uma perfeita combinação dos princípios de pressão e de apoio que Fullan identifica para uma efetiva reforma em larga escala. De acordo com ele, a ênfase na responsabilização sobre resultados pode se transformar em uma pressão negativa. Sendo assim, ele defende a pressão positiva, entendida como ênfase nos resultados, somada a apoio motivacional e acompanhada de recursos para o desenvolvimento de capacidades.[73]

O âmbito distrital exerce um papel significativo na capacitação dos professores com o objetivo de implementar mudanças. Uma vez fixadas a direção e as expectativas da liderança estadual, a distrital se moveria na mesma direção, preparando os professores para compreender a necessidade de mudanças fundamentais em suas práticas.

Gestores distritais também poderiam adotar uma abordagem reflexiva em seu trabalho com os professores e outros profissionais (diretores e administradores) de modo a enfatizar o valor da aprendizagem por meio da reflexão sobre a prática.[74] É possível realizar profundas transformações nas práticas de ensino quando há uma formação abrangente de professores que inclua tanto os aspectos técnicos como os reflexivos da aprendizagem.

## Gestores escolares para a aprendizagem do século XXI

*Gestores escolares, se preparados para promover o ensino contextualizado e a gestão pedagógica, podem criar condições para um ensino e uma aprendizagem que ampliem o aprendizado do aluno.*

De acordo com Fullan, aprender tendo em conta determinado contexto é uma importante estratégia para a reforma. Citando Elmore (2004), o autor diz que "aprimoramento é mais uma função relacionada a aprender a fazer as coisas certas no ambiente no qual a pessoa trabalha".[75] Uma das críticas à reforma baseada em parâmetros é a de que ela não encoraja os educadores a transformar o ambiente no qual trabalham.[76]

Sendo a escola a unidade mais descentralizada ao longo da cadeia de implementação, onde conteúdo e práticas de ensino podem ser contextualizados de acordo com suas necessidades, gestores escolares poderiam ser preparados para organizar a formação dos professores nas próprias escolas. Desse modo, criariam oportunidades para os docentes observarem uns aos outros nas suas salas de aula, promovendo uma aprendizagem contínua em relação às suas práticas.

A gestão educacional, caracterizada pelo rol de expectativas, pela formação de professores, pela alocação de recursos, pelo ambiente seguro e pelo ensino de qualidade, poderia equipar os gestores com práticas de gestão abrangentes.[77] No contexto da Índia, no qual os gestores escolares ainda são vistos como "chefes administrativos", com autonomia e conhecimento especializado limitados, uma mudança no sentido de transformá-los em gestores educacionais pode apoiar a descentralização dos esforços para implantar uma política.

## CONCLUSÃO

Uma leitura atenta da NCF2005 destaca a abordagem educacional voltada para as capacidades humanas, incorporada na estrutura, assim como a concepção da aprendizagem das competências do século XXI. Também enfatiza a importância de analisar os desafios e as capacidades exigidas para implementar uma estrutura como essa num país tão vasto e diversificado como a Índia.

### A NCF2005 oferece um modelo equilibrado para a aprendizagem do século XXI

Promove o equilíbrio entre valores como paz, dignidade do trabalho e crescimento econômico, cruciais para países como a Índia, que transitam rumo à globalização e lutam para conciliar suas tradições nacionais com a realidade global. Apresenta uma argumentação convincente em prol de um equilíbrio entre valores humanos mais abrangentes e atitudes e habilidades necessárias para a manutenção da própria herança cultural, sem deixar de lado o crescimento econômico.

## A NCF2005 encara a educação como uma ferramenta a serviço da transformação social

Considera a transformação social um objetivo central da educação, em oposição à noção de preparo das crianças e dos adolescentes para se tornarem trabalhadores no futuro. Acredita que uma perspectiva global desprovida de uma compreensão profunda das realidades próximas e do enfrentamento dessas questões poderia conduzir à alienação em relação às próprias raízes e cultura.

## A NCF2005 é uma estrutura ampla que requer uma interpretação contextualizada

Foi projetada para atender aos diversos desafios da Índia, de modo que as práticas de ensino e aprendizagem reflitam as realidades e as tradições ao longo de territórios e culturas. Isso abre espaço para a criatividade e autonomia dos produtores de livros didáticos, dos supervisores e dos professores, que podem escolher o conteúdo. Ao mesmo tempo, essa característica requer dos educadores que extraiam o máximo dessas ferramentas, introduzindo da melhor forma o novo conteúdo.

A NCF2005 parte do pressuposto de que todos os que atuam na área da educação exercem o papel de liderança proativa: professores, diretores e supervisores escolares, assim como formuladores de currículo e produtores de livros didáticos. Considera que eles seriam capazes de interpretar corretamente os objetivos do currículo listados nas diretivas divulgadas pela NCF e internalizá-las. Também espera, implicitamente, que os governos estaduais sejam capazes de garantir que materiais curriculares estejam disponíveis em diversas línguas para sua efetiva implementação. Nos últimos dez anos, os órgãos governamentais se esforçaram para criar livros didáticos no âmbito nacional que estivessem alinhados à NCF2005; além disso, diversos estados encontram-se hoje em diferentes estágios do processo de tradução e contextualização dos livros didáticos, de modo a atender aos requisitos exigidos pela NCF.

**A aprendizagem do século XXI na forma proposta pela NCF2005 depende da formação de lideranças e de mudanças de mentalidade**

A Estrutura do Currículo Nacional para a Formação de Professores foi desenvolvida em 2009 para ser compatível com a NCF2005. Esse documento proporciona um quadro para a "preparação de professores humanos e profissionais".[78] Os SCERTs e outros órgãos de formação em cada estado têm empenhado esforços para aperfeiçoar a capacitação de seus professores.

Contudo, para que a implementação da NCF2005 seja bem-sucedida, é preciso lidar com questões como a ausência de objetivos claramente definidos e a adoção de medidas que têm de ser levadas a cabo em vários níveis de liderança. A flexibilidade de interpretação e as expectativas abrangentes em relação ao currículo colocam demandas rigorosas diante das pessoas envolvidas no sistema educacional – professores, gestores escolares e toda a estrutura burocrática da área educacional. É necessário promover coerência e uma compreensão compartilhada da NCF2005 para que ela seja adotada nas escolas na forma de práticas de ensino e aprendizagem.

A presença de lideranças capazes de favorecer essas transformações permitiria à Índia superar as diversas desigualdades socioculturais e econômicas que dificultam o desenvolvimento da aprendizagem das competências do século XXI pelas crianças e adolescentes.

# APÊNDICE

# Os entrevistados e suas organizações

| Nº | Entrevistado | Designação/Organização | Categoria |
|---|---|---|---|
| 1 | Goverdhan Mehta | Pesquisador e químico, professor de pesquisa nacional, Faculdade de Química, Universidade de Hyderabad, ex-diretor do Instituto Indiano de Ciência | Formulador de políticas |
| 2 | Rohit Dhankar | Diretor de educação, Universidade de Azim Premji, Estrutura do Currículo Nacional, integrante da Comissão Nacional de Gestão | Formulador de políticas da NCF2005 |
| 3 | Atul D. Patel | Líder sênior do BJP; presidente do Nagar Prathmic Shikstan Samiti NPPS Surat, Gujarat | Líder de governo |
| 4 | Hitesh J. Makheja | Funcionário administrativo, Nagar Prathmic Shikstan Samiti NPPS Surat, Gujarat | Líder de governo |
| 5 | Shyam S. Agrawal | Secretário-chefe assistente, educação escolar, educação em sânscrito, educação superior e educação técnica, Rajasthan, Jaipur | Líder de governo |
| 6 | Hanuman Singh Bhati | Diretor estadual de projetos, Sarva Shiksha Abhiyan, Rajasthan | Líder de governo |
| 7 | Swami Swatmanand | Diretor (zona oeste), All India Chinmaya Yuva Kendral, Chinmaya Mission | Líder espiritual |
| 8 | Reena Das | Diretora, Digantar | Educadora |
| 9 | Rohit Kumar | Gerente do Programa de Aprendizagem Orientada para o Serviço, Akanksha Foundation, Bombaim | Educador |
| 10 | Kiran Parab | Capacitador de professores, Departamento de Desenvolvimento Socioemocional, Muktangan, Bombaim | Educador |

ÍNDIA 209

| Nº | Entrevistado | Designação/Organização | Categoria |
|----|--------------|------------------------|-----------|
| 11 | Jayanthi Nayak | Capacitadora de professores, Departamento de Ciências, Muktangan, Bombaim | Educadora |
| 12 | Purvi Vora | Fundadora, Reniscience Education, Bombaim | Educadora |
| 13 | Tamara Philip | Professora e coordenadora, Avasara Leadership Fellows, Bombaim | Educadora |
| 14 | Stephan Philip | Professor de matemática, Avasara Leadership Fellows | Educador |
| 15 | Elizabeth Mehta | Fundadora, Muktangan | Educadora |
| 16 | Poorvi Shah | Diretor, aprimoramento estudantil, Akanksha Foundation, | Educador |
| 17 | Ramlal Gurjar | Professor, Digantar | Educador |
| 18 | Sunita | Professor, Digantar | Educador |
| 19 | Usha Pandit | Fundador, Mindsprings | Educador |
| 20 | Rajesh Jain | Fundador e diretor-administrativo, Netcore Solutions Pvt Ltd | Líder empresarial |
| 21 | Nirav Modi | Fundador, Nirav Modi Foundation | Líder empresarial |
| 22 | Vivek Sharma | Diretor de programas, Piramal Foundation | Promotor de mudanças em formação de lideranças |
| 23 | Niraj Lele | Diretor de programas, Piramal Foundation | Promotor de mudanças em formação de lideranças |
| 24 | Manmohan Singh | Diretor de programas, Piramal Foundation | Promotor de mudanças em formação de lideranças |
| 25 | Nandita Raval | Diretor de programas, Piramal Foundation | Promotor de mudanças em formação de lideranças |

## AGRADECIMENTOS

Gostaríamos de agradecer ao Sr. Ajay Piramal, presidente do Grupo Piramal, pelo apoio proporcionado a esta pesquisa. Queremos manifestar nosso reconhecimento a todos os que entrevistamos por suas inestimáveis contribuições e seus insights. Entre eles estão funcionários dos governos estaduais de Gujarat e Rajasthan. Gostaríamos em especial de mencionar as contribuições das seguintes pessoas: Goverdhan Mehta, pesquisador e professor da Faculdade de Química da Universidade de Hyderabad; Rohit Dhankar, diretor de educação da Universidade de Azim Premji; Atul D. Patel, presidente do conselho da Escola de Surat; Hitesh J. Makheja, funcionário administrativo do conselho da Escola de Surat; Shyam S. Agrawal, secretário-chefe assistente de educação escolar, educação em sânscrito, educação superior e educação técnica de Rajasthan; Hanuman Singh Bhati, diretor de projetos do governo estadual de Rajasthan; Sarva Shiksha Abhiyan; Swami Swatmanand, diretor (zona oeste) do conselho All India Chinmaya Yuva Kendral; Reena Das, diretora da Digantar; Ramlal Gurjar, professor da Digantar; Sunita, professor da Digantar; Elizabeth Mehta, fundadora da Muktangan; Kiran Parab, capacitador de professores do Departamento de Desenvolvimento Socioemocional da Muktangan; Jayanthi Nayak, capacitadora de professores do Departamento de Ciências, Muktangan; Purvi Vora, sócia-fundadora da Reniscience Education; Tamara Philip, professora e coordenadora da Avasara Leadership Fellows; Stephen Philip, professor de matemática da Avasara Leadership Fellows; Rohit Kumar, gerente do Programa de Aprendizagem Orientada para Serviço da Akanksha Foundation; Poorvi Shah, diretor de aprimoramento estudantil da Akanksha Foundation; Usha Pandit, fundador da Mindsprings; Rajesh Jain, fundador e diretor-administrativo da Netcore Solutions Pvt Ltd; Nirav Modi, fundador da Nirav Modi Foundation; Vivek Sharma, diretor de programas da Piramal Foundation; Niraj Lele, diretor de programas da Piramal Foundation; Manmohan Singh, diretor de programas da Piramal Foundation; e Nandita Raval, diretor de programas da Piramal Foundation.

Nossa pesquisa também procura compreender os esforços coordenados dos inúmeros professores e funcionários da área de educação da Índia, que enfrentam o complexo desafio de levar o ensino escolar a milhões de crianças e jovens de diversas origens socioeconômicas e culturais. Agradecemos a eles pelas informações dadas, por seus esforços e contribuições. Também agradecemos a Lopa Gandhi pelo apoio proporcionado à equipe de pesquisa. Nossos agradecimentos aos funcionários e à equipe da Piramal Foundation e a nossas famílias pelo apoio proporcionado durante nosso trabalho.

CAPÍTULO SEIS

# Mapeando o cenário do ensino e da aprendizagem para o século XXI em Massachusetts no contexto da reforma educacional nos Estados Unidos

Fernando M. Reimers e Connie K. Chung
*Iniciativa Global pela Inovação na Educação,
Faculdade de Educação de Harvard*

Este capítulo discute o modo como a política educacional norte-americana encara os objetivos das escolas públicas quanto à preparação dos estudantes para se desenvolverem plenamente no século XXI. Nele argumentamos que, nos Estados Unidos, a abordagem hoje predominante para o aprimoramento da qualidade do ensino consiste em: definir um conjunto restrito de resultados, que são, em sua maior parte, cognitivos; aferir o desempenho dos estudantes; e criar vários incentivos para apoiar o aperfeiçoamento das escolas, de forma a alcançar esses resultados. Essa abordagem obteve muito sucesso, segundo avaliações feitas nos níveis estadual, nacional e internacional, porém limitou a possibilidade de as escolas e o sistema escolar transitarem rumo a uma cultura adaptativa, na qual educadores e estudantes assumam tarefas e objetivos cada vez mais complexos. Os mesmos instrumentos que focaram um conjunto restrito de resultados, de modo a garantir a excelência acadêmica, eliminaram do currículo as oportunidades de desenvolver as habilidades que formuladores de políticas, professores, integrantes da comunidade empresarial e o público mais amplo reconhecem cada vez mais como vitais para ser bem-sucedido no século XXI.

Em nosso estudo, concentramos a atenção em Massachusetts, devido ao alto desempenho do estado em muitos mecanismos de aferição de responsabilidades (*accountability*) e também porque a natureza da política educacional nos Estados Unidos, historicamente criada e implementada nos níveis local e estadual, faz com que o estado, e não o país, seja a unidade mais apropriada para ser analisada. Contudo, faremos referência ao contexto da política nacional quando necessário.

## INTRODUÇÃO

A comunidade de Massachusetts foi o berço da educação pública nos Estados Unidos, liderando, em vários aspectos, a expansão das oportunidades educacionais ao longo de sua história. Em 1635, foi criada a Boston Latin School, primeira escola pública das colônias norte-americanas. Em 1647, a Colônia da Baía de Massachusetts foi pioneira em determinar legalmente que toda aldeia com cinquenta ou mais famílias mantivesse uma escola.[1]

Em 1789, as leis de Massachussetts passaram a exigir que escolas públicas atendessem tanto as mulheres como os homens, e, em 1852, foi aprovada a primeira legislação que tornava obrigatória a escolarização das crianças. Quase 150 anos mais tarde, em 1993, esse estado foi um dos primeiros a adotar uma reforma educacional baseada em parâmetros. A reforma consistiu em definir os parâmetros, avaliar o desempenho dos alunos em relação a eles por meio de testes e utilizar variados instrumentos de efetivação de políticas para apoiar a melhoria do desempenho, tendo esses parâmetros como referência.

Em parte como consequência da adoção pioneira dessas medidas de aferição e cobrança de responsabilidades com base em parâmetros,

Massachusetts tem se destacado pelo alto nível de desempenho dos seus estudantes, que excede a média alcançada nos Estados Unidos, figurando regularmente entre os integrantes da OCDE com melhor desempenho. Essas sucessivas altas performances em avaliações padronizadas também contribuíram para a reputação de bom funcionamento da educação do estado, pelo menos no âmbito dos Estados Unidos; assim como para o fato de Massachusetts ter alcançado e se beneficiado de um consenso significativo entre as elites políticas e, por isso, ter dado continuidade às políticas por um período relativamente extenso, de cerca de vinte anos, com reformas educacionais geralmente de curto prazo, além de, em geral, apresentar bons níveis de capacitação em gestão da educação e do seu quadro de professores.

Tendo essa situação como pano de fundo, o que em muitos aspectos dá prova de um sucesso real, este capítulo examina a seguinte questão: o que os formuladores de políticas e os educadores de Massachusetts acreditam que os estudantes precisam saber e ser capazes de fazer a fim de se prepararem para a vida no século XXI, incluindo ser bem-sucedidos no trabalho, em casa e na sociedade? Para responder a essa pergunta, primeiro passaremos em revista a literatura sobre os contextos histórico e político de discussões sobre políticas relativas aos objetivos e metas da educação nos Estados Unidos. Em seguida, faremos um pequeno resumo das recentes reformas em Massachusetts no contexto das mudanças em curso no restante do país, recorrendo a documentos, à literatura e a entrevistas com líderes de políticas educacionais. Depois, recorreremos a essas entrevistas para discutir a maneira como esses líderes descrevem o conhecimento e as habilidades que as escolas públicas – nos doze primeiros anos de ensino – deveriam ajudar seus alunos a conquistar no século XXI. Prosseguiremos oferecendo uma análise de conteúdo da atual estrutura do currículo do ensino médio de Massachusetts, incluindo a recém-adotada reforma dos Parâmetros Básicos Comuns nacionais para linguagem e matemática, comparando-os com a estrutura apresentada em um recente relatório do Conselho Nacional de Pesquisa, que revisita pesquisas sociais e de comportamento sobre competências vitais necessárias no século XXI.[2] Lançando mão de entrevistas feitas com importantes atores no processo de formulação de políticas e de um exame de documentos políticos relevantes, discutiremos os principais instrumentos usados na tentativa de fazer avançar a causa da educação do século XXI em Massachusetts. Concluiremos com uma discussão das lições básicas a serem extraídas da experiência desse estado, visando compatibilizar os objetivos das escolas com as demandas da sociedade em relação aos estudantes no século XXI.

## RESUMO DOS CONTEXTOS HISTÓRICO E POLÍTICO RELACIONADOS À EDUCAÇÃO PÚBLICA NOS ESTADOS UNIDOS

Nos Estados Unidos, as escolas públicas surgiram como instituições locais, com laços estreitos com os municípios que as fundaram. Em consequência disso, persiste a tradição de favorecer o controle local e estadual sobre os objetivos e o funcionamento das escolas. Por exemplo, o Movimento da Escola Comum, que se estendeu de 1830 a 1860, tinha como meta fazer avançar o controle do Estado sobre as escolas, assim como profissionalizar a função de professor.[3] A formulação do currículo das escolas públicas tem sido tradicionalmente uma prerrogativa dos professores, muitas vezes no âmbito de estruturas definidas pelos departamentos e distritos escolares.

A influência do governo federal na educação norte-americana é relativamente recente, com a criação do Departamento de Educação, em 1970, como um organismo ligado à Presidência; ele substituiu o Serviço Federal para a Educação, ligado ao Departamento do Interior, que existia desde 1867 – em grande parte com a função de recolher e distribuir informações –, e foi dissolvido em 1972, em consequência da revogação da lei que o tinha criado. Na realidade, como a Décima Emenda da Constituição dos Estados Unidos reserva aos estados os poderes não delegados ao governo federal, nem vetados aos estados pela Constituição, a política educacional é, em boa parte, decidida nos âmbitos estadual e local.[4] Sendo assim, a lei de 1979 que criou o Departamento de Educação fixou limites estritos à sua atuação:

> Nenhuma disposição de um programa administrado pelo secretário
> ou qualquer outro funcionário do departamento deve ser entendida

como autorizando o secretário ou qualquer funcionário a exercer qualquer orientação, supervisão ou controle sobre o currículo, programa de ensino, administração ou membros de qualquer instituição educacional, escola ou sistema escolar, sobre qualquer agência de credenciamento ou associação, *ou sobre a seleção ou conteúdo de recursos de bibliotecas, livros didáticos ou quaisquer materiais de ensino* por qualquer instituição educacional ou sistema escolar, exceto na medida autorizada pela lei.[5]

Desprovido de um órgão regulador forte, as políticas e os programas educacionais de Massachusetts, assim como ocorre no restante dos Estados Unidos, resultam de um conjunto de forças que convergem na escola: políticas educacionais estabelecidas por distritos, pelo estado e por instituições federais; programas organizados por diversos integrantes da sociedade civil e empresas de produtos educacionais; e projetos individuais de professores e pais, entre outros. As escolas públicas norte-americanas são, por força da tradição, instituições nas quais a prática democrática é exercida por membros da comunidade, e, em Massachusetts, o espírito de independência dos cidadãos é praticado, em alguns lugares, com o mesmo vigor de quando se trata de influenciar as oportunidades de aprendizagem da próxima geração, seja dentro, seja fora da escola.[6] Consciente desse ímpeto pela participação social na educação, o Departamento de Educação de Massachusetts trabalha com mecanismos de consulta já existentes ou destinados a esse fim, até mesmo com a participação de funcionários distritais, conselhos de escolas e várias coalisões envolvidas na causa da educação.[7]

Na verdade, os objetivos e metas da educação têm sido objeto de controvérsia nos Estados Unidos desde que o país conquistou sua independência em relação à Grã-Bretanha. Logo após a Guerra Revolucionária, Thomas Jefferson argumentou que a nação precisava de um sistema educacional financiado pela cobrança de impostos, que deveria ir além do ensino das habilidades básicas, com o objetivo de promover os conhecimentos nas áreas dos clássicos, das ciências e da educação para a cidadania.[8] No entanto, seus planos para um sistema educacional sob a direção nacional foram ignorados, e as escolas acabaram sendo criadas no âmbito local. Nos anos de 1780, foram introduzidas as obras de Noah Webster dedicadas a gramática, leitura e ortografia e, na década de 1830, os livros de leitura de McGuffey para as diferentes séries surgiram e dominaram o currículo nos cem anos seguintes.[9] Os três Rs (*Reading, wRiting e aRithmetic*)[10] compunham a parte central dele, mas, mesmo naquela época, já era evidente que o que havia de comum no currículo e nas metas educacionais norte-americanas era estarem sempre em construção e em constante mudança, a exemplo das disciplinas que os reformadores acrescentavam nas escolas: ortografia, geografia, história, Constituição dos Estados Unidos, estudo da natureza, educação física, artes e música.[11]

Aqueles que formulavam os currículos cobriam a parte relativa ao conteúdo acadêmico e, em grande medida, ditavam a finalidade das escolas. Ao mesmo tempo, porém, as discussões a respeito dos objetivos e das metas escolares envolviam outras vozes, dentre elas as dos líderes empresariais, que estavam entre as mais influentes. Em 1906, o *Relatório da Comissão de Massachusetts sobre educação industrial e técnica* recomendou a introdução da educação industrial e vocacional nas escolas públicas, alegando que a concepção "antiquada" da escola fazia com que muitos alunos a abandonassem prematuramente, sem que estivessem preparados para exercer suas profissões.[12] Em vez de uma educação "literária", argumentava o relatório, os alunos deveriam ter acesso a cursos vocacionais e comerciais (*commercial studies*), voltados para empregos na indústria. Este estaria destinado a ser o primeiro de uma longa série de relatórios e afirmações feitas por empresários, reiterando o tema do aluno mal preparado para o futuro.

As preocupações manifestadas pela comunidade empresarial se alternavam ou se somavam às articuladas em torno da situação geral dos Estados Unidos. O lançamento do satélite Sputnik pelos soviéticos em 1957 suscitou ansiedade em relação à educação e estimulou uma série de legislações federais a respeito dela, colocando-a como parte da agenda da segurança nacional; os líderes nacionais, por sua vez, viam o Sputnik como uma "grande humilhação sofrida pelo país, considerando-o uma perigosa ameaça à segurança da nação".[13] Por conseguinte, a Lei de Educação e Defesa Nacional (NDEA), de 1958, deu apoio à educação técnica, à geografia, aos estudos sobre história, política e economia de outros países, a uma língua estrangeira moderna como segunda língua, a bibliotecas escolares e a centros educacionais de mídia, concentrando recursos e incentivos para aprimorar a qualidade da educação.[14] Um grupo de trabalho organizado em 2012 pelo Conselho de Relações Exteriores produziu um relatório intitulado *Reforma educacional nos EUA e segurança nacional*, coorganizado por Joel Klein, ex-secretário de Educação da Prefeitura de Nova York, e por Condoleezza Rice, ex-secretária de Estado dos Estados Unidos. O documento refletia essas duas preocupações (em relação à qualidade da educação pública e à segurança nacional), concluindo que "o insucesso da América em promover a educação [afetaria] sua segurança nacional".[15]

Esse tema comum do medo relativo ao futuro individual e coletivo talvez encontre seu melhor exemplo no título emocional de um relatório inspirador, *Uma nação em risco,* divulgado em 1983 pela Comissão Nacional de Excelência em Educação. Ele observa que "os fundamentos educacionais da nossa sociedade estão sofrendo uma erosão devido à maré crescente de mediocridade que ameaça nosso futuro como nação e povo".[16] Nesse documento foi proposta pela primeira vez a possibilidade de um núcleo básico de currículo comum como solução para a baixa qualidade da educação pública. Um relatório da Carnegie Foundation for the Advancement of Teaching, elaborado em 1985, adiantou dados que davam suporte às conclusões negativas do documento, observando que "quase 75% das principais corporações norte-americanas sondadas eram obrigadas a oferecer aos funcionários cursos de leitura, redação e computação" e que, a cada ano, as empresas do país gastavam mais de US$ 40 bilhões para capacitar seus funcionários em serviço.[17] No mesmo ano, o Comitê para o Desenvolvimento Econômico, organização independente que reúne mais de duzentos executivos de empresas e educadores, emitiu um relatório vinculando as preocupações com o baixo desempenho acadêmico às apreensões a respeito do futuro da economia norte-americana: "A educação tem um impacto direto no emprego, na produtividade, no crescimento e na capacidade da nação de competir na economia mundial".[18] Líderes empresariais acabaram por se envolver em questões da educação estadual, com empresas como a Westinghouse Electric concedendo bolsas para professores e diretores inovadores, por exemplo, e companhias na Carolina do Sul conclamando os deputados a aumentar os impostos em 1 centavo de dólar como contribuição para melhorar os salários dos docentes.[19] Em 1990, com esses e outros apoios proporcionados pela comunidade empresarial, as coisas tinham mudado. De acordo com o Centro Nacional de Estatísticas sobre Educação, quase 40% dos formados no ensino secundário atendiam às exigências contidas no currículo básico recomendado no relatório *Uma nação em risco*, em comparação aos 20% que satisfaziam aqueles padrões quando o relatório foi divulgado, sete anos antes.[20]

Enquanto essas apreensões relativas à segurança nacional eram expressas em discussões sobre a qualidade da educação pública, a complicada história racial dos Estados Unidos também se desenrolava nas suas escolas públicas, em particular a questão do acesso e da equidade na educação. A decisão da Suprema Corte de 1954 no caso Brown vs Conselho de Educação afirmava pela primeira vez que brancos e negros recebiam diferentes níveis de educação, julgando inconstitucional a existência de escolas separadas para brancos e negros e exigindo a integração. Na época, pouco mais de sessenta anos atrás, 17 dos 48 estados exigiam escolas segregadas, 16 as proibiam, 4 as permitiam e somente 11 não tinham leis relativas à segregação. Na região sul de Boston, pais se manifestaram de maneira agressiva a favor da segregação. Só no final da década de 1970 caiu por terra a resistência dos últimos sistemas escolares segregados.

O movimento mais amplo pelos direitos civis nos anos 1960, com os programas federais War on Poverty and Great Society (Guerra à Pobreza e Grande Sociedade), via a educação como um mecanismo para lidar com questões sociais. A Lei da Educação Elementar e Secundária (Esea), de 1965, por exemplo, vinculou o auxílio à educação às condições econômicas dos alunos e não às necessidades das escolas. A lei tinha seu foco na equidade e no aumento dos recursos, com ênfase na educação de famílias de baixa renda, bibliotecas, materiais didáticos, capacitação de professores, apoio às crianças portadoras de deficiência, educação bilíngue, igualdade de acesso e estímulo ao envolvimento dos pais. Ainda que a lei proibisse a instituição de um currículo nacional, ela abriu caminho a uma série de testes padronizados como forma de monitorar o progresso acadêmico de estudantes provenientes de diversos grupos raciais e socioeconômicos.

Em 1966, a publicação do relatório *Igualdade de oportunidades educacionais* – mais conhecido como Relatório Coleman –, encomendado pelo comissário de Educação dos Estados Unidos, Harold Howe, e escrito pelo professor James Coleman, deu início a uma série de estudos e pesquisas sobre as causas da defasagem entre o desempenho dos estudantes provenientes de minorias de baixa renda e dos brancos de classe média, tema agora resumido pela expressão *achievement gap* (defasagem de desempenho).[21] A questão de saber que estratégias teriam maior chance de equalizar as oportunidades educacionais para minorias pobres – educação compensatória ou integração racial – tem sido o tema central que orienta boa parte das reformas educacionais nos Estados Unidos desde os anos 1960.

## A RECENTE REFORMA EDUCACIONAL EM MASSACHUSETTS E OS OBJETIVOS DA EDUCAÇÃO

As preocupações com as seguranças nacional e econômica, assim como a questão da equidade e do acesso à educação de alta qualidade entre grupos diferentes (em termos raciais e socioeconômicos), influenciaram em grande medida as mais recentes reformas empreendidas em Massachusetts. Uma década depois de *Uma nação em risco* ter denunciado a "maré crescente de mediocridade" na educação pública norte-americana, o estado aprovou, em 1993, a Lei da Reforma da Educação de Massachusetts (Mera). Como no restante do país, a comunidade empresarial desempenhou um papel importante no desenvolvimento e concepção da agenda da reforma educacional do estado. Um ex-secretário de Educação de Massachusetts observou que, além das preocupações relativas ao aumento das expectativas acadêmicas, "a maior parte das pessoas, tanto na Assembleia Legislativa do estado como na comunidade empresarial, que tinham empreendido enormes esforços para a reforma da educação [...] saudou o tema [...] civismo e cidadania. Elas sentiram que ele deveria ser parte do sistema regular de educação".

Hoje, no entanto, a Mera é mais conhecida pelo seu impacto sobre o conteúdo do currículo acadêmico, tendo em vista as drásticas mudanças promovidas na educação pública de Massachusetts ao longo de sete anos.

Entre as mais importantes disposições da lei estava a de promover uma distribuição de recursos mais ampla e mais equitativa entre as escolas, incluindo o acompanhamento e a aferição de responsabilidades pelos resultados de aprendizagem, e a mudança, no âmbito estadual, das exigências acadêmicas para estudantes, educadores, escolas e distritos. Antes de 1993, os únicos requisitos educacionais no âmbito estadual tinham sido instituídos para história e educação física. A Mera, porém, determinou que estruturas curriculares e parâmetros de ensino fossem adotados em todo o estado para o conjunto de disciplinas básicas. Essas linhas mestras foram concebidas para serem usadas pelos professores em seus planos de aula diários e para que os distritos as considerassem no planejamento de seus currículos.

Num esforço sem precedentes para registrar o desempenho acadêmico do sistema de educação pública do estado e aumentar a transparência e a responsabilização pelos resultados, foi criado um teste de âmbito estadual – o Sistema de Avaliação Abrangente de Massachusetts (MCAS) –, com a intenção de aferir a eficiência das escolas no apoio proporcionado aos alunos para que eles satisfizessem os parâmetros acadêmicos exigidos pela estrutura curricular. A Mera determinava que o MCAS fosse aplicado nas quarta, oitava e décima séries e que, para receberem o diploma (começando pela turma de 2003), os alunos deveriam ser aprovados no teste da décima série e atender aos requisitos mínimos locais. O objetivo do sistema de avaliação era o de identificar indivíduos e escolas que necessitassem de atenção em áreas específicas, colocando ênfase no desempenho do aluno de acordo com sua performance no teste. Pela primeira vez os dados foram divulgados publicamente em larga escala, revelando o desempenho individual dos estudantes, turmas e escolas.

Essas reformas foram bem-sucedidas por chamar a atenção dos gestores escolares e da sociedade para o fato de os alunos estarem ou não aprendendo um conjunto comum de parâmetros acadêmicos válidos para o estado. Aproximadamente vinte anos depois de implantada a reforma com base em testes padronizados, os estudantes de Massachusetts assumiram a liderança entre seus pares nos Estados Unidos em um conjunto de resultados de testes. De acordo com os resultados do Pisa, de 2012, os estudantes de Massachusetts[22] ficaram em quarto lugar em capacidade de leitura entre participantes de 65 países e sistemas educacionais, atrás apenas de Xangai (China), Hong Kong (China) e Cingapura. Em matemática e ciências, eles ficaram respectivamente em décimo e sétimo lugares.[23] Dos nove estados norte-americanos que participaram de forma independente do TIMSS para a oitava série, quatro – Massachusetts, Minnesota, Carolina do Norte e Indiana – contavam com escolas públicas que tiveram desempenhos em matemática mais altos que a média, tanto a do TIMSS como a nacional; já em relação às ciências, Massachusetts, Minnesota e Colorado tiveram pontuações médias mais altas que a média do TIMSS e a nacional.[24]

Paul Dakin, superintendente de Revere, Massachusetts, onde 75,8% dos estudantes são classificados como egressos de lares de baixa renda, afirmou que antes das reformas "não havia nenhum curso AP[25] [e] muito poucas crianças se mostravam capazes de completar uma sequência de álgebra. Era exigido um período de apenas dois anos de matemática. Nos últimos vinte anos de reformas educacionais, contudo, [o secundário] tornou o currículo mais rigoroso ao passar a oferecer cursos AP".[26] Quando o entrevistamos em abril de 2014, ele havia acabado de saber que cinco dos alunos de seu distrito tinham sido aceitos em faculdades da Ivy League, a elite das universidades norte-americanas. Observando que um dos quatro princípios básicos do seu distrito era o "rigor", ele observou que "a coisa mais fácil a fazer é construir um currículo rigoroso".[27]

A despeito desses indicadores positivos de sucesso, tanto quantitativos como qualitativos, a Mera, com suas reformas educacionais baseadas em testes, não deixou de ser alvo de críticas. Em fevereiro de 2013, cerca de 170 professores e pesquisadores de vinte escolas de Massachusetts assinaram e levaram a público uma declaração dirigida ao Conselho de Educação do Estado, pedindo o fim do uso exagerado de testes padronizados como único critério para avaliar alunos, professores e escolas. Os que assinaram o documento observaram, notadamente, o seguinte:

> Visto que os testes padronizados proporcionam apenas um tipo de indicador para o desempenho do aluno e, sendo eles considerados o fator decisivo, cada vez mais incentivos são concedidos para que o

ensino se dê em função deles, reduzindo a amplitude do currículo e até mesmo incentivando os alunos a colar, fazemos um apelo ao Conselho de Educação Elementar e Secundária (Bese) para que deixe de usar os testes padronizados como fator decisivo nas decisões relativas à comunidade escolar.[28]

Eles eram parte de um movimento mais amplo de protestos pelo país, engrossando as fileiras dos que eram contra o uso de testes padronizados para aferir o desempenho. Entre outros, 670 conselhos de escolas do Texas e quase um terço de todos os diretores de escolas de Nova York expressaram opiniões semelhantes.[29] Um relatório do Conselho Nacional de Pesquisa, *Incentivos e responsabilização baseada em testes na educação*, de 2011, reviu e sintetizou pesquisas relevantes sob perspectivas econômicas, psicológicas e educacionais a respeito do modo como funcionam os incentivos vinculados a sistemas de responsabilização por resultados na área de educação, concluindo que programas de incentivo a escolas, professores e alunos que visam melhorar os resultados em testes padronizados são, em grande medida, ineficazes em seu esforço para melhorar o desempenho. Os autores observaram que os testes padronizados, usados nas escolas para medir a performance dos alunos, "em muitos aspectos não conseguem aferir plenamente os resultados educacionais desejados".[30]

Os esforços realizados em Massachusetts em prol de uma reforma educacional são um exemplo de como a agenda ampla da educação norte-americana atual, do modo como está refletida na política educacional e nas suas prioridades, permaneceu, em grande medida, focada nas prioridades expressas no relatório *Uma nação em risco*, que frisava a necessidade de maior competitividade acadêmica e econômica pelos alunos egressos do ensino secundário do país.

> Vivemos em meio a concorrentes determinados, bem-educados e altamente motivados. Competimos com eles por nossa posição no mundo e pelos mercados internacionais, não apenas com produtos, mas também com ideias provenientes de nossos laboratórios e das oficinas da vizinhança. No passado, a posição da América no mundo

pode ter sido razoavelmente segura, dispondo de apenas alguns poucos homens e mulheres excepcionalmente bem capacitados. Esse não é mais o caso. [...]

Em um mundo tomado por competição e por mudanças no ambiente de trabalho crescentemente aceleradas, onde o perigo é cada vez maior, assim como são cada vez maiores as oportunidades para aqueles que têm condições de aproveitá-las, a reforma educacional deveria estar focada em criar uma sociedade de aprendizagem. No cerne de uma sociedade como essa reside o compromisso com um conjunto de valores e com um sistema educacional que dá a todos os seus integrantes a oportunidade de expandir plenamente a mente, do início da infância até a vida adulta, aprendendo mais e mais à medida que o próprio mundo muda.[31]

Essa ênfase na exigência de os norte-americanos se prepararem para a competição econômica global e o foco na necessidade de conceder a todos – não apenas a uma elite formada por poucos – a oportunidade de "expandir a *mente*" (grifo nosso) na verdade pressagiavam, cerca de trinta anos antes, a atual missão oficial do Departamento de Educação "de estimular o desempenho dos estudantes e a preparação para a competição global, forjando um padrão de excelência educacional e garantindo a igualdade de acesso à educação".[32]

De fato, grande parte das conversas entre os integrantes da elite que determina as políticas públicas em torno da educação pública de qualidade nos Estados Unidos tem sido dominada pela preparação para o mercado de trabalho e pelo desempenho em testes estaduais, nacionais e internacionais, sem tocar em discussões de ordem mais geral sobre os propósitos da educação. Os recentes movimentos em prol de reformas nos Estados Unidos têm concentrado seu foco na elevação da qualidade da educação com mecanismos como padronização, cobrança de resultados e avaliações. As recentes iniciativas federais materializadas na Lei No Child Left Behind (Nenhuma Criança Deixada para Trás), de 2001, e por programas federais como Race to the Top (RTTT – Corrida para o Topo) – uma competição de US$ 4,35 bilhões financiada pelo Departamento de Educação e com início em 2009, visando estimular os estados a inovar e implementar reformas educacionais, em especial em torno dos Parâmetros Básicos Comuns – dão sustentação ao fio condutor dessa política.

Os próprios Parâmetros Básicos Comuns foram uma proposta iniciada em 2009 pela Associação Nacional dos Governadores, pelo Conselho de Superintendentes Estaduais das Escolas e pela Achieve, organização sem fins lucrativos voltada para a educação, criada em 1996 por um grupo bipartidário de governadores e líderes empresariais. O desenvolvimento dos Parâmetros Básicos Comuns, anunciados em 2010, foi conduzido por uma pequena entidade chamada Student Achievement Partners, com 27 redatores. Talvez devido ao pequeno poder concedido pela lei ao Departamento de Educação, o processo foi financiado, em sua maior parte, pela Fundação Bill e Melinda Gates, para desenvolver, avaliar, promover e implementar parâmetros em 42 estados e no Distrito de Colúmbia. Como seria de esperar num país com uma tradição de controle local tão enraizada, a iniciativa dos Parâmetros Básicos Comuns enfrentou muitas dissensões e resistências de vários campos ideológicos. Contudo, essas avaliações e esses parâmetros recém-instituídos têm, em grande medida, orientado os conteúdos e currículos das escolas públicas norte-americanas, mais recentemente com o objetivo de aumentar a qualidade da educação e diminuir as defasagens no desempenho acadêmico entre diferentes grupos raciais na forma medida por pontuações em testes.[33]

## COMO OS LÍDERES EDUCACIONAIS DE MASSACHUSETTS FALAM DAS HABILIDADES DO SÉCULO XXI?

O desejo de melhorar a qualidade da educação, diante da percepção de ameaças à segurança individual e econômica do país, é apenas um dos muitos fatores que afetam a agenda educacional. Mudanças de amplo alcance na tecnologia, na infraestrutura e no mundo, que impactam as maneiras pelas quais trabalhamos e vivemos, também impulsionam mudanças na educação. Para começar a lidar com a questão das demandas em permanente transformação no sistema educacional, o relatório de consenso *Educação para a vida e para o trabalho: desenvolvendo conhecimentos e habilidades transferíveis no século XXI*, produzido pelo Conselho Nacional de Pesquisa (NRC) dos Estados Unidos e divulgado em 2012, sintetizou as evidências científicas disponíveis sobre um amplo espectro de habilidades necessárias à vida, à cidadania e ao trabalho no novo século. Agrupando essas habilidades em três categorias amplas – cognitiva, intrapessoal e interpessoal –, o relatório resumia um vasto conjunto de estudos nas áreas de psicologia e educação sobre o que se conhece dos efeitos de curto e longo prazos dessas competências e qual seria a importância delas na preparação das pessoas, tanto para o trabalho (num momento em que as economias são transformadas pela globalização) como para a cidadania e para a saúde, à medida que aumenta a expectativa de vida. Os pesquisadores do NRC observam que essas habilidades vêm sendo "consideradas valiosas há muitos séculos; não são recém-criadas, novas e únicas, nem valorizadas só hoje".[34] Contudo, eles enfatizam que a diferença está no desejo da sociedade de que todos os estudantes alcancem níveis de domínio dessas habilidades, e não apenas alguns poucos escolhidos, reiterando a observação feita no relatório *Uma nação em risco*, há cerca de trinta anos.

Levando em conta os contextos histórico e político que impulsionaram as recentes reformas educacionais, queríamos descobrir de que modo as lideranças educacionais falavam das competências do século XXI. Nas entrevistas, todos os líderes educacionais – incluindo atuais e antigos superintendentes de educação, o ex-secretário estadual de Educação e um líder distrital – mencionaram a importância das habilidades do século XXI, entre elas: pensamento crítico e criativo, habilidades de comunicação, capacidade de colaboração e trabalho em projetos, linguagens globais e consciência global, assim como habilidades associadas à participação social, todas elas como parte das competências do século XXI. Alguns mencionaram a importância delas para uma vida de aprendizagem contínua.

Os líderes de Massachusetts que entrevistamos se referiram a essas competências como habilidades que podem ser úteis no mundo do trabalho – por exemplo, colaboração e trabalho em equipe, comunicação, criatividade, pensamento crítico, consciência do resto do mundo –, assim como na participação social. Observaram quanto elas são importantes, mas apontaram que, no momento, não estão sendo ensinadas nas escolas elementares e secundárias.

Esses temas, que os formuladores de políticas identificaram como associados às habilidades do século XXI, refletiam os temas identificados de forma geral no relatório de 2008, elaborado pela Força-Tarefa sobre as Habilidades do Século XXI, que mencionava documentos da Parceria pela Aprendizagem do Século XXI (P21):[35] informação e comunicações, pensamento e resolução de problemas, gestão interpessoal e autogestão, consciência e entendimento globais. Refletidas nesse relatório, mas raramente mencionadas pelos entrevistados, também se incluíam habilidades de ordem financeira e econômica, familiaridade com os negócios e competências para o empreendedorismo. Ainda mais influente sobre a formação do discurso das elites políticas no estado que o relatório de 2008 foi o relatório de 2012 de uma força-tarefa sobre preparação para a universidade e para a carreira, este último citado com mais frequência pelos entrevistados.

Ao contrário das habilidades do século XXI apresentadas no relatório do NRC, aquelas mencionadas pelas elites que ditam as políticas de Massachusetts eram menos específicas e de nível mais alto de abstração; elas enfatizavam domínios cognitivos (estratégias e processos) e, em alguma medida, competências interpessoais, com pouquíssimas menções às intrapessoais. Entre os processos cognitivos não citados explicitamente estavam análise, raciocínio/argumentação, interpretação, tomada de decisão, função executiva e aprendizagem adaptativa. As competências interpessoais mencionadas eram trabalho em equipe e colaboração, sem nenhuma menção a liderança. A essas referências faltavam a especificidade e o detalhamento do relatório do NRC quando se referia às mesmas competências. Praticamente não havia nenhuma menção às competências intrapessoais incluídas no relatório do NRC – por exemplo, abertura intelectual, ética e zelo profissional, autoavaliação positiva –, nem a competências interpessoais como empatia, confiança, orientação para servir, resolução de conflitos, responsabilidade pelos outros, comunicação assertiva, autoapresentação ou influência social.

Alguns entrevistados se referiram a essas habilidades do século XXI como competências especialmente importantes para estudantes menos favorecidos, mas reconheceriam duas dificuldades para apoiá-las: *(1)* não estarem no foco dos instrumentos de avaliação usados para estabelecer a responsabilização por resultados; e *(2)* o fato de a curta duração da jornada diária escolar limitar a possibilidade de pôr em prática pedagogias que dariam suporte ao desenvolvimento de tais competências, ainda mais tendo em vista a urgência de apoiar o ensino das disciplinas dos parâmetros básicos, como inglês e matemática.

## DE QUE FORMA OS ATUAIS PARÂMETROS DE MASSACHUSETTS REFLETEM AS PESQUISAS CIENTÍFICAS SOBRE AS HABILIDADES DO SÉCULO XXI?

Além de sondar as opiniões dos líderes educacionais a respeito das competências do século XXI, estávamos curiosos para saber como as atuais estruturas curriculares de Massachusetts[36] seriam comparadas a competências vitais para o século atual, segundo pesquisas. Visando avaliar como as estruturas curriculares desse estado poderiam ser cotejadas com a taxonomia de competências para o século XXI, da forma proposta por Hilton e Pellegrino, construímos um sistema de codificação com base no relatório do NRC. Usamos as três categorias gerais de competências – cognitivas, interpessoais e intrapessoais –, subgrupos (por exemplo, "processos e estratégias", "conhecimento" e "criatividade" sob a categoria competências cognitivas) e termos sinônimos (entre eles "criatividade" e "inovação" na subcategoria "criatividade") como nosso sistema de código *etic*[37] (ver apêndice deste capítulo).

À medida que codificávamos os parâmetros do ensino secundário para inglês, matemática, ciências e ciências sociais da forma apresentada nas estruturas curriculares do estado, vieram à luz códigos *emic*, incluindo os de conhecimento matemático, empregados para codificar parâmetros, delineando conhecimentos de áreas disciplinares que não se encaixavam nas categorias preexistentes do NRC, como: "Calcule a distância entre números em um plano complexo como módulo da diferença e o ponto médio de um segmento como a média dos números em suas extremidades".[38] A cada parâmetro foi atribuído pelo menos um código; alguns parâmetros, com ênfase em habilidades múltiplas, foram codificados mais de uma vez. No total, 1.015 componentes foram codificados nas quatro áreas básicas de disciplinas. Não codificamos estruturas em artes, língua estrangeira, saúde e técnicas vocacionais. O apêndice deste capítulo mostra os resultados, incluindo exemplos de cada categoria.

A maior parte dos parâmetros requeria dos alunos sintetizar, explicar, identificar, descrever ou comunicar informação referente a áreas de conteúdo, como matemática, política, história, ciências, economia e cultura. Por exemplo, o parâmetro que a seguir foi rotulado como "conhecimento cultural, histórico ou político de fora dos EUA":

> Mencione sumariamente os períodos mais importantes para a continuidade da civilização chinesa no século XIX, [incluindo] o papel do parentesco e do confucionismo na manutenção da ordem e da hierarquia; a ordem política estabelecida pelas várias dinastias que governaram a China; e o papel dos funcionários governamentais e sábios na manutenção de uma ordem política e econômica estável.[39]

Pela taxonomia de Bloom,[40] por exemplo, a maior parte desses parâmetros seria incluída na categoria inferior de compreensão ou conhecimento, em vez de ficar entre atividades de ordem superior de aplicação, análise, síntese ou avaliação. Ainda que esses parâmetros possam ser ensinados usando pedagogias atraentes e desafiadoras,[41] sem uma articulação explícita nas estruturas curriculares não há garantia de que professores e alunos se engajem nessas atividades mais elaboradas.

Tarefas complexas, que exigiam dos alunos relacionar o que tinham aprendido de situações contemporâneas no mundo real, eram raras e surgiam, em sua maioria, nos parâmetros de matemática, em particular nos de modelagem no interior da estrutura curricular de matemática:

> A modelagem liga a matemática e a estatística ensinadas em sala de aula à vida, ao trabalho e à tomada de decisões diárias. Trata-se do processo de escolher e usar essas disciplinas para analisar situações empíricas, visando compreendê-las melhor e aprimorar decisões.

Quantidades e suas relações em situações físicas, econômicas, de políticas públicas, sociais ou cotidianas podem ser modeladas por meio de métodos matemáticos e estatísticos. Quando modelos matemáticos são montados, a tecnologia é útil para trabalhar com pressupostos variáveis, explorar consequências e comparar previsões com dados [...]

Situações do mundo real não são organizadas e rotuladas para análise; formular modelos controláveis, representá-los e analisá-los de modo apropriado vem a ser um processo criativo. Como todo processo desse tipo, ele depende de um conhecimento adquirido e de criatividade.

Alguns exemplos de situações como essa incluem:

- Estimar quanta água e comida são necessárias para socorro de emergência numa cidade devastada de 3 milhões de pessoas e de que forma esses recursos poderiam ser distribuídos [...]
- Projetar a disposição de estandes numa feira escolar de modo a levantar a maior quantia de dinheiro possível [...]
- Fazer modelos com saldos de contas de poupança, crescimento de uma colônia de bactérias ou lucro de um investimento [...]
- Analisar situações de risco existentes em esportes radicais, pandemias e terrorismo [...][42]

As tarefas sugeridas nos padrões de modelagem oferecem um contraste com os padrões sobre o confucionismo na China; ambos são tópicos interessantes e cheios de possibilidades, mas o padrão de modelagem é mais explícito na incorporação de criatividade, análise, exploração, expertise e relevância para estudantes de modo geral.

A seção do currículo de ciências que descreve os passos de um projeto de engenharia também pedia aos alunos que conduzissem um processo em várias etapas: identificar uma necessidade ou um problema; pesquisar o assunto; explorar opções; desenvolver possíveis soluções usando conhecimento matemático ou científico; escolher a melhor solução; construir protótipos; testar e avaliar o projeto; comunicá-lo, incluindo a discussão de seu impacto sobre a sociedade e o equilíbrio entre vantagens e desvantagens; e, finalmente, reformular o produto para aprimorá-lo.

Os parâmetros que solicitavam aos alunos trabalhar com colegas para desenvolver competências intrapessoais ou de outros tipos eram mais raros. Foi incluído um exemplo de atividade nos parâmetros de história e ciências sociais: "Em conjunto com seus colegas, identifique uma questão significativa de política pública na comunidade, reúna informações sobre esse problema, avalie de forma ponderada os vários pontos de vista e os interesses divergentes, examine formas de participar do processo de tomada de decisão sobre o assunto e redija uma minuta de um texto posicionando-se sobre como o problema deveria ser resolvido".[43]

Não é surpreendente que, entre as três categorias gerais traçadas pelo estudo do NRC (competências cognitivas, competências interpessoais e competências intrapessoais), as cognitivas superassem largamente em número as outras duas na estrutura do currículo estadual, com 952 componentes de um total de 1.015 codificados como cognitivos; no seu interior, o grupo relativo ao conhecimento tinha 711 componentes, e o de processos e estratégias, 235. O grupo relativo à criatividade vinha em último lugar entre as competências cognitivas, com apenas 6 componentes de um total de 1.015, sendo codificados como incentivo à experimentação ou criatividade.

As competências interpessoais apareceram apenas dezessete vezes, com interesse intelectual e curiosidade apresentando-se quatro vezes, perseverança e determinação, três vezes, e profissionalismo e orientação para a carreira, duas vezes. As competências intrapessoais apareceram treze vezes nos parâmetros de inglês, matemática, ciências e estudos sociais do ensino médio de Massachusetts. Parâmetros foram codificados como trabalho em equipe e colaboração seis vezes, comunicação, duas vezes, e empatia/perspectiva, duas vezes.

De fato, William Mathis[44] observa que a política educacional "dominante" a partir de *Uma nação em risco* (1983) tem sido "cognitiva e baseada em testes"; é o que também atesta o relatório da Comissão sobre Excelência e Equidade, divulgado pelo secretário de Educação em 2013: "As direções seguidas pelos que têm defendido a reforma escolar nos últimos trinta anos foram dadas pela estrela-guia das padronizações internacionais e da responsabilização por resultados com base em testes".[45] Os requisitos para os parâmetros dos estados nas Goals 2000: Education America (Metas para 2000: Educar a América) e No Child Left Behind (2001) reforçaram ainda mais essa ênfase. O relatório da Comissão sobre Excelência e Equidade (2013) concluiu que a abordagem não funcionava bem. Além disso, um relatório do Conselho Nacional de Pesquisa de 2011 registrou que os avanços obtidos com essas reformas estão "concentrados na disciplina de matemática nas séries do ensino elementar" e são "pequenos, se comparados aos avanços que a nação espera promover".[46] Efeitos observados incluem o estreitamento do currículo e o aumento dos casos de evasão escolar quando os testes condicionam a graduação.

Essas conclusões refletem uma sondagem recente com líderes empresariais e empregadores de Massachusetts, encomendada pela Massachusetts Business Alliance for Education, em que 69% dos consultados admitiram ter dificuldades para encontrar pessoas com as habilidades necessárias para preencher vagas, afirmando, também, que o sistema escolar (do ensino elementar ao secundário) era ineficaz na tarefa de preparar jovens para futuros empregos.[47] Apenas 20% dos consultados disseram acreditar que as doze séries que compõem o ensino elementar e secundário nas escolas públicas preparam os alunos para integrar a força de trabalho. Executivos relataram sua incapacidade para preencher posições de nível inicial "devido à falta de habilidades soft [de natureza subjetiva], de profissionalismo e de confiabilidade dos candidatos".[48] Quando solicitados a avaliar o sistema escolar público no que tange ao desenvolvimento de certas habilidades relativas a trabalho, líderes empresariais deram nota A ou B para a capacidade de seus empregados de seguir orientações (49%), trabalhar em grupo (48%), escrever com clareza (24%), comunicar-se oralmente e fazer apresentações (23%), pensar de forma crítica e independente (22%), ter consciência sobre a atitude adequada no ambiente de trabalho (19%) e estabelecer metas significativas (15%).[49] A maioria dos empresários entrevistados (63%) observou que se gasta muito tempo preparando os alunos para testes padronizados, em detrimento das habilidades aplicadas à realidade e das relativas às áreas de ciências, tecnologia, engenharia e matemática. Os consultados atribuíram à abordagem excessivamente focada nos testes a incapacidade de preparar pessoas para uma atitude de aprendizagem contínua ao longo da vida e de desenvolver habilidades necessárias fora da escola.

Como ocorreu esse estreitamento dos currículos? Na seção seguinte descreveremos de que forma os atores no campo da educação explicam o que se passou em Massachusetts, já que consideravam a implementação de um espectro mais amplo de competências como necessária para o século XXI no âmbito do sistema educacional do estado.

## IMPLEMENTANDO COMPETÊNCIAS DO SÉCULO XXI EM MASSACHUSETTS

Aproveitando a atmosfera positiva acumulada com os sucessos das reformas de 1993 e seguindo os rumos da transição política no governo estadual, o novo secretário estadual de Educação convocou, em 2008, a Força-Tarefa sobre as Habilidades do Século XXI. A comissão de 22 membros incluía integrantes do Conselho de Educação Elementar e Secundária de Massachusetts, educadores, líderes empresariais e outras lideranças da sociedade, como presidentes de fundações. A missão da força-tarefa era a de desenvolver "um conjunto de recomendações sobre as maneiras pelas quais as habilidades do século XXI poderiam ser integradas ao programa educacional do estado por meio de aprimoramentos dos parâmetros existentes, de ferramentas de avaliação, de medidas de responsabilização e de esforços de desenvolvimento profissional".[50] A comissão recebeu apoio de um número considerável de atores importantes – entre outros, da Broad Foundation, da Boston Foundation, da Cisco Systems e da Associação de Superintendentes das Escolas de Massachusetts –, todos eles dando declarações de apoio às conclusões da força-tarefa.[51]

Em uma delas, o então secretário de Educação, Paul Reville, destacou as demandas crescentes pelas habilidades e pelos conhecimentos, pela participação econômica e social, assim como pelo engajamento familiar e comunitário. Ele enfatizou a necessidade de dispor de habilidades para a aprendizagem contínua e apresentou a força-tarefa como uma resposta direta ao apelo lançado pelos empregadores:

[Líderes empresariais] estão nos dizendo, cada ano com maior urgência, que não estamos preparando suficientemente nossos estudantes para os empregos atuais e futuros. Eles nos dizem que muito poucos têm a capacidade de fazer uma apresentação oral coerente, de resolver problemas complexos recorrendo à criatividade ou à tecnologia; a grande maioria não compreende as complexidades das relações entre os Estados Unidos e os outros países do mundo, não entende que pode trabalhar de modo eficaz como parte de um grupo ou de uma equipe, nem tem a motivação e ética de trabalho necessárias ao sucesso.[52]

Em 2007, com o apoio do governador Deval Patrick, o estado de Massachusetts havia sido aceito como liderança na recém-formada Parceria pela Aprendizagem do Século XXI. O secretário Reville então solicitou à força-tarefa que recorresse ao trabalho da parceria, adotando suas estruturas e definições. O relatório final a respeito das habilidades do século XXI para o estado destacou cinco alavancas de mudança, abrangentes e de grande alcance:

1. Reformular os programas de capacitação e desenvolvimento profissional de professores, de modo a selecionar e reter educadores de alto desempenho, com experiência anterior e atualizados quanto às habilidades do século XXI.
2. Elevar o nível de exigência do estado para incorporar o conteúdo e as habilidades do século XXI aos parâmetros básicos comuns de cada disciplina.
3. Assumir papel de liderança no plano nacional, integrando a aferição de habilidades do século XXI no MCAS.
4. Tornar os professores, os gestores e o estado responsáveis por incorporar ao currículo as competências do século XXI de forma complementar e exigir dos alunos a responsabilidade de aprendê-las.
5. Estabelecer instrumentos de demonstração, incluindo:
    a) instituição de até cinco Distritos do Século XXI e até dez Escolas do Século XXI;

b) aumento do número de Escolas com Tempo Ampliado de Aprendizagem para cem ou mais unidades;
c) estabelecimento da Iniciativa de Parceiros pela Aprendizagem Criativa;
d) empenho em colocar até mil artistas, cientistas e/ou engenheiros em regime voluntário para atuarem em escolas em horário parcial ao longo dos próximos cinco anos.[53]

O relatório também apresentou um processo para gerir a implementação desse plano, com recomendações específicas para o Departamento de Educação: criando um conselho consultivo encarregado de obter apoio – incluindo nesse processo as várias associações docentes, superintendentes e comitês escolares – e colaborando com outros estados na Nova Inglaterra.[54]

O trabalho da parceria em Massachusetts foi, em parte, desaprovado pelo Pioneer Institute, "organização independente de pesquisa, não partidária, financiada por verbas privadas, que busca aprimorar a qualidade de vida em Massachusetts por meio de debates de temas cívicos e políticas públicas e pela divulgação de soluções intelectualmente rigorosas, formuladas com base em dados e nos princípios do livre mercado, na liberdade e responsabilidade individuais, e no ideal de um governo eficiente, limitado e passível de ser responsabilizado".[55] O instituto refutou o relatório, em um documento de doze páginas intitulado *Um passo atrás: uma análise do relatório da Força-Tarefa sobre as Habilidades do Século XXI*.[56] Ainda que concordassem com a força-tarefa sobre o fato de que "estudantes necessitam de uma série de competências técnicas, sociais e de comunicação para competir de modo eficiente numa economia global, incluindo pensamento crítico, solução de problemas e familiaridade com termos e temas financeiros, econômicos e de negócios", eles viam essas habilidades como "já explicitamente incluídas nas atuais estruturas curriculares em vigor no estado" e concordavam que elas "continuariam a precisar de uma ênfase adicional".[57] Também apoiavam "enfaticamente" a recomendação apresentada pela força-tarefa de reformular os sistemas de capacitação de professores e de selecionar e conservar "candidatos de alto desempenho".[58]

O Pioneer Institute caracterizou a força-tarefa como um grupo que atuava no sentido de desviar Massachusetts tanto da sua posição de líder nas disciplinas básicas como da ênfase clara no rigor, estabelecida pela reforma de 1993, expressando preocupação particular quanto à falta de pesquisas sobre a melhor maneira de ensinar e de aferir as habilidades do século XXI; eles também argumentaram que essas habilidades eram uma prioridade especialmente duvidosa, em vista do baixo desempenho acadêmico nos distritos escolares urbanos de Massachusetts nos quais se concentrava a maior parte dos estudantes de nível socioeconômico mais baixo.

No que tange ao Departamento de Educação, havia também uma questão de *timing* e de prioridades conflitantes. A força-tarefa havia divulgado seu relatório em novembro de 2008 e, em julho de 2009, o Departamento de Educação anunciou a iniciativa das bolsas do programa RTTT, com um total de US$ 10 bilhões potencialmente disponíveis aos estados e distritos para implementação de reformas em seus parâmetros curriculares.[59] Em vista da limitação de tempo e atenção, a prioridade do Departamento de Educação do estado tornou-se a bolsa do RTTT, a qual foi conquistada pelo estado, na fase número dois, em agosto de 2010.[60] Quando perguntado sobre a possibilidade de ser dada ênfase à questão das competências do século XXI em escala nacional, o antigo ex-secretário de Educação Paul Reville ponderou:

> Há sempre uma oportunidade para um governo de se valer da posição de destaque que ocupa – o presidente, o gabinete e o secretário de Educação – para incentivar [...] [Eles] poderiam ter anunciado a iniciativa como Race to the Top: 21st Century Skills (Corrida para o Topo: Habilidades do Século XXI). Isso teria mudado completamente o jogo, [e] só teria sido necessário fazer isso. Porque teríamos agora [...] trinta ou quarenta estados que teriam mordido essa isca, elaborado políticas, feito mudanças e se movido nessa direção, nem que fosse para obter o dinheiro. Porque é desse jeito que fazemos as coisas aqui, incentivando a competição. Você pode fazer, mas será preciso que alguma liderança de destaque, lá de cima, diga

que aquilo é importante e então esteja disposta a ajudar, não apenas a fazer com que as pessoas mudem as políticas, mas a ajudá-las a construir a capacidade necessária para que se tornem realmente aptos de fazer isso.[61]

Apesar de as recomendações dessa força-tarefa não terem recebido apoio político ou financeiro para sua efetiva implantação, surgiram alguns resultados desse trabalho, entre eles: a) a redefinição sobre o preparo para acesso à universidade e para a carreira a seguir, aprovada em 2010 pelo Conselho Estadual de Educação Elementar e Secundária (SBESE) e pelo Conselho Estadual de Educação Superior; b) maior incentivo para alavancar uma série de programas destinados à preparação para a carreira profissional nas escolas de ensino secundário, incluindo um relatório produzido em 2012 com foco na preparação para a universidade e para a carreira, elaborado por outra força-tarefa do SBESE, que contava com a participação de muitos dos integrantes da Força-Tarefa sobre as Habilidades do Século XXI, até mesmo seu presidente. Com base no que tinha aprendido com os fracassos do relatório de 2008 relacionados à colocação em prática de suas recomendações, a força-tarefa de 2012 adotou um foco muito concentrado e propôs orientações que recaíam diretamente sobre a autoridade de uma única unidade no Departamento de Educação.

Esse relatório de 2012, *Do berço à carreira: educando nosso estudante para uma vida de sucesso*, enfatizava a importância de uma preparação mais deliberada para o trabalho: "Estudantes capazes de adquirir experiência e expor-se ao mundo do trabalho ainda no ensino médio estão mais bem preparados para completar uma educação pós-secundária e obter sucesso buscando carreiras que ofereçam salários satisfatórios".[62] O relatório propunha uma nova definição da preparação para a carreira: "Preparação para a carreira significa que um indivíduo dispõe dos conhecimentos, habilidades e experiências relativos aos âmbitos acadêmico e do trabalho, pessoal e social, de maneira a transitar de forma plena e com sucesso rumo a uma carreira economicamente viável numa economia do século XXI".[63] Incluía também um diagrama, reproduzido na Figura 6.1, resumindo a essência do seu propósito.

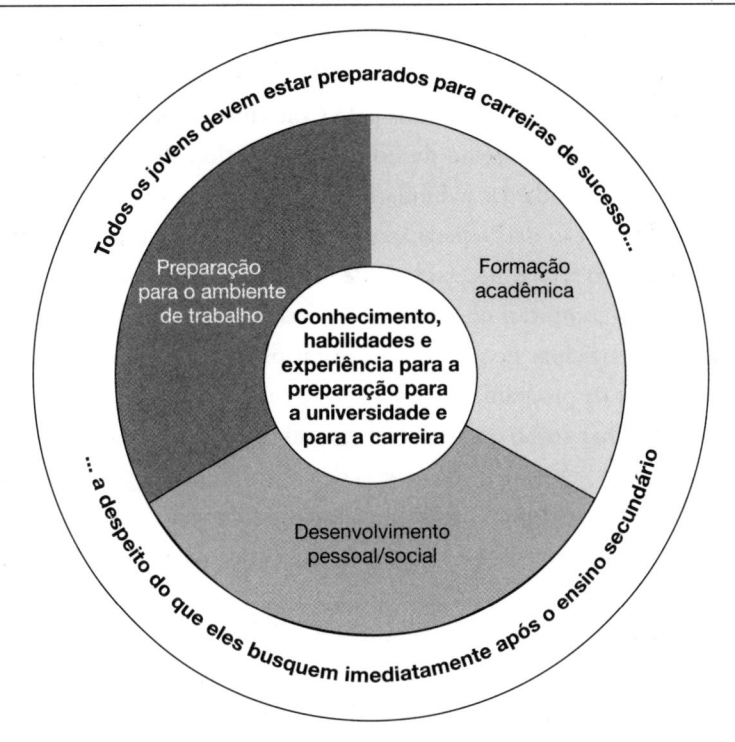

**FIGURA 6.1** Diagrama extraído do relatório *Do berço à carreira: educando nosso estudante para uma vida de sucesso*

[Diagrama circular: "Todos os jovens devem estar preparados para carreiras de sucesso... a despeito do que eles busquem imediatamente após o ensino secundário". No centro: "Conhecimento, habilidades e experiência para a preparação para a universidade e para a carreira". Três setores: "Preparação para o ambiente de trabalho", "Formação acadêmica", "Desenvolvimento pessoal/social".]

O relatório propunha incorporar a preparação para a carreira na forma de um curso recomendado por Massachusetts; fortalecer parcerias entre escolas, empregadores, instituições de educação superior e a comunidade; aperfeiçoar o papel dos conselheiros escolares na preparação para a carreira; incentivar as escolas a criar estratégias de promoção da preparação para a carreira; promover a preparação para a universidade e para a carreira; e identificar pessoal apto a pôr em prática as recomendações da força-tarefa.

O Departamento de Educação, cuja prioridade foi reformulada em função desse relatório, desenvolveu uma série de programas de apoio à preparação para a carreira, denominada Atividades de Conexão, que incluía a promoção de estágios, a exposição ao ambiente de trabalho, o aconselhamento e treinamento para estudantes do ensino secundário, assim como a criação de uma rubrica para avaliar as competências a serem adquiridas pelos estudantes nos estágios.[64] O relatório de 2012 também levou ao desenvolvimento de uma nova definição de preparação para a universidade e para a carreira, aprovada pelo Conselho de Educação Elementar e Secundária e pelo Conselho de Educação Superior. Representando uma compreensão ampliada das habilidades e competências necessárias à futura carreira, a Definição de Preparação para a Universidade e para a Carreira de Massachusetts frisa a necessidade de "conhecimentos, habilidades e capacidades para completar com sucesso o nível básico de ingresso na universidade, para participar de cursos universitários com aquisição de créditos; para participar de programas de capacitação certificados ou no local de trabalho e caminhar rumo a carreiras economicamente viáveis".[65] A Definição vai explicitamente além dos níveis de competência de preparação para o trabalho nos quesitos de língua inglesa e de matemática, para incluir as disciplinas do núcleo básico e as competências adequadas à preparação para o ambiente de trabalho identificadas no relatório de 2012. Especifica em detalhe as competências necessárias relativas à linguagem e à matemática, bem como à aptidão para o trabalho, as quais incluem ética e profissionalismo, comunicação efetiva e habilidades interpessoais.

As seguintes competências são especificadas na Definição:

**Competências essenciais**
- Preparação acadêmica para ler e compreender textos complexos de forma independente, escrever de modo eficaz, construir e apresentar conhecimentos por meio da integração, comparação e síntese de ideias.
- Preparação acadêmica em matemática para solucionar problemas envolvendo conteúdos significativos conectados a práticas matemáticas, resolver de problemas abrangendo conteúdo adicional e de apoio, expressar de raciocínio matemático construindo argumentos matemáticos, solucionar situações-problema, empenhando-se em modelagem matemática.

**Competências de preparação para o ambiente de trabalho**
- Ética e profissionalismo no trabalho: frequência e pontualidade; aparência apropriada; aceitação positiva de orientações e feedback; motivação, iniciativa e capacidade de concluir projetos; compreensão da cultura do ambiente de trabalho, incluindo respeito à confidencialidade e ética no ambiente de trabalho.
- Comunicação efetiva e habilidades interpessoais: comunicação oral e escrita; escuta ativa; interação com parceiros de trabalho, individualmente ou em equipe.

A Definição de Preparação para a Universidade e para a Carreira enfatiza as seguintes habilidades:

- pensamento de natureza complexa (análise, síntese e avaliação);
- pensamento crítico, coerente e criativo;
- capacidade de conduzir o próprio aprendizado e avaliá-lo;
- motivação, curiosidade intelectual, flexibilidade, *self-advocacy*, responsabilidade e convicções fundamentadas.

Ainda que essas mudanças sejam recentes demais para refletir em programas específicos, é bem possível que, com o tempo, leve a resultados tangíveis.

## DISCUSSÃO: OPORTUNIDADES E DESAFIOS PARA A EDUCAÇÃO DO SÉCULO XXI EM MASSACHUSETTS

As escolas de Massachusetts têm redobrado esforços para aprimorar a educação, que recebeu um impulso significativo graças à Lei da Reforma da Educação, de 1993. Esses esforços produziram resultados muito expressivos: maior foco na qualidade do ensino e no aprimoramento; um conjunto mais consistente de expectativas acadêmicas nas escolas; maior transparência e responsabilização na gestão e na operação das escolas públicas e dos distritos; melhoria contínua dos resultados atualmente aferidos pelo sistema de avaliação; aumento dos índices de conclusão dos estudos no ensino secundário;

e maior consciência e foco nas persistentes defasagens de desempenho educacional entre estudantes de diferentes grupos étnicos e socioeconômicos. Trata-se de um conjunto de conquistas muito importantes.

No entanto, a despeito desses avanços, os líderes educacionais e empresariais insistem em dizer que as escolas não estão preparando seus alunos de modo adequado para os empregos da economia atual e futura de Massachusetts ou ajudando-os a desenvolver as habilidades de que precisarão para a vida e o pleno exercício de sua cidadania. Em certa medida, é paradoxal que um sistema com capacidade comprovada de alcançar o que se propôs realizar, e em que líderes reconhecem a importância de um conjunto mais abrangente de metas, ainda não tenha dado aos seus estudantes a oportunidade de desenvolver essas competências. Esse fracasso é, em especial, enigmático, já que o secretário de Educação nomeou uma força-tarefa que produziu um roteiro de medidas notavelmente claro e convincente, articulando a urgência das competências do século XXI com uma série de medidas concretas para começar essa jornada. Por que tão poucas dessas medidas foram implementadas? O que explicaria tal paradoxo?

Dentre os estados, Massachusetts foi um dos primeiros a iniciar o movimento pela reforma, necessitando (e obtendo) consenso político dos dois principais partidos políticos para colocá-lo em prática. O rápido sucesso na obtenção desse consenso e na definição dos principais rumos da reforma – fixar parâmetros e aferir o desempenho dos estudantes – criou uma dinâmica que tornou o sistema educacional relativamente imune aos esforços subsequentes para engajar o estado numa coalizão mais ampla em prol das habilidades do século XXI. A linguagem empregada para descrever o foco desses esforços voltados para as habilidades soft foi vista por importantes atores em Massachusetts como a antítese do "rigor" que havia ocupado o foco da reforma em 1993. Essa oposição foi percebida como uma ameaça ao consenso político no qual se baseavam as reformas, e, em consequência, houve pouco apoio político para uma abordagem mais abrangente que incluísse as habilidades do século XXI. Também foi significativo o fato de a força-tarefa sobre a educação do século XXI ter sido nomeada num momento em que o país estava às voltas com uma séria recessão econômica, o que restringia a capacidade do Departamento de Educação de lançar mão de iniciativas adicionais.

Mesmo que Massachusetts tenha assinado sua adesão à Parceria pela a Aprendizagem do Século XXI e produzido um documento bem convincente, avalizado pelo Conselho de Educação Elementar e Secundária, o ímpeto das reformas de 1993, então em curso, somado às novas iniciativas propostas pelo governo federal com os Parâmetros Básicos Comuns e a Parceria pela Avaliação da Preparação para a Universidade e para as Carreiras (PARCC), modelou e, em certa medida, diminuiu a influência do relatório da força-tarefa do século XXI. Nenhum capital político foi investido no apoio às recomendações dele. Houve algum acompanhamento dos desdobramentos dessas recomendações, mas o roteiro de medidas proposto pela comissão nunca foi implementado pelo departamento. Nas palavras do fundador executivo da P21: "Acredito que as habilidades do século XXI, como questão de âmbito estadual, acabaram em segundo plano em relação à implementação da PARCC e dos Parâmetros Básicos Comuns. Isso não chega a surpreender, mas não acho que temos o entusiasmo necessário por essas competências no nível estadual".[66] Em outras palavras, um ex-secretário de Educação concordou com ele:

> Na minha opinião, o relatório [das competências do século XXI] foi muito bem feito, mas o departamento, ocupado com o programa Race to the Top etc., foi exigido além da sua capacidade, e isso [as indicações do relatório] não era uma prioridade, por mais que eu tivesse desejado o contrário [...] Ganhou bastante atenção. Alguns superintendentes costumavam argumentar em favor de mudanças no nível local, mas, de modo geral, acredito que a oportunidade tenha sido deixada de lado. Triste ter de dizer isso.[67]

Em consequência disso, as ações traçadas no relatório não foram implementadas. Ainda que apoiasse com palavras e simbolicamente os distritos que já vinham desenvolvendo um trabalho nessa área, o esforço de 2008 não levou a iniciativas programáticas capazes de fazer com que os distritos que não ensinavam habilidades do século XXI começassem a fazê-lo. E, efetivamente, ainda que a força-tarefa nomeada com esse propósito descrevesse essas habilidades usando conceitos e linguagem bastante afinados com aquelas da Parceria pela Aprendizagem do Século XXI, nenhum investimento foi feito para comunicar e educar atores relevantes em torno dessas ideias e para explicar de que forma elas seriam transpostas na prática. Quando os líderes educacionais falam sobre essas habilidades em Massachusetts, os conceitos empregados são de uma alta ordem de abstração, com muito poucas definições operacionais; além disso, falta coerência no uso desses conceitos entre líderes de diferentes níveis de governo e administração.

O esforço mais significativo de apoio à educação do século XXI em grande escala é o Programa de Estímulo à Preparação para a Carreira – feito nas escolas de ensino secundário, atendendo 3 mil dos 300 mil estudantes do estado –, por meio da criação de estágios e outras oportunidades no mercado de trabalho. Existem também algumas iniciativas para fazer avançar a educação do século XXI em instituições isoladas, mas nenhuma delas atingiu uma escala que vá além de uma única instituição. Esse é o caso da Worcester Technical High School, mencionada como um lugar que estaria oferecendo educação técnica exemplar, com ênfase na preparação para o mundo do trabalho.

Outro aspecto que contribui para a falta de penetração da aprendizagem do século XXI em salas de aula é o fato de as conversas sobre as habilidades do século XXI no estado estarem se dando com participação ativa de membros da comunidade empresarial e líderes educacionais ocupantes de altos postos. Nos debates, é flagrante a ausência de representantes de faculdades de educação e de pedagogia, de lideranças políticas e sociais ou de membros de organizações de base comunitária, que, em grande medida, continuam a formatar a política educacional no estado.

Essas iniciativas políticas do Departamento de Educação também pecam pela ausência de esforços mais determinados para influenciar o modo como são desenvolvidas as capacidades dos professores. Ainda que o Departamento de Educação Superior disponha de autoridade legal para aprovar e regulamentar programas voltados para formação dos professores, falta empenho em compatibilizá-los com os objetivos das reformas educacionais. No relatório sobre as habilidades do século XXI – elaborado pela força-tarefa de 2008, a capacitação dos professores foi considerada um ponto vital; entretanto, ainda não foi implantada nenhuma iniciativa específica voltada para mudanças nesse âmbito.

## CONCLUSÃO

Uma análise das estruturas e do discurso dos formuladores de políticas mostra que eles não nos contam toda a história de como um sistema educacional funciona ou o que ele enfatiza. Como são tantas as prioridades educacionais, um líder escolar de nível distrital, como Paul Dakin, de Revere, tem a capacidade (e a necessidade) de dirigir o esforço e a atenção do distrito para uma visão mais explicitamente articulada. É no âmbito dos distritos escolares que, em grande medida, as oportunidades educacionais ganham forma, e mais especificamente naqueles distritos que contam com uma liderança estável é que há a possibilidade de apoiar as iniciativas para a educação do século XXI. Considerando sua formação em computação e engenharia, Dakin afirma:

> Se existe algum benefício que posso proporcionar às minhas crianças e aos adolescentes dos centros urbanos, é o de fechar o fosso tecnológico existente, porque, se não o fecharmos, isso vai contribuir para fazer crescer o fosso educacional. A tecnologia é uma das coisas com as quais precisamos estar sempre em dia, porque acredito sinceramente que a aprendizagem é acelerada com o uso adequado dela. Se as crianças e adolescentes dos subúrbios [mais ricos] têm acesso a ela e meus filhos não, isso vai acelerar mais ainda a aprendizagem deles, e teremos então uma distância ainda maior que a que hoje separa os dois grupos. Eu preciso contar com uma rede tecnológica capaz de atender crianças e adolescentes mais vulneráveis e com conhecimento tecnológico para isso. Se eu conseguir atuar de forma ainda melhor que os outros, então tenho uma chance de fechar esse fosso.[68]

Dakin tinha em mente o contexto do seu distrito escolar ao estabelecer como seus professores transmitiriam o rigor, a relevância, as relações e a resiliência enfatizados na visão que ele tem do seu distrito. No trecho a seguir, ele explica como a competência interpessoal da sua equipe de construir relações com os alunos e tornar a aprendizagem relevante para eles, assim como a habilidade dos gestores escolares de cultivar competências intrapessoais de resiliência (nos alunos e na equipe), sustenta o foco do distrito no rigor curricular:

> É preciso que se torne um sistema de crenças. Os adultos têm de acreditar que as crianças, a despeito do fato de chegarem à nossa escola com uma defasagem, uma defasagem herdada [...], com algumas delas sem saber cores ou números por causa da sua situação de vida, [são capazes de fazer um trabalho rigoroso]. Tem de haver um sistema de crenças, e ele envolve os quatro Rs. Não podemos parar no rigor. Temos de [...] tornar a aprendizagem mais relevante para as crianças e adolescentes do distrito. Se construirmos relações com eles, saberemos que são capazes de trabalhar melhor conosco. Em nosso trabalho, [também] precisamos alimentar nossa própria resiliência [...] De que maneira devemos incrementá-la como educadores [...] para que possamos continuar a pressionar pelos outros três Rs? [...] Nós [falamos] com os alunos de modo que eles possam se tornar mais resilientes e compreender que, a despeito de muitos pais não terem frequentado a escola ou o ensino secundário ou de virem de outros países e nem sequer falarem nossa língua, eles podem vir a ter sucesso no sistema educacional norte-americano e conquistar qualquer sonho que desejem realizar. Construir essa psicologia com uma equipe é algo que exige anos [...] Trabalhamos nisso o tempo todo.[69]

Efetivamente, para esse educador experiente, ganhador do prêmio Superintendente do Ano de Massachusetts de 2013, o rigor curricular é o "R" mais fácil de implementar, ao passo que as habilidades intrapessoais como resiliência são mais difíceis e mesmo mais importantes de cultivar, tanto entre os estudantes como entre os professores do seu distrito.

No cerne dessas controvérsias se encontram as seguintes questões: saber se as escolas públicas deveriam focar um conjunto minimalista de aspirações em contraposição a um conjunto mais abrangente de objetivos; e saber se esses objetivos deveriam ser estabelecidos no nível nacional ou local. Existe uma complexidade inerente à opção de educar para o século XXI, resultante da natureza multidimensional das competências envolvidas, o que torna mais difícil influenciar por meio dos instrumentos pouco precisos das políticas educacionais. Sendo assim, mesmo quando líderes educacionais colocaram a educação do século XXI em seu programa de ação, o tema parece não ter ganhado ímpeto próprio. O sucesso da Lei da Reforma da Educação de Massachusetts ilustra esse enigma, o de saber como ajudar um sistema educacional a fazer mudanças flexíveis em sintonia com os objetivos mais amplos da educação, quando ele vem conseguindo com sucesso promover crescentes aperfeiçoamentos num conjunto mais restrito de objetivos.

## APÊNDICE

# Análise dos parâmetros do estado de Massachusetts em relação à estrutura de Hilton e Pellegrino

| | COMPETÊNCIAS COGNITIVAS | | |
|---|---|---|---|
| Grupo | Subcategoria/ Termos usados para habilidades do século XXI | Nº de componentes | Exemplo |
| **Criatividade (6)** | Criatividade | 3 | "Escrever narrativas que desenvolvam experiências ou eventos reais ou imaginários usando técnicas eficazes, detalhes bem escolhidos e sequências de eventos bem estruturadas." (parâmetros para inglês, linguagem e artes) |
| | *Experimentação** | 3 | "Fazer experiências com transformações no plano." (parâmetros para modelagem em matemática) |
| | Inovação | 0 | |
| **Conhecimento (642)** | Conhecimento científico | 147 | "Identificar as principais fontes, internas e externas, de energia da Terra, como radioatividade, gravidade e energia solar." (parâmetros para ciências) |
| | Conhecimento político | 94 | "Definir e usar corretamente as seguintes palavras e termos: Magna Carta, parlamento, *habeas corpus*, monarquia e absolutismo." (parâmetros para história e ciências sociais) |

\* As categorias não presentes nas estruturas de Hilton e Pellegrino estão assinaladas em *itálico*.

| | COMPETÊNCIAS COGNITIVAS | | |
|---|---|---|---|
| Grupo | Subcategoria/ Termos usados para habilidades do século XXI | Nº de componentes | Exemplo |
| Conhecimento (642) | Alfabetização matemática | 93 | "Usar a relação e as propriedades comutativa, associativa e distributiva para adicionar, subtrair e multiplicar números complexos." (parâmetros para matemática) |
| | Economia e capitalismo | 84 | "Definir e usar corretamente os termos: mercantilismo, feudalismo, crescimento econômico e empreendedorismo." (parâmetros para história e ciências sociais) |
| | Conhecimento histórico | 71 | "Interpretar e construir linhas do tempo que mostrem como os acontecimentos e eras em várias partes do mundo se relacionam." (parâmetros para história e ciências sociais) |
| | Conhecimento cultural, histórico ou político de fora dos EUA | 65 | "Explicar como a Coreia tem sido ao mesmo tempo uma área de confronto e uma ponte cultural entre a China e o Japão." (parâmetros para história e ciências sociais) |
| | Comunicação oral e escrita | 40 | "Demonstrar domínio das normas gramaticais e do uso da língua inglesa ao escrever e falar." (parâmetros para inglês, linguagem e artes) |
| | Informação e comunicação, alfabetização tecnológica, incluindo pesquisas com uso de evidências e reconhecimento de preconceitos nas fontes | 43 | "Usar tecnologia, inclusive a internet, para produzir, publicar e atualizar produtos escritos, individuais ou compartilhados, em resposta a um feedback contínuo, incluindo novos argumentos ou informações." (parâmetros para inglês, linguagem e artes) |
| | Conhecimento das religiões do mundo | 14 | "Em um mapa do Oriente Médio, Europa e Ásia, identificar onde o islamismo teve início e traçar o percurso de sua expansão até o ano 1500 d.C." (parâmetros para história e ciências sociais) |

| COMPETÊNCIAS COGNITIVAS | | | |
|---|---|---|---|
| Grupo | Subcategoria/ Termos usados para habilidades do século XXI | Nº de componentes | Exemplo |
| Conhecimento (642) | Situações do mundo real | 10 | "Reconhecer e explicar os conceitos de probabilidade condicional e independência na linguagem e nas situações do dia a dia. Por exemplo, comparar a chance de ter câncer no pulmão se a pessoa for fumante com a chance de ser fumante se tiver câncer no pulmão." (parâmetros para matemática) |
| | Escuta ativa | 1 | "Avaliar o ponto de vista, o raciocínio, o uso de evidências e retórica por um falante, julgando a atitude, as premissas, os vínculos entre as ideias, a escolha de palavras, os pontos enfatizados e o tom empregado." (parâmetros para inglês, linguagem e artes) |
| Processos e estratégias (284) | Análise | 56 | "Citar evidências textuais, fortes e completas, que deem sustentação à análise do que o texto explicitamente afirma, assim como as inferências dele extraídas, incluindo determinar em que pontos o texto deixa assuntos em aberto." (parâmetros para inglês, linguagem e artes) |
| | Resolução de problemas | 46 | "Raciocinar de modo quantitativo e usar unidades para resolver problemas." (parâmetros para matemática) |
| | Raciocínio e argumentação | 45 | "Escrever argumentos que deem apoio a alegações em uma análise de temas ou textos substanciais, usando raciocínios válidos e evidências relevantes e suficientes." (parâmetros para inglês, linguagem e artes) |
| | Pensamento conceitual/ abstrato | 34 | "Montar modelos matemáticos." (parâmetros para matemática) |

| | COMPETÊNCIAS INTRAPESSOAIS | | |
|---|---|---|---|
| Grupo | Subcategoria/ Termos usados para habilidades do século XXI | Nº de componentes | Exemplo |
| *Processos e estratégias (284)* | Interpretação | 34 | "Interpretar planos, diagramas e esboços de trabalho na construção de protótipos ou modelos." (parâmetros para ciências) |
| | Pensamento crítico, incluindo avaliação de informação | 32 | "Esboçar e avaliar argumento e alegações específicas em um texto, analisando se o raciocínio é válido e se as evidências são relevantes e suficientes; identificar falsas afirmações e raciocínio falacioso." (parâmetros para inglês, linguagem e artes) |
| | Função executiva, incluindo estratégias e reconhecimento de padrões | 14 | "Usar instrumentos apropriados e de forma estratégica." (parâmetros para matemática) |
| | Aprendizagem adaptativa *e aprendizagem aplicada* | 14 | "Interpretar e aplicar as três leis do movimento de Newton." (parâmetros para ciências) |
| | Tomada de decisão, incluindo inferências | 9 | "Fazer inferências e justificar conclusões com base em sondagens por amostragem, experimentos e estudos observacionais." (parâmetros para matemática) |
| *Abertura intelectual (14)* | Responsabilidade pessoal e social, incluindo competência cultural | [7] | "Explicar o significado e as responsabilidades da cidadania nos Estados Unidos e em Massachusetts." (parâmetros para história e ciências sociais) |
| | Interesse e curiosidade intelectuais | [4] | "Realizar projetos bem sustentados de pesquisa para responder a uma pergunta (incluindo uma pergunta de sua autoria) ou para resolver um problema; estreitar ou ampliar o foco da investigação se apropriado; sintetizar as fontes, demonstrando compreensão do que está sendo investigado." (parâmetros de inglês, linguagem e artes) |

| Grupo | COMPETÊNCIAS INTRAPESSOAIS | | |
|---|---|---|---|
| | Subcategoria/ Termos usados para habilidades do século XXI | Nº de componentes | Exemplo |
| Abertura intelectual (14) | Valorização da arte e da cultura | [3] | "Descrever as origens e o desenvolvimento do Renascimento, incluindo a influência e as realizações de Maquiavel, Michelangelo, Leonardo da Vinci, Rafael, Shakespeare e Gutemberg." (parâmetros para história e ciências sociais) |
| | Valorização da diversidade | [0] | |
| | Aprendizado contínuo | [0] | |
| | Flexibilidade e adaptabilidade | [0] | |
| Ética de trabalho/ responsabilidade (6) | Perseverança ou garra | [3] | "Compreender os problemas e perseverar em sua solução." (parâmetros para matemática) |
| | Profissionalismo e orientação para a carreira | [2] | "Estar atento à precisão." (parâmetros para matemática) |
| | Cidadania | [1] | "Identificar modos específicos pelos quais indivíduos podem servir às suas comunidades e participar da sociedade civil e do processo político, de forma responsável, nos níveis local, estadual e nacional." (parâmetros de história e ciências sociais) |
| | Autogestão ou iniciativa | [0] | |
| | Reponsabilidade por si mesmo | [0] | |
| | Produtividade | [0] | |
| | Precisão | [0] | |
| | Tipo 1 de autorregulação, incluindo capacidade de prever autorreflexão | [0] | |
| | Integridade e ética | [0] | |

| Grupo | COMPETÊNCIAS INTERPESSOAIS | | |
|---|---|---|---|
| | Subcategoria/ Termos usados para habilidades do século XXI | Nº de componentes | Exemplo |
| *Autoavaliação essencial positiva* | Saúde física e psicológica | [0] | [Pode estar contida nos parâmetros para saúde] |
| | Tipo 2 de Autorregulação | [0] | |
| **COMPETÊNCIAS INTERPESSOAIS** | | | |
| *Trabalho em equipe e colaboração (10)* | Colaboração, cooperação e coordenação | [6] | "Dar início e participar de modo efetivo numa série de discussões colaborativas (em pares, em grupos e orientadas pelo professor) com diferentes parceiros sobre temas, textos e questões das décima primeira e décima segunda séries, desenvolvendo as ideias de outros e expressando as próprias de modo claro e convincente." (parâmetros para inglês, linguagem e artes) |
| | Comunicação | [2] | "Trabalhar com seus pares visando estabelecer regras para discussões e tomadas de decisão colegiadas (por consenso informal, votando as questões mais importantes, apresentando visões alternativas), esclarecer metas, prazos e funções individuais quando necessário". (parâmetros para inglês, linguagem e artes) |
| | Empatia e tomada em perspectiva | [2] | "Comparar o ponto de vista de dois ou mais autores pelo modo como tratam o mesmo assunto (ou similar), incluindo os detalhes que apresentam e enfatizam em seus relatos". (parâmetros para inglês, linguagem e artes) |
| | Habilidades interpessoais | [0] | |
| | Orientação para servir | [0] | |
| | Confiança | [0] | |
| | Resolução de conflitos e negociação | [0] | |

| | COMPETÊNCIAS INTERPESSOAIS | | |
|---|---|---|---|
| *Liderança (2)* | Autoapresentação | [1] | "Chegar preparado para discussões, tendo lido e pesquisado o tema em estudo; recorrer explicitamente a essa preparação ao se referir a evidências recolhidas em textos ou em pesquisas sobre o tópico ou assunto de modo a estimular uma troca de ideias ponderada e bem argumentada." (parâmetros para linguagem, inglês e artes) |
| | Comunicação assertiva | [1] | "Praticar habilidades e atitudes cívicas, participando de atividades como simulações de audiências públicas, julgamentos encenados e debates." (parâmetros para história e ciências sociais) |
| | Influência social sobre os outros | [0] | |
| | Reponsabilidade pelos outros | [0] | |

## AGRADECIMENTOS

Gostaríamos de agradecer à Jacobs Foundation pelo financiamento dessa pesquisa e também às seguintes pessoas por compartilharem suas opiniões para este capítulo: Mitchell Chester, Cliff Chuang, Eric Conti, Paul Dakin, Nick Donahue, David Driscoll, Ken Kay, Patrick Larkin, Linda Noonan, Paul Reville, Shailah Stewart, Paul Toner e Keith Westrich.

CONCLUSÃO

# Teorizando a educação do século XXI

Fernando M. Reimers e Connie K. Chung

## AMPLIANDO OS OBJETIVOS DA EDUCAÇÃO NO SÉCULO XXI

Neste estudo comparativo transnacional sobre os objetivos da educação em Cingapura, na China, no Chile, no México, na Índia e nos Estados Unidos, constatamos que nesses países tais objetivos – da forma como foram delineados nas respectivas estruturas curriculares nacionais – expandiram-se nas últimas duas décadas para incluir um espectro mais amplo de competências, tanto cognitivas como sociais e intrapessoais. Em graus variados, os seis países ampliaram seus objetivos educacionais quando compreenderam melhor os tipos de competências necessárias para empoderar as pessoas, de modo que elas possam viver bem no mundo.

A expansão dessas aspirações aumentou as demandas do trabalho de professores e gestores escolares e, em consequência, ampliou a percepção de que as escolas estão fracassando na tentativa de atender a essas novas demandas. O resultado disso é paradoxal: em uma época de grandes expectativas em relação à educação, tem diminuído o apoio às formas tradicionais de escolarização, dado que há uma consciência cada vez maior de que os alunos não estão aprendendo o que precisam aprender. Essa percepção persiste a despeito do fato de que as escolas estão aprimorando sua capacidade de apoiar o desenvolvimento cognitivo básico dos alunos.

Este capítulo de conclusão procura lançar luz sobre esse enigma, sintetizando os principais achados de nosso estudo, ressaltando importantes diferenças entre os países e discutindo como os objetivos delineados nas estruturas curriculares foram sendo alterados – quais estratégias foram seguidas para dar apoio à execução dessas mudanças, quais as fontes de inovação utilizadas e o que explica os hiatos persistentes entre as políticas de currículo e sua prática. Em primeiro lugar, contudo, faremos um breve resumo das reformas recém-adotadas nos currículos em cada país e de que modo elas se deram.

Em Cingapura, a reforma curricular de 2011 introduziu a noção de educação "motivada pelos valores" e "centrada no aluno", enfatizando que a educação holística do indivíduo é essencial para sua atuação no ambiente de trabalho e na sociedade. Essa fase motivada pelos valores foi construída a partir da reforma educacional anterior, iniciada em 1997, a qual enfatizava os resultados de aprendizagem (fase motivada pelas habilidades), distinguindo-se também de fases ainda mais antigas, focadas no acesso e na eficiência. Ao anunciar a reforma de 2011, as autoridades de Cingapura salientaram a importância de colocar a educação voltada para valores e para o caráter no centro do processo educacional, em resposta às demandas em constante transformação no ambiente de trabalho global. Os líderes do governo perceberam de maneira particular que a natureza multirracial e multicultural da sociedade de Cingapura exigia construir em seus cidadãos um conjunto de valores compartilhados, especialmente quanto à valorização da diversidade, de modo a promover a coesão social e a harmonia. Um dos princípios básicos dessa reforma curricular foi uma ênfase maior na personalização da educação, adaptando-a para atender os vários tipos de aluno. Outro foi a abertura de caminhos variados para o desenvolvimento das crianças e adolescentes, independentemente de suas habilidades ou de seu nível de desempenho, sendo a significativa renovação da educação técnica um exemplo do objetivo dessa política.

Um traço característico do novo currículo de Cingapura, aberto às competências do século XXI, é o fato de ele explicitar detalhadamente cada uma delas, descrevendo aquilo que os alunos devem aprender e ser capazes de fazer para demonstrar que dominam aquela competência. Os valores básicos na estrutura curricular do país são o respeito, a responsabilidade, a integridade, o cuidado, a resiliência e a harmonia. As competências socioemocionais incluem autoconsciência, autogestão, consciência social, gestão de relacionamentos e responsabilidade na tomada de decisão. As competências emergentes do século XXI são alfabetização cívica, consciência global e habilidades transculturais, pensamento crítico e inventivo, comunicação, colaboração e habilidades informacionais. Essa expressão operacional de competências e valores básicos reduz a ambiguidade e facilita uma comunicação clara entre os principais protagonistas no campo da educação, como funcionários de ministérios, escolas, diretores e professores.

Na China, o currículo que se pretendeu implantar reflete uma ampla gama de habilidades cognitivas, interpessoais e intrapessoais. Elas foram introduzidas por meio da Proposta de Reforma do Currículo da Educação Básica de 2001, resultante de uma série de etapas: *(1)* sondagens entre pesquisadores, autoridades locais, professores, pais e comunidades; *(2)* esboço de documento preparado por pesquisadores, profissionais e administradores; *(3)* consulta a escolas, professores e funcionários de governos locais, solicitando suas opiniões sobre a relevância e a viabilidade da política esboçada; *(4)* implantação de uma experiência piloto da política em quatro províncias; e *(5)* ajustes no documento que estabelece a política para sua implementação em nível nacional.

No Chile, o currículo nacional reúne um amplo espectro de habilidades cognitivas, interpessoais e intrapessoais, com ênfase maior nas competências cognitivas. Elas foram introduzidas no contexto de uma reforma curricular implementada entre 1996 e 1998, com ajustes subsequentes em 2009 e 2013. Isso, por sua vez, fez parte de uma reforma educacional mais ampla, liderada pelo governo, fortemente influenciada por um documento elaborado pela Unesco e pela Comissão Econômica das Nações Unidas para a América Latina e o Caribe (Cepal), com foco no desenvolvimento econômico e na igualdade social. De acordo com os autores, seguindo uma tendência crescente, os fracos resultados obtidos pelos alunos chilenos em avaliações nacionais e internacionais nas áreas básicas acabaram por estreitar o foco da reforma, fazendo com que ela se concentrasse nas habilidades básicas aferidas por testes padronizados, em vez de se abrir para metas mais abrangentes como pretendia o currículo.

No México, reformas curriculares recentes incluíram o acréscimo de várias das competências nos domínios cognitivo, social e intrapessoal, conforme delineados na estrutura de Hilton e Pellegrino. Contudo, predominam os resultados relativos à aprendizagem cognitiva, seguidos pelos das competências interpessoais e, em muito menor medida, pelas intrapessoais. Entre os marcos importantes da introdução dessas competências do século XXI no currículo estão a nova abordagem em relação à educação cívica, no final da década de 1990, e a crescente atenção aos resultados obtidos pelos estudantes nas avaliações Pisa.

Na Índia, para dar início ao processo de reforma do currículo, o governo bancou a criação de 21 grupos focais para discussão e deliberação, reunindo trezentas pessoas de diferentes áreas, como educadores, pesquisadores de *think tanks* governamentais, professores e diretores de escolas, e professores universitários. Essas discussões resultaram numa série de documentos de posicionamento, os quais subsidiaram o desenvolvimento da Estrutura do Currículo Nacional de 2005, incluindo tópicos tão abrangentes como educação para alunos com necessidades especiais, educação para a paz e educação física, refletindo o amplo espectro de protagonistas convidados a tomar parte desse processo. A estrutura curricular propunha o desenvolvimento de uma aprendizagem "holística" – visão bem alinhada com o conceito de competências do século XXI da forma proposta por Hilton e Pellegrino (discutida neste livro), indo além dela. Além disso, a Índia elaborou livros didáticos de alcance nacional, os quais trazem orientações, série a série e passo a passo, para alcançar essas competências.

Nos Estados Unidos, a preocupação com a preparação dos alunos para uma economia baseada no conhecimento, que demanda níveis mais altos de educação, assim como com a disseminação da estratificação de oportunidades educacionais baseada na origem racial e socioeconômica dos alunos, foi o que conduziu muitas das reformas recentes. Em particular, a Lei No Child Left Behind (2001) – última reiteração da Lei da Educação Elementar e Secundária, de 1965, e a maior fonte de gastos de recursos federais com a educação elementar e secundária – liberou verbas para a criação de uma avaliação anual padronizada de todos os estudantes, chamando a atenção para defasagens no desempenho acadêmico entre diferentes grupos. Em parte como resposta, foram desenvolvidos os Parâmetros Básicos Comuns, por um pequeno grupo de redatores de uma organização não governamental – com apoio de um grupo bipartidário formado por governadores e líderes empresariais, financiado pela Fundação Bill e Melinda Gates – como um meio de instituir um conjunto de metas acadêmicas comuns a todos os estados, começando pelas áreas de língua e literatura inglesa e matemática. Dada a ênfase no aspecto acadêmico, não é de surpreender que a análise comparativa entre esses parâmetros e os da estrutura de Hilton e Pellegrino mostrasse uma ênfase bem maior no desenvolvimento de competências cognitivas que no das interpessoais e intrapessoais.

De modo geral, nos seis países aqui apresentados, os propósitos da educação foram expandidos, em grande medida devido às transformações geradas pelo desenvolvimento da tecnologia da informação, assim como em resposta à percepção das constantes transformações nas demandas do mercado de trabalho e do grau cada vez maior de sofisticação e responsabilidade exigido da participação social. Em todos os casos, a ampliação da abrangência do currículo foi baseada na premissa de que a educação daria uma contribuição positiva ao desenvolvimento nacional e, nos casos da Índia, do Chile, do México e dos Estados Unidos, maior poder aos indivíduos.

Essas reformas nos objetivos curriculares foram impulsionadas por forças tanto locais como globais. Em todos os casos, os governos nacionais foram atores decisivos para deflagrar tais reformas curriculares, ainda que, na maior parte dos países, grupos da sociedade tenham participado de consultas sobre elas, assim como da formulação e do monitoramento de programas educacionais que incorporavam as aspirações por um currículo mais abrangente. À medida que os governos desenvolviam novas narrativas sobre metas curriculares, eles recorreram a uma série de fontes, incluindo as desenvolvidas por instituições supranacionais, tais como: o relatório sobre a educação para o século XXI da Cepal intitulado *Educação e conhecimento: pilares básicos para a mudança dos padrões de produção com equidade social*; ou as várias publicações da OCDE, em particular aquelas comparando resultados de testes aplicados em diferentes países.

Ainda que as metas dos currículos tenham sido ampliadas em todos os países, há distinções importantes quanto ao enfoque central de cada um. Na maior parte deles, predominam as metas cognitivas; elas refletem os propósitos mais consolidados e amplamente aceitos pelas escolas, profundamente enraizados no sistema tradicional da vida escolar. Entre os países examinados, Cingapura se destaca pela forte ênfase numa educação baseada em valores. Chile e México se distinguem pelo foco na educação voltada para a cidadania democrática. A estrutura curricular da Índia é, pode-se dizer, a mais holística e abrangente em termos das suas metas. Estados Unidos e China enfatizam uma ordem mais complexa de habilidades cognitivas.

Subjacentes a esses vários enfoques, contudo, existem mais pontos em comum do que sugere uma visão superficial. O DNA dos objetivos curriculares difere tanto na linguagem específica usada para descrever os enfoques prioritários como nos programas concebidos para realizar seus propósitos, e competências similares podem dar sustentação a diferentes ênfases programáticas. A educação para a cidadania no Chile e no México, por exemplo, faz alusão a muitas competências interpessoais e intrapessoais presentes na educação do século XXI de Cingapura ou na ênfase dada pela Índia à cidadania global e à educação pela paz. Mais importante que tudo: na visão dos seis países, as metas educacionais para todos os estudantes precisam ser ampliadas.

## ESTRATÉGIAS PARA IMPLEMENTAR A EDUCAÇÃO DO SÉCULO XXI

Embora as metas das reformas educacionais nos seis países abordados neste livro sejam, sob muitos aspectos, semelhantes, os caminhos trilhados para atingi-las diferem de modo significativo de um país para outro, dependendo de seu contexto social, político e histórico. Resumiremos a seguir as principais estratégias, instrumentos políticos e mecanismos usados por esses países para pôr em prática a educação do século XXI, discutindo os temas subjacentes que emergiram de nossa análise.

Em Cingapura, uma parceria particularmente efetiva entre o Ministério da Educação, o Instituto Nacional de Educação e as 360 escolas do país produziu uma combinação singular de compatibilização de objetivos, coerência sistêmica de expectativas e mecanismos sinérgicos que deu suporte à implementação das diretrizes políticas estabelecidas pelo Ministério da Educação. Este, em particular, define o direcionamento geral e garante que haja coerência entre os diferentes atores no sistema. Desse modo, o Ministério desenvolveu um quadro conceitual para as competências do século XXI e um quadro que detalha "os resultados desejados para a educação", que foram amplamente comunicados a todos os atores em todos os níveis do sistema.

Entretanto, a exemplo da China, em vez de impor uma reformulação total do sistema, de cima para baixo, o Ministério da Educação de Cingapura optou por uma estrutura equilibrada entre "autonomia e padronização" que orientou os atores importantes do sistema educacional no processo de implementação. Discussões e interações foram levadas a cabo com os principais atores antes que as mudanças fossem introduzidas no âmbito do sistema, começando na escola primária e, em seguida, estendendo o processo para os níveis secundário e superior. Como relatam os autores do capítulo, o Ministério da Educação priorizou uma estrutura colaborativa de valores e metas compartilhados, alinhados com um resultado unificado.

Um aspecto digno de nota nos contínuos esforços de Cingapura para aprimorar a educação é o alinhamento entre a formação dos professores e dos diretores de escolas – tanto a inicial como a continuada – e os objetivos educacionais em constante mudança. Por exemplo, depois da introdução, em 2010, da estrutura para as competências do século XXI e dos resultados obtidos pelos estudantes, Cingapura lançou, entre 2011 e 2013, um programa experimental com cinco escolas de educação secundária para, juntas, desenvolverem as competências do século XXI por meio de uma abordagem da escola como um todo. Além disso, rastreou experiências fora do país em busca de boas práticas globais e envolveu especialistas locais e internacionais.

Na China, a implementação da grade curricular dependeu da gestão governamental para garantir o equilíbrio entre centralização e descentralização, refletindo-se nos três níveis do currículo: nacional, local e por escola. A estrutura curricular nacional responde por 80% do currículo; os 20% restantes do que os alunos aprendem ficam por conta de escolhas locais e de cada escola, de modo a expressar o princípio da "base comum, opções diversificadas". O Ministério da Educação desenvolve a estrutura curricular nacional, enquanto as autoridades locais (incluindo as de províncias, prefeituras/municípios, distritos/condados) elaboram currículos locais para as escolas nas respectivas administrações. Os livros didáticos para o currículo nacional são aprovados por autoridades provinciais. Cabe aos governos de cada comarca/condado selecioná-los. As escolas elaboram planos para a aplicação do currículo de acordo com o contexto local, o que envolve as condições sociais e econômicas, tradições, pontos fortes, interesses e necessidades dos estudantes. As escolas também decidem os aspectos relativos ao seu currículo, incluindo os cursos eletivos que serão oferecidos.

Como ocorre em Cingapura, na China o currículo é estreitamente alinhado com a formação inicial e continuada dos professores. Os educadores chineses contam com um Sistema de Pesquisa sobre o Ensino que fornece apoio ao trabalho deles em sala de aula; isso inclui institutos de pesquisa e faculdades nos níveis provincial, municipal e local. Os pesquisadores são selecionados entre os melhores docentes; eles apoiam o trabalho dos professores coordenando projetos de pesquisa com base na escola, visitando as instituições escolares, interpretando os parâmetros curriculares, analisando o ensino em sala de aula, criando materiais didáticos e identificando boas práticas com o objetivo de disseminá-las. Institutos de pesquisas pedagógicas organizam o processo de capacitação, realizado oito vezes por ano para todos os professores e mais oito vezes para os capacitadores. Toda semana, os professores dedicam metade de uma jornada diária de trabalho a atividades de pesquisas pedagógicas distritais e outra metade a atividades de pesquisa e estudo na escola.

No Chile, a reforma curricular fez parte de um conjunto mais ambicioso de políticas educacionais, que incluiu: adoção de período integral nas escolas; detalhados programas de estudo, materiais didáticos, guias, computadores e livros escolares para apoiar o trabalho realizado em sala de aula; e vários programas de melhoria das escolas, estimulando a colaboração entre professores. Como parte dessas políticas, foi oferecido aos professores um extenso programa de desenvolvimento profissional, não necessariamente em sintonia com o novo currículo. A reforma também contemplou a compatibilização dos testes periódicos feitos pelos alunos com o novo currículo e a alteração do exame nacional de ingresso na universidade; os resultados dos testes, por sua vez, passaram a ser usados de diferentes formas para alinhar tanto a gestão das escolas como a prática em sala de aula.

No México, os principais instrumentos das políticas educacionais para dar apoio à implementação do novo currículo abrangeram: publicação do currículo nacional; reelaboração dos materiais de ensino, incluindo os livros didáticos; e implementação de programas de tecnologia nas escolas. Uma reforma constitucional com novo foco na aferição de responsabilidades (*accountability*) também gerou uma discussão sobre a necessidade de novos modelos educacionais. Ainda que tenha havido investimento em programas de formação e aperfeiçoamento profissional de professores, eles não foram alinhados com o novo currículo.

Na Índia, as seguintes abordagens foram adotadas para colocar em prática a Estrutura do Currículo Nacional de 2005 (NCF2005): capacitação de professores e diretores de escolas; elaboração de novos programas de estudo e livros didáticos; e tradução e interpretação de livros didáticos para dialetos. Foi desenvolvida uma estrutura curricular nacional para a formação de professores, refletindo as expectativas do NCF2005 em relação ao conhecimento e às habilidades docentes. Nos últimos dez anos, foram desenvolvidos esforços na elaboração de livros didáticos no nível nacional alinhados com o NCF2005, e hoje vários estados estão em diferentes estágios do processo de tradução e contextualização desses livros, buscando atender aos requisitos de cada região. No entanto, como observam os autores do capítulo, a implementação da reforma não se concretizou a contento, em particular porque ainda falta aos professores a capacidade de pôr em prática o currículo proposto.

Nos Estados Unidos, as principais abordagens para favorecer a aprendizagem do século XXI incluíram: compatibilização das avaliações com as competências de ordem mais complexa nas áreas fundamentais de língua e literatura, matemática e ciências; alinhamento gradual dos parâmetros dos professores com o novo currículo, e adoção de políticas de estímulo a parcerias com entidades empresariais e organizações sem fins lucrativos, de modo a aprimorar o currículo. Dando continuidade a um processo que teve início há pelo menos duas décadas, a política adotada vem buscando parcerias com organizações não governamentais para o desenvolvimento de programas inovadores, de acordo com o currículo do século XXI. Verbas públicas e privadas têm financiado diferentes abordagens em relação à reforma e a outras modalidades de capacitação de professores, estimulando pedagogias inovadoras, alinhadas com uma aprendizagem mais profunda. Mais recentemente, as políticas públicas encorajaram a criação de escolas *charter* – escolas públicas, muitas vezes geridas por organizações sem fins lucrativos, que estão livres de certas exigências das escolas públicas regulares, com o objetivo explícito de aprimorar o desempenho acadêmico. Políticas e financiamentos públicos também apoiaram a expansão seletiva da jornada escolar, visando possibilitar o enriquecimento acadêmico do currículo.

Essas políticas postas em prática nos diversos países foram efetivadas em diferentes contextos institucionais, em distintos níveis de centralização e descentralização, resultando em vários graus perceptíveis de alinhamento entre política e programa implantado. Cingapura, com um sistema educacional relativamente pequeno (apenas 360 escolas), revela grande capacidade para alinhar sua política de implementação, em grande medida porque uma única instituição, o Instituto Nacional de Educação, é responsável pela elaboração e efetivação dos programas destinados a desenvolver no professor as capacidades alinhadas com as aspirações curriculares. Some-se a isso o fato de que uma parceria muito estreita entre o Ministério da Educação, o Instituto Nacional de Educação e as escolas se traduz na comunicação frequente das aspirações curriculares e em rápidos e constantes feedbacks, que reforçam a implementação dos programas e os ajustes determinados pela política. De modo semelhante, a China, com seu Ministério da Educação forte e centralizado, empreendeu uma série de reformas curriculares completas e sucessivas, a despeito do tamanho do país, muito maior que Cingapura. No Chile, outro pequeno sistema educacional entre os incluídos neste estudo, os esforços do Ministério da Educação para desenvolver um currículo do século XXI foram prejudicados por sua autoridade relativamente limitada sobre as escolas, em consequência de reformas anteriores e da que está em curso, que descentralizaram e privatizaram a educação com uma estrutura orientada para o mercado, diminuindo de modo significativo a autoridade regulatória do Ministério. O sistema educacional chileno, com 12 mil escolas, é decididamente maior do que o de Cingapura, com suas 360 escolas, ainda que seja menor que o da China, o da Índia, o do México e o dos Estados Unidos. Apesar dessas diferenças, contudo, em muitos aspectos o governo chileno compartilhou desafios semelhantes aos enfrentados por países maiores: operar um sistema descentralizado que limitava a autoridade do governo central para deflagrar a implementação da reforma curricular e de outras políticas educacionais.

Índia, México e Estados Unidos, grandes países com amplos e complexos sistemas educacionais, conviveram com um número muito maior de níveis de intermediação entre a política adotada para o currículo e sua execução nas escolas e nas salas de aula, devido às muitas camadas de burocracia governamental e também ao grande número de instituições envolvidas em funções complementares vitais, como a formação e capacitação de professores e o desenvolvimento de materiais didáticos e de avaliação dos alunos. Em consequência, a coerência e o alinhamento entre todas essas funções e o novo currículo representaram um desafio maior nessas nações que em Cingapura ou China.

Além dos cenários institucionais diversos, os países diferiram também nos conjuntos de estratégias e políticas usadas para dar suporte à implementação de seus currículos do século XXI. Essas estratégias variadas basearam-se em diferentes teorias sobre programas, as quais, por sua vez, não se constroem sobre uma conceituação específica dos apoios necessários ao avanço da educação do século XXI, mas, ao contrário, são um prolongamento de teorias mais gerais sobre o gerenciamento de melhorias do ensino. Elas vão desde as que enfatizam a aferição de responsabilidades dos alunos em termos de aprendizagem e do uso de incentivos para tornar professores e gestores responsáveis pelo desempenho dos alunos (ou seja, para melhorar a eficiência e a cobrança de resultados no sistema educacional) até as que enfatizam o desenvolvimento de habilidades e capacidades entre professores e adultos (ou seja, promovem o profissionalismo). Destacam-se bem menos as abordagens que promovem inovação e reformulação na educação. Essa tipologia (responsabilização por resultados, profissionalismo e inovação) não significa que sistemas nacionais de educação tenham apenas aumentado a responsabilização por meio de parâmetros e avaliações ou promovido o profissionalismo dos professores; todos fizeram uma combinação das duas coisas. O que variou, contudo, foram as abordagens adotadas por esses países em relação ao aprimoramento. A diferença é visível, sobretudo no contraste entre Estados Unidos (enfatizando a responsabilização por resultados) e Cingapura (focando o desenvolvimento do profissionalismo).

A questão que emerge do estudo comparativo entre os países é saber se a mesma teoria de programas que é capaz de sustentar o aperfeiçoamento técnico na educação – ou seja, aumentar a eficiência técnica das escolas (por exemplo, fazer com que melhorem o desempenho relativo ao cumprimento de objetivos estabelecidos há muito tempo) – também é adequada para fazer com que as escolas encampem novos objetivos, como aprimoramentos relevantes do tipo almejado pelas reformas curriculares examinadas neste estudo. Os casos do Chile, dos Estados Unidos e, em alguma medida, da China sugerem que o uso de uma teoria para o aprimoramento técnico da educação (reforma baseada em parâmetros e responsabilização pelos resultados) pode minar esforços para aumentar a relevância da educação no contexto atual. Ao final desta conclusão, esboçamos os elementos para uma teoria do aprimoramento da educação do século XXI.

Como muitos desses países instituíram reformas curriculares numa base *ad hoc*, com frequência havia falta de alinhamento entre as estratégias almejadas para fazer avançar a educação do século XXI e aquelas adotadas para atingir outros objetivos. As reformas do Chile, por exemplo, priorizaram o aprimoramento da equidade na educação, tendo em vista o próprio sistema, no qual a privatização e uma radical descentralização tinham segregado alunos de diferentes estratos sociais em escolas qualitativamente desiguais. Para alcançar esse objetivo, a estratégia educacional enfatizou a responsabilização por resultados e canalizou o apoio para as escolas menos favorecidas. Isso levou à concentração de grandes investimentos na formação profissional de professores voltada para o conteúdo básico, já que esse era o foco das reformas baseadas na responsabilização por resultados. No entanto, em certa medida, essa decisão não era compatível com a reforma mais abrangente das metas curriculares, nem com a ênfase no desenvolvimento das competências para o exercício da cidadania democrática, que requeriam mais inovações no desenvolvimento da capacidade pedagógica para atingir os novos objetivos curriculares. Estes, por sua vez, não poderiam ser aferidos nas avaliações que integravam o sistema baseado na responsabilização por resultados. As potenciais compensações entre vantagens e desvantagens não foram enfrentadas abertamente, e a estratégia não articulou explicitamente as prioridades atribuídas a cada um dos objetivos da política. Em Cingapura, ao contrário, a ênfase mais recente dada à educação do século XXI se valeu da prioridade anteriormente concedida ao desenvolvimento do pensamento crítico e de habilidades de natureza complexa, ao mesmo tempo que a reforçou. Na verdade, o estudo de caso de Cingapura é uma história exemplar de um aprimoramento contínuo por um período muito longo, no qual cada fase se desdobra apoiando-se na anterior e novas prioridades estabelecem sinergia com aquelas das fases precedentes.

Além disso, os países se voltaram para diferentes partes do sistema educacional. China e Cingapura, por exemplo, fizeram da formação e capacitação de professores um componente fundamental da execução da estratégia, e, ainda que a avaliação de conhecimento dos alunos fosse feita regularmente, ela não foi o motor central da reforma curricular. Chile e Estados Unidos, ao contrário, realizaram a implementação do currículo do século XXI num contexto motivado, em grande medida, pela reforma com base nos parâmetros, uma abordagem de aperfeiçoamento da aprendizagem largamente apoiada na avaliação do desempenho dos alunos em relação a uma gama estreita de conhecimentos e habilidades, bem como no uso dessa informação para aumentar a responsabilização por resultados.

Os países também variaram quanto às abordagens usadas para estimular a inovação pedagógica. Índia e Estados Unidos estimularam organizações da sociedade civil a desenvolver enfoques inovadores para fazer avançar a educação do século XXI, muitas vezes trazendo novas ideias para os campos da aprendizagem e da pedagogia e para a capacitação de professores. Ainda que a formação e capacitação fosse um elemento importante no conjunto de políticas de todos os países estudados, seu alinhamento com as novas aspirações presentes no currículo variou bastante. As duas coisas estavam mais estreitamente ligadas em Cingapura e mais distantes no Chile, no México e nos Estados Unidos, pelo menos nos programas patrocinados pelo governo. Na China, projetos piloto locais promovidos por autoridades educacionais locais e organizações não governamentais e, no caso da Índia, apenas por organizações não governamentais produziram programas de desenvolvimento profissional claramente alinhados com as novas abordagens curriculares.

## OS DESAFIOS DA IMPLEMENTAÇÃO DA EDUCAÇÃO DO SÉCULO XXI

Os capítulos deste livro mostram que a implementação da educação do século XXI foi fraca na maior parte dos casos, pelo menos em termos de escala e nas formas de beneficiar todos os alunos.

O maior desafio de Cingapura para passar a um espectro mais amplo de competências na aprendizagem era assegurar que seus professores estivessem aptos a ensinar as competências do século XXI, equipados com conhecimento e habilidade de questionar, tornando-se assim modelos para os alunos. Anteriormente, a pedagogia era tradicionalmente centrada no professor e nas disciplinas e, em grande medida, formatada em função dos exames nacionais de avaliação, que eram tidos como fator decisivo. Mudar a cultura das escolas a fim de criar um ambiente propício à aprendizagem no novo século é um desafio para Cingapura. Outro desafio tem sido o de engajar pais, líderes empresariais e integrantes da comunidade para que apoiem um espectro mais amplo de metas educacionais de um sistema baseado na meritocracia – no qual trabalho e esforço, assim como desempenho, redundam em status, privilégio e respeito da sociedade. Obter um bom resultado nas avaliações de referência e nos exames nacionais permanece vital para pais e alunos; em última instância, as habilidades cognitivas continuam a ocupar o foco da maioria. Essa adoção de um foco restrito pelos principais protagonistas pode se tornar um obstáculo à liberdade das escolas para inovar.

Na China, de modo semelhante, o ensino ainda é movido por exames e livros didáticos, sendo estes últimos o principal meio pelo qual os objetivos curriculares são implementados. Assim, as competências determinadas nos parâmetros curriculares são muitas vezes diluídas na sala de aula depois de serem traduzidas em termos de livros didáticos e especificações para exames. A maioria dos exames obedece à lógica do papel e caneta e costuma focar uma gama limitada de disciplinas. Os testes estão concentrados principalmente em habilidades cognitivas de pouca complexidade e não abrangem competências interpessoais e intrapessoais. Ainda que o governo tenha reconhecido e enfatizado que os exames para ingresso na universidade deveriam avaliar um conjunto mais amplo de habilidades, e ainda que mais itens relacionados a habilidades tenham sido a eles incorporados, de modo geral esses exames em papel limitam a aferição de competências não cognitivas.

No Chile, apesar de um alto grau de implementação das atividades pretendidas pela reforma educacional nos níveis primário e secundário, os impactos exercidos sobre as práticas dos professores e os processos ocorridos em sala de aula permanecem tênues. Os meios utilizados para efetivar a reforma do currículo não se revelaram muito eficientes, já que consistiam, em grande medida, em cursos tradicionais de formação de professores. As universidades encarregadas desses cursos não estavam familiarizadas com as metas visadas pela reforma curricular, estando muito distantes da realidade da prática pedagógica para preparar os professores de forma adequada quanto ao desenvolvimento de práticas pedagógicas compatíveis com a educação do século XXI.

Na Índia, embora as metas curriculares fossem ambiciosas, a execução delas se deu de modo frágil ao longo do sistema e sem focar elementos de apoio necessários, como a formação de líderes. Os sistemas presentes em cada nível de implementação não foram projetados para se contrapor aos preconceitos socioculturais que obstruem o desenvolvimento das competências do século XXI como articuladas na Estrutura do Currículo Nacional de 2005. Professores e diretores escolares, por exemplo, refletem uma mentalidade hierárquica e autoritária, incompatível com a aprendizagem do século XXI. São necessários sistemas robustos que garantam que tanto a elaboração de conteúdo como a seleção de profissionais em cada estado se realizem acima do plano das desigualdades sociais, preparando, ao mesmo tempo, professores e gestores escolares para uma mudança de mentalidade.

No México, há dois problemas fundamentais a serem enfrentados: elaboração inadequada do currículo e falta de demanda por habilidades do século XXI por pais e professores. Não há uma visão compartilhada das comunidades escolares a respeito de quais competências são relevantes para os alunos, assim como não existe nenhuma evidência de que as propostas pedagógicas tenham mudado a ponto de refletir aspirações curriculares mais amplas.

Nos Estados Unidos, as recentes reformas educacionais focaram medidas em prol da responsabilização por resultados, as quais, na prática, redundaram em um currículo mais restrito, "cognitivo e baseado em testes".[1] Tal apreciação coincide com o relatório emitido pela Comissão sobre Excelência e Equidade em 2013, advertindo que, nos últimos trinta anos, os adeptos de reformas nas escolas foram guiados pela "estrela-guia dos padrões internacionais e da responsabilização por resultados com base em testes",[2] como exemplificado pelo recente movimento em prol dos Parâmetros Básicos Comuns. Em 2007, líderes educacionais de Massachusetts dedicaram tempo e recursos para formar uma força-tarefa que identificou meios para implementar uma política educacional explicitamente voltada para o apoio a distritos, escolas, professores e alunos em relação à educação do século XXI. Apesar disso, o momento escolhido e as prioridades concorrentes, que privilegiavam reformas baseadas em parâmetros apoiadas pelo governo federal, deixaram as recomendações feitas pela força-tarefa em suspenso. Há apenas pouco tempo, os líderes educacionais de Massachusetts começaram a priorizar a preparação para a universidade e para a carreira profissional por meio de uma seção do Departamento de Educação Elementar e Secundária e, mais recentemente, a alinhar os parâmetros de formação dos professores com os Parâmetros Básicos Comuns. Ainda que existam exemplos inspiradores, criativos e abrangentes relativos à educação do século XXI em escolas e redes de ensino norte-americanas, como a Deeper Learning Network e suas escolas apoiadas pela Hewlett Foundation, permanece o desafio de fazer com que experiências como essa se expandam e, com apoio no sistema como um todo, tenham conexão com a formação de professores.

Com esses achados, acreditamos que a dificuldade em alcançar os objetivos da educação do século XXI, da forma expressa em muitos documentos nas últimas décadas, se deve à falta de uma teoria de sistemas clara e eficaz, que dê suporte a uma estratégia adequada de implementação. De fato, a despeito de uma abundante base de conhecimento delineando o que os alunos deveriam aprender e ser capazes de fazer no novo século, existe um vácuo crítico na literatura especializada sobre como produzir mudanças nos sistemas que permitam a professores e alunos ensinar e aprender no mundo atual. Em consequência, enquanto as escolas aspiram a uma abrangente lista de competências a serem adquiridas pelos alunos, a defasagem entre essas aspirações e a prática escolar tradicional tem aumentado. Isso gera um paradoxo: à medida que as sociedades se tornam mais conscientes do papel crucial exercido pela educação na formação das crianças e adolescentes para criar o futuro e que vem à tona um consenso a respeito da natureza multidimensional das competências necessárias para essa tarefa, cresce também a insatisfação com o desempenho das escolas para atender a essas expectativas crescentes. O desafio reside no fato de que essa situação paradoxal pode levar à redução do apoio às escolas e ao descompromisso com a educação pública, em um momento no qual esse apoio e compromisso são mais necessários que nunca, principalmente se as escolas forem de fato capazes de pôr em prática um currículo concebido para empoderar os indivíduos e para apoiar estados-nações econômica e socialmente viáveis, que possam responder aos desafios globais do século XXI.

Outro desafio com a prática da educação do século XXI surge da tensão percebida entre o investimento em práticas eficazes alinhadas com as aprendizagens tradicionais e o apoio às práticas alinhadas com as competências do século XXI em escolas com baixo desempenho nas disciplinas tradicionais. Argumenta-se que, como as escolas não conseguem sequer fazer com que os alunos aprendam o básico, é melhor voltar-se para esse básico, responsabilizando os professores pelos resultados, do que estabelecer aspirações mais altas. Uma variante desse desafio aponta para a compensação entre vantagens e desvantagens de investir na volta ao básico para os pobres e na educação do século XXI para os alunos mais privilegiados.

Um terceiro desafio relativo à implementação da educação do século XXI diz respeito à falta de uma teoria do desenvolvimento sólida, que apoie a ação pedagógica, e de uma teoria de sistemas eficaz para a educação do século XXI, incluindo uma abordagem para a formação e capacitação de professores e para o desenvolvimento de gestores escolares e líderes do sistema. Ainda não existe uma teoria do desenvolvimento integrada que articule o desenvolvimento das competências listadas nas várias estruturas curriculares do século XXI ou que faça isso de modo que elas se reforcem e se complementem. Como durante muito tempo os currículos tiveram seu foco no desenvolvimento cognitivo, é de supor que o escopo e a sequência adotados no ensino das disciplinas tradicionais – linguagem e matemática, por exemplo – reflitam essa compreensão teoricamente fundamentada. Entretanto, no caso das habilidades intrapessoais e interpessoais, a falta de uma teoria adequada fica visível. As estruturas curriculares apontam, por exemplo, a importância de um traço ou característica pessoal como a perseverança, mas não explicam de que modo ela pode ser desenvolvida. A maior parte das características individuais e dos componentes das habilidades intrapessoais e interpessoais baseia-se em pesquisas psicológicas; consequentemente, nelas se encontram os fundamentos teóricos para explicar o desenvolvimento de tais características, e é nelas que um amplo trabalho aplicado também se baseia, buscando cultivar essas características. Entre os exemplos incluem-se a autoeficácia, uma competência intrapessoal vital (a confiança na própria capacidade de ser bem-sucedido), desenvolvida teoricamente por Albert Bandura;[3] a teoria das inteligências múltiplas (uma alternativa ao conceito de inteligência como constructo único), desenvolvida por Howard Gardner;[4] o constructo de uma mentalidade de crescimento (a crença de que as habilidades podem ser desenvolvidas com esforço e dedicação), desenvolvido por Carol Dweck;[5] e o conceito de garra ou determinação (a paixão e a motivação para atingir determinadas metas), estudado por Angela Duckworth.[6]

No entanto, mesmo que o estudo isolado das características pessoais ajude a avançar o entendimento teórico e a conceber intervenções para desenvolvê-las, o desafio da educação do século XXI está em dar apoio ao desenvolvimento simultâneo de todo um espectro delas, garantindo um conjunto coerente de oportunidades para os estudantes ao longo de disciplinas e séries. A falta de uma teoria integrada do desenvolvimento humano, que enfeixe todas essas características de modo abrangente e ao mesmo tempo sintético, é um fator limitante para a elaboração de abordagens práticas, ligadas às experiências de aprendizagem, que visem alcançar um conjunto equilibrado de competências.

Precisamos de uma teoria que dê suporte ao desenvolvimento de uma sequência de experiências necessárias aos alunos para adquirir essas competências, integrando os domínios cognitivo, interpessoal e intrapessoal. Estudiosos e profissionais do ensino poderiam usar essa teoria do desenvolvimento humano para propor experiências que propiciassem a aprendizagem envolvendo todos os domínios, e não apenas alguns deles. Na ausência de uma teoria como essa, os sistemas educacionais vêm tentando desenvolver competências do século XXI recorrendo, em grande medida, a abordagens já concebidas, voltadas para o desenvolvimento cognitivo. Não temos nenhum motivo para pensar que os mesmos instrumentos e abordagens ajudariam os estudantes a desenvolver competências interpessoais e intrapessoais, e temos alguns para questionar se eles contribuem para o desenvolvimento de certas competências cognitivas, como inovação e criatividade.[7] O México, por exemplo, vem procurando desenvolver competências associadas à cidadania nas disciplinas de educação cívica, valendo-se amplamente da didática e da pedagogia; o Chile, ao contrário, tentou atingir a mesma meta de modo diverso, incluindo objetivos de aprendizagem em várias disciplinas, mas os professores não estavam preparados para ensinar objetivos "transversais" que fugiam à prática tradicional da escola, centrada em disciplinas. Somam-se a essas dificuldades originadas pela ausência de uma teoria integrada do desenvolvimento das competências do século XXI, em primeiro lugar, a inexistência de uma teoria de como os adultos (professores e gestores de escolas) aprendem as competências em que se apoia a pedagogia do século XXI e, em segundo, a falta de entendimento de como as práticas colaborativas se traduzem num conjunto coerente e integrado de experiências educacionais ao longo de disciplinas e séries.

Também poderíamos nos beneficiar de uma discussão mais consistente e explícita a respeito das metas e dos objetivos da educação, no âmbito dos nossos contextos sociais, políticos e econômicos, atuais e futuros, e das necessidades, dos desafios e das oportunidades que antecipamos para o século XXI e para além dele. Em países como a Índia e Cingapura, onde essas discussões são facilitadas, as competências delineadas são mais abrangentes e sólidas.

## FONTES DE PRÁTICAS INOVADORAS

Apesar dos limitados indícios de implementação em larga escala da educação do século XXI, nos países examinados neste livro há modelos que demonstram a aprendizagem do século XXI, ainda que em pequena escala. Mesmo que esse não seja o foco de nosso estudo, surgem evidências indicando que a análise das fontes de práticas inovadoras, as quais dão apoio a esse tipo de aprendizagem, é um dos temas que merecem uma investigação mais aprofundada. A discussão subsequente deve ser tratada como sugestiva da necessidade de uma pesquisa desse tipo, e não como uma conclusão definitiva sobre fontes de práticas inovadoras em cada um dos países estudados.

Em Cingapura, as escolas modificaram o currículo e as avaliações para ensinar competências do século XXI no âmbito das disciplinas. O conteúdo de todas as disciplinas foi reduzido em 30% para liberar tempo nos currículos escolares a fim de promover o pensamento crítico e a aprendizagem autogerida. Habilidades associadas ao raciocínio foram integradas aos testes e exames destinados a aferir as habilidades dos estudantes para avaliar, sintetizar, tomar decisões e resolver problemas. O aprendizado com base na elaboração de projetos foi implementado nas escolas como forma de desenvolver a curiosidade, a criatividade, a iniciativa e o trabalho em equipe. Todas as escolas primárias implementaram o Programa para Aprendizagem Ativa, que recorre a atividades de entretenimento (esportes, jogos e artes dramáticas, musicais e visuais), de modo a favorecer o desenvolvimento holístico. As escolas também adotaram múltiplas formas de atividades complementares para desenvolver competências e valores do século XXI. Uma das principais iniciativas foi a integração abrangente das tecnologias da informação e comunicação no currículo e na pedagogia; por exemplo, seis escolas-modelo, conhecidas como FutureSchools@Singapore, estão fazendo experiências para incorporar plenamente as TICs ao currículo.

Nos demais países de nosso estudo, as reformas do sistema educacional não foram implementadas de forma tão plena quanto as de Cingapura. Na China, cabe às autoridades educacionais locais decidir em que medida as competências interpessoais e intrapessoais serão ensinadas por meio do currículo local e escolar. A eficácia do ensino e da aprendizagem depende da capacidade desses níveis locais para fazer isso. O objetivo do procedimento é o de estimular a experimentação e a inovação de baixo para cima. No Chile, o governo adotou o enfoque contrário, de cima para baixo, encorajando e financiando a criação de consórcios de universidades ou de organizações não governamentais e grupos de escolas para desenvolver e implementar intervenções de apoio ao aprimoramento escolar.

No México, várias organizações não governamentais desenvolveram programas inovadores que acabaram por influenciar e fornecer subsídios às intervenções governamentais. É o caso da Enlaces, organização que apoia o desenvolvimento de aprendizagens tecnológicas, da La Vaca Independiente, que promove o desenvolvimento da empatia e do pensamento crítico por meio da valorização das artes visuais, e da Via Educación, que visa desenvolver o espírito de liderança entre jovens por meio da educação cívica.[8]

A Índia também implementou a aprendizagem do século XXI por meio de organizações da sociedade civil, como a Digantar, a Lend-a-Hand India, o Barefoot College e a Design for Change. Algumas contribuíram com debates que deram origem a novos objetivos curriculares; outras, com a implementação desses objetivos.

Frequentemente, modelos como esses foram gerados como resultado de políticas destinadas especificamente a apoiar a inovação. A China concedeu liberdade a algumas jurisdições locais no que tange a certos regulamentos obrigatórios, propiciando medidas inovadoras. Cingapura contou com escolas-modelo para monitorar a introdução de pedagogias do século XXI. Na Índia, no México e nos Estados Unidos, parcerias público-privadas possibilitaram a organizações não governamentais elaborar pedagogias inovadoras e programas de formação profissional de professores. Essa participação ativa da sociedade civil no projeto de inovação educacional pode expressar a crescente consciência da importância da qualidade da educação, como foi discutido na introdução, juntamente, talvez, com certo ceticismo em relação à capacidade do setor público de atender com sucesso a essa demanda sem contar com algum apoio externo.

## A NECESSIDADE DE ESTRATÉGIAS SISTÊMICAS EM APOIO À APRENDIZAGEM DO SÉCULO XXI

Os estudos de caso apresentados neste livro demonstram que objetivos claros são importantes para a reforma educacional, mas eles não têm a capacidade de executar a si mesmos. Sua implementação requer uma teoria sobre a melhor forma de fazer com que professores e gestores escolares desenvolvam oportunidades de aprendizagem capazes de proporcionar aos alunos oportunidades significativas de adquirir o conjunto de competências almejado pelas reformas curriculares empreendidas nos países incluídos neste trabalho.

Uma teoria de sistemas precisa discutir como as experiências de aprendizagem serão moldadas pelo currículo e pelas práticas pedagógicas, respondendo a questões como: *(1)* as disciplinas são meios adequados para desenvolver essas competências?; *(2)* qual é o papel das práticas pedagógicas, do estudo independente, da aprendizagem baseada em projetos e da educação fora da escola?; e *(3)* qual é o equilíbrio apropriado entre eles? Com ideias claras sobre como as oportunidades de aprendizagem seriam estruturadas de modo coerente, essa teoria de sistemas poderia fornecer subsídios sobre o tipo de organização e gestão escolar que daria maior apoio a essas oportunidades, assim como os tipos de recursos e estruturas que tornariam viáveis uma organização e uma pedagogia como essas. Fora da instituição escolar, a teoria poderia analisar o papel da participação social e comunitária no estabelecimento de objetivos e metas, no sistema de avaliação, na gestão da inovação, na geração de recursos, na cultura – incluindo os princípios básicos de funcionamento escolar e a expectativa mais ampla da sociedade em relação às escolas – e na comunicação entre escola e comunidades. É por meio da interação entre esses vários elementos de um sistema educacional que a cultura da educação e a prática diária do ensino e da aprendizagem nas escolas ganham forma.

Proporcionar apoio ao desenvolvimento de uma cultura como essa exige que esses elementos sejam abordados como um sistema, ou seja, ter em mente que, ao lidar com um deles, o impacto que os outros elementos exercem no ensino será afetado. Novos objetivos curriculares, por exemplo, requerem comunicação, frequente e repetida, em todos os níveis do sistema – uma prática bem exemplificada em Cingapura, com bons resultados no apoio à execução das aspirações explicitadas na política educacional. Porém é improvável que a mera comunicação dos objetivos faça alguma diferença na prática. A verdadeira mudança exige oportunidades de desenvolvimento de novas capacidades para professores e gestores escolares, assim como transformações no contexto social da escola, de modo que expectativas e valores sociais – de colegas, supervisores e mesmo de alunos e pais – deem suporte às mudanças pedagógicas em questão. Além disso, mudanças no apoio e nas expectativas precisam ser acompanhadas de mudanças na avaliação e nos mecanismos de responsabilização por resultados, de modo a reforçar as transformações em curso, e não a operar sem qualquer sintonia com elas. Finalmente, a estratégia para orientar transformações sistêmicas que se apoiem mutuamente em prol do ensino do século XXI precisa estar alinhada com outras em andamento, visando atingir objetivos diferentes ou complementares na escola.

## A NECESSIDADE DE FORTALECER O PAPEL DA PROFISSÃO DE PROFESSOR

Concomitantemente com a expansão dos resultados educacionais desejados para os estudantes prosperarem no século XXI, uma pedagogia que sustente essa aprendizagem exige a ampliação de competências dos professores. Um conhecimento especializado e aprofundado no apoio à aprendizagem do século XXI requer um conjunto coerente de técnicas e de oportunidades para o desenvolvimento profissional, de modo a dar suporte à prática em sala de aula. A natureza multidimensional da aprendizagem do século XXI requer dos professores um profissionalismo ainda maior, e não capacitações voltadas para um espectro restrito de habilidades. Além de uma teoria consistente que oriente a implementação da educação do século XXI, os líderes precisam prestar atenção às estruturas de governança da educação, de modo que as escolas venham a ser uma organização onde pessoas intrinsecamente motivadas – alunos e professores – estejam empenhadas em práticas inovadoras com o esforço e a determinação necessários para ensinar um conjunto mais ambicioso de parâmetros. Isso exigirá um bom equilíbrio entre autonomia da escola e centralização. É necessário contar com expectativas e parâmetros claros – como a expectativa de que *todos os alunos* signifique *todos*, quando se trata de proporcionar a eles as competências que lhes darão maior poder sobre a própria vida. Os parâmetros, por sua vez, precisam do apoio que esforços centralizados podem proporcionar, sob a forma, por exemplo, de financiamento ou de oportunidades de capacitação e de avaliação de resultados. No entanto, esses esforços têm de vir associados à autonomia, que abre espaço ao profissionalismo, à opinião e à inovação onde esses fatores são mais importantes – na sala de aula e na escola –, e também à abertura para formas de colaboração ricas e variadas entre escolas, comunidades e organizações da sociedade civil.

A educação do século XXI é consequência do movimento que teve início em 1945, quando o direito à educação foi incluído na Declaração Universal dos Direitos Humanos. Esse movimento global em prol da educação, envolvendo sociedades e governos, organizações nacionais e supranacionais, transformou a humanidade ao proporcionar à maioria das crianças e adolescentes a oportunidade de ir à escola. Num período relativamente curto, ele obteve enorme progresso ao criar as condições para a aquisição de competências cognitivas básicas. Apoiadas sobre o sucesso desses esforços realizados nas últimas sete décadas, aspirações mais ousadas de educação, tendo em vista o século XXI, pedem um novo tipo de pensamento e novas maneiras de agir. Estas, por sua vez, exigem que todos se envolvam, em especial os adultos que trabalham nas escolas e os que os apoiam. Descobrir a melhor maneira de sustentar essa nova aprendizagem é, talvez, o passo mais importante no movimento global para educar todas as crianças e adolescentes para que eles possam construir o futuro.

POSFÁCIO

# A educação para o século XXI e a Base Nacional Comum Curricular no Brasil

Anna Penido
*Instituto Inspirare*

O que todos os estudantes brasileiros devem aprender e desenvolver ao longo de suas trajetórias escolares para realizar seus projetos de vida no século XXI, contribuindo assim para que o Brasil avance como nação? Essa é a questão primordial que o país deveria se fazer na elaboração de sua Base Nacional Comum Curricular (BNCC) – documento cuja produção se iniciou em junho de 2015 e que visa definir os direitos e objetivos de aprendizagem e desenvolvimento a que todos os alunos do país devem ter acesso na educação básica.

Se não tiverem propósitos claros, dificilmente as novas orientações curriculares ajudarão a superar as deficiências que comprometem a qualidade e a equidade do sistema educacional brasileiro, muito menos ajudarão a preparar as novas gerações para os desafios atuais e aqueles que ainda estão por vir. Dentre os países estudados nesta publicação, os que tiveram maior sucesso na construção de currículos sintonizados com a contemporaneidade são justamente aqueles que educam as novas gerações em consonância com seu projeto de nação.

Este posfácio tem o propósito de refletir sobre como as discussões em torno da BNCC dialogam com o tema central deste livro, identificando em que medida a nova proposta curricular nacional se propõe incorporar conhecimentos e habilidades que preparem os estudantes para a vida no século XXI. Também busca compreender como as experiências dos seis países estudados neste livro servem de inspiração para o Brasil.

## A BASE NACIONAL COMUM CURRICULAR

A proposta de construir uma Base Nacional Comum Curricular para o Brasil surge com a Constituição Federal de 1988, cujo artigo 210 diz que "serão fixados conteúdos mínimos para o ensino fundamental, de maneira a assegurar formação básica comum e respeito aos valores culturais e artísticos, nacionais e regionais".[1] Em 1996, a Lei de Diretrizes e Bases da Educação, em seu artigo 26, reafirma que "os currículos da educação infantil, do ensino fundamental e do ensino médio devem ter base nacional comum, a ser complementada, em cada sistema de ensino e em cada estabelecimento escolar, por uma parte diversificada, exigida pelas características regionais e locais da sociedade, da cultura, da economia e dos educandos".[2]

Como resposta a essa determinação, o Ministério da Educação (MEC) lança, na segunda metade dos anos 1990, os Parâmetros Curriculares Nacionais (PCNs). Sem caráter obrigatório, os PCNs servem apenas de orientação para o trabalho de escolas, instituições de formação de professores e produtores de material didático, sugerindo o que deve ser ensinado nos ensinos fundamental e médio.[3]

Em 2010, o Conselho Nacional de Educação (CNE) publica resolução em que define as Diretrizes Curriculares Nacionais Gerais para a Educação Básica (DCNs), com o propósito de traduzir os marcos legais brasileiros em "orientações que contribuam para assegurar a formação básica comum nacional". Apesar de já se constituírem em normas obrigatórias, as DCNs sistematizam princípios e diretrizes, mas não chegam a definir o que os estudantes devem aprender.[4]

Em 2014, a elaboração da Base Nacional Comum Curricular finalmente passa a integrar o Plano Nacional de Educação (PNE) como estratégia para o alcance da meta 7, que prevê o fomento à qualidade da educação básica em todas as etapas e modalidades, visando melhorar o fluxo escolar e a aprendizagem de forma a assegurar o alcance de médias nacionais projetadas para o Índice de Desenvolvimento da Educação Básica (Ideb). O PNE obriga o governo federal, estados e municípios a "estabelecer e implantar, mediante pactuação interfederativa, diretrizes pedagógicas para a educação básica e a base nacional comum dos currículos, com direitos e objetivos de aprendizagem e desenvolvimento dos(as) alunos(as) para cada ano do ensino fundamental e médio, respeitadas as diversidades regional, estadual e local".[5]

O hiato de quase 27 anos entre a promulgação da Constituição Federal e o início da construção da BNCC deve-se em grande medida à dificuldade de construir consensos em torno de duas questões preponderantes. A primeira, sustentada em boa parte por instituições e profissionais ligados à formação de professores, versa sobre os riscos de uma base curricular comum a todo o país desconsiderar as realidades locais e comprometer a autonomia de redes, escolas e educadores. A segunda diz respeito às divergências sobre o que é essencial que todos os estudantes aprendam durante a vida escolar.

O pacto firmado em torno do PNE, construído com ampla participação social e aprovado por unanimidade no Congresso Nacional, fortalece a disposição do MEC de enfrentar o desafio e iniciar a elaboração da Base. A decisão tem o respaldo de importantes aliados, tanto do poder público como da sociedade civil. De um lado, redes estaduais e municipais de educação, capitaneadas pelo Conselho Nacional de Secretários de Educação (Consed) e pela União Nacional dos Dirigentes Municipais de Educação (Undime), mostram-se favoráveis à BNCC e se comprometem a participar ativamente de sua construção. De outro, o processo ganha pressão e colaboração do Movimento pela Base Nacional Comum, grupo não governamental integrado por profissionais e pesquisadores da educação articulados pela Fundação Lemann que, desde 2013, organiza debates, estudos, campanhas e grupos de trabalho para facilitar a construção de uma base curricular de qualidade para o país.[6]

A proposta também recebe apoio dos educadores. Segundo pesquisa realizada em 2014 com mil docentes brasileiros do ensino fundamental, 82% dos entrevistados concordam que os currículos de todas as escolas do Brasil devem ter uma base comum e 93% afirmam que saber o que é esperado que os alunos aprendam em cada ano escolar facilita o trabalho do professor.[7]

Superada a construção de consenso inicial, a Base começa a ser construída por um grupo de 116 especialistas e professores de referência, indicados por universidades e redes estaduais e municipais de educação. O grupo produz uma primeira versão do documento, divulgada em 16 de setembro de 2015, a qual recebe muitas críticas e mais de 12 milhões de contribuições encaminhadas via consulta pública por indivíduos, grupos e organizações de todo o país. As sugestões são sistematizadas e incorporadas a uma segunda versão da BNCC, lançada em 3 de maio de 2016. O novo texto apresenta muitos avanços, mas ainda requer melhorias. Seu conteúdo passa a ser debatido em seminários realizados em todas as unidades da federação e recebe contribuições de novos especialistas convocados pelo MEC.

Vale destacar que a grande rotatividade de ministros da Educação e a grave crise política e econômica que atingiu o Brasil a partir de meados de 2015, culminando com o afastamento da presidente Dilma Rousseff em 2016, não foram capazes de interromper o processo de construção da BNCC, provavelmente por conta do apoio popular que a proposta angariou. Ainda assim, a mudança de direcionamento político, consequência da chegada de uma nova equipe ao governo federal, traz inevitáveis mudanças de rota para o processo.

Mesmo em meio à profunda polarização político-ideológica que toma conta do país e acirra disputas entre todos os campos, a Base continua a se constituir em oportunidade única para a criação de alinhamentos em torno dos direitos e objetivos de aprendizagem e desenvolvimento da educação básica. A terceira e última versão do documento ainda precisa ser encaminhada para apreciação do Conselho Nacional de Educação (CNE) e, posteriormente, homologada pelo MEC.

## OS MARCOS LEGAIS E A EDUCAÇÃO PARA O SÉCULO XXI

Os marcos legais brasileiros defendem que "a educação, enquanto direito de todos e dever do Estado e da família, será promovida e incentivada com a colaboração da sociedade, visando ao pleno desenvolvimento da pessoa, seu preparo para o exercício da cidadania e sua qualificação para o trabalho", conforme definido pelo artigo 205 da Constituição Federal,[8] pelo artigo 53 do Estatuto da Criança e do Adolescente[9] e pelo artigo 2 da Lei de Diretrizes e Bases da Educação Nacional (LDB).[10]

Assim como no currículo chileno, o destaque dado à educação para a cidadania responde ao desafio brasileiro de restaurar os processos democráticos interrompidos nos longos anos de ditadura militar. Também tem a intenção de ampliar a consciência social dos brasileiros, a fim de que se percebam como sujeitos de direitos e corresponsáveis por sua comunidade e seu país. A preparação para o trabalho, por sua vez, busca assegurar que os egressos do ensino médio estejam preparados para a inserção produtiva, além de responder a demandas das empresas por profissionais mais qualificados.

Já a definição do desenvolvimento pleno vem sendo aprofundada nas últimas décadas. Nos Parâmetros Curriculares, os aprendizados que extrapolam os conteúdos acadêmicos foram organizados em cinco temas transversais: ética, saúde, meio ambiente, orientação sexual e pluralidade cultural. Os PCNs orientavam que essas questões, muito em voga na virada do milênio, fossem trabalhadas em articulação com as disciplinas tradicionais. Esse estímulo tem gerado uma infinidade de projetos escolares, especialmente sobre educação ambiental e história e cultura afro-brasileira e indígena, temas cuja abordagem pelas escolas tornou-se obrigatória por meio de leis específicas.[11]

As Diretrizes Curriculares avançam na definição do que seria o desenvolvimento pleno ao afirmar que a Base Nacional Comum constitui-se de "conhecimentos, saberes e valores produzidos culturalmente". Ainda segundo as DCNs, a educação infantil tem como finalidade o "desenvolvimento integral da criança, em seus aspectos físico, afetivo, psicológico, intelectual e social, complementando a ação da família e da comunidade".[12]
Já o ensino fundamental deve manter os propósitos da etapa anterior durante os anos iniciais e ampliá-los até os anos finais, de forma a garantir:

- a alfabetização;
- o desenvolvimento da capacidade de aprendizagem, com domínio de leitura, escrita e cálculo;
- a compreensão do ambiente natural e social, do sistema político, da economia, da tecnologia, das artes, da cultura e dos valores em que se fundamenta a sociedade;
- a aquisição de conhecimentos e habilidades, assim como a formação de atitudes e valores;
- o fortalecimento dos vínculos familiares, dos laços de solidariedade humana e de respeito recíproco em que se assenta a vida social.

Ainda segundo as DCNs, são propósitos do ensino médio:

- a consolidação e o aprofundamento dos conhecimentos adquiridos no ensino fundamental;
- a preparação básica para a cidadania e para o trabalho;
- o desenvolvimento do educando como pessoa humana, incluindo a formação ética e estética e o desenvolvimento da autonomia intelectual e do pensamento crítico;
- a compreensão dos fundamentos científicos e tecnológicos presentes na sociedade contemporânea.

As Diretrizes Curriculares definem ainda que as escolas e redes de educação devem prever currículos flexíveis para essa etapa, de forma que os jovens tenham a oportunidade de escolher o percurso formativo que mais atenda a seus interesses, necessidades e aspirações.

Muitos dos objetivos propostos pelas DCNs dialogam com o relatório organizado por Hilton e Pellegrino,[13] utilizado como referência para análise e comparação das propostas curriculares estudadas neste livro. Além de mencionar as competências que os autores chamam de cognitivas, como pensamento crítico, domínio da linguagem e das tecnologias da informação e comunicação, as Diretrizes também abordam competências mais relacionadas com os âmbitos intrapessoal e interpessoal.

## A BASE NACIONAL COMUM CURRICULAR
## E A EDUCAÇÃO PARA O SÉCULO XXI

Ainda que mencionados de forma bastante evidente pelos marcos legais da educação brasileira, os conhecimentos, as habilidades e as atitudes considerados muito relevantes para a vida no século XXI não foram seriamente incorporados à primeira versão da BNCC, a não ser na educação infantil. Algumas dessas capacidades apareciam apenas em uma lista quase aleatória de princípios, integrada a um primeiro esboço do texto introdutório da Base.

São diversas as razões que explicam essa ausência, entre elas o curto espaço de tempo disponível para elaboração da versão inicial do documento. Em primeiro lugar, a Base começou a ser construída sem que houvesse uma definição prévia da visão, dos princípios e dos objetivos que deveriam orientar sua proposta formativa. Como consequência, os grupos responsáveis por sua redação trabalharam de forma desarticulada, seguindo as próprias concepções. Em segundo lugar, os redatores foram escolhidos em função de seu conhecimento sobre os componentes curriculares, e não de sua experiência no trabalho com outras dimensões do desenvolvimento pleno. Por fim, assim como em outros países estudados nesta publicação, o fato de a grande maioria dos estudantes brasileiros ainda não conseguir aprender o básico, bem como de os exames para o ensino superior levarem em conta apenas os conteúdos acadêmicos, faz com que outras aprendizagens sejam consideradas distração ou aspectos de menor importância.

Além de contrariar as determinações legais, essa visão reducionista, focada mais uma vez na dimensão intelectual, compromete tanto o presente como o futuro dos estudantes. Em documento elaborado em contribuição ao aprimoramento da primeira versão da BNCC, um dos grupos de trabalho constituídos no âmbito do Movimento pela Base Nacional Comum ressalta como o desenvolvimento integral potencializa os impactos da educação básica:[14]

*Garantindo o desenvolvimento pleno.* As capacidades associadas ao desenvolvimento integral são parte indissociável da educação, cujo propósito é formar os educandos para a vida. Redes de ensino e escolas que desenvolvem essas competências de forma intencional garantem ao estudante uma formação mais completa, apoiando sua realização como pessoa, profissional e cidadão.

*Orientando os alunos para enfrentar os desafios do mundo contemporâneo.* As capacidades associadas ao desenvolvimento integral dialogam com as novas demandas do mundo do trabalho, como criatividade, pensamento crítico, capacidade de trabalhar em equipe e resolver problemas. Também preparam os estudantes para lidar melhor com os grandes temas da atualidade, como respeito e valorização da diversidade, sustentabilidade, qualidade de vida, uso das tecnologias, interação com as redes sociais, participação democrática, engajamento em causas de interesse coletivo, entre outros.

*Maximizando a aprendizagem acadêmica.* Estudos evidenciam que o desenvolvimento dessas capacidades impacta positivamente o aprendizado dos componentes curriculares. Pesquisa avaliativa realizada em conjunto pelo Instituto Ayrton Senna, pela Organização para a Cooperação e Desenvolvimento Econômico (OCDE) e pela Secretaria de Educação do Rio de Janeiro indica que alunos mais responsáveis, focados e organizados aprendem, em um ano letivo, cerca de um terço a mais de matemática (conhecimento medido pela avaliação bimestral da Secretaria de Educação) do que os colegas que apresentam essas capacidades menos desenvolvidas. No mesmo sentido, a diferença de aprendizagem também é detectada entre alunos com maiores níveis de abertura a novas experiências, quando se compara o desempenho desses dois grupos em língua portuguesa.

*Contribuindo para a promoção da equidade.* Quando a escola enfatiza apenas o aprendizado intelectual, ela tende a subestimar ou até mesmo estigmatizar alunos que têm mais dificuldade de lidar com essa dimensão do desenvolvimento, ainda que possuam outras capacidades igualmente relevantes. A perspectiva do desenvolvimento integral tem o importante papel de valorizar os potenciais de cada estudante, ampliando sua autoestima e autoconfiança para que se sinta capaz de aprender, a despeito de possíveis limitações individuais ou socioeconômicas.

*Contribuindo para a superação de vulnerabilidades.* Alunos que vivem em contextos emocionais adversos levam para a escola boa parte das dificuldades que enfrentam em seu cotidiano. Em muitos casos, essas vulnerabilidades geram lacunas ou bloqueios que comprometem a aprendizagem deles e os impedem de acompanhar o ritmo dos outros que vivem em ambientes mais protegidos. O trabalho com a perspectiva do desenvolvimento integral apoia a superação desses desafios:

*Gerando impacto nos indicadores sociais.* Indivíduos que desenvolvem essas capacidades ainda na fase escolar mostram-se mais aptos para superar obstáculos e realizar conquistas pessoais e profissionais, segundo pesquisas realizadas por James Heckman e seus colaboradores.[15] Com isso, apresentam melhores indicadores de escolaridade, empregabilidade, saúde e exposição a riscos e violência.

*Criando ambiente favorável ao aprendizado.* A aprendizagem efetiva tem forte relação com a estabilidade emocional dos alunos, a qualidade do ambiente escolar e os vínculos que se estabelecem entre educadores e educandos. O trabalho intencional e consequente com as capacidades associadas ao desenvolvimento integral dá apoio ao estudante para lidar com seu corpo, sua mente e suas emoções, além de demandar da equipe escolar uma postura mais atenta e acolhedora, o que facilita e potencializa o processo de ensino e aprendizagem.

O grupo de trabalho do Movimento pela Base Nacional Comum também promoveu discussões com um conjunto expressivo de organizações e profissionais da área da educação, que produziram uma lista de capacidades para inspirar a definição dos direitos e objetivos gerais de aprendizagem e desenvolvimento da BNCC:[16]

*Autoconhecimento e autocuidado.* Capacidade da pessoa de conhecer e cuidar bem de seu corpo, sua mente e suas emoções; de reconhecer limites, potenciais, desejos e interesses pessoais; de apreciar as próprias qualidades; de evitar situações de alto risco e adotar hábitos saudáveis; de identificar, expressar e gerir suas emoções, especialmente em situações críticas; de dosar seus impulsos e refletir sobre suas atitudes.

*Pensamento crítico.* Capacidade de refletir, interpretar, investigar, desenvolver espírito científico, questionar, observar e comparar, analisar ideias e fatos em profundidade, formar opinião, associar conhecimentos, elaborar hipóteses e argumentar com fundamentação valendo-se de evidências.

*Criatividade e inovação.* Capacidade de resolver problemas; ter atitude positiva e curiosa diante de situações e desafios; ter novas percepções sobre a realidade, fazer diferentes associações, ter ideias originais, formular perguntas, descobrir possibilidades, inventar e se reinventar.

*Abertura às diferenças e apreciação da diversidade.* Capacidade de compreender a importância das diferenças e diversidades em todas as suas manifestações, respeitando-as e valorizando-as, ser flexível e acolher ideias, opiniões, valores, crenças e costumes diferentes dos seus, reconhecer e estabelecer relações entre culturas/práticas culturais diversas, apreciar produções e bens culturais, fruindo deles; capacidade de valorizar a cultura local e reconhecer-se como parte dela, reconhecer as identidades e as diferenças como constituintes do ser humano.

*Sociabilidade.* Capacidade de escutar, compreender, cooperar e colaborar com os demais, respeitando decisões comuns e adaptando-se a situações sociais variadas; de criar, desenvolver e manter relações; de comunicar ideias e sentimentos; de apropriar-se das linguagens, criar, pactuar e respeitar princípios de convivência; de exercitar o confronto para o diálogo livre de coerção, negociar e solucionar conflitos e valorizar a cultura de paz.

*Responsabilidade.* Capacidade de reconhecer e exercer direitos e deveres, fazer escolhas, tomar decisões responsáveis, assumir consequências e agir de forma ética, sustentável e responsável em relação aos outros e ao bem comum, à sua comunidade e ao planeta; de participar da vida política do país, perceber-se como pertencente e interdependente em relação aos outros e ao meio social/ambiental e como agente de transformação.

*Determinação.* Capacidade de se organizar, definir prioridades e metas e perseverar para alcançar seus objetivos; de ter motivação, iniciativa, disciplina, dedicação e resiliência para vencer obstáculos; de avaliar e assumir riscos controláveis, ter confiança para seguir em frente e realizar projetos profissionais (preparando-se para o trabalho), pessoais e de interesse coletivo, assumir-se como protagonista, agente, proativo.

Várias dessas capacidades foram incorporadas ao texto introdutório da segunda versão da BNCC e devem ser refinadas na terceira edição do documento. Vale destacar quanto elas estão alinhadas com o relatório organizado por Hilton e Pellegrino.[17] Pensamento crítico, criatividade e inovação reúnem as diversas competências denominadas cognitivas pelo documento, enquanto sociabilidade alinha-se com as competências interpessoais e as demais capacidades (autoconhecimento e autocuidado, abertura às diferenças e apreciação da diversidade, responsabilidade e determinação) guardam correspondência direta com as competências intrapessoais.

## LIÇÕES PARA APOIAR A IMPLANTAÇÃO DA BNCC E DA EDUCAÇÃO PARA O SÉCULO XXI

Os casos estudados nesta publicação trazem reflexões importantes, capazes de apoiar o Brasil na construção e implantação de uma Base Nacional Comum Curricular sintonizada com o século XXI. As lições aprendidas apontam a relevância de assegurar que a BNCC:

*Possua propósitos claros e compartilhados.* A Base deve ajudar a sociedade brasileira a ter clareza sobre os objetivos que deseja alcançar com a educação básica, tanto em relação à aprendizagem e ao desenvolvimento dos estudantes como ao futuro do próprio país. Para tanto, precisa estar assentada em uma proposta formativa consistente, coerente e contemporânea, que responda aos desafios do passado, do presente e do futuro. Cingapura avançou com mais firmeza rumo à construção de um currículo arrojado, porque realizou vastas pesquisas sobre as competências para o século XXI, definiu claros propósitos educacionais e produziu documentos orientadores para compartilhar essa visão com toda a rede de educação do país e seus parceiros.

Os textos introdutórios da BNCC têm a função de apresentar a proposta formativa para a educação básica brasileira. Portanto, é fundamental que sejam percebidos como bússola, e não como mero preâmbulo, a fim de que possam orientar e integrar os demais capítulos do documento.

*Estruture-se com base em um processo planejado e transparente.* Por se constituir em desafio bastante complexo, a elaboração de uma proposta curricular nacional tem maior chance de ser bem-sucedida se for estruturada com base em um planejamento robusto das etapas e ações a serem executadas desde o início da sua concepção até a sua plena implementação. Muitos dos entraves vividos pelos países estudados neste livro não puderam ser evitados ou contornados devido à falta de planificação. Fatores imprescindíveis para a fase de implantação, como divulgação, produção de material didático, formação de professores e avaliação, precisam ser pensados já na etapa de concepção das novas referências curriculares.

A BNCC começou a ser elaborada sem que se tivesse uma ideia mais apurada de todo o caminho a ser percorrido até se tornar uma realidade nas escolas de educação básica do país inteiro. Um plano mais estruturado pode ampliar a eficiência, a transparência e a legitimidade do processo, corroborando para seu sucesso.

*Inspire-se em referências internacionais.* Diante da iminente falência do modelo educacional vigente, diversos países têm se voltado à construção de currículos mais alinhados com as demandas do mundo contemporâneo. Paralelamente, especialistas de várias nacionalidades vêm produzindo estudos sobre a educação no século XXI. Os governos de Cingapura e da China consultaram diversos países antes de realizar sua reforma curricular, o que lhes rendeu boas ideias e mais segurança para avançar em seus processos.

Todo esse conhecimento também pode ser amplamente utilizado pela BNCC como fonte de inspiração e aprendizado, somando-se às inúmeras referências, experiências e contribuições já disponibilizadas por indivíduos, grupos e organizações brasileiros.

*Agregue a participação de diversos setores da sociedade.* A maioria das bases curriculares estudadas nesta publicação foi elaborada com ampla participação social. A consulta a professores, estudantes, familiares, pesquisadores, lideranças e comunidades foi realizada até mesmo em países com governos mais autocráticos, como a China.

A preocupação do MEC de envolver o maior número possível de pessoas, coletivos, instituições e segmentos na construção da BNCC conferiu legitimidade ao processo e suporte para que as ações continuassem apesar das mudanças no governo federal. Com isso, o ministério também espera gerar maior identificação e compromisso de redes, escolas e educadores com sua implementação.

*Articule um sistema eficiente para garantir sua implantação.* Se elaborar uma nova proposta curricular já é um grande desafio para o Brasil, imagine-se assegurar sua utilização por milhares de escolas e milhões de professores espalhados pelas mais diferentes regiões do país. Visando facilitar esse processo, os governos estudados nesta publicação tiveram de conceber uma série de mecanismos para alinhar expectativas, definir papéis, organizar fluxos, formar equipes, padronizar materiais e procedimentos, bem como viabilizar a infraestrutura necessária a fim de que o novo currículo saísse do papel. Aqueles que não deram conta dessa empreitada acabaram comprometendo demais seus resultados.

O Ministério da Educação do Chile ampliou o tempo de permanência dos alunos na escola para viabilizar o desenvolvimento das competências para a vida no século XXI. Também desenvolveu planos de aula de referência para orientar o trabalho docente. Ainda assim, tropeçou na elaboração dos materiais didáticos e na formação de professores, não conseguindo fazer com que adotassem novas práticas pedagógicas, especialmente nas escolas em que o aprendizado básico não estava garantido. Na Índia, o desafio tem sido empoderar os líderes educacionais, a fim de que desenvolvam as capacidades e atitudes necessárias para conduzir processos de mudança. O país também vem procurando envolver a participação dos próprios alunos como agentes de transformação da educação.

A estratégia do estado de Massachusetts (Estados Unidos) tem sido demonstrar como as competências para o século XXI podem ser desenvolvidas, por meio de divulgação de casos, criação de comunidades de troca entre professores e colaboração de artistas e cientistas nas escolas. Em Cingapura, o governo retirou do currículo 30% das competências relacionadas às disciplinas tradicionais, com o intuito de abrir espaço para o desenvolvimento de novas capacidades. Também tem investido fortemente em comunicação, monitoramento e feedback, entre outras ações, assegurando a estrutura necessária para que a mudança curricular seja implantada de forma sistêmica em toda a rede.

No Brasil, é de fundamental importância que MEC, Consed e Undime conheçam as experiências positivas e negativas vividas por outros países e planejem desde já os passos a serem dados para assegurar a plena implementação da BNCC.

*Provoque a revisão dos mecanismos de avaliação da educação.* Mudanças curriculares precisam ser acompanhadas de novas formas de avaliação da aprendizagem. O trabalho com as competências para o século XXI fica bastante comprometido se a avaliação educacional continuar focada no aprendizado dos componentes curriculares tradicionais. Na China, os conteúdos acadêmicos ainda são priorizados em razão dos exames exigidos para ingresso no ensino superior. No Chile, os testes padronizados também contribuem para ampliar o abismo que separa os objetivos explicitados no currículo e sua efetiva implementação. Para minimizar esse impasse, o país concebeu um sistema de controle de qualidade da educação que avalia a motivação, a autoestima, a participação e o comportamento dos alunos na escola.

No Brasil, o MEC tem de investir na criação e adoção de mecanismos capazes de analisar o desenvolvimento de outras capacidades, sem o que a BNCC só implementará objetivos de aprendizagem e desenvolvimento passíveis de serem aferidos por provas convencionais.

*Apoie-se em um programa intensivo de formação dos profissionais da educação.* Gestores escolares e professores precisam se preparar para implantar as novas referências curriculares, muitas vezes abandonando o que já conhecem e se disponibilizando a criar ou adotar novos saberes, práticas e atitudes. Em Cingapura, os programas de formação de docentes têm aprofundado a discussão sobre o aprendizado centrado no aluno, promovido a reconstrução da identidade do professor e fomentado a criação de comunidades de troca voltadas para a concepção de novas práticas pedagógicas, por meio de trabalhos em grupo e aprendizagem colaborativa. O desafio tem sido fomentar essas novas posturas entre os professores formados há mais tempo e que possuem outra cultura.

Na China, as orientações para os professores são elaboradas com base em estudos realizados nas próprias escolas. Os docentes também têm tempo garantido para participar de atividades semanais de formação em serviço nos âmbitos da escola e do distrito, além do direito a oito capacitações externas por ano.

A mudança nos programas de formação inicial e continuada de professores é fator crucial para que a BNCC não se inviabilize, especialmente no que diz respeito à promoção do desenvolvimento pleno dos estudantes. Essas oportunidades formativas devem ajudar os docentes a desenvolver as competências para o século XXI em si mesmos e nos seus alunos, até por meio de práticas pedagógicas mais inovadoras.

*Alinhe as expectativas das famílias.* Os familiares dos estudantes têm o direito de conhecer e opinar sobre o que suas crianças, adolescentes e jovens devem aprender e desenvolver ao longo da sua trajetória escolar. Quanto mais inteirados, mais condições eles possuem de acompanhar a aprendizagem e contribuir para que ela aconteça. Essa colaboração torna-se ainda mais relevante quando a base curricular busca promover o desenvolvimento integral dos educandos, responsabilidade que precisa ser compartilhada com as famílias. Como os familiares estão acostumados a pensar na escola como espaço de aprendizado de conteúdos curriculares, é preciso esclarecê-los sobre a importância de seus filhos terem acesso a uma educação mais sintonizada com o século XXI.

Em Cingapura, um dos principais focos de resistência à nova proposta curricular vem justamente das famílias. Acostumadas a valorizar o rigor acadêmico e os rankings de notas, pais e mães veem o novo currículo com desconfiança, exigindo o investimento em estratégias mais profundas de mudança cultural.

Espera-se que a BNCC ajude as famílias brasileiras a compreender melhor o que esperar das instituições de educação básica e exercer um papel mais efetivo no acompanhamento do desempenho das escolas e da aprendizagem dos estudantes.

*Promova o engajamento dos estudantes.* A educação está posicionada entre os setores mais resistentes a mudanças, o que explica por que as escolas estão cada vez mais desconectadas da realidade dos alunos e das demandas da sociedade do século XXI. Além de principais interessados, os estudantes são potenciais colaboradores, tanto na definição como na implantação de reformas curriculares. Em Cingapura, eles estão confusos sobre o que se espera deles, uma vez que ainda sofrem pressão por notas e performance acadêmica, enquanto lhes é acenada a promessa de um novo paradigma educacional.

No processo de elaboração da BNCC, é preciso escutar os estudantes sobre o que e como gostariam de aprender. Também é importante ajudá-los a conhecer e entender a Base e incentivá-los a demandar e apoiar suas escolas e seus professores a implementá-la, favorecendo a criação de currículos e práticas pedagógicas que façam mais sentido para eles.

## O IMPERATIVO E AS POSSIBILIDADES DE PROMOVER A EDUCAÇÃO PARA O SÉCULO XXI NAS ESCOLAS BRASILEIRAS

Seguindo uma tendência global, as escolas brasileiras têm cada vez mais dificuldade de engajar e garantir a aprendizagem dos seus alunos. Para além da questão da qualidade, que há muito compromete os resultados educacionais, especialmente nas redes públicas do país, a obsolescência de currículos e práticas pedagógicas torna as instituições de ensino cada vez menos atrativas, especialmente para a juventude.

Em 2014, apenas 56,7% dos jovens de até 19 anos haviam completado o ensino médio.[18] Parte dos não concluintes estava retida na escola em razão de repetências sucessivas, enquanto outros haviam simplesmente deixado de frequentar as salas de aula. A evasão crescente, que começa nos anos finais do ensino fundamental e se agrava ao longo do ensino médio, tem sido foco de grande preocupação, uma vez que impacta diretamente os indicadores sociais e econômicos do país.

O estudo *O tempo de permanência na escola e as motivações dos sem--escola*[19] indica que o principal motivo que leva jovens de 15 a 17 anos a deixar de estudar é o desinteresse. Ou seja, os alunos abandonam a escola porque não veem sentido em frequentá-la. Pesquisa realizada com jovens de 20 e 21 anos egressos do ensino médio, empregadores, professores universitários, especialistas em educação e lideranças de organizações da sociedade civil que atuam com a juventude concluiu que "existe uma grande desconexão entre os conhecimentos e as habilidades exigidos na vida adulta e o que é ensinado na escola."[20] Identificou, ainda, que os currículos são muito focados em conteúdos e acabam deixando de lado o ensino de habilidades e competências, sem as quais os estudantes saem das instituições de ensino sem saber como colocar os conhecimentos em prática. Para os entrevistados, a BNCC deve ser atrativa aos alunos, aliar conteúdos com competências e incluir habilidades socioemocionais.

Os dados indicam que não será suficiente fazer o modelo atual de escola funcionar. Será preciso propor novas abordagens pedagógicas que levem em consideração os interesses, as necessidades e as especificidades dos alunos do século XXI. Também de nada valerá construir uma base curricular composta por uma longa lista de conteúdos fragmentados e descolados das demandas contemporâneas. Acima de tudo, não adiantará que os alunos conheçam as equações matemáticas se não tiverem capacidade de resolver os problemas cotidianos, assim como não será suficiente que dominem as regras gramaticais e ortográficas se não souberem se comunicar em linguagens e plataformas diversas. Do mesmo modo, o conhecimento das ciências terá pouca utilidade se não vier acompanhado do pensamento crítico e da criatividade, e o conhecimento dos fatos históricos e das artes não fará sentido se não ajudá-los a serem cidadãos éticos e responsáveis, capazes de lidar com a diversidade e as diferenças.

Currículos que fazem sentido para o século XXI são aqueles centrados no estudante, que promovem seu desenvolvimento em todas as dimensões (intelectual, emocional, social, física e cultural), que o preparam para realizar seu projeto de vida nos âmbitos acadêmico, pessoal, profissional e da participação cidadã e que empoderam as novas gerações para enfrentar os desafios da atualidade. Em vez de conteúdos isolados, focam-se conhecimentos, habilidades e atitudes, integrando os componentes curriculares para que deem conta de objetivos educacionais mais amplos.

Referências curriculares contemporâneas apontam o caminho a ser trilhado, mas permitem que cada escola encontre o próprio modo de percorrê-lo. Indicam o que todos os estudantes têm o direito de aprender e desenvolver, mas garantem que parte da aprendizagem seja definida com base em demandas específicas de cada localidade. Conferem autonomia gradual aos alunos, permitindo que façam escolhas em relação a o que e como aprender.

Muitas escolas brasileiras já realizam experiências conectadas com essa concepção, ainda que de modo não intencional. Ou seja, as ações acontecem pontualmente, na forma de projetos, geralmente por iniciativa de um diretor ou professor mais afinado com essa visão de educação. Outras instituições de ensino estão criando propostas curriculares estruturadas, que podem servir de referência para a BNCC, como demonstram as experiências a seguir.

Em um conjunto de escolas de ensino médio da rede estadual de educação do Ceará, os alunos passam três horas semanais participando de atividades do Núcleo de Trabalho, Pesquisa e Práticas Sociais, que tem foco no desenvolvimento de projeto de vida, projetos de pesquisa, identidade, ética, comunicação, saúde, participação juvenil, preparação para o mundo do trabalho etc. O projeto é realizado em parceria com o Instituto Aliança e a Unesco.[21]

O Programa Compasso Socioemocional capacita professores da rede estadual de São Paulo a desenvolver habilidades em alunos dos anos iniciais do ensino fundamental para fortalecer a capacidade de aprender, ter empatia, controlar emoções e resolver problemas. O objetivo é diminuir fatores de risco e aumentar fatores de proteção associados a problemas de comportamento. O programa, realizado em parceria com o Instituto Vila Educação, cria um ambiente de aprendizagem mais seguro e respeitoso, com impactos positivos na aprendizagem das crianças.[22]

A proposta curricular do Colégio Estadual Chico Anysio (Ceca), da cidade do Rio de Janeiro, busca desenvolver uma educação alinhada com as necessidades do século XXI. Entre as abordagens inovadoras contempladas na proposta estão: integração das áreas de conhecimento; desenvolvimento do protagonismo juvenil e da autonomia do aluno por meio de projetos interdisciplinares, projetos de vida e momentos de autogestão; equilíbrio entre o trabalho com competências acadêmicas e socioemocionais; e utilização de tecnologias digitais. A iniciativa é desenvolvida pela Secretaria de Estado de Educação do Rio de Janeiro em parceria com o Instituto Ayrton Senna.[23]

As escolas Nave do Rio de Janeiro e do Recife formam os estudantes para atuar no mundo digital, por meio de especializações como roteiro para mídias digitais, multimídia e programação de jogos digitais. Os alunos vivenciam um ensino médio que alia as disciplinas tradicionais com o aprendizado para o mundo do trabalho no século XXI. Os espaços têm instalações tecnológicas e recursos de ponta para garantir uma formação de excelência. Durante as aulas, os adolescentes são incentivados a desenvolver produtos em diferentes formatos, como áudio, vídeo, jogos, artes manuais ou textos. O projeto é fruto de parceria das secretarias estaduais de Educação do Rio de Janeiro e de Pernambuco com o Instituto Oi Futuro.[24]

As escolas de educação integral da rede estadual de Pernambuco adotam um currículo interdimensional, que integra quatro eixos: cognição (todas as disciplinas são interligadas em uma proposta curricular única), afetividade (os alunos são estimulados a construir seu projeto de vida com base nas próprias características), corporeidade (os alunos conscientizam-se do próprio corpo, de suas sensações e percepções), espiritualidade (os alunos são incentivados a buscar um sentido na vida como questão que transcende o indivíduo). A formação acontece por meio de experiências educativas, culturais, sociais, artísticas e esportivas. Os professores trabalham em regime exclusivo. O programa começou a ser desenvolvido em 2007, em parceria com o Instituto de Co-Responsabilidade pela Educação (ICE), e hoje já abarca centenas de escolas localizadas em todos os municípios do estado.[25]

Experiências como essas, resultado de parcerias entre redes públicas de educação e organizações da sociedade civil, demonstram que é imperativo e possível construir propostas curriculares mais conectadas com o século XXI, que fazem maior sentido aos estudantes, promovem seu desenvolvimento pleno e ampliam a aprendizagem nas disciplinas tradicionais. A expectativa é a de que essas evidências inspirem e orientem a construção de uma Base Nacional Comum Curricular mais contemporânea, que ajude a educação brasileira a dar o salto de que precisa em termos de qualidade e equidade.

# NOTAS

**INTRODUÇÃO**

1. Na maioria os casos, os acrônimos e siglas usados no artigo foram mantidos em sua versão em inglês, como empregados na literatura especializada. No final do volume, encontram-se as principais nomenclaturas originais, em inglês. [N. E.]

2. WALSH, Colleen. The Big Share. *Harvard Gazette*, 5 ago. 2014. Disponível em: <http://news.harvard.edu/gazette/story/2014/08/the-big-share>. Acesso em: 9 ago. 2016.

3. PEW RESEARCH CENTER. *Emerging and Developing Economies Much More Optimistic About the Future*. Washington, out. 2014.

4. GALLUP.COM. Confidence in Institutions: Historical Trends, 2-7 jun. 2015. Disponível em: <http://www.gallup.com/poll/1597/confidence-institutions.aspx>. Acesso em: 9 ago. 2016.

5. CHRISTENSEN, Clayton M.; VAN BEVER, Derek. The Capitalist Dilemma. *Harvard Business Review*, jun. 2014.

6. REIMERS, Fernando. Educating the Children of the Poor: A Paradoxical Global Movement. In: TIERNEY, William G. (Org.). *Rethinking Education and Poverty*. Baltimore: Johns Hopkins University Press, 2015.

7. BLOOM, Benjamin. *Taxonomy of Educational Objectives*. Nova York: Longmans, 1956.

8. MURNANE, Richard; LEVY, Frank. *Teaching the New Basic Skills*: Principles for Educating Children to Thrive in a Changing Economy. Nova York: Marking Kessler Books/Free Press, 1996; AUTOR, David; PRICE, Brendan. *The Changing Task Composition of the US Labor Market*: An Update of Autor, Levy and Murnane (2003). Cambridge: MIT Mimeograph, 2013. Disponível em: <http://economics.mit.edu/files/9758>. Acesso em: 9 ago. 2016.

9. UNESCO. *Learning*: The Treasure Within. Report to Unesco of the International Commission on Education for the Twenty-First Century. Paris, 1996.

10. RYCHEN, Dominique Simone; SALGANEK, Laura Hersh (Org.). *Key Competencies for a Successful Life and a Well-Functioning Society*. Gottingen: Hogrefe and Huber, 2003.

11. LEMKE, Cheryl. *enGauge*: 21st Century Skills for 21st Century Learners. Naperville: North Central Regional Educational Lab, 2003.

12. FÓRUM ECONÔMICO MUNDIAL. *New Vision for Education*: Unlocking the Potential of Technology. Genebra, 2015. Disponível em: <http://www3.weforum.org/docs/WEFUSA_NewVisionforEducation_Report2015.pdf>. Acesso em: 9 ago. 2016.

13. LEMKE, op. cit., p. 3.

14. PESTALOZZI, Johann Heinrich. *Letters of Pestalozzi on the Education of Infancy*. Boston: Carter and Hendee, 1830. Disponível em: <https://books.google.com/books/about/Letters_of_Pestalozzi_on_the_education_o.html?id=iYLtAAAAMAAJ>. Acesso em: 9 ago. 2016.

15. GARDNER, Howard. *Frames of Mind*: The Theory of Multiple Intelligences. Nova York: Basic Books, 1983.

16. HILTON, Margaret; PELLEGRINO, James (Org.). *Education for Life and Work*: Developing Transferable Knowledge and Skills in the 21st Century. National Research Council. Washington: National Academies Press, 2012.

17. Cada país deste estudo tem sua forma específica de organizar e denominar os ciclos escolares. Optamos por manter, na tradução, as denominações mais próximas da organização de cada um deles. *Cingapura*: primário, ingresso aos 6 anos, com duração de seis anos; secundário, de quatro a cinco anos; pré-universitário, de dois a três anos. *China*: primário, ingresso aos 6 anos, com duração de seis anos; secundário inicial, com duração de três anos; secundário final, também com duração de seis anos. *Chile*: ensino básico, ingresso aos 6 anos, com duração de oito anos; ensino médio, com duração de quatro anos. *Índia*: primário, ingresso aos 6 anos, com duração de seis anos; secundário inicial, com duração de quatro anos; secundário final, com duração de dois anos. *México*: educação básica, constituída pela pré-escola, com duração de dois anos; primário, ingresso aos 6 anos, com duração de seis anos; secundário, com duração de três anos; ensino médio superior, com duração de três anos. *Massachusetts (EUA)*: escola elementar, ingresso aos 6 anos, com duração de cinco anos; escola média, com duração de três anos; escola secundária, com duração de quatro anos. [N. E.]

18. PARKER, Kim. *Families May Differ, But They Share Common Values on Parenting*. Washington: Pew Research Center, 2014. Disponível em: <http://www.pewresearch.org/fact-tank/2014/09/18/families-may-differ-but-they-share-common-values-on-parenting>. Acesso em: 9 ago. 2016.

19. GOO, Sara Kehaulani. *The Skills Americans Say Kids Need to Succeed in Life*. Washington: Pew Research Center, 2015. Disponível em: <http://www.pewresearch.org/fact-tank /2015/02/19/skills-for-success>. Acesso em: 9 ago. 2016.

20. PEW RESEARCH CENTER. *Americans Want More Pressure on Students, the Chinese Want Less*. Washington, 2011. Disponível em: <http://www.pewglobal.org/2011/08/23/americans-want-more-pressure-on-students-the-chinese-want-less>. Acesso em: 9 ago. 2016.

21. Conteúdo curricular comum mínimo que o governo federal exige dos estados, os quais, nos EUA, contam com maior autonomia na área de educação. [N. T.]

22. EUA. Departamento de Educação. *For Each and Every Child*: A Strategy for Education Equity and Excellence. Washington, 2013, p. 12. Disponível em: <http://www2.ed.gov/about/bdscomm/list/eec/equity-excellence-commission-report.pdf>. Acesso em: 15 ago. 2016.

**CAPÍTULO UM: CINGAPURA**

1. LEE, Sing Kong; LOW, Ee-Ling. Conceptualising Teacher Preparation for Educational Innovation: Singapore's Approach. In: LEE, Sing Kong; LEE, Wing On; LOW, Ee-Ling (Org.). *Educational Policy Innovations*: Levelling up and Sustaining Educational Achievement. Cingapura: Springer, 2014, p. 49-53.

2. BINKLEY, Marilyn et al. Defining Twenty-First Century Skills. In: GRIFFIN, Patrick; MCGAW, Barry; CARE, Esther (Org.). *Assessment and Teaching of 21st Century Skills*. Holanda: Springer, 2012, p. 17-66.

3. HILTON, Margaret; PELLEGRINO, James (Org.). *Education for Life and Work*: Developing Transferable Knowledge and Skills in the 21st Century. National Research Council. Washington: National Academies Press, 2012.

4. LEE; LOW, op. cit., p. 53.

5. BINKLEY et al., op. cit.

6. FUNDO MONETÁRIO INTERNACIONAL. *World Economic Outlook Database*, abr. 2015. Disponível em: <https://www.imf.org/external/pubs/ft/weo/2015/01/weodata/index.aspx>. Acesso em: 3 ago. 2016.

7. GOPINATHAN, S. Globalisation, the State and Education Policy in Singapore. *Asia Pacific Journal of Education,* v. 16, n. 1, p. 74-87, 1996.

8. TAN, Cheng Yong; DIMMOCK, Clive. How a "Top-Performing" Asian School System Formulates and Implements Policy: The Case of Singapore. *Educational Management Administration Leadership,* v. 43, n. 15, p. 743-63, set. 2014.

9. O Exame de Conclusão da Escola Primária (PSLE) é realizado anualmente em Cingapura. Trata-se de um exame nacional a que os alunos se submetem ao fim do sexto

e último anos de educação na escola primária, geralmente aos 12 anos de idade. Cf.: SINGAPORE EXAMINATIONS AND ASSESSMENT BOARD (Seab). Disponível em: <http://www.seab.gov.sg>. Acesso em: 3 ago. 2016.

10. ABEYSINGHE, Tilak. *Singapore*: Economy. Cingapura: National University of Singapore, 2007. Disponível em: <http://courses.nus.edu.sg/course/ecstabey/Singapore%20Economy-Tilak.pdf>. Acesso em: 3 ago. 2016.

11. GOPINATHAN, op. cit.

12. O TSLN é uma visão que abrange o conjunto do ambiente de ensino, incluindo estudantes, professores, pais, trabalhadores, empresas e governo. As escolas são um elemento central nessa visão, na medida em que devem desenvolver futuras gerações de cidadãos críticos e comprometidos, capazes de tomar decisões acertadas para que Cingapura continue a ser uma nação vibrante e bem-sucedida. Para conseguir isso, o Ministério da Educação promoveu uma revisão fundamental do currículo e do sistema de avaliação liderada pelos comitês Peri, Seri e Jeri, respectivamente para os níveis primário, secundário e dos primeiros anos da faculdade. Cf.: CINGAPURA. Ministério da Educação. Shaping Our Future: Thinking Schools, Learning Nation. Discurso do primeiro-ministro Goh Chok Tong na abertura da 7ª Conferência Internacional sobre o Pensamento, 2 jun. 1997. Disponível em: <http://www.moe.gov.sg/media/speeches/1997/020697.htm>. Acesso em: 3 ago. 2016.

13. CINGAPURA. Ministério da Educação. Discurso do ministro da Educação, Sr. Heng Swee Keat, na abertura do Seminário do Plano de Trabalho do Ministério da Educação (MOE), 2011.

14. A educação secundária coloca estudantes nas correntes expressa, normal (acadêmica) ou normal (técnica) de acordo com seu desempenho no PSLE. As diferentes ênfases curriculares são concebidas para serem compatíveis com suas capacidades de aprendizado ou interesses. Cf.: CINGAPURA. Ministério da Educação. Disponível em: <http://www.moe.gov.sg/education/secondary>. Acesso em: 3 ago. 2016.

15. TUCKER, Marc S. *The Phoenix*: Vocational Education and Training in Singapore. Washington: National Center on Education and the Economy, 2012.

16. NATIONAL INSTITUTE OF EDUCATION. *TE21 Report*: A Teacher Education Model for the 21st Century. Cingapura: National Institute of Education, 2009.

17. Sing Kong Lee. Entrevista concedida aos autores por *e-mail*, 2014.

18. ONTÁRIO. Ministério da Educação. *Building a National Education System for the 21st Century*: The Singapore Experience. Toronto, 2010.

19. CINGAPURA. Ministério da Educação. *The Desired Outcomes of Education*. Cingapura, 2009.

20. Os resultados desejados para a educação (DOE) foram introduzidos pela primeira vez em 1997 e sua versão atual foi publicada em 1º de dezembro de 2009 no endereço eletrônico: <https://www.moe.gov.sg/education/education-system/desired-outcomes-of-education>. Acesso em: 3 ago. 2016.

21. Ibid.

22. A reavaliação foi feita pelo comitê de Revisão e Implementação da Educação Primária (Peri). Esse grupo foi organizado pelo Ministério da Educação em outubro de 2008 com o objetivo de buscar maneiras de elevar a qualidade da educação primária em Cingapura.

23. Ibid.

24. CINGAPURA. Ministério da Educação. *MOE to Enhance Learning of 21st Century Competencies and Strengthen Art, Music and Physical Education*. Cingapura, mar. 2010.

25. Ibid.

26. Idem. *2014 Syllabus*: Character and Citizenship Education Primary. Cingapura, 2014. Disponível em: <https://www.moe.gov.sg/docs/default-source/document/education/syllabuses/character-citizenship-education/files/character-and-citizenship-education-(primary)-syllabus-(english).pdf>. Acesso em: 3 ago. 2016.

27. HILTON; PELLEGRINO, National Research Council, op. cit.

28. Ibid.

29. CINGAPURA. Ministério da Educação. *Updates on Curriculum Matters*: Sharing with NIE. Cingapura, 2014.

30. Instituição educacional que oferece curso de dois anos equivalente aos dois primeiros anos de um curso de graduação. [N. T.]

31. CINGAPURA, *Updates on Curriculum Matters*.

32. Idem. *Nurturing Our Young for the Future*: Competencies for the 21st Century. Cingapura, mar. 2010.

33. Em nosso estudo de caso, por currículo geralmente nos referimos ao currículo posto em prática nas escolas com base no currículo nacional.

34. CINGAPURA. Ministério da Educação. *Teaching and Learning of 21st Century Competencies in Schools*: NIE TE21 Summit. Comunicado da Divisão de Programas Educacionais/MOE. Cingapura, 2010.

35. A CCE foi implantada em etapas, começando com o nível primário 1 e 2, seguida do secundário 1 a 5 e, então, do primário 3 a 6.

36. CINGAPURA. Ministério da Educação. *2014 Syllabus*: Character and Citizenship Education.

37. KOH, Aaron. Singapore Education in "New Times": Global/Local Imperatives. *Discourse: Studies in the Cultural Politics of Educatio*, v. 25, n. 3, p. 335-49, 2004; SHARPE, Leslie; GOPINATHAN, S. After Effectiveness: New Directions in the Singapore School System?. *Journal of Education Policy*, v. 17, n. 2, p. 151-66, 2002.

38. KOH, Singapore Education in "New Times".

39. KOH, Aaron. Towards a Critical Pedagogy: Creating "Thinking Schools" in Singapore. *Journal of Curriculum Studies*, v. 34, n. 3, p. 255-64, 2002; LUKE, Allan et al. Towards Research-Based Innovation and Reform: Singapore Schooling in Transition. *Asia Pacific Journal of Education*, v. 25, n. 1, p. 5-28, 2005.

40. CINGAPURA. Ministério da Educação. *Project Work*. Cingapura, 2005. Disponível em: <http://www.moe.gov.sg/education/programmes/project-work>. Acesso em: 3 ago. 2016.

41. NG, Pak Tee. The Phases and Paradoxes of Educational Quality Assurance: The Case of the Singapore Education System. *Quality Assurance in Education*: An International Perspective, v. 16, n. 2, p. 112-25, 2008.

42. CINGAPURA, Shaping Our Future: Thinking Schools.

43. Habilidades de cunho subjetivo – pessoais e emocionais – difíceis de aferir de modo quantitativo. [N. T.]

44. CINGAPURA, *Teaching and Learning of 21st Century Competencies in Schools*.

45. DIMMOCK, Clive; GOH, Jonathan W. P. Transformative Pedagogy, Leadership and School Organisation for the Twenty-First-Century Knowledge-Based Economy: The Case of Singapore. *School Leadership and Management*, v. 31, n. 3, p. 215-34, 2011.

46. KOH, Towards a Critical Pedagogy; TAN, Jason; GOPINATHAN, S. Education Reform in Singapore: Towards Greater Creativity and Innovation?. *NIRA Review*, verão 2000. Disponível em: <http://www.nira.or.jp/past/publ/review/2000summer/tan.pdf>. Acesso em: 3 ago. 2016.

47. NG, Pak Tee. Quality Assurance in the Singapore Education System in an Era of Diversity and Innovation. *Educational Research for Policy and Practice*, v. 6, n. 3, p. 235-47, out. 2007.

48. TAN; GOPINATHAN, op. cit.

49. LI, Liew Wei. *Development of 21st Century Competencies in Singapore*. Trabalho apresentado no workshop Educating for Innovation, OECD-CCE-MOE, Cingapura, 15 jan. 2013. Disponível em: <http://www.oecd.org/edu/ceri/02%20Wei%20Li%20Liew_Singapore.pdf>. Acesso em: 3 ago. 2016.

50. NG, Quality Assurance in the Singapore Education System in an Era of Diversity and Innovation; TAN, Charlene. Globalisation, the Singapore State and Educational Reforms: Towards Performativity. *Education, Knowledge and Economy*, v. 2, n. 2, p. 111-20, 2008.

51. Ibid.

52. Em Cingapura, grupo uniformizado é aquele cujos membros vestem uniforme próprio e realizam atividades que cultivam a autodisciplina, a liderança e o trabalho em equipe, entre outros valores. Existem vários tipos de grupos uniformizados, como National Cadet Corps, Boys Brigade e Girl Guides. [N. E.]

53. Currículo cuja filosofia tem duplo objetivo: integrar conteúdo e processos. É elaborado de modo que os alunos desenvolvam hábitos mentais em relação ao aprendizado, que se mostram úteis tanto na escola como na vida real. [N. T.]

54. Abordagem educacional que promove um equilíbrio entre educação formal e experiências de serviço na comunidade. No original, *Service Learning*. [N. T.]

55. Metodologia de formação de professores originada no Japão na qual um grupo de professores planeja coletivamente uma aula e a aprimora à medida que a testam em sala de aula. [N. T.]

56. Toda tentativa contínua, sistemática e empiricamente fundamentada para aprimorar a prática. [N. T.]

57. LEE, Sing Kong; LOW, Ee-Ling. Balancing between Theory and Practice: Singapore's Teacher Education Partnership Model. *InTuition*, v. 16, p. 8-9, primavera 2014. Disponível em: <https://issuu.com/stevesmethurst/docs/int_spring14>. Acesso em: 17 ago. 2016.

58. LEE; LOW, Conceptualising Teacher Preparation for Educational Innovation.

59. NATIONAL INSTITUTE OF EDUCATION, *TE21 Report*.

60. DARLING-HAMMOND, Linda; MCLAUGHLIN, Milbrey W. Policies that Support Professional Development in an Era of Reform. *Phi Delta Kappan*, v. 76, n. 8, p. 597-604, 1995; MCINTYRE, Donald. Theory, Theorizing and Reflection in Initial Teacher Education. In: CALDERHEAD, James; GATES, Peter (Org.). *Conceptualizing Reflection in Teacher Development*. Washington: Routledge, 1993, p. 39-52; POSTHOLM, May Britt. Teachers

Developing Practice: Reflection as Key Activity. *Teaching and Teacher Education*, v. 24, n. 7, p. 1717-28, out. 2008.

61. DAY, Christopher; ELLIOT, Bob; KINGTON, Alison. Reform, Standards and Teacher Identity: Challenges of Sustaining Commitment. *Teaching and Teacher Education*, v. 21, n. 5, p. 563-77, jul. 2005; DAY, Christopher; KINGTON, Alison. Identity, Well-Being and Effectiveness: The Emotional Contexts of Teaching. *Pedagogy, Culture and Society*, v. 16, n. 1, p. 7-23, 2008; DAY, Christopher et al. The Personal and Professional Selves of Teachers: Stable and Unstable Identities. *British Educational Research Journal*, v. 32, n. 4, p. 601-16, 2006; TROMAN, Geoff. Primary Teacher Identity, Commitment and Career in Performative School Cultures. *British Educational Research Journal*, v. 34, n. 5, p. 619-33, 2008.

62. DARLING-HAMMOND, Linda; RICHARDSON, Nikole. Teacher Learning: What Matters?. *How Teachers Learn*, v. 66, n. 5, p. 46-53, fev. 2009; LEVINE, Thomas H. Tools for the Study and Design of Collaborative Teacher Learning: The Affordances of Different Conceptions of Teacher Community and Activity Theory. *Teacher Education Quarterly*, v. 37, n. 1, p. 109-30, inverno 2010; LITTLE, Judith Warren et al. Looking at Student Work for Teacher Learning, Teacher Community, and School Reform. *Phi Delta Kappan*, v. 85, n. 3, p. 184-92, nov. 2003.

63. DARLING-HAMMOND, Linda. Constructing 21st-Century Teacher Education. *Journal of Teacher Education*, v. 57, n. 3, p. 300-14, 2006; FEIMAN-NEMSER, Sharon. From Preparation to Practice: Designing a Continuum to Strengthen and Sustain Teaching. *Teachers College Record*, v. 103, n. 6, p. 1013-55, dez. 2001; RUSSELL, Tom; McPHERSON, Suzin; MARTIN, Andrea K. Coherence and Collaboration in Teacher Education Reform. *Canadian Journal of Education*, v. 26, n. 1, p. 37-55, 2001.

64. CURTIS, Elizabeth M. Embedding "Philosophy in the Classroom" in Pre-Service Teacher Education. In: TOOMEY, Ron et al. (Org.). *Teacher Education and Values Pedagogy*: A Student Well-Being Approach. Terrigal: David Barlow, 2010, p. 108-20.

65. LOVAT, Terence. Value Education and Teachers' Work: A Quality Teaching Perspective. *New Horizons in Education*, v. 112, p. 1-14, 2005.

66. LEE; LOW, Conceptualising Teacher Preparation for Educational Innovation.

67. ONTÁRIO, op. cit.

68. OCDE. *Teachers Matter*: Attracting, Developing, and Retaining Effective Teachers. Paris, 2005.

69. TAN; DIMMOCK, op. cit.

70. GOPINATHAN, S.; WONG, Benjamin; TANG, Nicholas. The Evolution of School Leadership Policy and Practice in Singapore: Responses to Changing Socio-Economic and Political Contexts (Insurgents, Implementers, Innovators). *Journal of Educational Administration and History*, v. 40, n. 3, p. 235-49, dez. 2008.

71. TAN; DIMMOCK, op. cit.

72. CINGAPURA, *MOE to Enhance Learning of 21st Century Competencies and Strengthen Art, Music and Physical Education*.

73. ACADEMIA DE PROFESSORES DE CINGAPURA. *Apresentação para o NIE sobre a AST*, 2014.

74. CINGAPURA. Ministério da Educação. *Greater Support for Teachers and School Leaders*. Cingapura, 2005. Disponível em: <https://www.moe.gov.sg/media/press/2005/pr20050922b.htm>. Acesso em: 3 ago. 2016.

75. Idem. *Flexible School Design Concepts to Support Teaching and Learning*. Cingapura, 2005. Disponível em: <http://www.moe.gov.sg/media/press/2005/pr20051229.htm>. Acesso em: 3 ago. 2016.

76. ONTÁRIO, op. cit.

77. Ibid.

78. NG, Pak Tee. Students' Perception of Change in the Singapore Education System. *Educational Research for Policy and Practice*, v. 3, p. 77-92, 2004.

79. Essas questões foram levantadas pelos participantes de um seminário público realizado em 19 de março de 2014 no NIE, em Cingapura, como parte da GEII. O simpósio teve como título "Educating Students for the 21st Century".

80. DIMMOCK; GOH, op. cit.

81. OCDE. Singapore: Rapid Improvement Followed by Strong Performance. In: *Strong Performers and Successful Reformers in Education*: Lessons from Pisa for the United States. Paris, 2010.

82. BELLOWS, Thomas J. Meritocracy and the Singapore Political System. *Asian Journal of Political Science*, v 17, n. 1, p. 24-44, 2009.

83. OCDE, Singapore.

84. BELLOWS, op. cit.

85. BLACKBOX. *You Know Anot?*. Private Tuition in Singapore: A Whitepaper Release. Disponível em: <http://www.blackbox.com.sg/wp/wp-content/uploads/2012/09/Blackbox-You-Know-Anot-Whitepaper-Private-Tuition.pdf>. Acesso em: 3 ago. 2016.

86. NG, Pak Tee. Educational Reform in Singapore: From Quantity to Quality. *Educational Research for Policy and Practice*, v. 7, p. 5-15, 2008.

87. Ibid.

88. NG, Students Perception of Change in the Singapore Education System.

89. LIM, Leonel. Meritocracy, Elitism, and Egalitarianism: A Preliminary and Provisional Assessment of Singapore's Primary Education Review. *Asia Pacific Journal of Education*, v. 33, n. 1, p. 1-14, 2013.

90. Ibid.

**CAPÍTULO DOIS: CHINA**

1. Áreas adicionais fora do continente, incluindo águas territoriais, áreas econômicas especiais e a plataforma continental, totalizam cerca de 3 milhões de quilômetros quadrados, elevando o território total da China a quase 13 milhões de quilômetros quadrados.

2. NATIONAL BUREAU OF STATISTICS OF CHINA. *Population Basic Profile* [Renkou jiben qingkuang], atualizado em 2014. Disponível em: <http://data.stats.gov.cn/tablequery.htm?code=AD03>. Acesso em: 9 ago. 2016.

3. CHINA. Ministério da Educação. *2012 National Education Development Statistics Bulletin*. Pequim, 2014.

4. Idem. *Number of Students of Formal Education by Type and Level*. Pequim, 2013.

5. LIU, Haifeng. *Zhongguo keju wenhua* [China's Keju culture]. Shenyang: Liaoning Education Press, 2010.

6. Ibid.; CHENG, Kai-ming. Shanghai: How a Big City in a Developing Country Leaped to the Head of the Class. In: TUCKER, Marc S. (Org.). *Surpassing Shanghai*: An Agenda for American Education Built on the World's Learning Systems. Cambridge: Harvard Education Press, 2013, p. 21-50.

7. The Common Programme of the Chinese People's Political Consultative Conference [*Zhongguo renmin zhengzhi xieshang huiyi gongtong gangling*]. *Xinhua News*. Disponível em: <http://news.xinhuanet.com/ziliao/2004-12/07/content_2304465.htm>. Acesso em: 9 ago. 2016.

8. XIAODONG, Fang et al. *Zhonghua renmin gongheguo shigang* [Breve história da educação da República Popular da China]. Haikou: Hainan Publishing House, 2002.

9. A qualificação para o ingresso nas universidades e faculdades era determinada, sobretudo, pela identidade política e recomendação das massas.

10. HU, Qili. *Zhonggong zhongyang guanyu jiaoyu tizhi gaige de jueding chutai qianhou* [O antes e o depois da promulgação da decisão do Comitê Central do Partido Comunista Chinês sobre a reforma estrutural da educação]. *Yan Huang Chun Qiu*, n. 12, 2008.

11. *Gaige kaifang yilai de jiaoyu fazhan lishixing chengjiu he jiben jingyan yanjiuketizu* [Conquista histórica e lições essenciais do desenvolvimento da educação desde a reforma e a abertura]. Pequim: Educational Science Publishing House, 2008.

12. Modernizações da indústria, da agricultura, da defesa nacional e da ciência e tecnologia.

13. *Gaige kaifang yilai de jiaoyu fazhan lishixing chengjiu he jiben jingyan yanjiuketizu*, p. 84-6.

14. PARTIDO COMUNISTA CHINÊS; CONSELHO DE ESTADO. *Zhongguo jiaoyu gaige he fazhan gangyao* [Linhas gerais da reforma e desenvolvimento da educação na China]. Pequim, 1993.

15. *Gaige kaifang yilai de jiaoyu fazhan lishixing chengjiu he jiben jingyan yanjiuketizu*, p. 124-7.

16. PARTIDO COMUNISTA CHINÊS; CONSELHO DE ESTADO. *Zhonggong zhongyang guowuyuan guanyu shenhua jiaoyu gaige yu quanmian tuijin suzhi jiaoyu de jueding*. [Decisão sobre o Aprofundamento da Reforma Educacional e Pleno Avanço da Educação de Qualidade do Partido Comunista Chinês e do Conselho de Estado]. Pequim, 1999. Disponível em: <http://www.edu.cn/zong_he_870/20100719/t20100719_497966.shtml>. Acesso em: 9 ago. 2016.

17. Outros programas estavam relacionados à "força de trabalho da educação no novo século", talentos criativos de alto nível, universidades-referência (Iniciativa 211), educação a distância, cooperação universidade-indústria, expansão do ensino universitário, ensino vocacional e educação de adultos, financiamento da educação, reforma estrutural e educação moral em instituições de ensino universitário.

18. *Gaige kaifang yilai de jiaoyu fazhan lishixing chengjiu he jiben jingyan yanjiuketizu*, p. 84-6.

19. Experiência do autor com a preparação de vários documentos que definiram políticas importantes, incluindo a Proposta de Reforma do Currículo da Educação Básica, de 2001.

20. Os parâmetros do currículo da educação básica foram atualizados em 2011.

21. CHINA. Ministério da Educação. *Compulsory Education Mathematics Curriculum Standards*. Pequim: Beijing Normal University Publishing Group, 2011.

22. Idem. *Lower Secondary School Science Curriculum Standards*. Pequim: Beijing Normal University Publishing Group, 2011.

23. Ibid.

24. QIQUAN, Zhong. *Yigang duoben: jiaoyu minzhu de suqiu-woguo jiaokeshu zhengce shuping* [Um currículo, vários livros didáticos: a busca pela educação para a democracia. A avaliação das políticas de livro didático na China]. *Jiaoyu Fazhan Yanjiu*, v. 4, 2009.

25. Termo usado em muitos países, como Estados Unidos, China, Canadá, Austrália, Coreia do Sul e outros, para designar o período total de educação, cobrindo desde a educação infantil, dos 4 aos 6 anos de idade – daí o "K", de *kindergarten* –, até a décima segunda, dos 17 aos 19 anos, abrangendo, portanto, desde a educação infantil até o ensino médio. [N. T.]

26. Como ter amor pela pátria-mãe e seu povo, pelo trabalho, pela ciência e pelo socialismo; respeitar a disciplina e obedecer às leis; ser honesto e confiável; mostrar consideração pelo coletivo; manter a moralidade social; preservar o meio ambiente.

27. SCHLEICHER, Andreas; WANG, Yan. Reconciling Fairness with Efficiency: Reforming the Chinese Examination System. In: MORGAN, Hani; BARRY, Christopher (Org.). *The World Leaders in Education*: Lessons from the Successes and Drawbacks of Their Methods. Nova York: Peter Lang, 2016.

**CAPÍTULO TRÊS: CHILE**

1. Cox, Cristián. Las políticas educacionales de Chile en las últimas décadas del siglo XX. In: Cox, Cristián (Org.). *Políticas educacionales en el cambio de siglo*: la reforma del sistema escolar de Chile. Santiago: Universitaria, 2003.

2. HILTON, Margaret; PELLEGRINO, James (Org.). *Education for Life and Work*: Developing Transferable Knowledge and Skills in the 21st Century. National Research Council. Washington: National Academies Press, 2012; BINKLEY, Marilyn et al. Defining Twenty-First Century Skills. In: GRIFFIN, Patrick; McGAW, Barry; CARE, Esther (Org.). *Assessment and Teaching of 21st Century Skills*. Holanda: Springer, 2012, p. 17-66; PACIFIC POLICY RESEARCH CENTER. *21st Century Skills for Students and Teachers*. Honolulu: Kamehameha Schools, Research and Evaluation Division, 2010; OCDE. *The Definition and Selection of Key Competencies*: Executive Summary. Paris, 2005.

3. CARNOY, Martin. *Cuba's Academic Advantage*: Why Students in Cuba Do Better in School. Redwood City: Stanford University Press, 2007.

4. GAURI, Varun. *School Choice in Chile*: Two Decades of Educational Reform. Pittsburgh: University of Pittsburgh Press, 1998; HSIEH, Chang-Tai; URQUIOLA, Miguel. The Effects of Generalized School Choice on Achievement and Stratification: Evidence from Chile's Voucher Program. *Journal of Public Economics*, v. 90, n. 8, p. 1477-503, 2006; BELLEI, Cristián. The Private-Public School Controversy: The Case of Chile. In: PETERSON, Paul; CHAKRABARTI, Rajashri (Org.). *School Choice International*. Cambridge: MIT Press, 2009, p. 165-92.

5. VALENZUELA, Juan Pablo; BELLEI, Cristián; DE LOS RÍOS, Danae. Socioeconomic School Segregation in a Market-Oriented Educational System: The Case of Chile. *Journal of Education Policy*, v. 29, n. 2, p. 217-41, 2014.

6. GARCÍA-HUIDOBRO, Juan Eduardo; COX, Cristián. La reforma educacional chilena 1990-1998: visión de conjunto. In: GARCÍA-HUIDOBRO, Juan Eduardo (Org.). *La reforma educacional chilena*. Santiago: Popular, 1999; MENA, Isidora; BELLEI, Cristián. The New Challenge: Quality and Equity in Education. In: TOLOZA, Cristian; LAHERA, Eugenio (Org.). *Chile in the Nineties*. Stanford: Stanford University Libraries, 2000, p. 349-91.

7. COX, op. cit.; DELANNOY, Françoise. *Education Reforms in Chile, 1980-98*: A Lesson in Pragmatism. Washington: World Bank, 2000. (Série Country Studies: Education Reform and Management Publication, v. 1, n. 1).

8. BELLEI, Cristián; CABALIN, Cristián. Chilean Student Movements: Sustained Struggle to Transform a Market-Oriented Educational Syste. *Current Issues in Comparative Education*, v. 15, n. 2, p. 108, 2013.

9. ESPÍNOLA, Viola; CLARO, Juan Pablo. El sistema nacional de aseguramiento de la calidad: una reforma basada en estándares. In: BELLEI, Cristián; CONTRERAS, Daniel; VALENZUELA, Juan Pablo (Org.). *Ecos de la revolución pingüina*. Santiago: Pehuén, 2010.

10. BELLEI, Cristián; VANNI, Xavier. The Evolution of Educational Policy in Chile, 1980-2014. In: SCHWARTZMAN, Simon (Org.). *Education in South America*. Nova York: Bloomsbury, 2015.

11. CEPAL; UNESCO. *Educación y conocimiento*: eje de la transformación productiva con equidad. Santiago, 1992.

12. FAJNZYLBER, Fernando. *Industrialization in Latin America*: From the "Black Box" to the "Empty Box" – A Comparison of Contemporary Industrialization Patterns. Santiago: Cepal, 1990.

13. CEPAL; UNESCO, op. cit., p. 157.

14. Ibid.

15. Jacqueline Gysling (professora do Departamento de Estudos Pedagógicos da Universidade do Chile, coordenadora da área de ciências sociais do Ministério da Educação durante a reforma do currículo do ensino médio, de 1996 a 2002, e coordenadora da área de currículo entre 2006 e 2010). Entrevista concedida aos autores, 2014.

16. BRUNNER, José Joaquin. *Informe de la Comisión Nacional para la Modernización de la Educación*: los desafíos de la educación chilena frente al siglo XXI. Santiago: Universitaria, 1995.

17. PARTNERSHIP FOR 21ST CENTURY SKILLS. *The Intellectual and Policy Foundations of the 21st Century Skills Framework*, 2007. Disponível em: <http://youngspirit.org/docs/21stcentury.pdf>. Acesso em: 17 ago. 2016.

18. PACIFIC POLICY RESEARCH CENTER, op. cit.

19. BINKLEY et al., op. cit.

20. BRUNNER, op. cit.

21. REICH, R. *The Work of Nations*. Nova York: Knopf, 1991; MURNANE, Richard J.; LEVY, Frank. *Teaching the New Basic Skills*: Principles for Educating Children to Thrive in a Changing Economy. Nova York: Free Press, 1996; COMISSÃO EUROPEIA. *Teaching and Learning*: Towards the Learning Society. v. 42. Bruxelas: Office for Official Publications of the European Communities, 1996; OCDE. *The Curriculum Redefined*: Schooling for the 21st Century. Paris, 1994.

22. Cox, Cristián. Currículo escolar de Chile: génesis, implementación y desarrollo. *Revue Internationale d'Éducation de Sèvres*, n. 56, 2011.

23. CARIOLA, Leonor et al. *Educación media en el mundo*: estructura y diseño curricular en diferentes países. Santiago: Ministerio de Educación de Chile, Programa de Mejoramiento de la Calidad y Equidad de la Educación, 1994.

24. LEMAITRE, María José et al. La reforma de la educación media. In: Cox, Cristián (Org.). *Políticas educacionales en el cambio de siglo*: la reforma del sistema escolar de Chile. Santiago: Universitaria, 2003.

25. CHILE. Ministério da Educação. *Objetivos fundamentales y contenidos mínimos obligatorios de la educación media*. Santiago, 1998, p. 8.

26. Gysling, entrevista.

27. Ibid.; CHILE. Ministério da Educação. *¿Cómo trabajar los Objetivos Fundamentales Transversales en el aula?*: Segundo Ciclo de Enseñanza Básica y Enseñanza Media. Santiago, 2003.

28. Cox, Currículo escolar de Chile.

29. HILTON; PELLEGRINO, op. cit.

30. CHILE, *¿Cómo trabajar los Objetivos Fundamentales Transversales en el aula?*

31. ARELLANO, José Pablo. *Reforma educacional*: prioridad que se consolida. Santiago: Los Andes, 2000; BITAR, Sergio. *Educación, nuestra riqueza*. Santiago: El Mercurio/ Aguilar, 2005.

32. Cristián Cox (diretor da Escola de Educação da Universidade Católica e diretor da unidade de currículo e avaliação do Ministério da Educação de 1998 a 2006). Entrevista concedida aos autores, 2014.

33. MIRANDA, Martin. Transformación de la educación media técnica profesional. In: Cox, Cristián (Org.). *Políticas educacionales en el cambio de siglo*: la reforma del sistema escolar de Chile. Santiago: Universitaria, 2003.

34. Ibid., p. 386.

35. Ibid.

36. BINKLEY et al., op. cit.

37. HILTON; PELLEGRINO, op. cit.

38. UNESCO. *Global Citizenship Education*: Preparing Learners for the Challenges of the 21st Century. Paris, 2014.

39. BASCOPÉ, Martin; COX, Cristián; LIRA, Robinson. Tipos de ciudadanía en los currículos del autoritarismo y la democracia. In: Cox, Cristián; CASTILLO, Juan Carlos (Org.). *Aprendizaje de la ciudadanía*: contextos, experiencias, resultados. Santiago: UC, 2015, p. 245-82.

40. Cox, Las políticas educacionales de Chile en las últimas décadas del siglo XX.

41. GYSLING, Jacqueline. Reforma curricular: itinerario de una transformación cultural. In: Cox, Cristián (Org.). *Políticas educacionales en el cambio de siglo*: la reforma del sistema escolar de Chile. Santiago: Universitaria, 2003.

42. Ibid.; Cox, Currículo escolar de Chile.

43. Cox, Las políticas educacionales de Chile en las últimas décadas del siglo XX.

44. CHILE. Ministério da Educação. *Formación ciudadana*: actividades de apoyo para el profesor. Santiago, 2004.

45. LEMAITRE et al., op. cit.

46. REIMERS, Fernando. Civic Education When Democracy Is Influx: The Impact of Empirical Research on Policy and Practice in Latin America. *Citizenship and Teacher Education*, v. 3, n. 2, dez. 2007.

47. TORNEY-PURTA, Judith; AMADEO, Jo-Ann. *Strengthening Democracy in the Americas through Civic Education*: An Empirical Analysis Highlighting the Views of Students and Teachers. Washington: Organization of American States, 2004.

48. ZARZURI, Raúl. Jóvenes, participación y ciudadanía. In: *Fortaleciendo la asesoría de los centros de alumnos y alumnas*: manual de apoyo. Santiago: Ministério da Educação do Chile, 2006.

49. COMISIÓN FORMACIÓN CIUDADANA. *Informe Comisión Formación Ciudadana.* Santiago: Ministério da Educação do Chile, 2004.

50. Essa questão continua a ser discutida no Chile: recentemente um grupo de parlamentares propôs reintroduzir nas escolas de ensino médio um curso especificamente dedicado à educação cívica, a exemplo do que ocorre em muitos outros países. Cf.: SHULTZ, Wolfram. *ICCS 2009 Latin American Report*: Civic Knowledge and Attitudes among Lower-Secondary Students in Six Latin American Countries. Amsterdã: International Association for the Evaluation of Educational Achievement, 2011; CHILE. Ministério da Educação. *Objetivos fundamentales y contenidos mínimos obligatorios de la educación básica y media*: actualización 2009. Santiago, 2009.

51. COX, Cristián; GARCÍA, Carolina. Objetivos y contenidos de la formación ciudadana en Chile 1996-2013: tres curriculos comparados. In: COX, Cristián; CASTILLO, Juan Carlos (Org.). *Aprendizaje de la ciudadanía*: contextos, experiencias, resultados. Santiago: UC, 2015, p. 283-320.

52. EGAÑA, Loreto et al. *Reforma educativa y objetivos fundamentales transversales*: los dilemas de la innovación. Santiago: Programa Interdisciplinario de Investigación en Educación, 2003.

53. CÁRCAMO, Vásquez H. Importancia atribuida al desarrollo de la ciudadanía en la formación inicial docente. *Estudios Pedagógicos*, v. 34, n. 2, p. 29-43, 2008; MUÑOZ, Carlos; TORRES, Bastián. La formación ciudadana en la escuela: problemas y desafíos. *Revista Electrónica Educare*, v. 18, n. 2, p. 233-45, maio-ago. 2014.

54. Ibid.

55. EGAÑA et al., op. cit.; MUÑOZ; TORRES, op. cit.

56. SHULTZ, op. cit.

57. BELLEI; CABALIN, op. cit.

58. ARELLANO, op. cit.; COX, Cristián. El nuevo currículum del sistema escolar. In: HEVIA, R. (Org.). *La educación en Chile hoy*. Santiago: Ediciones Universidad Diego Portales, 2003, p. 117-35.

59. LEMAITRE et al., op. cit., p. 357.

60. GARCÍA-HUIDOBRO, Juan Eduardo; SOTOMAYOR, Carmen. La centralidad de la escuela en la política educativa chilena de los años noventa. In: COX, Cristián (Org.). *Políticas educacionales en el cambio de siglo*: la reforma del sistema escolar de Chile. Santiago: Universitaria, 2003; LEMAITRE et al., op. cit., p. 357; BELLEI, Cristián. ¿Ha tenido impacto la reforma educativa chilena?. In: Cox, Cristián (Org.). *Políticas educacionales en el cambio de sigl*, p. 125-209.

61. MENA; BELLEI, op. cit.; BELLEI, ¿Ha tenido impacto la reforma educativa chilena?.

62. DELANNOY, op. cit.

63. Gysling, entrevista.

64. Bárbara Eyzaguirre (coordenadora de estudos educacionais e de parâmetros do Ministério da Educação de 2010 a 2014). Entrevista concedida aos autores, 2014; EYZAGUIRRE, Bárbara; FONTAINE, Loreto. *El futuro en riesgo*: nuestros textos escolares. Santiago: Centro de Estudios Públicos, 1997.

65. O Enlaces foi um programa nacional destinado a introduzir o uso de computadores, softwares e internet, assim como capacitação para professores, em quase todas as escolas financiadas pelo Estado. HEPP, Pedro. El programa de informática educativa de la reforma educacional chilena. In: Cox, Cristián (Org.). *Políticas educacionales en el cambio de siglo*: la reforma del sistema escolar de Chile. Santiago: Universitaria, 2003.

66. Eyzaguirre, entrevista.

67. Gysling, entrevista.

68. EGAÑA et al., op. cit.

69. OCDE. *Chile*: Reviews of National Policies for Education. Paris, 2004; CARNOY, op. cit.

70. ÁVALOS, Beatrice. La formación de profesores y su desarrollo profesional: prácticas innovadoras en busca de políticas – el caso de Chile. In: Cox, Cristián (Org.). *Políticas educacionales en el cambio de siglo*: la reforma del sistema escolar de Chile. Santiago: Universitaria, 2003; ÁVALOS, Beatrice. Formación inicial docente en Chile: calidad y políticas. In: BELLEI, Cristián; CONTRERAS, Daniel; VALENZUELA, Juan Pablo (Org.). *Ecos de la revolución pingüina*. Santiago: Pehuén, 2010.

71. Cox, El nuevo currículum del sistema escolar.

72. Ávalos, Formación inicial docente en Chile.

73. Bellei, Cristián; Valenzuela, Juan Pablo.¿Están las condiciones para que la docencia sea una profesión de alto estatus en Chile?. In: Martinic, Sergio; Elacqua, Gregory. *¿Fin de ciclo?*: cambios en la gobernanza del sistema educativo. Santiago: Facultad de Educación, Pontificia Universidad Católica de Chile/Oficina Regional de Educación para América Latina y el Caribe, Unesco, 2010.

74. Manzi, Jorge. Programa Inicia: fundamentos y primeros avances. In: Bellei, Cristián; Contreras, Daniel; Valenzuela, Juan Pablo (Org.). *Ecos de la revolución pingüina*. Santiago: Pehuén, 2010.

75. Meckes, Lorena; Carrasco, Rafael. Two Decades of Simce: An Overview of the National Assessment System in Chile. *Assessment in Education: Principles, Policy and Practice*, v. 17, n. 2, p. 233-48, 2010; Cox, entrevista.

76. Gysling, entrevista; Eyzaguirre, entrevista.

77. Bellei; Vanni, op. cit.; Carrasco, Alejandro. Mecanismos performativos de la institucionalidad educativa en Chile: pasos hacia un nuevo sujeto cultural. *Observatorio Cultural*, v. 15, 2013.

78. Eyzaguirre, entrevista.

79. Cox, entrevista.

80. Bellei; Vanni, op. cit.

81. Gysling, entrevista.

82. Bellei, Cristián. Supporting Instructional Improvement in Low-Performing Schools to Increase Students' Academic Achievement. *Journal of Educational Research*, v. 106, n. 3, p. 235-48, 2013; Sotomayor, Carmen. Programas públicos de mejoramiento de la calidad de escuelas básicas en contextos urbanos vulnerables: evolución y aprendizajes de sus estrategias de intervención (1990-2005). *Pensamiento Educativo*, v. 39, n. 2, p. 255-71, 2006.

83. Cassasus, Juan. Las reformas basadas en estándares: un camino equivocado. In: Bellei, Cristián; Contreras, Daniel; Valenzuela, Juan Pablo (Org.). *Ecos de la revolución pingüina*. Santiago: Pehuén, 2010; Espínola; Claro, op. cit.; Carrasco, op. cit.

84. Cox, entrevista.

85. Gysling, entrevista.

86. VALENZUELA, Juan Pablo et al. ¿Por qué los jóvenes chilenos mejoraron su competencia lectora en la prueba Pisa?. In: CHILE. Ministério da Educação. *Evidencias para Políticas Públicas en Educación*. Santiago, 2011, p. 265-311.

87. Eyzaguirre, entrevista.

88. Gysling, entrevista.

89. Eyzaguirre, entrevista.

90. José Joaquin Brunner (pesquisador na Universidade Diego Portales e ocupante da cátedra Unesco para Políticas Comparadas para a Educação Universitária e coordenador do comitê consultivo da Comissão para a Modernização da Educação em 1994), entrevista concedida aos autores, 2014.

91. Ibid.

92. Ibid.; Gysling, entrevista.

93. Eyzaguirre, entrevista.

94. Ibid.

95. EGAÑA et al., op. cit.

96. Eyzaguirre, entrevista.

97. Cox, Cristián. Políticas de reforma curricular en Chile. *Pensamiento Educativo*, v. 29, p. 190, 2001.

98. MIRANDA, op. cit.

99. Cox, entrevista.

100. SHULTZ, op. cit.

101. BITAR, op. cit.

102. PÉREZ, Camila. *Promoción de ciudadanía en la escuela*: conceptualizaciones en textos escolares chilenos, 2005 y 2010. Dissertação (Mestrado em Ciências Sociais) – Universidad de Chile, Santiago, 2013.

103. SHULTZ, op. cit.

**CAPÍTULO QUATRO: MÉXICO**

1. PARAMETRÍA. Carta Paramétrica. *Encuesta nacional en vivienda*. México, 2013.

2. MÉXICO. Secretaria de Educação Pública. *Acuerdo número 592 por el que se establece la Articulación de la Educación Básica*. México, 2011.

3. A educação básica mexicana engloba a pré-escola, o ensino primário e o ensino secundário. [N. E.]

4. Como declarou a ex-subsecretária de Educação Superior, "a consulta resultou na participação de 7.428 cidadãos [...] e na inclusão de quase 7.970 ideias importantes". Notimex. Necesario que reforma educativa llegue a todos: Martínez Olivé. *El Economista*, 12 jun. 2014. Disponível em: <http://eleconomista.com.mx/sociedad/2014/06/12/necesario-que-reforma-educativa-llegue-todos-martinez-olive>. Acesso em: 18 ago. 2016.

5. México. Secretaria de Educação Pública, op. cit.

6. Díaz-Barriga, Frida. Reformas curriculares y cambio sistémico: una articulación ausente pero necesaria para la innovación. *Revista Iberoamericana de Educación Superior*, v. 3, n. 7, p. 23-40, 2012.

7. México. Secretaria de Educação Pública, op. cit.

8. Hilton, Margaret; Pellegrino, James (Org.). *Education for Life and Work*: Developing Transferable Knowledge and Skills in the 21st Century. National Research Council. Washington: National Academies Press, 2012.

9. OCDE; Centro de Pesquisa e Inovação Educacional. *21st Century Learning*: Research, Innovation and Policy. Directions from recent OECD analyses. Paris, 2008.

10. Hilton; Pellegrino, op. cit.

11. Elmore, Richard. *School Reform from the Inside Out*: Policy, Practice, and Performance. Cambridge: Harvard Education Press, 2004.

12. Kärkkäinen, Kiira. Bringing About Curriculum Innovations: Implicit Approaches in *the OECD Area*. *OECD Education Working Papers*, n. 82, 2012.

13. Ananiadou, Katerina; Claro, Magdalean. 21st Century Competencies and Competences for New Millennium Learners in OECD Countries. *OECD Education Working Papers*, n. 41, 2009.

14. Martinic, Sergio; Pardo, Marcela (Org.). *Economía política de las reformas educativas en América Latina*. Santiago: Cide-Preal, 2001.

15. México. Instituto Nacional para la Evaluación de la Educación. *Panorama Educativo de México 2013*: indicadores del sistema educativo nacional – educación básica y media superior. México, 2014; OCDE. *Education at a Glance 2013*: OECD Indicators. Paris, 2013; Banco Mundial. *World Development Indicators*. Washington, 2015. Disponível em: <http://data.worldbank.org/country/mexico>. Acesso em: 18 ago. 2016.

16. A divulgação dos resultados do Pisa cada três anos, desde 2000, suscita preocupação entre os formuladores de políticas e organizações não governamentais, já que o México tem sido constantemente rotulado como o país da OCDE com o pior desempenho, com alta concentração de estudantes examinados ocupando os níveis mais

baixos de desempenho (55% abaixo do ou no nível II em leitura, 46% concentrados no nível I ou menos em ciências e 55% no nível I ou menos em matemática para 2012).

17. CENTRO DE INVESTIGACIÓN PARA EL DESARROLLO, A. C. *Encuesta de Competencias Profesionales 2014*: ¿Qué buscan – y no encuentran – las empresas en los profesionistas jóvenes?. México, 2014. Disponível em: <http://www.cidac.org/esp/uploads/1/encuesta_competencias_profesionales_270214.pdf>. Acesso em: 18 ago. 2016.

18. MÉXICO. Secretaria de Desenvolvimento Econômico Sustentável. *Estudio del mercado laboral en Guanajuato 2013*: identificación de perfiles laborales de los sectores automotriz, metalmecánico y plástico. México, 2014.

19. Publicações e projetos semelhantes foram encontrados em outros estados, como no caso de Nuevo León ou Coahuila, ainda que com uma discussão limitada sobre as competências/habilidades a serem promovidas.

20. Um efeito adicional relacionado à disseminação dos resultados do Pisa é a preocupação do público em saber se os alunos formados no ensino secundário estão adquirindo competências relevantes para o mercado de trabalho. De fato, uma reforma do currículo tem sido implantada no sistema nacional do ensino secundário desde 2008, definindo metas voltadas para o desenvolvimento de onze competências gerais, incluindo algumas referenciadas nas 21CC: autoconhecimento e metacognição, valorização das artes, estilo de vida saudável, comunicação efetiva, pensamento reflexivo, trabalho em equipe, participação comunitária e respeito pela diversidade. Ainda que seja um passo positivo reconhecer a relevância delas, isso não é o bastante para resultar num currículo cuja prática promova a aquisição das novas competências, como sugerem dados do Centro de Investigación para el Desarrollo, A. C. (Cidac). Em estudo realizado com donos de empresas, 26% dos entrevistados informaram que vagas em aberto não podiam ser preenchidas devido à falta de conhecimento e de competências relevantes dos candidatos.

21. Essa amostragem (representativa no nível do estado) foi estimada com um projeto probabilístico em dois estágios (municípios e escolas), baseado em dados do Instituto Nacional de Estadística y Geografía (Inegi, 2009), e administrada com apoio do Instituto de Financiamiento e Información para la Educación (Educafin). CÁRDENAS; ARRIAGA; CASTREJÓN. *Evaluación del programa de uniformes escolares* (trabalho inédito, sem data).

22. WAGNER, Tony. *The Global Achievement Gap*: Why Even Our Best Schools Don't Teach the New Survival Competencies Our Children Need – and What We Can Do About It. Nova York: Basic Books, 2008; ANANIADOU; CLARO, op. cit.; RUETTGERS,

Mary Margaret. A Content Analysis to Investigate the Evidence of 21st Century Knowledge and Competencies within Elementary Teacher Education Programs in the United States. Tese (Doutorado em Educação) – Lindenwood University, St. Charles, 2013.

23. Ver, por exemplo: LINDELL, Annukka K.; KIDD, Evan. Consumers Favor "Right Brain" Training: The Dangerous Lure of Neuromarketing. *Mind, Brain, and Education*, v. 7, n. 1, p. 35-9, 2013.

24. Essa situação também pode ser atribuída ao uso de diferentes denominações para o mesmo tipo de competências, um problema documentado e descrito por Hilton e Pellegrino (op. cit.); o conceito das "competências do século XXI" poderia ser considerado um termo demasiado amplo, causando confusão entre atores escolares sobre as implicações para a definição das metas de aprendizagem.

25. BOLAÑOS, Raúl. Orígenes de la educación pública en México. In: SOLANA, Fernando; CARDIEL, Raúl; BOLAÑOS, Raúl (Org.). *Historia de la educación pública en México*. México: Fondo de Cultura Económica, 1997, p. 11-40; MORALES, Ernesto Meneses. El saber educativo. In: SARRE, Pablo Latapí (Org.). *Un siglo de educación en México*. México: Fondo de Cultura Económica/Conaculta, 1998, p. 9-45; LÓPEZ, Francisco Miranda. La reforma curricular de la educación básica. In: ARNAUT, Alberto; GIORGULI, Silvia (Org.). *Educación*. México: El Colegio de México, 2010. (Série Los grandes problemas de México, v. 7).

26. DÍAZ-BARRIGA, op. cit.

27. ANANIADOU; CLARO, op. cit.

28. MÉXICO. Secretaria de Educação Pública, op. cit.

29. HILTON; PELLEGRINO, op. cit.

30. Ibid.

31. Para o propósito deste estudo, foi considerado apenas o uso de "evidências documentais" (Ariav, 1986), evitando, assim, a observação da prática ou a análise de como os resultados foram alcançados. Além disso, no âmbito do estudo, entende-se por "currículo" o conjunto de materiais contendo orientações sobre as práticas de ensino: livros didáticos, manuais de professores (*guías del maestro*) e planos de estudo.

32. PLAZA, Cecilia et al. Curriculum Mapping in Program Assessment and Evaluation. *American Journal of Pharmaceutical Education*, v. 71, n. 2, p. 20, 2007; HOUANG, Richard T.; SCHMIDT, William H. TIMSS International Curriculum Analysis and Measuring Educational Opportunities. Trabalho apresentado na 3ª Conferência

Internacional de Pesquisa da IEA, Taiwan Normal University, Taipei, 2008; RUETTGERS, op. cit.

33. CARLEY, Kathleen. Coding Choices for Textual Analysis: A Comparison of Content Analysis and Map Analysis. In: MARSDEN, Peter V. (Org.). *Sociological Methodology*. Oxford: Blackwell, 1993, p. 75-126.

34. BERG, Bruce L. *Qualitative Research Methods for the Social Sciences*. Boston: Allyn and Bacon, 2001.

35. STONE, Philip J. et al. *The General Inquirer*: A Computer Approach to Content Analysis. Cambridge: MIT Press, 1966; NEUENDORF, Kimberly A. *The Content Analysis Guidebook*. Thousand Oaks: Sage, 2002.

36. HILTON; PELLEGRINO, op. cit. A busca pelas "unidades de mensagem" foi implementada em duas fases. Na primeira, realizou-se uma codificação "prévia" (Stemler, 2001) para determinar os termos operacionais usados em livros didáticos e materiais de referência para os professores, com base numa revisão de conceitos incluídos nos "grupos de competências intimamente relacionadas", desenvolvidos por Hilton e Pellegrino após uma análise de oito relatórios relevantes (ver: HILTON; PELLEGRINO, op. cit., Anexo B). Na segunda, depois de vários termos operacionais terem sido identificados (Quadro 4.1), foi conduzida, com base nessa lista, uma revisão completa de livros didáticos e materiais de referência para os professores, contemplando as seis séries e todas as disciplinas, a fim de identificar os ELO relacionados às habilidades do século XXI no interior das disciplinas e das séries.

37. Embora, de acordo com o plano, se supusesse que os professores integrariam competências em todas as disciplinas e séries, a revisão mostrou que duas competências predominam nos livros didáticos: trabalho em equipe e uso das TICs. Por exemplo, os alunos são constantemente incentivados a colaborar com seus pares durante as atividades, a discutir e apresentar descobertas sobre temas específicos ou a buscar informações em sites criados pelo Ministério da Educação. No entanto, são oferecidas poucas orientações sobre como *desenvolver* os argumentos que serão discutidos entre os pares, como *administrar informações* ou como *produzir inovações* em sala de aula. Além disso, livros didáticos enfatizam processos homogêneos que podem suscitar desafios adicionais para os professores que desejam adaptar atividades à realidade de alunos de origem étnica ou social diferente, comprometendo, desse modo, o respeito pela diversidade.

38. Resultados de aprendizagem esperados (ELO) são descrições concretas de metas a serem alcançadas por meio do ensino e de atividades em cada disciplina do primário.

39. HILTON; PELLEGRINO, op. cit.

40. Baseado em: PLAZA et al., op. cit., p. 20; PORTER, Andrew W.; SMITHSON, John L. From Policy to Practice: The Evolution of one Approach to Describing and Using Curriculum Data. In: WILSON, M. (Org.). *Towards Coherence Between Classroom Assessment and Accountability*. Chicago: National Society for the Study of Education, 2004.

41. Só no caso da linguagem para a quarta série foi observada uma distribuição equilibrada dos ELO21 nos três domínios identificados por Hilton e Pellegrino (op. cit.).

42. HILTON; PELLEGRINO, op. cit.

43. Quanto à participação de funcionários públicos em debates públicos sobre conteúdos e metas educacionais na mídia, têm sido frequentemente observadas referências incidentais a conceitos relacionados às 21CC. Por exemplo, em muitas ocasiões, ao ser explicada a orientação do currículo da educação básica implementada desde 2011, argumentou-se que o México estaria substituindo o "ensino decoreba" por um currículo "baseado em competências", que proporcionaria "as competências necessárias em um ambiente globalizado". Entretanto, é provável que referências ambíguas às 21CC possam ser explicadas pela condição sugerida por Ananiadou e Claro (op. cit.), na qual definições/classificações das 21CC muitas vezes inexistiam entre os funcionários públicos.

44. HART, Roger A. *Children's Participation*: From Tokenism to Citizenship. Florence: Unicef Innocenti Research Center, 1992. (Série Innocenti Essay, n. 4). Disponível em: <http://www.unicef-irc.org/publications/pdf/childrens_participation.pdf>. Acesso em: 8 set. 2016.

45. HILTON; PELLEGRINO, op. cit.

46. FROY, F.; GIGUÈRE, S.; MEGHNAGI, M. Skills for Competitiveness: A Synthesis Report. *OECD Local Economic and Employment Development (Leed) Working Papers*, n. 9, 2012. Disponível em: <http://dx.doi.org/10.1787/5k98xwskmvr6-en>. Acesso em: 8 set. 2016.

47. PORTER, Andrew C.; SMITHSON, John L. Are Content Standards Being Implemented in the Classroom? A Methodology and Some Tentative Answers. In: FUHRMAN, S. H. (Org.). *From the Capitol to the Classroom*: Standards-Based Reform in the States. One Hundredth Yearbook of the National Society for the Study of Education, Part 2. Chicago: University of Chicago Press, 2001, p. 60-80.

48. DÍAZ-BARRIGA, op. cit.

## CAPÍTULO CINCO: ÍNDIA

1. NCERT. *National Curriculum Framework 2005*. Nova Délhi, 2005. Disponível em: <http://www.ncert.nic.in/rightside/links/pdf/framework/english/nf2005.pdf>. Acesso em: 8 set. 2016.

2. HILTON, Margaret; PELLEGRINO, James (Org.). *Education for Life and Work*: Developing Transferable Knowledge and Skills in the 21st Century. National Council Research. Washington: National Academies Press, 2012.

3. FULLAN, Michael. *Change Theory*: A Force for School Improvement. Victoria: Centre for Strategic Education, 2006.

4. ÍNDIA. Ministério de Desenvolvimento de Recursos Humanos. *National Policy on Education 1968*. Nova Délhi, 1968. Disponível em: <http://mhrd.gov.in/sites/upload_files/mhrd/files/document-reports/NPE-1968.pdf>. Acesso em: 8 set. 2016.

5. Idem. *The Right of Children to Free and Compulsory Education Act 2009*. Nova Délhi, 2009. Disponível em: <http://mhrd.gov.in/sites/upload_files/mhrd/files/upload_document/RTE_Section_wise_rationale_rev_0.pdf>. Acesso em: 8 set. 2016.

6. Esses professores passaram pelo processo de autotransformação exigido de um profissional do ensino do século XXI e praticam uma pedagogia e um ensino-aprendizagem claramente definidos.

7. Um dos formuladores de políticas foi um importante colaborador no projeto de elaboração da NCF2005; o outro tem dado uma contribuição significativa a muitas comissões criadas pelo governo central da Índia para os ensinos secundário e superior.

8. Os líderes empresariais são fundadores de companhias de grande porte e importantes recrutadores de profissionais; seus pontos de vista sobre as capacidades humanas exigidas no atual mundo do trabalho no país proporcionaram uma orientação quanto à adequação da educação "voltada para o trabalho" na NCF2005.

9. Todos os líderes governamentais eram funcionários públicos. Sua compreensão das metas curriculares e de suas responsabilidades em relação ao aprendizado do século XXI contribuíram para nosso entendimento da complexidade na tomada de decisões implícita em suas funções.

10. O desenvolvimento de lideranças é uma nova área no sistema educacional indiano. Por meio dela, alguns profissionais da educação iniciaram mudanças na obtenção de resultados na aprendizagem. Seus pontos de vista nos ajudaram a localizar lacunas no sistema e a perceber que a legislação vigente na Índia favorece políticas progressistas, mas sua implementação depende de mentalidades que são formadas pelo sistema tradicional.

11. Revisões anteriores da Estrutura do Currículo Nacional ocorreram em 1975, 1988 e 2000.

12. "Membros menos favorecidos da sociedade" incluem as pessoas de castas e tribos de estratos inferiores e de locais isolados, assim como das classes de menor poder econômico.

13. A Índia tem 29 estados e sete territórios da União e segue um sistema federal, no qual a política nacional guia a dos estados e territórios, cujos governos estaduais, no entanto, têm liberdade para formular as próprias políticas de acordo com suas necessidades e contextos, sob orientação geral de políticas nacionais mais amplas.

14. O NCERT é uma organização autônoma criada em 1961 pelo governo da Índia para auxiliar e aconselhar o governo central e os estaduais sobre políticas e programas de melhoria da qualidade da educação escolar. NCERT. Disponível em: <http://aises.nic.in/aboutncert>. Acesso em: 8 set. 2016.

15. Na Índia antiga, a segregação baseada em castas/intocabilidade era uma prática avalizada pela religião hinduísta, segundo a qual os pertencentes às castas mais baixas eram considerados impuros e não tocados para que a pureza fosse preservada. Ficavam segregados em guetos, geralmente fora do vilarejo principal.

16. A comunidade hinduísta era dividida de acordo com a natureza do trabalho: os brâmanes, da casta superior, realizavam trabalho intelectual, de natureza espiritual ou religiosa; os xátrias eram guerreiros; os vaixás dedicavam-se às atividades econômicas; e os sudras, ao trabalho servil e coleta de lixo, compondo a casta mais baixa da sociedade. Gradativamente, o sistema de castas na sociedade indiana foi se tornando menos rígido e mais aberto à mobilidade.

17. O Programa de Ação da Política Nacional de Educação de 1992 dá ênfase à educação associada ao trabalho e à capacitação de jovens para a obtenção de emprego por iniciativa própria. Ele é recomendado pelos membros do Grupo Focal Nacional no Documento de Posicionamento sobre Trabalho e Educação. ÍNDIA. Ministério de Desenvolvimento de Recursos Humanos. *National Policy on Education 1986*: Programme of Action 1992. Nova Délhi, 1992, p. 12 e 17. Disponível em: <http://mhrd.gov.in/sites/upload_files/mhrd/files/document-reports/POA_1992.pdf>. Acesso em: 8 set. 2016. NCERT. *Work and Education*: Position Paper National Focus Group. Nova Délhi, 2007, p. 13. Disponível em: <http://www.ncert.nic.in/new_ncert/ncert/rightside/links/pdf/focus_group/workeducation.pdf>. Acesso em: 8 set. 2016.

18. A Política Nacional de Educação (NPE) é formulada pelo governo da Índia para guiar os estados e os territórios da União em suas políticas educacionais. A primeira NPE

foi redigida em 1968; a segunda, em 1986; e a mais recente, chamada Programa de Ação da Política Nacional de Educação (POA), em 1992.

19. ÍNDIA, *National Policy on Education 1986*. Nova Délhi, 1986.

20. PLANNING COMMISSION. *Eighth Five Year Plan (1992-1997)*. Nova Délhi, v. 2. Disponível em: <http://indianplanningcommission.blogspot.com.br/2008/12/eighth-five-year-plan-india-1992-1997.html>. Acesso em: 8 set. 2016.

21. O período que se seguiu à introdução da nova política econômica na Índia, em 1991, é conhecido como era pós-liberalização.

22. ÍNDIA, *National Policy on Education 1986*.

23. Ibid., p. 6.

24. NCERT, *Work and Education*, p. 2.

25. NATIONAL UNIVERSITY OF EDUCATIONAL PLANNING AND ADMINISTRATION. *School Education in India 2013-14*. Nova Délhi, 2014. Disponível em: <http://dise.in/Downloads/Publications/Documents/U-DISE-SchoolEducationInIndia-2013-14.pdf>. Acesso em: 8 set. 2016.

26. NCERT, *National Curriculum Framework 2005*; Rohit Dhankar. Comunicação pessoal, ago. 2014.

27. NCERT, *Work and Education*.

28. Ibid., p. 2-3 e 113.

29. Ibid., p. 44. Trata-se da escola Adharshila no vilarejo de Saakad, perto de Sendhwa, distrito de Badwani, Madhya Pradesh, onde os alunos aprendem engajando-se ativamente na vida comunitária.

30. Ibid., p. 39. Nesse trecho é citado o exemplo de uma escola municipal em Karad, distrito de Satara, Maharashtra, que convidou o carpinteiro Seetaram para ensinar geometria básica e matemática aos alunos.

31. Ibid.

32. NCERT. *Teaching of Mathematics*: Position Paper National Focus Group. Nova Délhi, 2006. Disponível em: <http://www.ncert.nic.in/new_ncert/ncert/rightside/links/pdf/focus_group/math.pdf>. Acesso em: 8 set. 2016; NCERT. *Textbook in Mathematics for Class III*. Nova Délhi, 2005. Disponível em: <http://epathshala.nic.in/e-pathshala-4/flipbook>. Acesso em: 8 set. 2016.

33. O Conselho Nacional para a Educação, Pesquisa e Capacitação (NCERT) publicou livros alinhados com a orientação da NCF2005. Os exemplos são tirados de: *Environment Studies Textbook for Class IV*. Nova Délhi, 2006, cap. 16; *Environment Studies*

*Textbook for Class V*. Nova Délhi, 2006, cap.6 . Disponíveis em: <http://epathshala.nic.in/e-pathshala-4/flipbook>. Acesso em: 8 set. 2016.

34. Bal Sabha é evento voltado para os alunos, geralmente dentro da escola, que promove debates, jogos, atividades etc.

35. Muitos governos estaduais na Índia têm tornado obrigatória a formação de um parlamento estudantil, ou Bal Sansad, em todas as escolas, de modo a promover uma atmosfera receptiva aos alunos.

36. NCERT. *Teaching of Indian Languages*: Position Paper National Focus Group. Nova Délhi, 2006 p. 7,16, 20, 25, 31-2. Disponível em: <http://www.ncert.nic.in/new_ncert/ncert/rightside/links/pdf/focus_group/Indian_Languages.pdf>. Acesso em: 8 set. 2016.

37. A escola, localizada em Uttarakhand e administrada por uma organização chamada Sociedade pelo Desenvolvimento Integrado do Himalaia, recorre a esse método para ensinar os alunos a usar os conhecimentos da comunidade.

38. NCERT. *Education for Peace*: Position Paper National Focus Group. Nova Délhi, 2006, p. 5. Disponível em: <http://www.ncert.nic.in/new_ncert/ncert/rightside/links/pdf/focus_group/education_for_peace.pdf>. Acesso em: 8 set. 2016.

39. Ibid., p. 4-6.

40. Com base na análise dos resultados de aprendizagem dos alunos pobres divulgados pelos relatórios anuais sobre educação do Acer Centre, 2, e dos dados das iniciativas educacionais postas em prática em várias escolas.

41. Dhankar, comunicação pessoal.

42. A NCF2005 especifica a pedagogia e os conteúdos curriculares recomendados, mas não oferece uma orientação obrigatória. Em consequência, muitos conselhos estaduais e editoras particulares publicam livros didáticos não inteiramente alinhados com a visão proposta por ela.

43. NCERT, *National Curriculum Framework 2005*, p. 9.

44. DIGANTAR. Disponível em: <http://www.digantar.org>. Acesso em: 8 set. 2016.

45. Ibid.

46. Ibid.

47. NCERT, *Work and Education*.

48. LEND-A-HAND INDIA. Disponível em: <http://www.lend-a-hand-india.org>. Acesso em: 8 set. 2016.

49. Ibid.

50. UNESCO. Multimedia Archives eServices. Disponível em: <http://www.unesco.org/archives/multimedia>. Acesso em: 8 set. 2016.

51. NCERT, *National Curriculum Framework 2005*; BAREFOOT COLLEGE. Disponível em: <http://www.barefootcollege.org>. Acesso em: 8 set. 2016; CENTER FOR EDUCATION INNOVATIONS. Disponível em: <http://educationinnovations.org>. Acesso em: 8 set. 2016.

52. BAREFOOT COLLEGE; CENTER FOR EDUCATION INNOVATIONS.

53. Ibid.

54. NCERT, *National Curriculum Framework 2005*; DESIGN FOR CHANGE. Disponível em: <http://www.dfcworld.com>. Acesso em: 8 set. 2016.

55. DESIGN FOR CHANGE.

56. ASHA FOR EDUCATION. Review of Social Studies Textbooks. Disponível em: <http://www.ashanet.org/projects/project-view.php?p=483>. Acesso em: 8 set. 2016.

57. SHRANGI, Vatsala. NCERT to Review Books for Gender Inclusion. *Sunday Guardian*, 20 set. 2014. Disponível em: <http://www.sunday-guardian.com/news/ncert-to-review-textbooks-for-gender-inclusion>. Acesso em: 8 set. 2016.

58. NCTE. *Guidelines for Conducting Teacher Eligibilty Test (TET) Under the Right of Children to Free and Compulsory Education Act (RTE), 2009*. Circular do governo para os funcionários da educação, 11 fev. 2011. Disponível em: <http://www.ncte-india.org/RTE-TET-guidelines[1]%20(latest).pdf>. Acesso em: 8 set. 2016.

59. A Política Nacional de Educação (NPE) de 1986 e o programa de ação a ela associado determinaram a criação do Conselho Nacional para a Formação de Professores, com estatuto e recursos próprios, como o primeiro passo para a reformulação do sistema de formação dos docentes. ÍNDIA, *National Policy on Education 1986*.

60. Ibid.

61. SANKAR, Vyjayanthi; MISHRA, Ritesh. Executive Summary. In: *A Status Report on Teacher Assessments in the Context of Nalanda Bihar*. Nova Délhi: Usaid, 2011. Disponível em: <http://www.teindia.nic.in/e9-tm/Files/Status-of-Teacher-Assessments-Exec-Summary-high_Bihar.pdf>. Acesso em: 8 set. 2016.

62. NCTE. *Curriculum Framework on Teacher Education*. Disponível em: <http://www.ncte-india.org/curriculumframework/curriculum.htm>. Acesso em: 8 set. 2016.

63. AZIM PREMJI FOUNDATION. *Status of District Institutes of Education and Training*: A Brief Report on the State of DIETs in India, set. 2010. Disponível em:

<http://www.azimpremjifoundation.org/pdf/Status%20Report%20on%20DIET.pdf>. Acesso em: 8 set. 2016.

64. SANKAR; MISHRA, op. cit.

65. AZIM PREMJI FOUNDATION, op. cit.

66. CLARKE, Prema. Culture and Classroom Reform: The Case of the District Primary Education Project, India. *Comparative Education*, v. 39, n. 1, p. 36-40, 2003.

67. NCERT, *National Curriculum Framework 2005*.

68. VARGHESE, N. V. *A Note on State Institute of Education Management and Training (SIEMAT)*. Trabalho apresentado no Seminar on State, School and Community – Role of Educational Management and Training in a Changing Perspective, Bihar, Patna, 20-21 mar. 1999. Disponível em: <http://www.educationforallinindia.com/page109.html>. Acesso em: 8 set. 2016.

69. Ibid.

70. FULLAN, op. cit., p. 10.

71. ROBINSON, Joanne. Dynamic Leadership: The Key to 21st Century Graduates. *The Queensland Principal*, v. 41, n. 1, p. 13-6, mar. 2014; ROBINSON, Joanne. Mentoring and Coaching School Leaders: A Qualitative Study of Adaptative Expertise for School Administrators. *OPC Register*, v. 13, n. 2, verão 2011. Disponível em: <http://www.principals.ca/documents/Mentoring_and_Coaching_School_Leaders-Joanne%20Robinson-OPC_Register_Vol.13_No.2.pdf>. Acesso em: 8 set. 2016; ONTARIO PRINCIPALS COUNCIL. *Preparing Principals and Developing School Leadership Associations for the 21st Century*: Lessons from Around the World. Disponível em: <http://www.principals.ca/documents/International%20Symposium%20White%20Paper%20-%20OPC%202014.pdf>. Acesso em: 8 set. 2016; Nandita Raval, Niraj Lele, Vivek Sharma e Manmohan Singh. Comunicação pessoal, dez. 2014.

72. ROBINSON, Dynamic Leadership, p. 14.

73. FULLAN, op. cit., p. 8.

74. Ibid., p. 10.

75. Ibid., p. 9.

76. Ibid., p. 4.

77. ROBINSON, Dynamic Leadership, p. 13.

78. NCTE. *National Curriculum Framework for Teacher Education 2009*. Nova Délhi, 2009. Disponível em: <http://www.azimpremjifoundation.org/pdf/NCFTE-2010.pdf>. Acesso em: 8 set. 2016.

## CAPÍTULO SEIS: MASSACHUSETTS

1. COMER, James P.; GATES, Henry Louis. *Leave No Child Behind*: Preparing Today's Youth for Tomorrow's World. New Haven: Yale University Press, 2004.

2. HILTON, Margaret; PELLEGRINO, James (Org.). *Education for Life and Work*: Developing Transferable Knowledge and Skills in the 21st Century. National Research Council. Washington: National Academies Press, 2012.

3. HENWARD, Allison; IORIO, Jeanne Marie. What's Teaching and Learning Got to Do with It?: Bills, Competitions, and Neoliberalism in the Name of Reform. *Teachers College Record*, n. 16159, 25 ago. 2011.

4. EUA. Departamento de Educação. *Laws & Guidance*. Disponível em: <http://www2.ed.gov/policy/landing.jhtml?src=pn>. Acesso em: 9 set. 2016.

5. EUA. Department of Education Organization Act. Public Law 96-88.

6. Para constatar isso, basta relembrar, por exemplo, a história da crise dos ônibus escolares ocorrida em Boston em reação à Lei de Equilíbrio Racial de 1965, que determinava o fim da segregação pelas escolas públicas do estado (Lukas, 1986).

7. O estado de Massachusetts e os Estados Unidos como um todo têm encorajado a participação comunitária e a inovação educacional por meio de vários programas suplementares. Um deles autoriza a criação de escolas financiadas com recursos públicos, mas com administração privada, liberando-as de algumas exigências normativas das escolas públicas. O objetivo é proporcionar inovação e opção de escolha aos pais quanto à instituição educacional que seus filhos frequentarão. A criação das escolas *charter* em Massachusetts se seguiu ao Movimento Nacional das Escolas *Charter*, possibilitando que organizações ou grupos privados qualificados se candidatassem por um período limitado a receber verbas públicas, desde que atendessem a certos requisitos e alcançassem determinados resultados educacionais. O Departamento de Educação de Massachusetts estendeu as liberdades concedidas às escolas *charter* a algumas escolas distritais, englobando todas elas no âmbito de uma iniciativa de inovação escolar. Até hoje, as escolas *charter* e as escolas inovadoras têm sido avaliadas prioritariamente em sua capacidade de proporcionar aprendizagem nas áreas de linguagem e matemática, não sendo vistas como instrumentos de inovação na introdução de um currículo voltado para as habilidades do século XXI ou em termos da ambiciosa definição quanto ao acesso a universidades e carreiras adotada recentemente pelos Departamentos de Educação Fundamental e Secundária e de Ensino Superior.

8. COMER; GATES, op. cit.

9. BUTTS, Robert F. *Public Education in the United States: From Revolution to Reform*. Nova York: Holt, Rinehart and Winston, 1978.

10. Leitura, Escrita e Aritmética. [N. E.]

11. BOHAN, Chara H.; NULL, Wesley J. Gender and the Evolution of Normal School Education: A Historical Analysis of Teacher Education Institutions. *Journal of Educational Foundations*, v. 21, n. 3, p. 3-26, 2007.

12. WRIGHT, C. D. et al. *Report of the Commission on Industrial and Technical Education: Submitted in Accordance with Resolve Approved May 24, 1905*. Boston: Wright and Potter, 1906.

13. RAVITCH, Diane. *Left Back: A Century of Failed School Reforms*. Nova York: Simon and Schuster, 2000.

14. UNITED STATES CONGRESS SENATE COMMITTEE ON LABOR AND PUBLIC WELFARE. *The National Defense Education Act of 1958*: A Summary and Analysis of the Act. Washington: U.S. Government Publishing Office, 1958.

15. KLEIN, Joel; RICE, Condoleezza. *US Education Reform and National Security*. Washington: Council on Foreign Relations, 2012, p. 3.

16. NATIONAL COMMISSION ON EXCELLENCE IN EDUCATION. *A Nation at Risk*: The Imperative for Educational Reform. Washington, 1983. Disponível em: <https://www2.ed.gov/pubs/NatAtRisk/risk.html>. Acesso em: 9 set. 2016.

17. BOYER, Ernest L.; CARNEGIE FOUNDATION FOR THE ADVANCEMENT OF TEACHING. *High School*: A Report on Secondary Education in America. Nova York: Harper and Row, 1983.

18. COMMITTEE FOR ECONOMIC DEVELOPMENT RESEARCH AND POLICY COMMITTEE. *Investing in our Children*: Business and the Public Schools. Washington, 1985.

19. PBS's FRONTLINE. Are We There Yet?. Disponível em: <http://www.pbs.org/wgbh/pages/frontline/shows/schools/standards/bp.html>. Acesso em: 9 set. 2016.

20. Ibid.

21. NEW YORK STATE ARCHIVES. *Federal Education Policy and the States, 1945-2009*. Disponível em: <http://nysa32.nysed.gov/edpolicy/research/res_essay_johnson_cole.shtml>. Acesso em: 9 set. 2016.

22. Em 2012, Massachusetts tinha uma população total de estudantes nos ensinos elementar e secundário de 955.739 em 408 distritos escolares e 70.489 professores, ou seja, 13,6 alunos por professor. Havia 1.860 escolas públicas, considerando todos os tipos,

além de 81 escolas *charter*. O gasto anual total do Departamento de Educação do estado foi de US$ 13,3 bilhões, o equivalente a US$ 13.636 por estudante.

23. MASSACHUSETTS. Departamento de Educação Elementar e Secundária. *Massachusetts Students Score among World Leaders in Assessment of Reading, Mathematics, and Science Literacy*. Disponível em: <http://www.doe.mass.edu/news/news.aspx?id=7886>. Acesso em: 9 set. 2016.

24. INSTITUTE OF EDUCATION SCIENCES. National Center for Education Statistics. *Program for International Student Assessment (Pisa)*: Overview. Disponível em: <http://nces.ed.gov/surveys/pisa>. Acesso em: 9 set. 2016.

25. Os *Advanced Placement courses*, ou *AP courses*, oferecem currículos e exames de nível superior a estudantes do ensino secundário para, em caso de aprovação, o eventual ingresso antecipado numa universidade. [N. T.]

26. Paul Dakin (superintendente das escolas públicas de Revere; superintendente-chefe em 2013). Entrevista concedida aos autores, 2014.

27. Ibid.

28. MASSACHUSETTS STATEMENT AGAINST HIGH-STAKES TESTING. *Statement*. Disponível em: <http://matestingstatement.wordpress.com/statement>. Acesso em: 9 set. 2016.

29. STRAUSS, Valerie. Massachusetts Professors Protest High-Stakes Standardized Tests. *The Washington Post*, 22 fev. 2016. Disponível em: <http://www.washingtonpost.com/blogs/answer-sheet/wp/2013/02/22/massachusetts-professors-protest-high-stakes-standardized-tests>. Acesso em: 9 set. 2016.

30. HOUT, Michael; ELIOTT, Stewart (Org.). *Incentives and Test-Based Accountability in Education*. Washington: National Academies Press, 2011.

31. NATIONAL COMMISSION ON EXCELLENCE IN EDUCATION, op. cit.

32. EUA. Departamento de Educação. *Overview and Mission Statement*. Disponível em: <http://www2.ed.gov/about/landing.jhtml?src=ft>. Acesso em: 9 set. 2016.

33. Em 2010, o governador Deval Patrick assinou a Lei da Defasagem entre Desempenhos, que requer que as escolas com pior desempenho no estado (chamadas de escolas de nível 4) incluam estratégias para lidar com as necessidades não acadêmicas como parte do seu plano de reformulação escolar. Ver: GOVERNOR Patrick Signs Historic Education Reform Bill to Close Achievement Gaps, Transform Massachusetts Public Schools. *The Official Website of the Governor of Massachusetts*, 18 jan. 2010. Disponível em: <http://archives.lib.state.ma.us/bitstream/handle/2452/125361/ocn795183245-2010-01-18.PDF?sequence=1>. Acesso em: 9 set. 2016.

34. HILTON; PELLEGRINO, op. cit., p. 3.

35. Quando começou a trabalhar com Massachusetts, essa organização era conhecida como Parceria pelas Habilidades do Século XXI (Partnership for 21st Century Skills); em 2015, passou a ser chamada Parceria pela Aprendizagem do Século XXI (Partnership for 21st Century Learning), nomenclatura usada neste capítulo.

36. Fruto da Lei da Reforma da Educação, de 1993, as estruturas curriculares de Massachusetts foram, com o Sistema de Avaliação Abrangente de Massachusetts, o instrumento mais explícito de uma política para definir os conhecimentos e as habilidades que os estudantes deveriam adquirir ao longo de sua educação compulsória, do jardim de infância ao ensino secundário. As estruturas consistem em descrições de objetivos de conhecimentos e habilidades a serem adquiridos, mas não constituem um currículo detalhado, nem apontam pedagogias específicas. Em vez disso, oferecem orientação, série a série, detalhando as expectativas de conteúdo a ser abordado.
Com base nesses parâmetros, espera-se que escolas distritais, departamentos escolares e professores concebam seus currículos e planos de aula e decidam quais materiais e livros didáticos usar.

37. Referência aos termos *etic* e *emic*, usados nas ciências sociais e do comportamento para definir dois tipos de descrição relacionados aos agentes em questão. *Etic* traduziria o ponto de vista de qualquer observador; *emic*, o ponto de vista interno do grupo analisado. [N. T.]

38. MASSACHUSETTS. Departamento de Educação Elementar e Secundária. *Massachusetts Curriculum Framework for Mathematics*: Grades pre-Kindergarten to 12, Incorporating the Common Core State Standards for Mathematics. Malden, 2011.

39. Idem. *Massachusetts History and Social Studies Curriculum Framework*. Malden, 2003, p. 54.

40. Para mais explicações sobre a taxonomia de Bloom, ver, por exemplo: ARMSTRONG, Patricia. Bloom's Taxonomy. *Center for Teaching*. Disponível em: <https://cft.vanderbilt.edu/guides-sub-pages/blooms-taxonomy>. Acesso em: 9 set. 2016.

41. Ver, por exemplo, o currículo que a Expeditionary Learning desenvolveu para o estado de Nova York, com base nos Parâmetros Básicos Comuns: ENGAGENY. Disponível em: <https://www.engageny.org>. Acesso em: 10 set. 2016.

42. MASSACHUSETTS, *Massachusetts Curriculum Framework for Mathematics*, p. 90.

43. MASSACHUSETTS, *Massachusetts History and Social Studies Curriculum Framework*, p. 89.

44. MATHIS, William. *Research-Based Options for Education Policymaking*. Boulder: National Education Policy Center, 2013.

45. EUA. Departamento de Educação. *For Each and Every Child*: A Strategy for Education Equity and Excellence. Washington, 2013.

46. HOUT; ELIOTT, op. cit., p. S-4.

47. BARBER, Michael; DAY, Simon. *The New Opportunity to Lead*: A Vision for Education in Massachusetts in the Next 20 Years. Boston: Massachusetts Business Alliance for Education, 2014.

48. Ibid., p. 2-3.

49. Ibid., p. 2.

50. MASSACHUSETTS. Departamento de Educação Elementar e Secundária. *Task Force Recommends Integration of 21st Century Skills Throughout K12 System*. Disponível em: <http://www.doe.mass.edu/news/news.aspx?id=4429>. Acesso em: 10 set. 2016.

51. Ibid.

52. Idem. *Statement of Secretary of Education, Paul Reville, on the Report of the Task Force on 21st Century Skills*. Disponível em: <http://www.doe.mass.edu/news/news.aspx?id=4434>. Acesso em: 10 set. 2016.

53. Idem. *Task Force Recommends Integration of 21st Century Skills Throughout K12 System*, op. cit.

54. Ibid.

55. PIONEER INSTITUTE. *Our Mission*. Disponível em: <http://pioneerinstitute.org/pioneers-mission>. Acesso em: 10 set. 2016.

56. Idem. *A Step Backwards*: An Analysis of the 21st Century Skills Task Force Report, Policy Brief. Boston: Pioneer Institute, 2009. Disponível em: <http://pioneerinstitute.org/download/a-step-backwards-an-analysis-of-the-21st-century-skills-task-force-report>. Acesso em: 10 set. 2016.

57. Ibid., p. 1.

58. Ibid., p. 2.

59. EUA. Departamento de Educação. *President Obama, US Secretary of Education Duncan Announce National Competition to Advance School Reform*, 2009. Disponível em: <http://www2.ed.gov/news/pressreleases/2009/07/07242009.html>. Acesso em: 10 set. 2016.

60. Idem. *Nine States and District of Columbia Win Second Round Race to the Top Grants*, 2010. Disponível em: <http://www.ed.gov/news/press-releases/nine-states-and-district-columbia-win-second-round-race-top-grants>. Acesso em: 10 set. 2016.

61. Paul Reville (ex-secretário de Educação da Comunidade de Massachusetts). Entrevista concedida aos autores, 2014.

62. Massachusetts. Departamento de Educação Elementar e Secundária. *From Cradle to Career: Educating our Student for Lifelong Success*, 2012, p. 5. Disponível em: <http://www.doe.mass.edu/ccr/ccrta/2012-06BESEReport.docx>. Acesso em: 10 set. 2016.

63. Ibid.

64. Massachusetts. Departamento de Educação Elementar e Secundária. *Connecting Activities*. Disponível em: <http://www.doe.mass.edu/connect>. Acesso em: 10 set. 2016; Keith Westrich (diretor do Connecting Activities no Departamento de Educação Elementar e Secundária de Massachusetts). Entrevista concedida aos autores, 2014; Shailah Stewart (coordenadora do Connecting Activities no Departamento de Educação Elementar e Secundária de Massachusetts). Entrevista concedida aos autores, 2014.

65. Idem. *From Cradle to Career: Educating our Student for Lifelong Success*, 2012. Disponível em: <http://www.doe.mass.edu/ccr>. Acesso em: 10 set. 2016.

66. Ken Kay (ex-presidente da Parceria pela Aprendizagem e atual líder da Edleader21). Entrevista concedida aos autores, 2014.

67. Reville, comunicação pessoal.

68. Dakin, entrevista.

69. Ibid.

## CONCLUSÃO

1. Mathis, William. *Research-Based Options for Education Policymaking*. Boulder: National Education Policy Center, 2013.

2. EUA. Departamento de Educação. *For Each and Every Child*: A Strategy for Education Equity and Excellence. Washington, 2013.

3. Bandura, Albert. *Self-Efficacy*: The Exercise of Self-Control. Nova York: W.H. Freeman, 1997; Idem. Social Cognitive Theory: An Agentic Perspective. *Annual Review of Psychology*, p. 1, 2001.

4. Gardner, Howard. *Frames of Mind*: The Theory of Multiple Intelligences. Nova York: Basic Books, 1983.

5. Dweck, Carol. *Mindset*. Londres: Robinson, 2012.

6. DUCKWORTH, Angela. Significance of Self-Control. *Proceedings of the National Academy of Sciences of the United States of America*, v. 108, n. 7, p. 2639-40, 2011; DUCKWORTH, Angela; TSUKAYAMA, Eli; KIRBY, Teri. Is It Really Self-Control? Examining the Predictive Power of the Delay of Gratification Task. *Personality and Social Psychology Bulletin*, v. 39, n. 7, p. 843-55, 2013.

7. NESS, Roberta. *Genius Unmasked*. Nova York: Oxford University Press, 2013; ROBINSON, Ken. *Out of Our Minds*: Learning to be Creative. Nova York: John Wiley, 2001.

8. MADRAZO, Claudia. The DIA Program: The Development of Intelligence through Art. In: COHEN, Joel; MALIN, Martin (Org.). *International Perspectives on the Goals of Universal Basic and Secondary Education*. Nova York : Routledge, 2009; REIMERS, Fernando et al. Empowering Teaching for Participatory Citizenship: Evaluating Alternative Civic Education Pedagogies in Secondary School in Mexico. *Journal of Social Science Education*, v. 13, n. 4, inverno 2014. Disponível em: <http://www.jsse.org/index.php/jsse/article/view/1357/1452>. Acesso em: 10 set. 2016.

## POSFÁCIO

1. BRASIL. Congresso Nacional. *Constituição Federal*. Brasília, 1988.

2. BRASIL. Congresso Nacional. *Lei de Diretrizes e Bases da Educação Nacional*. Brasília, 1996.

3. BRASIL. Ministério da Educação. *Parâmetros Curriculares Nacionais*. Brasília, 1997.

4. BRASIL. Ministério da Educação. Conselho Nacional de Educação. *Diretrizes Curriculares Nacionais para a Educação Básica*. Brasília, 2010.

5. BRASIL. Ministério da Educação. *Plano Nacional de Educação 2014-2024*. Brasília, 2014.

6. MOVIMENTO PELA BASE. Disponível em: <http://movimentopelabase.org.br/o-movimento>. Acesso em: 10 set. 2016.

7. FUNDAÇÃO LEMANN. *Conselho de classe*: a visão dos professores sobre a educação no Brasil. Disponível em: <http://movimentopelabase.org.br/referencias/conselho-de-classe-o-que-pensa-o-professor-brasileiro>. Acesso em: 10 set. 2016.

8. BRASIL, *Constituição Federal*.

9. BRASIL. Congresso Nacional. *Estatuto da Criança e do Adolescente*. Brasília, 1990.

10. BRASIL, *Lei de Diretrizes e Bases da Educação Nacional*.

11. BRASIL. Congresso Nacional. Lei n. 9.795, sobre educação ambiental; Lei n. 10.639 e Lei n. 11.645, sobre ensino de história e cultura afro-brasileira e indígena. Brasília, 1999, 2003, 2008.

12. BRASIL, *Diretrizes Curriculares Nacionais para a Educação Básica*.

13. HILTON, Margaret; PELLEGRINO, James (Org.). *Education for Life and Work*: Developing Transferable Knowledge and Skills in the 21st Century. National Research Council. Washington: National Academies Press, 2012.

14. CENTRO DE REFERÊNCIAS EM EDUCAÇÃO INTEGRAL; INSTITUTO INSPIRARE; INSTITUTO AYRTON SENNA; INSPER. *Desenvolvimento integral na base*: documento base. São Paulo: Movimento pela Base, 2015.

15. HECKMAN, J. J.; KAUTZ, T. Hard Evidence on Soft Skills. *Labour Economics*, v. 19, n. 4, p. 451-64, 2012.

16. De outubro a dezembro de 2015, um grupo de especialistas em currículo e em educação integral, em conjunto com organizações de referência, realizou uma série de encontros com o intuito de construir propostas concretas para a Base Nacional Comum Curricular. O processo, que gerou uma lista de sete capacidades associadas ao desenvolvimento integral, contou com a participação de: Asec, Associação Cidade Escola Aprendiz, Avante, Cenpec, Centro de Referências em Educação Integral, Comunidade Educativa Cedac, Eleva Educação, Escola Teia Multicultural, FEA/RP, Fundação Itaú Social, Fundação SM, Insper, Instituto Ayrton Senna, Instituto C&A, Instituto de Co-Responsabilidade pela Educação (ICE), Instituto Inspirare, Instituto Natura, Instituto Paulo Montenegro, Instituto Rodrigo Mendes, Instituto Unibanco, Mathema, MindLab, Movimento pela Base, SBPC, Secretaria de Educação do Estado do Rio de Janeiro, Universidade Federal do Sul da Bahia, Universidade de São Paulo, Vila Educação, Andrea de Marco Leite de Barros, Arnaldo Pinto Jr., Cleuza Repulho, Marisa Balthazar, Paulo Rota, Renata Del Mônaco, Ricardo Carrasco e Stela Barbieri.

17. HILTON; PELLEGRINO, op. cit.

18. INSTITUTO BRASILEIRO DE ESTATÍSTICA (IBGE). *Pesquisa Nacional por Amostra de Domicílios – Pnad*. Rio de Janeiro, 2014.

19. NERI, Marcelo. *O tempo de permanência na escola e as motivações dos sem-escola*. Rio de Janeiro: Fundação Getúlio Vargas, 2009.

20. FUNDAÇÃO LEMANN; PLANO CDE; TODOS PELA EDUCAÇÃO. *Projeto de vida*: o papel da escola na vida do jovem. São Paulo, 2014.

21. Porvir. *Especial Socioemocionais*. Disponível em: <http://porvir.org/especiais/socioemocionais>. Acesso em 10 set. 2016.

22. Programa Compasso. Disponível em: <http://www.programacompasso.com.br>. Acesso em: 10 set. 2016.

23. Educação para o Século 21. *Colégio Chico Anysio*: uma proposta inovadora para o ensino médio. Disponível em: <http://educacaosec21.org.br/colegio-chico-anysio>. Acesso em: 10 set. 2016.

24. InnoveEdu. *Nave – Rio de Janeiro*. Disponível em: <http://innoveedu.org/pt/nave--rio-de-janeiro>. Acesso em: 10 set. 2016.

25. Centro de Referências em Educação Integral. *Pernambuco, uma referência para a educação integral no ensino médio*. Disponível em: <http://educacaointegral.org.br/experiencias/pernambuco-referencia-para-educacao-integral-ensino-medio>. Acesso em: 10 set. 2016.

# PRINCIPAIS ACRÔNIMOS E SIGLAS EM LÍNGUA ESTRANGEIRA

**21CC:** 21st Century Competencies
**AST:** Academy of Singapore Teachers
**ATC21S:** Assessment and Teaching of the 21st Century Skills
**Bese:** Board of Elementary and Secondary Education
**CCA:** Co-curricular Activities
**CCE:** Character and Citizenship Education
**CCE:** Continuous Comprehensive Evaluation
**Cived:** Civic Education Study
**DIETs:** District Institutes of Education Training
**DOE:** Desired Outcomes of Education
**Elis:** English Language Institute of Singapore
**ELO:** Expected Learning Outcomes
**EPMS:** Enhanced Performance Management System
**Esea:** Elementary and Secondary Education Act
**FlexSI:** Flexible School Infrastructure
**GCEN:** Global Cities in Education Network
**GEII:** Global Education Innovation Initiative
**GESL:** Group Endeavors in Service Learning
**GTC:** Graduand Teacher Competencies
**ICCS:** International Civic and Citizenship Education Study
**IEA:** International Association for the Evaluation of Educational Achievement
**IHA:** Integrated Hands-on Activity
**INEE:** Instituto Nacional para la Evaluación de la Educación
**ITE:** Institute of Technical Education
**ITPS:** International Teacher Policy Study
**Jeri:** Junior College Education Review and Implementation
**KSAVE:** Knowledge, Skills, Attitudes, Values, and Ethics
**LEP:** Leaders in Education Programme
**MCAS:** Massachusetts Comprehensive Assessment System
**Mece-Media:** Mejoramiento de la Calidad y Equidad de la Educación Media
**NCERT:** National Council for Education Research and Training
**NCF:** National Curriculum Framework
**NCTE:** National Council for Teacher Education
**NDEA:** National Defense Education Act
**NDP:** National Development Plan
**NIE:** National Institute of Education

**NIES:** National Institute of Education Sciences
**NPE:** National Policy on Education
**NPE:** National Policy on Education
**NRC:** National Research Council
**OEI:** Organización de Estados Iberoamericanos para la Educación, la Ciencia y la Cultura
**P21:** Partnership for 21st Century Learning
**PAL:** Programme for Active Learning
**PARCC:** Partnership for Assessment of Readiness for College and Careers
**Peri:** Primary Education Review and Implementation
**Pesta:** Physical Education and Sports Teacher Academy
**PIRLS:** Progress in International Reading Literacy Study
**Pisa:** Programme for International Student Assessment
**POA:** Programme of Action – National Policy on Education
**PSLE:** Primary Six Leaving Examination
**RTE:** Right to Education – Right of Children to Free and Compulsory Education
**RTE:** Right to Education Act
**SBESE:** State Board of Elementary and Secondary Education
**SCERT:** State Council of Educational Research and Training
**Seri:** Secondary Education Review and Implementation
**SIEMATs:** State Institute of Education Management and Training
**Simce:** Sistema de Medición de la Calidad de la Educación
**SNTE:** Sindicato Nacional de Trabajadores de la Educación
**Star:** Singapore Teachers' Academy for the Arts
**TETs:** Teacher Eligibility Tests
**TEDS-M:** Teacher Education and Development Study in Mathematics
**TGM:** Teacher Growth Model
**TIMSS:** Trends in International Mathematics and Science Study
**TSLN:** Thinking Schools, Learning Nation
**Unesco:** United Nations Organization for Education, Science and Culture
**Usaid:** United States Agency for International Development

# AGRADECIMENTOS

Estabelecida na Faculdade de Educação da Universidade de Harvard, a Iniciativa Global pela Inovação na Educação reúne um grupo de pesquisadores e professores de seis instituições em Cingapura, na China, no Chile, no México, na Índia e nos Estados Unidos. Uma complexa e ambiciosa organização de pesquisadores desse tipo requer apoio de muitas pessoas; valorizamos enormemente não apenas o suporte material que recebemos de diversos colegas, mas especialmente a confiança deles no potencial de uma colaboração transnacional como essa, criada para ampliar nossa compreensão sobre as formas pelas quais as escolas podem preparar os estudantes para adquirir competências necessárias a uma vida plena.

Somos gratos aos parceiros que nos ajudaram nesta iniciativa e que reagiram com entusiasmo ao nosso convite para pôr em prática este ambicioso projeto de pesquisa: Cristián Bellei e Liliana Morawietz, do Centro de Estudos Avançados em Educação, Universidade do Chile; Yan Wang, do Instituto Nacional de Ciências da Educação, China; Monal Jayaram e Aditya Natraj, da Fundação Piramal, Índia; Sergio Cárdenaz, do Centro de Investigação e Docência Econômicas (Cide), México; e Ee-Ling Low e Oon-Seng Tan, do Instituto Nacional de Educação (NIE), Cingapura. A jornada educacional que percorremos juntos tem sido imensamente recompensadora e ansiamos por levar adiante essa colaboração.

Também agradecemos aos membros do nosso conselho consultivo, que nos ajudaram à medida que trabalhávamos no conceito desta pesquisa colaborativa e fazíamos com que ela levantasse voo: Jim Champy, Arjun Gupta, Charito Kruvant, Luther Luedtke, Charles MacCormack, Leonard Schlesinger e David Weinstein. Seu apoio entusiástico no começo desta iniciativa foi fundamental para nos ajudar a lançá-la.

Para este projeto, recebemos apoio financeiro de fontes variadas. Gostaríamos de agradecer à ex-diretora da Faculdade de Educação de Harvard Kathleen McCartney, pelo financiamento inicial desta iniciativa, e ao atual diretor, Jim Ryan, pelo seu contínuo apoio. Também gostaríamos de agradecer à Jacobs Foundation e a Simon Sommer, funcionário encarregado deste projeto, pelo apoio generoso à nossa pesquisa e por sua dedicação e compromisso com o propósito geral desta iniciativa. Devemos agradecimentos também à Sra. Charito Kruvant, por seu generoso gerenciamento e apoio, e ao Centro para Estudos Latino-Americanos David Rockefeller, da Universidade de Harvard, por seu apoio financeiro.

Em nosso lar institucional, a Faculdade de Educação de Harvard, somos gratos a inúmeros bons colegas cuja confiança no valor deste trabalho tornou possível que lançássemos a Iniciativa Global pela Inovação na Educação. Gostaríamos de agradecer especialmente aos colegas da equipe de liderança que nos auxiliaram de várias maneiras e expressaram seu apoio quando precisávamos: Jack Jennings, Keith Collar e Daphne Layton, por sua ajuda a nossa iniciativa. Temos uma dívida para com Douglas Clayton e seus colegas Christopher Leonesio, Laura Cutone e Christina DeYoung, da editora da Faculdade de Educação de Harvard, pela maravilhosa parceria formada conosco ao publicar este livro. E estendemos nossos sentimentos a muitos outros ainda. Agradecemos a Allie Ai, Gino Benjamino, Janet Cascarano, Jason Dewaard e William Wisser, do Departamento de Tecnologia da Informação, por nos ajudarem com o site e outras questões ligadas a tecnologias da comunicação, fazendo com que o conhecimento que estamos adquirindo seja útil aos que trabalham pela expansão da oportunidade educacional ao redor do mundo. Também somos gratos a Helen Page e Rane Bracey-Westbrook, da equipe de pesquisa patrocinada na Faculdade de Educação de Harvard, e a Rafael Horta, Kymberly Henry e Eliza Xenakis, do Departamento de Finanças, pelo apoio no acompanhamento de nossas contas. Nós nos encontramos em vários lugares do mundo para facilitar as discussões sobre a pesquisa e somos gratos àqueles que facilitaram a logística dessas reuniões, incluindo Jessica Hallam, da reitoria da Universidade DePaul, Edna Gomez-Fernandez, do Cide, e a equipe do NIE.

Gostaríamos de agradecer aos nossos assistentes-editoriais Ashim Shanker e Anastasia Aguiar, assim como ao nosso editor de texto, David Pritchard, por sua valiosa ajuda para deixar os capítulos em condições de serem publicados.

São tantos os colegas prestativos que talvez tenhamos nos esquecido de alguns deles em nossos agradecimentos. Àqueles que desempenharam um papel no apoio a esta iniciativa, manifestamos nossa gratidão e nos desculpamos se por acaso não mencionamos seus nomes.

# SOBRE OS ORGANIZADORES

**FERNANDO M. REIMERS** é professor de Prática em Educação Internacional da Fundação Ford, na Faculdade de Educação de Harvard. É ainda diretor da Iniciativa Global pela Inovação na Educação e também do Programa de Mestrado de Políticas Internacionais de Educação da Faculdade de Educação de Harward, que prepara líderes educacionais globais comprometidos em expandir a oportunidade educacional. Sua pesquisa é direcionada para os efeitos da pedagogia, currículo e liderança no auxílio aos estudantes, para que desenvolvam autonomia, iniciativa e habilidades cognitivas. Ele estudou os efeitos da educação cívica e dos programas de educação para empreendedorismo na América Latina e no Oriente Médio e realizou extensa pesquisa sobre políticas educacionais no mundo em desenvolvimento. Lidera uma série de programas executivos de liderança educacional na Faculdade de Educação de Harvard, nos quais leciona, e elaborou currículos educacionais globais para os ensinos elementar, secundário e médio. É autor, coautor e organizador de doze livros e sessenta artigos e capítulos, incluindo *Informed Dialogue: Using Research to Shape Education Policy Around the World* (com Noel McGinn) e *Unequal Schools, Unequal Chances* (como organizador).

Integrante da Academia Internacional de Educação, foi agraciado, em 2015, com a nomeação de professor visitante da cadeira CJ Koh de Educação, no Instituto Nacional de Educação de Cingapura. Em 2009, recebeu o título honorífico do Emerson College, por seu trabalho de promoção dos direitos humanos e do direito à educação ao redor do mundo.

Assume diversos compromissos com a prática das políticas educacionais internacionais, sendo consultado por muitas organizações de desenvolvimento, governos e instituições ligadas à educação e trabalhando em diferentes países e continentes. Integra o Conselho de Educação Superior de Massachusetts, é vice-presidente do conselho da Laspau e membro do Conselho de Relações Exteriores e da Comissão dos Estados Unidos na Organização das Nações Unidas para a Educação, a Ciência e a Cultura (Unesco). Em 2015, foi nomeado para o comitê diretor do grupo Educação em Conflito e Crise, da Agência Internacional dos Estados Unidos para o Desenvolvimento, onde trabalhou com uma força-tarefa de ministros da Educação das Américas e apoiou o desenvolvimento de uma estratégia de educação para avançar com o Programa Interamericano de Educação na última Cúpula de Presidentes das Américas, convocada pela Organização dos Estados Americanos.

**CONNIE K. CHUNG** é diretora de pesquisas da Iniciativa Global pela Inovação na Educação, na Faculdade de Educação de Harvard. Seu campo de pesquisa é o da educação para o civismo e a cidadania global. Esteve envolvida em um amplo estudo sobre reformas educacionais e organização comunitária nos Estados Unidos, que se estendeu por vários anos em diversos locais, cujos resultados foram publicados no livro *A Match on Dry Grass: Community Organizing as a Catalyst for School Reform*. Trabalhou com várias organizações educacionais sem fins lucrativos envolvidas com direitos humanos e educação cívica. Atualmente ocupa assento no conselho de duas organizações sem fins lucrativos, entre elas a Aaron's Presents, que oferece bolsas a alunos até a oitava série visando encorajar o desenvolvimento positivo em relação a si mesmos e às suas comunidades.

Ex-professora de inglês do ensino médio em uma escola pública, foi indicada por seus alunos para vários prêmios por sua atuação. Tem se dedicado ao ensino de temas relacionados à administração de organizações sem fins lucrativos e à educação multicultural, tendo sido também consultora na elaboração de um currículo para a educação global nos ensinos elementar, secundário e médio.

A Dra. Chung formou-se em Literatura Inglesa pela Universidade de Harvard e obteve seu mestrado em Ensino e Currículo (1999) e em Políticas Educacionais Internacionais (2007) pela Faculdade de Educação de Harvard, onde também fez seu doutorado.

# SOBRE OS COLABORADORES

**ADITYA NATRAJ** é fundador e diretor da Fundação Piramal. Foi diretor da Pratham de Gujarate por cinco anos, vice-presidente de desenvolvimento de negócios na Pro-Xchange por dois anos e consultor da KPMG por cinco anos. O Sr. Natraj é *fellow* das organizações Ashoka e Echoing Green. Contador juramentado, é mestre em Economia e possui MBA pelo Insead.

**ANNA PENIDO** é diretora do Inspirare, instituto sem fins lucrativos cuja missão é inspirar inovações que melhorem a qualidade da educação no Brasil. Jornalista formada pela Universidade Federal da Bahia (UFBA), com especialização em Direitos Humanos pela Universidade de Colúmbia e em Gestão Social para o Desenvolvimento pela UFBA, trabalhou como repórter para o jornal *Correio da Bahia* e para as revistas *Veja Bahia* e *Vogue*. Integrou as equipes da Fundação Odebrecht e do Liceu de Artes e Ofícios da Bahia. Fundou e dirigiu a Cipó – Comunicação Interativa, organização não governamental voltada para promover os direitos e o desenvolvimento de crianças, adolescentes e jovens por meio da educação pela comunicação. Coordenou o escritório do Unicef para os estados de São Paulo e Minas Gerais por quase quatro anos. Em 2011, participou do programa Advanced Leadership Initiative, da Universidade de Harvard. É *fellow* Ashoka.

**CRISTIÁN BELLEI** é pesquisador associado do Centro de Estudos Avançados em Educação e professor-assistente do Departamento de Sociologia, ambos da Universidade do Chile. Anteriormente trabalhou no Ministério da Educação chileno e para o Fundo das Nações Unidas para a Infância (Unicef) no Chile. Suas principais áreas de pesquisa são política educacional, eficiência escolar e aperfeiçoamento de escolas. Participou de diversas publicações sobre qualidade e equidade na educação chilena. Seus dois últimos livros são: *The Great Experiment: Market and*

*Privatization of the Chilean Education* (2015) e *I Learned It at School: How Are School Improvement Process Achieved?* (2014). O Dr. Bellei obteve seu doutorado em educação pela Faculdade de Educação de Harvard.

**EE-LING LOW** é professora-assistente e diretora de planejamento estratégico e de qualidade acadêmica do Instituto Nacional de Educação (NIE), de Cingapura, onde foi diretora-adjunta para educação entre 2009 e 2013. Com a equipe sênior de administração do NIE, ajudou a elaborar o conceito do programa estratégico de ação do instituto, Towards 2017, e a iniciativa Formação de Professores para o Século XXI. Ganhou a bolsa para pesquisa avançada da Fundação Fullbright em 2008, pela qual pôde passar um ano na Lynch School of Education, do Boston College. Em 2012, foi agraciada com a Medalha da Administração Pública (Bronze) pelo presidente da República de Cingapura, por sua dedicação e seu compromisso com a promoção da causa da educação no país. A Dra. Low obteve seu Ph.D. em Linguística (Fonética Acústica) pela Universidade de Cambridge, Reino Unido, dentro do programa de bolsas concedidas a estudantes do exterior.

**JAHNAVI CONTRACTOR** é coadministradora e professora-assistente na Fundação Piramal. Participou da criação e elaboração do currículo do Programa para o Desenvolvimento de Lideranças de Diretores para a mudança escolar e desenvolveu processos de ensino e aprendizagem e de apoio para uma educação efetiva de lideranças em formatos audiovisuais e escritos. Seu trabalho também incluiu a identificação de lugares para compatibilizar o currículo de formação de lideranças com os resultados educacionais obtidos por estudantes e com livros didáticos. Atualmente colidera uma equipe cujo trabalho é identificar as competências necessárias aos professores para garantir que os resultados da aprendizagem não acadêmica estejam alinhados com os objetivos da educação para o século XXI, conforme enumerados na Estrutura do Currículo Nacional da Índia de 2005. A Sra. Contractor tem mestrado em Educação Fundamental pelo Instituto Tata de Ciências Sociais.

**LILIANA MORAWIETZ** é pesquisadora-assistente do Centro de Pesquisas Avançadas em Educação da Universidade do Chile e docente em tempo parcial do Departamento de Antropologia da Universidade Alberto Hurtado. Realizou pesquisas sobre eficiência e aperfeiçoamento escolares e política educacional; sobre questões indígenas e de educação intercultural bilíngue; e sobre a influência de questões socioculturais no desempenho dos estudantes em avaliações padronizadas. A Sra. Morawietz é formada em História Oral pela Universidade de Colúmbia.

**MONAL JAYARAM** é diretora de programas e membro docente da Fundação Piramal. Lidera uma equipe de profissionais que pesquisa e desenvolve materiais de ensino tanto para o Programa para o Desenvolvimento de Lideranças de Diretores – de três anos de duração, que oferece capacitação para diretores de escolas públicas na Índia, com o objetivo de recuperar escolas em dificuldades e melhorar os resultados dos estudantes – como para o programa de bolsas Gandhi – de dois anos de duração, que capacita jovens para serem líderes de mudanças sociais e pelo qual passaram cerca de quinhentos integrantes das melhores faculdades da Índia antes de assumirem papéis de destaque na sociedade de seu país. Anteriormente lecionou na Pratham de Gujarate e em universidades indianas. Também publicou mais de duzentos artigos em um jornal diário da Índia. A Sra. Jayaram é formada em História da Arte e trabalha com educação há vinte anos.

**OON-SENG TAN** é professor e diretor do Instituto Nacional de Educação (NIE) de Cingapura. Foi diretor da área de formação de professores no NIE, onde liderou a iniciativa Formação de Professores para o Século XXI, um marco em termos de inovação na área de formação de professores, tanto nacional como internacionalmente. Foi presidente da Associação de Pesquisa Educacional para a Ásia-Pacífico (2008-2010) e vice-presidente (Ásia-Pacífico) da Associação Internacional para Educação Cognitiva e Psicologia (2008-2011). Atualmente é editor-chefe da publicação *Educational Research for Policy and Practice* e editor do *Asia Pacific Journal of Education*. Venceu o prêmio de inovação The Enterprise Challenge (TEC) em Cingapura, por ter codirigido um projeto pioneiro sobre inovação numa economia baseada no conhecimento. Em 2014, recebeu a Medalha da Administração Pública (Prata) das mãos do presidente da República de Cingapura, por sua dedicação e suas realizações no campo da educação.

**PAYAL AGRAWAL** é coadministradora de programas e professora-assistente da Fundação Piramal, organização indiana voltada para a formação de lideranças para diretores e professores de 1.300 escolas públicas do Rajastão, de Gujarate e de Maharashtra. Participou da criação e elaboração do currículo do Programa para o Desenvolvimento de Lideranças de Diretores para a mudança escolar e desenvolveu processos de ensino e aprendizagem e materiais de apoio para uma educação efetiva de lideranças em vários formatos. Atualmente colidera uma equipe cujo trabalho é identificar as competências necessárias aos professores para possibilitar melhores resultados dos estudantes. Trabalhou com colegas e diretores supervisionando seu campo de trabalho no programa de Gujarate. A Sra. Agrawal formou-se em Trabalho Social pelo Instituto Tata de Ciências Sociais, na Índia.

**SERGIO CÁRDENAS** é professor do Departamento de Administração Pública no Centro de Investigação e Docência Econômicas (Cide), no México. Tem exercido papel de liderança em diversos projetos de pesquisa, incluindo a avaliação dos efeitos de intervenções escolares com base tecnológica, um estudo nacional sobre iniciativas de educação a distância, a avaliação do impacto de programas de uniformização nas escolas, assim como a primeira avaliação em larga escala de programas de apoio à primeira infância em populações rurais e indígenas no México. Também integra uma rede formada por funcionários públicos e estudiosos que promove o uso de evidências coletadas em pesquisas para a elaboração e implementação de programas educacionais locais no México. O Dr. Cárdenas obteve seu doutorado em Educação pela Faculdade de Educação de Harvard.

**YAN WANG** é especialista sênior e diretora do Departamento de Intercâmbio Internacional do Instituto Nacional de Ciências da Educação (NIES), da China. Atualmente é coordenadora da rede sobre educação da Associação para Cooperação Econômica da Ásia-Pacífico.

Suas pesquisas têm como foco políticas educacionais, reformas educacionais, sociologia da educação e estudos internacionais. Foi autora, coautora e organizadora de numerosos artigos, relatórios, publicações acadêmicas e livros sobre assuntos relacionados à educação. Antes de se unir à NIES, foi consultora do Banco Mundial, especialista em currículos e coordenadora de programas internacionais no Instituto de Pesquisas sobre Educação de Pequim. É Ph.D. em Políticas Educacionais, Administração e Ciências Sociais pela Universidade de Hong Kong e mestre em Economia da Educação e Administração, além de ser formada em Literatura Inglesa.

FONTES Minion Pro e Glober
PAPEL Offset 90 g/m²